D1993255

Denise Chong

Die Kinder der Konkubine

Aus dem Amerikanischen von Angela Schumitz

Denise Chong

Die Kinder der Konkubine

Die Geschichte einer Familie
zwischen Tradition und Zukunft

Europaverlag Wien-München

Die Deutsche Bibliothek – CIP-Einheitsaufnahme

Chong, Denise
Die Kinder der Konkubine : die Geschichte einer chinesischen Familie zwischen Tradition und Zukunft / Denise Chong.
Aus dem Amerikanischen von Angela Schumitz. –
Wien , München : Europaverl., 1995
Einheitssacht.: The concubine's children <dt.>
ISBN 3-203-51251-3

Originalausgabe
The Concubine's Children
© Denise Chong, 1994
Published by arrangement with Viking Penguin,
a division of Penguin, USA

Lektorat: Afra Margaretha

Umschlaggestaltung: W+Z, Dortmund

© Alle deutschsprachigen Rechte beim
Europa Verlag GmbH, Wien, München 1995
Herstellung: Friedrich Pustet, Regensburg
Printed in Germany
ISBN 3-203-51251-3

Zum Andenken an meinen Vater

Danksagungen

Die Kinder der Konkubine erschien ursprünglich nur als Artikel in der Zeitschrift *Saturday Night.* Der Herausgeber, John Fraser, meinte, der Artikel berge viele Möglichkeiten, und Barbara Moons Ratschläge, was das Erzählen einer Geschichte anbelangt, habe ich noch heute im Ohr. Beide hatten die Vorstellung, daß aus meinem Artikel ein Buch werden könnte, und ermunterten mich, es anzugehen. Das Buch betreffend, schulde ich meinen Lektoren bei Penguin und Viking Penguin Dank. Iris Skeoch war schon früh sehr begeistert, und Mindy Werner und Meg Masters, die immer an mich glaubten, boten mir gleichzeitig Kritik und persönliche Unterstützung an, vor allem, als wir uns über unsere im Verlauf der Entstehung dieses Buches eintretenden Schwangerschaften und unsere Babys austauschten. Auch den vielen nahen und fernen Angehörigen meiner Familie und den anderen Menschen, die großzügig ihre Erinnerungen mit mir teilten, schulde ich Dank. Meiner Mutter bin ich besonders dankbar, denn sie wurde meiner Fragen nie überdrüssig und ließ bereitwillig und sehr anschaulich die Vergangenheit noch einmal für mich aufleben, als wir die Spuren ihrer Familie zurückverfolgten. Auch meinem Bruder Wayne, dessen Sinn für Humor mir auf unseren Reisen in China genauso wertvoll war wie sein Kassettenrecorder und sein Notizbuch, schulde ich besonderen Dank. Diana Lary lieferte mir Einsichten in die chinesische Geschichte. Wenn jetzt noch etwas falsch dargestellt ist, so ist dies allein meine Schuld. In meiner Erinnerung entstand dieses Buch in Zusammenarbeit mit meiner ganzen Familie: Mein Mann Roger Smith und ich besprachen das Manuskript, während im Hintergrund unser kleiner Sohn sein durch Koliken verursachtes Protestgeschrei zum besten gab. Unsere größere Tochter hat sich vielleicht am meisten darum gekümmert und oft gefragt, ob denn das Buch schon fertig sei. Wahrheitsgemäß hätte ich wahrscheinlich antworten müssen, daß so ein Buch niemals fertig wird, aber daß eine Zeit kommt, in der die Geschichte soweit ist, daß man sie erzählen kann.

Vorwort

Noch lange nach dem Tod meiner Großeltern Chan Sam und May-ying ging ich immer wieder nach oben in das Schlafzimmer meiner Eltern, zog die unterste Schublade der Zedernkommode auf, die dort stand, und holte einen Stapel alter Schwarzweißfotografien heraus. Jedes dieser Fotos war ein gestelltes Porträt, das Chan Sam und May-ying immer dann hatten machen lassen, wenn sie einen Augenblick ihres Lebens für die Nachwelt hatten festhalten wollen. Jedes Foto war intim genug, um eine äußerst suggestive Stimme aus der Vergangenheit zu sein, aber auch distanziert genug, um neugierig zu machen. Diese Fotos waren das einzige, was von ihrer Generation übriggeblieben war; alles andere, das irgendeinen Wert besessen hatte, war ins Pfandhaus gewandert.

Meine Mutter hatte versucht, die Tür zur Vergangenheit geschlossen zu halten. Aber diese Tür wurde dreißig Jahre nach Chan Sams Tod und zwanzig Jahre nach dem Tod von May-ying aufgestemmt, als meine Mutter und ich 1987 nach China reisten. Das Dorf, aus dem mein Großvater stammte, bezeugte die Vergangenheit: sein Haus, ein paar für uns sehr wertvolle Relikte und Fotografien. Ein kleiner Stapel Briefe sollte sich für dieses Buch als besonders wertvoll erweisen; mein Großvater hatte sie in den letzten vier Jahren seines Lebens an seine Frau und seinen Sohn nach China geschrieben, und sie waren alles, was von einer vierzig Jahre dauernden Korrespondenz übriggeblieben war. Mein Onkel Yuen, der zweimal frühere Briefe und Fotos seines Vaters verloren hatte, zuerst an plündernde japanische Soldaten und dann an die Kommunisten, mußte lange überredet werden, bis er sich von den ihm noch verbliebenen Briefen trennte, damit ich sie kopieren lassen konnte. Glücklicherweise hatte sich mein Großvater in diesen Briefen seinem

Sohn zuliebe an seine weit zurückliegende Vergangenheit erinnert und über sein Leben im allgemeinen nachgedacht.

Um die Vergangenheit unserer Familie in Kanada zu rekonstruieren, genügte ich als lebendiges Glied in der Kette nicht. An meinen Großvater erinnerte ich mich kaum, denn ich war noch ziemlich klein, als er starb. Meine Großmutter hatte ich zwar länger erlebt, aber als ich mich endlich genügend für unsere Vergangenheit interessierte und den nötigen Mut aufgebracht hätte, sie danach zu fragen, lebte sie schon lange nicht mehr. Deshalb mußte ich mich auf die Erinnerungen meiner Mutter verlassen.

Anfangs sprudelten eher düstere Emotionen aus ihr heraus. Nur mit Disziplin und Geduld konnten wir schließlich beide damit beginnen, die Vergangenheit zu ordnen. Indem ich die Tiefen ihrer Erinnerungen auslotete, konnte ich auch einen Weg zu den Erinnerungen von May-ying und Chan Sam finden. Das eigentliche Wesen ihrer Vergangenheit als Immigranten und das der alten Chinesenviertel – die Armut, der Bildungsnotstand, die klaustrophobische Existenz eines aus der dominanten weißen Gesellschaft ausgegrenzten Daseins – bot sich geradezu als ein Vermächtnis mündlicher Überlieferungen an. Die meisten Bewohner der Chinesenviertel hatten nur das »Plaudern«, um sich die Zeit zu vertreiben, und deshalb wurden ihre Geschichten, die mit lebhaften Erinnerungen an Gespräche angereichert waren, ständig wiederholt. Das, was meine Mutter von den Geschichten ihrer Eltern mitbekam, ist Teil ihrer frühesten Erinnerungen.

Um die Spuren meiner Familie zurückzuverfolgen, mußte ich auch andere Geschichten aus ihrer Zeit sammeln. Chan Sams Generation war inzwischen ausgestorben, einige von May-yings Zeitgenossen lebten jedoch noch. Die Freunde meiner Mutter zählten zur letzten Generation, die im Chinatown von Vancouver aufgewachsen war, und sie erinnerten sich noch sehr gut daran. So sammelte ich also Informationen in persönlichen Gesprächen, stützte mich aber auch auf die Veröffentlichungen von anderen und auf öffentlich zugängliche Archive. Es war ziemlich schwer, greifbare Beweise früherer Generationen aufzutreiben. Nanaimos altes Chinatown war bereits verschwunden, es war 1960 völlig abgebrannt. In Vancouver stand ich vor dem Schalter, an dem Chan Sam vor langer Zeit einmal eine Überfahrt nach China erstanden hatte; ich saß an der Theke im B.C. Royal Café, in dem May-ying früher einmal gearbeitet hatte; ich stieg die dunklen Treppen der Pensionen hinauf, in denen meine Mutter einst gelebt hatte. Aber im Echo meiner Schritte wurde die Schalterhalle abgerissen, das Café wurde geschlossen, und die Pensionen wurden von einer finsteren Drogenszene übernommen. Der Verfall setzt sich mit der jüngsten Welle asiatischer Immigranten fort, den Menschen, die genug Geld haben, um aus Hongkong zu fliehen, bevor es 1997 an China angeschlossen werden wird. Sie lassen das alte Chinatown links liegen und siedeln sich lieber in einer aufstrebenden Vorstadt an.

Wie ich feststellte, verändert sich der Süden Chinas sogar noch schneller. Auf unserer ersten Reise, auf der wir unsere Verwandten treffen wollten, kamen wir erst nach einer dreistündigen Fahrt auf engen Straßen zum Dorf meines Großvaters. Auf der zweiten Reise brachte uns ein Schnellzug in nur einer Stunde zu einem Bahnhof, von dem aus es nur noch zehn Minuten zum Dorf waren. In eben der Zeit, in der ich an diesem Buch arbeitete, hatte ich das Gefühl, als ob sich das Fenster, das mir einen flüchtigen Blick auf die Vergangenheit erlaubt hatte, immer mehr schließe.

Als ich mit den Nachforschungen fertig war, stand ich vor der Herausforderung, alles in die Seiten eines Buches zu pressen. Diese Verantwortung verursachte mir erhebliche Alpträume. Es gibt ebenso viele verschiedene Versionen von bestimmten Ereignissen, wie es Mitglieder einer Familie gibt. Die Wahrheit wird zu einer vielschichtigen Landschaft, in der sich das Licht ständig ändert; die Details verändern sich im Lichte dessen, der sich gerade an sie erinnert. Ich fand, daß dieses Buch auf jeden Fall ein »Familienprojekt« sein sollte, und es war mir wichtig, daß auch diejenigen, die schon in ihrem Grab lagen, hinter mir standen. Nur als omnipräsente Erzählerin, so schien es mir, konnte ich dies bewerkstelligen. Dazu mußte ich natürlich einige Ereignisse interpretieren und unvollständige Dialoge rekonstruieren. Ich ging dabei vor wie bei der Restauration eines Gemäldes, wobei die ursprüngliche Leinwand einen anderen Besitzer hatte. Vor allem wollte ich den individuellen Lebensgeschichten meiner Angehörigen gerecht werden, aber natürlich bringe ich schon allein durch den Akt, ein solches Buch zu schreiben, eine andere Schattierung von Wahrheit in das, was ich niederschreibe.

Eine Bemerkung zu den chinesischen Namen und Orten sowie der Latinisierung chinesischer Begriffe: Der Einfachheit halber hielt ich mich an die am meisten verbreitete oder lokale Verwendung. So schreibe ich Kwangtung, nicht Guangdong, weil diese chinesische Provinz in der Generation meines Großvaters so hieß. Für kantonesische Wörter und Namen gibt es keine Standardlatinisierung; ich übertrug sie ihrer Phonetik nach, so gut ich konnte. Mit »Dollar« beziehe ich mich auf den kanadischen Dollar. Bis zum Ersten Weltkrieg hatte dieser den gleichen Wert wie der amerikanische, danach fiel er bis zum Ende der siebziger Jahre um zehn Prozent, und heute ist er nur noch etwa siebzig Cent der amerikanischen Währung wert.

Denise Chong

Kapitel 1

In einem kleinen Dorf in China suchte die schwangere Konkubine einen blinden Hellseher auf. Seine Blindheit, so hieß es, bringe ihn näher an die Wahrheit. Er sagte ihr, daß das Kind, das sie unter ihrem Herzen trug, ein Junge sei. Von einer Konkubine erwartete man, daß sie Söhne hervorbrachte; Leong May-ying hatte ihren Gatten Chan Sam schon zweimal enttäuscht. Sie beschloß, diesen langersehnten Sohn nicht in China, sondern in Kanada zur Welt zu bringen, dem Land, das bei den Chinesen »der Goldene Berg« hieß.

Einige Jahre vergingen. Das Kind war schon beinahe im Schulalter. Chan Sam wollte dem Brauch der Chinesen, die sich vorübergehend im Ausland aufhielten, folgen und das Kind nach Hause bringen, damit es in seinem Vaterland zur Schule gehen konnte. Er sehnte sich auch nach seiner ersten Frau und wollte wieder auf der Erde seines Dorfes stehen. Nur ein einziges Mal in den letzten elf Jahren war er zu Hause in China gewesen, hatte nur drei der letzten einundzwanzig Jahre dort verbracht; die übrige Zeit lebte er in Kanada. Die Konkubine schlug ihm vor, daß er allein nach China gehen sollte und sie und das Kind in Kanada zurückbleiben sollten. Chan Sam willigte ein, machte es aber zur Bedingung, während seines Besuchs in China seiner Familie ein Haus zu bauen, um seinem Aufenthalt dort einen Sinn zu geben und Ehre über seinen Namen zu bringen.

Der geweissagte Sohn, das Kind, das im Bauch seiner Mutter nach Kanada gekommen war und dessen weiterer Verbleib in Kanada gegen ein Haus in China ausgehandelt wurde, war meine Mutter.

1987, fünfzig Jahre, nachdem der Vater meiner Mutter, mein Großvater, sein Haus in Chang Gar Bin in der südchinesischen Provinz

Kwangtung errichtet hatte, standen meine Mutter und ich mit ihrer Schwester und ihrem Halbbruder in dem vorderen Empfangszimmer. Meine Tante Ping hatte verkündet, daß sie und Yuen ihrer Schwester etwas zurückgeben müßten, und Yuen gab uns beiden zu verstehen, ihm nach oben zu folgen. Mutter meinte fragend zu mir gewandt: »Was könnten sie denn von mir haben?« Sie war von Geburt an in Kanada aufgewachsen und hatte ihres Wissens mit der Familie in China nur Briefe mit förmlichen Grüßen an ihre zwei älteren Schwestern Ping und Nan und an die andere Mutter, die es dort gab, ausgetauscht. Für ihren Vater, auf dessen Beharren hin sie die chinesischen Schriftzeichen abgemalt hatte, waren diese Briefe ein Zeichen des Respekts gewesen, für sie selbst kaum mehr als eine Übung im Malen chinesischer Pinselstriche.

Es war nicht leicht, die Stufen hinter Yuen hinaufzusteigen; es kam uns vor, als ginge er nach unten anstatt nach oben. Mein Onkel war mit einem Geburtsfehler zur Welt gekommen: Seine Füße waren nach hinten gebogen, und in dem damaligen dörflichen Leben in China war es keinem, an den seine Mutter glaubte und den sie dafür bezahlte, gelungen, seine Füße zu richten.

Am Ende der Stufen befand sich ein großer Raum, in dem drei von Moskitonetzen verhüllte Betten standen. Yuen führte uns durch den Raum hindurch zu einem kleineren Zimmer. In dem verfallenden Holz der Fensterrahmen, die dieses Zimmer umgaben, sah man noch die schwachen Spuren von Vertiefungen, aus denen Porzellanzierleisten entfernt worden waren. Ping sagte nachdrücklich: »Das hier sollte eigentlich das Gästezimmer sein. *Baba* wollte einen Raum haben, in den er Freunde und Verwandte einladen konnte, um mit ihnen Tee zu trinken.« Wie ihr Bruder versäumte sie nie eine Gelegenheit, an die Vornehmheit zu erinnern, die ihr Vater beim Errichten dieses Hauses im Sinn gehabt hatte. Auf meine Mutter und mich wirkte der kleine Raum wie eine Rumpelkammer. Es befand sich eine Unmenge Müll darin: ein großes metallenes Bettgestell mit zerbrochenen Sprungfedern, Tonwaren mit zerbrochenen Deckeln, ein RCA-Victor-Grammophon, das wohl schon seit Jahrzehnten keinen Laut mehr von sich gegeben hatte, ein ganzes Sortiment kaputter Strohkörbe.

Yuen kramte herum und überreichte Mutter schließlich ein zusammengeknülltes, vergilbtes braunes Stoffbündel. Ping führte uns zum Balkon, wo die Sonne besseres Licht bot. Auseinandergeschüttelt ergab das Bündel einen Mantel, der früher wohl einmal einem Kind gehört hatte. Mit sicheren Händen griff Mutter langsam an den Kragen, fand die schwarze Samtkante. Sie zwängte ihre Arme durch die Ärmel und zog sich den Mantel über die Schultern, wobei Knie und Handgelenke freiblieben und deutlich machten, wann sie ihn zum letzten Mal getragen hatte. Aber man vergaß die schlechte Paßform, als sie die Seiten des Kragens zusammennahm, um ihren Hals in den Samt zu schmiegen. Es war, als vereinigte dieser Mantel bei seiner letzten Vorstellung nachsichtig und verzeihend die zwei Hälften der Familie – die kanadische und die chinesische – wieder zu einem Ganzen.

Mutter war ein junges Mädchen gewesen, als sie diesen Mantel getragen hatte. Mit seinen Samtabschlüssen und dem senfgelben Futter war der braune Boucléstrickmantel für ihre Mutter ein besonderer Luxus gewesen. Sie hatte ihn auf Vancouvers modischer Granville Street erstanden, mehrere Blocks entfernt von Chinatown, wo die zwei lebten. Mutter war in diesem Mantel auf den Bürgersteigen Vancouvers flaniert, Arm in Arm mit ihren Freundinnen. Sie hatte nicht geahnt, daß er in China enden würde, daß ihre Mutter ihn ihrem Vater gegeben hatte, damit dieser ihn in eines seiner Carepakete packte, die er regelmäßig an seine Familie in China schickte.

Ping war darin auf den Dorfwegen herumspaziert und hatte die spöttischen Rufe der übrigen Dorfbewohner: »Fremdes Mädchen, fremdes Mädchen!« genossen. Dann war der Mantel an Yuen weitergewandert, und als dieser aus ihm herausgewachsen war, wurde er über vierzig Jahre lang aufbewahrt, versteckt vor plündernden japanischen Soldaten, kommunistischen Aufpassern und den Motten, aufbewahrt zusammen mit den Hoffnungen von Ping und Yuen, daß meine Mutter, ihre Schwester, in Kanada noch am Leben wäre.

Mein ganzes Leben lang hatte ich gewußt, daß es in China wahrscheinlich noch Verwandte gab. Als Kind betrachtete ich gern ein Foto, auf dem zwei Kinder zu sehen waren. Es lag lose in dem Stapel der Schwarzweißfotos in der untersten Schublade der Zedernkommode im oberen Stockwerk unseres Hauses in Prince George, einem Holzfällerort im Norden Britisch-Kolumbiens. Wenn ich lange genug auf dieses Foto starrte, blinzelten die beiden Mädchen. Sie mußten es einfach tun: Wie hätten sie es nicht tun sollen, wo sie doch schon so lange auf ihre Schwester warteten? Manchmal stellte ich mir vor, wie sie eben aus der Schule nach Hause kamen und man ihnen sagte: »Eure kleine Schwester ist da! Sie ist da! Schnell! Nun begrüßt sie doch endlich!« Es ist die Schwester, von der sie wohl gehört haben, die sie jedoch nie kennengelernt haben, die noch im Bauch war, als ihre Mutter China ohne sie beide verließ. Schnell rollen sie ihre Socken herunter, glätten ihre Kleider. Die ältere greift nach dem Arm der jüngeren, und dann sind sie bereit, vorgestellt zu werden. Und da stehen sie nun, festgehalten in der Zeit für einen Augenblick, der nie eintreten wird.

Ich wußte, daß im wirklichen Leben eine der beiden schon lange tot war. Es war die jüngere, die in ihrer Jugend gestorben war. Aber nach allem, was meine Familie wußte, war die andere wahrscheinlich inzwischen ebenfalls tot. Die Kontakte, die abgerissen waren, als die Eltern meiner Mutter sich trennten und meine Mutter mit ihrem Vater auch keinen Briefwechsel mehr aufrechterhielt, waren endgültig abgebrochen, als die Kommunisten in China an die Macht kamen. Doch wie unlöschbare Tinte ließen sich die Worte, mit denen die traurigen Kindheitsgeschichten meiner Mutter unweigerlich endeten, nicht aus meinem Bewußtsein löschen: »Ich hatte niemanden.« Immer, wenn ich dieses Foto betrachtete, schien es mir, daß diese Worte meiner Mutter eigentlich nicht zutrafen.

Für die anderen Familienfotos aus dieser Schublade brauchte ich nicht so viel Phantasie. Meinen Großvater und seine Konkubine, meine Großmutter, kannte ich ja aus dem wirklichen Leben. Auf keinem dieser Fotos waren die beiden zusammen zu sehen. Das einzige Porträt, das es von ihm gab, wirkte ziemlich melancholisch; seine Kieferpartie war vom Alter und den vielen Sorgen zusammengepreßt. Ich wußte, daß Mutter auf seiner Beerdigung nicht geweint hatte; ich selbst war damals erst vier Jahre alt gewesen, aber ich erinnere mich noch gut daran. Ich für meinen Teil hatte ihn angebetet.

»Sehe ich ihm ähnlich?« überlegte ich. Ich fuhr die Linie seiner Unterkiefer entlang und tastete diese Partie dann bei mir nach. So kühn, mir vorzustellen, daß ich in irgendeiner Weise meiner Großmutter ähnelte, war ich nicht. So viel Nähe zu mir wäre ihr sicher nicht recht gewesen. Zumindest bildete ich mir dies ein.

Sie hatte mir zu ihren Lebzeiten immer Angst eingeflößt. Die Stille ihrer Fotos war mir wesentlich lieber. Die Bilder waren der Beweis, daß sie zu ihrer Zeit eine der schönsten Frauen in Chinatown gewesen war. »Es war eine bekannte Tatsache«, meinte Mutter. »Ständig bekam ich zu hören, wie schön May-ying sei.« Das war wohl das Großzügigste, was sie jemals über ihre Mutter sagte. Solange meine Großmutter lebte, fand auch ich, daß sie wunderschön war; ich nahm es als absolute Wahrheit, und irgendwie fand ich, daß dies alles andere wettmachte, was in ihrem Leben so schrecklich schiefgelaufen war.

Kapitel 2

May-ying scheitelte ihr Haar, band es mit einem dünnen schwarzen Draht auf jeder Seite zusammen und wand es über jedem Ohr zu einem Knoten. Dann nahm sie die Nadeln aus dem Haar auf ihrer Stirn und kämmte die Locken aus. Sie überprüfte das Ergebnis im Spiegel: Ein siebzehnjähriges Mädchen blickte hinein, doch ihr Spiegelbild mochte durchaus für eine vierundzwanzigjährige Frau durchgehen.

Tantchen hatte ihr den Rat gegeben, ihr Haar hochzustecken, damit ihr Gesicht älter wirkte. May-ying ließ ihre Ohrringe tanzen, die Jadetränen, die dem Goldball folgten, der von den Verschlüssen baumelte. Die Ohrringe hatten ihrer Mutter gehört, ebenso wie ein Jadeanhänger; sie hatte diesen Schmuck abgenommen und ihrem Kind übergeben, als sie sich für immer voneinander verabschiedeten. Seitdem hatte May-ying diese Schmuckstücke gehütet, und nun, da sie ihre Jugend hinter sich lassen sollte, wußte sie, daß sie keine anderen Besitztümer sorgfältiger aufbewahren mußte. Solange sie nur ihr Gold und ihre Jade bei sich hatte, würden die Seelen ihrer Vorfahren alles tun, was in ihrer Macht stand, um sie vor Schaden zu bewahren.

Sie stand auf, wandte sich vom Spiegel ab, glättete den *cheong sam,* das traditionelle schmale Gewand, über ihrem mädchenhaften Körper und machte sich auf den Weg, um für ein Porträt als Gattin eines Mannes zu posieren, den sie noch nicht kennengelernt hatte.

May-ying hatte nie einen Gedanken daran verschwendet, daß sie beim Zustandekommen ihrer Ehe ein Mitspracherecht haben könnte; in der traditionellen chinesischen Gesellschaft hatten kein Mädchen und kein Junge dieses Recht. Die Ehe, eine Vereinigung zwischen zwei Familien, war zu wichtig, als daß man sie den Launen der jungen Leute überließ. Außerdem war Liebe etwas, was man nicht mit in Betracht zog. Sie wurde sogar als Bedrohung für die Familie des Ehemanns gesehen, weil sie die Gefahr barg, daß die Autorität der Mutter über ihre neue Schwiegertochter untergraben wurde. Beim Arrangieren der Ehen ihrer Kinder achteten Eltern vor allem darauf, jegliche aus Familienhintergründen erwachsende Fehlverbindung zu vermeiden, die Probleme, Neid oder Mißstimmung zwischen den Familien verursachen könnte. Am ehesten gewährleistete dies eine Heiratsvermittlerin, meist eine ältere Dame aus einem der umliegenden Dörfer. Sie bat die Götter um Auskunft über das Wohl der Verbindung und agierte außerdem als Botschafterin bei den Verhandlungen über die Mitgift, wenn die Familie des Mädchens wohlhabender war als die des Jungen, oder über den zu bezahlenden Brautpreis, wenn das Gegenteil der Fall war.

»Tantchen« war nicht May-yings wirkliche Tante. May-ying war 1907 in die Familie Leong geboren worden und kam ursprünglich aus der Provinz Kwangtung in Südchina aus Nam Hoy, einem der vier Bezirke, die die Stadt Kanton und ihre Vorstädte formten. Aus diesem Grund war etwas Überlegenes an ihr; die Menschen aus diesen vier Bezirken waren die ursprünglichen, die echten Kantoneser, deren Dialekt und Wesen als vornehmer galten als die der bäuerlichen Bevölkerung im Landesinneren. Aber May-yings erstes Unglück war es gewesen, als Mädchen auf die Welt zu kommen. Niemand freut sich über die Geburt einer Tochter; ein Mädchen gehört immer jemand anderem, ist nur ein Mund, den es zu füttern gilt, bis es heiratet und fortzieht, um in einem anderen Haushalt zu leben. Söhne jedoch leben auch nach ihrer Eheschließung weiter zu Hause. May-yings doppeltes Unglück war es, als Mädchen in eine arme Familie geboren worden zu sein, auch wenn ihre Familie nicht so arm war, daß man sie gleich nach ihrer Geburt ertränkte oder aussetzte.

Sie lebte bei ihrer Familie, bis sie etwa vier Jahre alt war. Sie konnte sich noch daran erinnern, wie ihre Mutter versucht hatte, ihr zum ersten Mal die Füße zu bandagieren. Der Brauch, kleinen Mädchen die wachsenden Knochen in Bandagen zu legen, war zwar bereits im Aussterben, vor allem im Süden, wo man in der Landwirtschaft Mädchen und Frauen für die Arbeit auf den Feldern brauchte, aber manche hielten daran fest, um zu vermeiden, daß aus ihren Töchtern bloß Lasttiere wurden. Kleine Füße, dieser besondere weibliche Reiz, hätten May-ying in eine gesellschaftliche Klasse erhoben, in der Frauen Kunstobjekte waren. Kamen schlechte Zeiten, was sicher nicht ausblieb, und sollte die Familie dann ohne Reis dastehen, hätte man die Tochter als Kindbraut verkaufen können, wie die Mutter wohl hoffte, und hätte damit bei der Wahl ihres Gatten ein Mitspracherecht gehabt. Aber dem sollte nicht so sein. Aufgrund May-yings Protestgeschrei wurden die Bandagen von ihren Füßen entfernt. »Tantchen«, eine Fremde, kaufte sie als Dienerin.

Als May-ying siebzehn wurde und ins heiratsfähige Alter kam, war sie soweit, daß man sie ein weiteres Mal verkaufen konnte. Tantchen war sich bewußt, daß das Aussehen ihrer kleinen Dienerin einen hohen Brautpreis erzielen würde. Kein Mann, keine Frau, konnten beim Anblick May-yings zunächst anders, als diese winzige Person anzustarren, die einem durchschnittlich großen Erwachsenen nur bis zum Kinn reichte. Ihre zarten Züge, die klaren, runden Augen und der vielbestaunte herzförmige Mund lagen eingebettet in blasse Haut, die ihren Schimmer bewahrt hatte, weil Tantchen May-ying nur mit Dingen beauftragte, bei denen sie nicht auf die Felder und in die stechende Sonne gehen mußte. Bis auf ihre unverkrümmten Füße hatte sie den Körper und die Züge einer chinesischen Porzellanpuppe.

May-ying stand im Hinterhof über ein Becken gebeugt und wusch Tantchens Kleider, als sie ins Haus gerufen wurde. Tantchen bot ihr einen Stuhl an und schenkte ihr Tee ein. May-ying schöpfte sofort Verdacht; eine Herrin bedient nicht ihre Dienerin.

»*Ah* Ying, ich habe für dich eine *ho mien how* gefunden«, erklärte Tantchen.

Jedes Mädchen wußte, daß es eines Tages diese Worte hören würde, die eine gute Eingangspforte in ein anderes Haus verhießen, nämlich das ihrer zukünftigen Schwiegermutter. Die Frage war nur, wo. Ob sie wohl in Tantchens Dorf bleiben würde?

»Wo ist es denn, Tantchen?«

Tantchen zögerte. »In *Gum San*«, sagte sie.

»Was?!« May-ying traute ihren Ohren kaum, konnte sich auch nicht auf die Zunge beißen. »Was höre ich da?« Der Goldene Berg, das war ein anderer Kontinent, ein fremdes Land, in dem weiße Geister lebten. Ihr Tonfall machte deutlich, daß es für sie undenkbar war, zum Goldenen Berg geschickt zu werden. »Ich will nicht dorthin!«

Tantchen hatte erwartet, daß diese Neuigkeiten ein Schock sein würden. Sie selbst hatte sich erst überreden lassen, als sie den angebotenen Brautpreis gesehen hatte. Sie nahm ihn als Zeichen, daß die Behauptungen über den Wohlstand am Goldenen Berg nicht übertrieben waren.

»Der Mann kommt aus Heung San«, sagte Tantchen. Dies war der Bezirk der Reisbauern in der Provinz; er lag weiter südlich an den Ufern des Perlflusses. »Er lebt jetzt seit einigen Jahren am *Gum San*. Die Menschen dort sind wohlhabend und reich; sie müssen das Gold aus ihrem Weg schieben, um die Straße zu finden.« Sie sah May-ying in die Augen. »Ich tue nur dein Bestes. Ich will, daß du *on lock cha fan* hast.«

May-ying hörte diese Worte in ihrem Kopf nachklingen, die auch ihre Mutter beim Abschied benutzt hatte. Auch sie hatte ihr ein Leben voller Zufriedenheit gewünscht, ein Leben, in dem es immer genug Tee und Reis gab. Nun wurde sie wieder an diesen tränenreichen Abschied erinnert.

Zornig trat May-ying gegen die Tischbeine. Er war doch nur ein Bauer! Warum konnte Tantchen nicht einen Jungen aus einer anständigen Familie in der Nähe von Kanton finden? Sie rüttelte am Tisch und verschüttete den Tee. Sie wiederholte, daß sie nicht gehen wolle, daß sie nicht Reis aus einem fremden Land essen wolle. Nun wurde auch Tantchen wütend. Sie hatte May-ying oft gewarnt, daß ihre Temperamentausbrüche sie zur Sklavin ihres Herzens machen würden.

Sie mußte schreien, um sich Gehör zu verschaffen: »Du wirst ja nicht für immer weggehen!« May-ying starrte sie an und wartete auf das, was bisher noch zurückgehalten worden war. »Er hat eine *dai-po* in Hiang Seng«, fuhr Tantchen fort, »und möchte eine *chip see* am *Gum San* haben.«

Der Effekt war grausamer, als wenn man May-ying mitgeteilt hätte, daß niemand sie haben wollte. Sie war völlig entsetzt, daß sie dem Haushalt eines bereits verheirateten Mannes beitreten, eine Konkubine werden sollte, den Launen ihres Mannes ausgeliefert und in den Diensten seiner Ehefrau stehend. May-ying wußte, daß man dies gegen sie halten würde. Kein anständiges Mädchen wurde eine Konkubine, in Schande verheiratet ohne richtige Hochzeit oder Zeremonie. Andererseits wurde einem Mann mehr Prestige und gesellschaftlicher Status beigemessen, je mehr Konkubinen er hatte. Seine Eltern bestimmten die Ehefrau, aber er selbst suchte sich seine Konkubinen aus, und dies oft nach einem Gesicht, das ihm in einem Bordell gut gefallen hatte.

May-yings ebenholzfarbene Augen blitzten Tantchen in einem vertraut vorwurfsvollen Blick an. »Dann kann ich ja ebensogut in China bleiben und eine Prostituierte werden«, fauchte sie.

Bei diesem beißenden, undankbaren Vorwurf, dieser mangelnden Achtung für die Verbindung, die sie in die Wege geleitet hatte, donnerte Tantchen zurück: »Ich will diesen Unsinn nicht mehr hören! Wenn ich sage, daß du mein Haus verlassen sollst, dann tust du das auch!«

Nach dem westlichen Kalender fand May-yings Verheiratung Anfang 1924 statt. Ihre Auflehnung war sinnlos; nach dem konfuzianischen Denken hat ein Mädchen keinerlei Handlungsfreiheit. Es tut, was man ihm sagt. Man konnte sich nur dafür oder für Selbstmord entscheiden. Im Dorf mochte man bestenfalls munkeln, Tantchen sei der Tyrann und May-ying das Mädchen, dem man Unrecht getan hatte, wenn sie sich das Leben nahm, wenn man ihre Leiche in der Nähe der Pfahlhäuser über dem Perlfluß am Rand des Dorfes angeschwemmt oder von einem Balken in Tantchens Haus baumelnd gefunden hätte.

Tantchen stürzte sich voller Tatendrang in die Vorbereitungen zu May-yings Weggang. Sie beauftragte einen Fotografen, May-yings neue Identität festzuhalten. Das Foto mußte mit dem Alter auf der falschen Geburtsurkunde übereinstimmen. Vielleicht fühlte sie sich schuldig, daß es keine Hochzeitskekse für die Dorfbewohner gab, keine Ausschneidefiguren für doppeltes Glück, die über dem Eingang ihres Hauses flatterten. Jedenfalls beauftragte sie einen Schneider, für May-ying als Abschiedsgeschenk zwei *cheong sams* zu nähen. Sie hatte May-yings Wutausbruch wohl verziehen, wenn nicht sogar vergessen, und erzählte ihr nun mit großem Vergnügen immer wieder Geschichten von chinesischen Männern, die zum Goldenen Berg gegangen waren, dort die Geldbäume geerntet hatten und als wohlhabende, angesehene Männer zurückgekehrt waren. Sie stellte sich vor, wie May-ying nach ihrer Rückkehr in einem der großen Häuser, wie sie die Reichen besaßen, leben würde, wo man über die Mauer hinweg, die das Anwesen umgab, bloß die Hausdächer sehen konnte. Sie stellte sich einen harmonischen Haushalt vor, in dem die erste Frau des Mannes das Konkubinat billigte, anstatt auf die Konkubine eifersüchtig zu sein. »Sie wird sich lieber von dir als von den anderen Konkubinen bedienen lassen«, sagte Tantchen. »Sie wird es vorziehen, daß du im Bett des Herrn schläfst. Du wirst diejenige sein, die ihm seine Söhne gebären wird.«

Ein Chinese ist sich nur einer Sache völlig sicher: Überall lauern Gefahren und böse Geister. Dem chinesischen Glauben nach sind Jade und Gold die wichtigsten Glücksbringer und als solche um so mächtiger, je länger sie weitervererbt werden. May-yings Ohrgehänge waren schon von ihrer Mutter getragen worden. Der Anhänger, ein makelloser, dunkelgrüner, goldgefaßter Jadestein, stammte aus dem Sarg der Mutter ihrer Mutter und war damit umso wertvoller. Sie verließ Tantchens Haus, wie sie das ihrer Mutter verlassen hatte, mit den Schmuckstücken, die sie in ihre Kleider eingenäht hatte.

May-yings Reise nahm in einem *sampan* ihren Anfang, einem der unzähligen kleinen Boote, die auf dem Perlfluß umherschipperten. Nach einem Tag stromabwärts, der durch die vielen Hausboote auf dem Fluß verlangsamt worden war, kamen May-ying und der Mittelsmann, der sie begleitete, in Kanton an. Dort warf May-ying zum ersten Mal einen Blick auf die uralte Handelsstadt, auf die gepflasterten Gassen, vollgestopft mit Geschäften, in denen man alles kaufen konnte, von Feuerwerk und Kräutermischungen hin zu Sandelholz und Rattan. Auf der Zugreise nach Hongkong sah sie, wie die Reisfelder langsam einer Stadt Platz machten, die voll ehrgeiziger

Leute zu sein schien. Der Mittelsmann lieferte sie bei einer Adresse an der Des Voeux Road ab, von der aus ein weiterer Mann sie zum Schiff brachte. Die Beamten der Blue-Funnel-Dampfergesellschaft hatten an ihren Papieren nichts auszusetzen, stempelten sie ab und akzeptierten damit May-ying für die Überfahrt.

Nach einer achtzehntägigen Seefahrt lief der Dampfer in den Hafen von Vancouver ein. Die Berge und das Meer schienen die Bemühungen der Menschen zu verspotten, diese junge Stadtlandschaft zu formen. Unter den Passagieren, die mit großen Augen den Dampfer verließen, befand sich ein zierliches Mädchen, das, abgesehen von seiner Frisur, zu jung wirkte, um sein Zuhause hinter sich zu lassen. In seiner Geburtsurkunde hieß es, es sei in Kanada geboren, in einem Ort namens Ladner in Britisch-Kolumbien. Das fruchtbare Ackerland des Fraser-Tals, das sich vor Vancouver erstreckte, wimmelte vor Chinesen, die auf den Feldern der weißen Farmer arbeiteten. Die Einwanderungsbeamten nahmen an, daß May-ying schon zur neuen Generation von Chinesen gehörte, die in Kanada geboren worden waren, und akzeptierten ihre falschen Papiere. Und so ließen sie das Mädchen, das seine chinesische Heimat als Leong May-ying verlassen hatte, als Frau Chung Gim-ching durch, die in ihre Heimat Kanada zurückkehrte. »So ein hübsches Mädchen ganz allein?« fragte der Dolmetscher. Nein, sie würde von ihrem Gatten abgeholt, sagte sie.

Ein Chinese, der am Pier am Ende der Granville Street auf das Anlegen des Dampfers wartete, überragte die Menge, da er über einen Meter achtzig groß war; sein Körper schien nur aus langen Gliedmaßen zu bestehen. Selbst seine Finger waren extrem lang, was alle seine Gesten zu unterstreichen schien. Er trug einen Filzhut und einen maßgeschneiderten, dreiteiligen grauen Anzug. Seine Schuhe wie auch seine Nickelbrille waren frisch geputzt; sein schwarzes Haar war sorgsam nach hinten gekämmt, was seine hohe Stirn hervorhob, ein körperliches Merkmal, das bei den Chinesen als Zeichen von Intelligenz gilt. Er besaß zwei Anzüge, einen grauen und einen braunen, und zwei Filzhüte. Das Äußere eines Menschen, glaubte er, spiegelt seine innere Verfassung wider, und so war sein Äußeres heute wie an allen anderen Tagen makellos. Sein Wesen war wie seine Kleidung, nüchtern und ernst. Mit siebenunddreißig war er ein Jahr jünger als die Stadt Vancouver.

Unter der wartenden Menge befanden sich mehrere Chinesen, von denen Chan Sam einige flüchtig kannte. Aber er hatte nicht den geringsten Wunsch, in einem Gespräch mit jemandem, dem gegenüber er keine Verpflichtung hatte, Zeit zu verschwenden. Er senkte seinen Blick wieder auf die *Chinese Times* und auf den Bericht einer Rede, die ein in Kanada geborener Chinese in Victoria gehalten hatte und in der er politische Reformen in der Heimat forderte. Chan Sam unterstrich Schriftzeichen, die er nicht kannte; so vergrößerte er sein schriftliches Vokabular täglich um zwei bis drei neue Zeichen.

Die Szene auf den Docks war deutlich anders als vor elf Jahren, als er 1913 das erste Mal den gleichen Pier betreten hatte. Jetzt trugen die Chinesen westliche Kleidung. Damals war er einer der wenigen chinesischen Passagiere gewesen, die aus dem vollgestopften Frachter nicht in einer Mandarinjacke, weiten Hosen und Sandalen ausgestiegen waren. Chan Sam war in einem maßgeschneiderten westlichen Anzug angekommen. Aber dies hatte nichts daran geändert, wie man ihn hier aufnahm. Zusammen mit den übrigen Chinesen war er in ein niedriges Backsteingebäude auf den Docks getrieben worden und hatte dort drei Monate hinter vergitterten Fenstern und unter Bewachung in Quarantäne verbracht. Trotz ihrer Proteste, daß sie auf dem Schiff schon nackt angestanden hätten, um von dem weißen Schiffsarzt untersucht zu werden, waren die Männer, ebenso wie ihre Habseligkeiten, mit Schwefel ausgeräuchert worden. Im Inneren des überfüllten und schmutzigen »Schweinestalls«, wie die Chinesen dieses Gebäude nannten, mitten im Lärm der Züge, die in den angrenzenden westlichen Bahnhof der transkontinentalen Eisenbahnlinie einliefen, war es für die Männer nicht leicht gewesen, an ihrem Glauben an den Goldenen Berg festzuhalten, an die Märchen jener, die vor ihnen versucht hatten, hier ihr Glück zu machen.

Bei den Männern vom Delta des Perlflusses in der Provinz Kwangtung in Südostchina galten die Seefahrer als Volkshelden. Im achtzehnten Jahrhundert war Kanton der einzige chinesische Hafen gewesen, der Fremden Zugang gewährte. Seit der Ankunft fremder

Händler, die Opium aus Indien gegen Seide und Tee aus China tauschen wollten, hatten ferne Küsten Abenteuer bedeutet. 1884 wurde in Sacramento in Kalifornien Gold gefunden, und das Rennen über den Pazifik zum Goldenen Berg nahm seinen Anfang. Weitere Chinesen verließen 1862 ihre Heimat in einem zweiten Wettlauf zu dem Gold, das in der Nähe von Barkerville im Fraser River in Britisch-Kolumbien gefunden worden war. Viele Chinesen, die von den weißen Goldschürfern von den besseren Claims vertrieben wurden, blieben da, um für die Weißen zu kochen und ihre Wäsche zu waschen. Die ersten Chinatowns bildeten sich und vergrößerten sich schnell, aber auch die Vorbehalte gegen die Chinesen nahmen zu. Die Weißen entlang der nordamerikanischen Westküste begannen, die kommunalen Regierungen – des Staates, der Provinz und der Städte – unter Druck zu setzen, damit diese die Flut der ankommenden Chinesen eindämmten und denjenigen, die schon da waren, deutlich machten, daß sie nicht willkommen waren. In den siebziger und achtziger Jahren des letzten Jahrhunderts gab es Beschränkungen für die Anzahl der Chinesen, die pro Schiff ins Land kommen durften; es war untersagt, Männer mit Chinesenzöpfen anzustellen und Körbe mit Schulterstangen zu tragen. Den Chinesen wurden besondere Steuern im Schulwesen und in der Verwaltung auferlegt, danach für ihre Wäschereien, ihre Schuhe und sogar ihre Zigarren. Aber es sollte noch schlimmer kommen. Bald wurde den Chinesen untersagt, die Staatsbürgerschaft und alle damit einhergehenden Vorteile zu erwerben; sie durften kein Land besitzen und auch keine öffentlichen Arbeiten leisten.

Diese Abneigung gegen die Anwesenheit von Chinesen schreckte jedoch weiße Arbeitsvermittler nicht ab, die für den Bau der großen transkontinentalen Bahnlinie quer durch Kanada und die Vereinigten Staaten nach billigen Arbeitskräften suchten. Ihre Regierungen kauften ihnen die Behauptung ab, daß die Chinesen für viel weniger Geld arbeiteten und viel zuverlässiger waren als die vorhandenen weißen Arbeitskräfte, vor allem die Iren. Auch wenn viele Chinesen, denen die gefährlichsten Arbeiten übertragen wurden, bei dem Bau der Eisenbahn ihr Leben ließen, verbreiteten sich die rassistischen Vorurteile schnell entlang der neugebauten Bahnstrecken. Die

Weißen im Osten stellten sich gegen die unausweichlich sich ostwärts ausdehnenden Ansiedlungen einer Rasse, die sie als fremd, moralisch zutiefst verkommen und minderwertig ablehnten.

Doch noch immer kamen Chinesen ins Land – Väter, Onkel, Söhne und Brüder derjenigen, die bereits da waren, unter ihnen auch Chan Sams Vater. Seine Reise von China nach San Francisco war von dem Verband seiner Sippe finanziert worden. Während seines Auslandsaufenthalts kam er für seine Unkosten und die seiner Frau zu Hause auf und kehrte alle drei Jahre, insgesamt dreimal, zu einem Besuch nach Hause zurück. Und was ihn noch mehr auszeichnete: Die Schulden an seinen Sippenverband zahlte er mehr als zurück, indem er Überweisungen aus Übersee anwies, um zur Erstellung einer Ahnenhalle beizutragen.

Er hatte Glück, daß er das erste Mal in Amerika landete, bevor der Kongreß der Vereinigten Staaten 1882 den historisch bedeutsamen *Chinese Exclusion Act* verabschiedete. Mit diesem Gesetz hatte man den fanatischsten Lobbyisten gegen die Anwesenheit der Chinesen Gehör geschenkt und die Tore für sämtliche Neuankömmlinge verschlossen. Es durften nur noch Diplomaten, einzelne Gelehrte und wichtige Kaufleute mit zeitlich begrenzten Aufenthaltsgenehmigungen ins Land einreisen. Damit waren diejenigen Chinesen, die bereits im Land lebten, verdammt zu einem Leben in der Fremde ohne die Möglichkeit, ihre Familien nachkommen zu lassen. Die Bevölkerung in den Chinatowns, die ohnehin vorwiegend aus Junggesellen bestand, veränderte sich nun nur noch durch die Geburten von Kindern, die in Amerika das Licht der Welt erblickten. Um Chinesen davon abzuhalten, sich über Kanada in die Vereinigten Staaten einzuschleichen, stellten die Amerikaner Wachposten an den Grenzen auf.

1888 kam Chan Sams Vater nach China zurück und wiegte seinen erstgeborenen Sohn in den Armen. In eben diesem Jahr erklärte der Kongreß sämtliche Rückkehrbescheinigungen für ungültig, die den früheren Gastarbeitern gestattet hatten, in die Vereinigten Staaten zurückzukehren. Chan Sams Vater war dankbar für die fetten Jahre, die er im Ausland verbracht hatte, denn er hatte dort zehnmal mehr verdient, als wenn er nicht weggegangen wäre, genug, um etwas über dreißig *mau tin* (fünfzehn *mau tin* entsprechen etwa einem Hektar Ackerland) zu erwerben, genug, um ein zweites, ein drittes und ein viertes Kind zu ernähren.

Das einzige Tor zum sagenumwobenen Goldenen Berg, das die Chinesen noch aufstemmen konnten, lag in Kanada. Aber die kanadische Regierung, die sich klar darüber war, daß einige Chinesen ihr Land als Hintertür zu den Vereinigten Staaten betrachteten, bemühte sich, im Einklang mit den US-Amerikanern vorzugehen. 1885 versuchte Kanada, den durchschnittlichen chinesischen Arbeiter abzuschrecken, indem es eine Kopfsteuer von fünfzig Dollar pro Mann erhob. Ausgenommen davon waren nur die Kaufleute, da man fürchtete, sie würden südlich der Grenze bleiben. 1904, im Jahr, in dem die Vereinigten Staaten ihren *Exclusion Act* auf unbegrenzte Zeit ausdehnten und Hawaii und die Philippinen darin einbezogen, erhöhte die kanadische Regierung ihre Kopfsteuer auf fünfhundert Dollar.

Die Lage der Chinesen war daheim jedoch so verzweifelt, daß sie, um ihr Land zu verlassen, Wege fanden, um auch solche Summen aufzubringen. Als Chan Sam 1913 den Pazifik überquerte, war er einer von siebentausend, die in diesem Jahr nach Kanada kamen, ein neuer Höchststand. Solche Zahlen mißfielen sogar der Kanadischen Vereinigung zum Wohl der Chinesen, die in Victorias Chinatown, Kanadas ältestem Chinesenviertel, ihren Hauptsitz hatte. In jenem Jahr entwarf die Vereinigung in einem dringenden Rundschreiben an die Provinz Kwangtung, das in allen Behörden der Bezirksmagistrate aufgehängt wurde, ein Bild, das Chinesen in Kanada als arbeitslos, hungrig und frierend darstellte: »Kurzum, es ist besser, nicht zu kommen.« Die Vereinigung befürchtete, daß die kanadische Regierung auf die wachsende Zahl der Neuankömmlinge überreagieren und diejenigen, die bereits im Land waren, hinauswerfen könnte. Eine Aussperrung war der schlimmste Alptraum der Vereinigung.

Zu Chan Sams Zeiten war Vancouvers Chinatown ein bevorzugtes Ziel. Die Gemeinde war mit der Stadt aufgeblüht. Aber ebenso blühten die Vorurteile gegen Chinesen. Innerhalb der vier bis fünf Blocks, die das Chinesenviertel in Vancouver umfaßte, lebten und arbeiteten drei- bis viertausend Chinesen, vor allem Männer, nahezu isoliert von der weißen Gesellschaft. Kein Weißer, der etwas auf sich hielt, ließ sich auch nur in der Nähe von Chinatown blicken; man glaubte, dort lebten nur schlitzäugige, bezopfte Männer, wie sie später in den Fu-Manchu- und Charlie-Chan-Filmen in nordamerikanischen Kinos gezeigt wurden. Das Verlangen, Chinesen als Schurken hinzustellen, nahm zu, als die Veteranen aus dem Ersten Weltkrieg heimkehrten und eine schlechte Konjunktur vorfanden. Zeitungen wie Politiker verstärkten die öffentliche Hysterie, indem sie die Chinesen beschuldigten, kanadischen Vätern die Arbeitsplätze wegzunehmen. Die Chinesenviertel wurden als schmutzig und seuchengeplagt, als Zentren des Glücksspiels und des Verbrechens diffamiert. Vancouvers Chinatown wurde in den Comic strips der lokalen Tageszeitungen als ein Haufen billiger Absteigen dargestellt, als Gewirr anonymer Eingänge zu einem Labyrinth, in dem lüsterne Chinesen Opium rauchten, bei chinesischen Prostituierten lagen, sich von Ratten ernährten und weiße Mädchen versklavten. Niemand wollte wahrnehmen, daß die Wahrheit von diesem Bild durchaus abwich, daß es neben den vielen Junggesellen auch ein paar brave Familien in den Chinatowns gab, darunter auch die Frauen und Kinder der Kaufleute, die das Geld aufbringen konnten, um die Kopfsteuer von fünfhundert Dollar für jedes Familienmitglied zu bezahlen, die für ihre Familien über ihren Geschäften eine Bleibe einrichten und es sich leisten konnten, ihre Kinder für einen Teil ihrer Ausbildung nach China zurückzuschicken, und auch jederzeit die Möglichkeit hatten, ihre Unternehmen zu verkaufen, um die Überfahrt der Familie nach Hause zu bezahlen, falls das Leben in Kanada vollends unerträglich würde.

1923 wurden die schlimmsten Alpträume der Kanadischen Vereinigung zum Wohl der Chinesen wahr. In diesem Jahr eiferte das kanadische Parlament dem amerikanischen Kongreß nach und verabschiedete sein eigenes Aussperrungsgesetz. Der Tag, an dem der *Chinese Immigration Act* in Kraft trat, der erste Juli, an dem auch der Geburtstag der Nation begangen wird, hieß bei den Chinesen fortan »Tag der Erniedrigung«. Als Reaktion auf diese Feindseligkeiten kehrten viele Chinesen endgültig heim. Auch Chan Sam hätte nach zehn Jahren im Ausland seinen Plan, hier zu bleiben, aufgeben können, aber dann hätte er sein Gesicht, seine Selbstachtung verloren.

Man hätte seinen Stolz auch als Charakterfehler bezeichnen können, aber von den Heimkehrern vom Goldenen Berg wurde so ein Pathos nahezu erwartet – als Beweis, daß der Traum von den Reichtümern im Ausland noch immer lebendig war.

Hätten Schicksal und Mißgeschick nicht miteinander konspiriert, so hätte Chan Sam vielleicht einfach nur den Rest seines Lebens zu Hause verbracht, anstatt zu versuchen, sich eine Zukunft im Ausland zu ermöglichen. Sein erstes Mißgeschick passierte in seiner Jugend. Wie jeder ehrgeizige Schuljunge hatte er davon geträumt, eines Tages die Prüfungen für den öffentlichen Dienst zu bestehen, die ihm die Tür zu einem hochgeachteten und privilegierten Posten als Beamter am kaiserlichen Hof im Dienst der Qing-Dynastie, ja vielleicht sogar im Dienst der Kaiserinwitwe geöffnet hätten. Aber als Chan Sam zwölf war, starb sein Vater, und er mußte die Schule verlassen. Als ältester Sohn in einer Familie mit vier Kindern wurde er jetzt zum Haushaltsvorstand.

Jeder arme Bauer träumte sein Leben lang von »Ziegeln über dem Kopf, Erde unter den Füßen«. Das Haus von Chan Sams Familie wies keineswegs auf die Erfolge seines Vaters am Goldenen Berg hin. Das flache Adobehaus, in dem sich nur zwei Räume befanden – im ersten wurde geschlafen und gegessen, im zweiten gekocht und gewaschen –, glich all den anderen Häusern in Chang Gar Bin, einem Dorf, in dem etwa fünfzig Familien so eng zusammengedrängt wie Blumenkohlrosen lebten. Nur die Größe des Landbesitzes variierte. Ein Mann pachtete so viel Land, wie er sich leisten konnte, und betete zu den Göttern, daß er den Hunger von seiner Schwelle abhalten konnte mit dem, was ihm von der Ernte übrigblieb, nachdem er dem Landbesitzer die Pacht (fünfzig bis sechzig Prozent der Jahresernte, die oft schon mehrere Jahre im voraus eingefordert wurden), die Steuern (etwa ein Sechstel des Gewinns aus seiner Ernte) und die Zinsen auf seine Schulden beglichen hatte. Die Landbevölkerung in China war arm; die Menschen, die in der Stadt lebten, waren vergleichsweise besser dran. Auch die reichen Feudalherren, die Landbesitzer, die Tausende, oft Zehntausende *mau tin* besaßen, lebten in der Stadt. Diese Leute hatten das Geld, und sie hatten allein durch ihre Stellung als hohe Beamte oder Offiziere (Stellungen, die durch Geld erworben und gehalten wurden) die Unterstützung der Polizei oder angeheuerter Truppen, die dann die Pachtgebühren mit Gewalt eintrieben oder sämtliche bewegliche Güter mitnahmen, die sie finden konnten.

Im neunzehnten Jahrhundert starb jeder dritte Bauer besitzlos. Der gesamte Lohn, der einem Bauern nach sechs bis acht Jahren übrigblieb, reichte vielleicht aus, um ein *mau tin* zu kaufen. Ein ärmerer Bauer besaß etwa fünf oder sechs *mau tin*, genug, um zwei Menschen vorm Verhungern zu bewahren, nicht jedoch vom Hungern. Ein Bauer der Mittelschicht besaß vielleicht viermal soviel, genug, um seine Familie davon zu ernähren. Andere, die genügend verdienten, um etwas zu sparen, bemühten sich, mehr Land zu kaufen, um es dann zu verpachten, in der Hoffnung, daß es sie durch schlechte Zeiten bringen würde. Und hier lag der Verdienst von Chan Sams Vater, den er sich im Ausland erworben hatte: Seine dreißig *mau tin* waren genug, um ihn von einem armen Bauern zu einem Angehörigen der Mittelschicht zu erheben. Auch wenn das Land für drei Söhne reichen mußte, wäre es vielleicht genug gewesen, um den Wunsch eines Vaters, auch für die nächste Generation ausreichend gesorgt zu haben, wahr werden zu lassen.

Jahrelang jätete, bepflanzte und erntete der junge Chan Sam den Boden allein. Das Land war umgeben von Wasser, das an der einen Seite zum Perlfluß hin, an der anderen Seite Richtung Südchinesische See floß, und ein System von Bewässerungskanälen schloß Dörfer wie Chang Gar Bin an das Wasser an. Früher war es für den Reisanbau ideal gewesen, aber jetzt war dieses einstmals üppige Land schrecklich ausgelaugt, schrecklich überbevölkert. Um die Jahrhundertwende lebten allein in der Provinz Kwangtung, die etwa die Größe des Bay-Gebiets von San Francisco umfaßt, etwa viermal so viele Menschen wie damals in ganz Kanada. So viele Münder zu stopfen war von dem Land einfach zuviel verlangt. Chan Sam mühte sich ab, schleppte Wasser mit Hilfe eines Bambusstabes auf den Schultern herbei, grub die Erde jeden Morgen um, um die in dem Boden lauernde Bedrohung des Hungers abzuwenden. Da er dachte, daß seine jüngeren Brüder vielleicht lieber mithelfen würden, wenn die Arbeit weniger anstrengend wäre, verkaufte er ein paar *mau tin*, um dafür vier Wasserbüffel zu erstehen.

Er konnte nicht wissen, daß alle seine Bemühungen von dem wachsenden politischen und wirtschaftlichen Chaos im Land untergraben werden würden. Die Qings, von korrupten Mandarinen geschwächt und von Geheimbünden und abtrünnigen Beamten in Frage gestellt, hatten nicht die Kraft, die weitverbreitete Auflehnung und die Aufstände gegen ihre Dynastie zu unterdrücken. Enttäuschungen verbreiteten sich wie Krebsgeschwüre. Selbst als der junge Chan Sam das Erbe seines Vaters antrat, konnte man nur als Räuber tatsächlich seinen Lebensunterhalt sichern. Bewaffnete Banden zogen durchs Land. Sie bestanden aus den Ärmsten der Armen, aus mutlosen Jungen, arbeitslosen Soldaten und anderen Unzufriedenen. Ganze Familien, ja ganze Dörfer bildeten solche Banden oder schlossen sich ihnen an. Teile der Regierungstruppen selbst führten sich wie Banditen auf; das, was andere »stehlen« nannten, bezeichneten sie als »konfiszieren«.

Chan Sams Lebensgrundlagen begannen zu schwinden, während seine Verantwortung wuchs. Er war Ehemann – mit sechzehn hatte er das Mädchen, das seine Mutter für ihn ausgesucht hatte, geheiratet – und Vater einer Tochter. Er mußte zusätzliche Wächter anstellen, die seine Felder in der Nacht bewachten. Auch er übernahm Nachtwachen und schlief dann in den feuchten Feldern, und wie jeder Mann und Junge in Chang Gar Bin übernahm auch er seine Aufpaßrunden auf dem Wachturm des Dorfes von Sonnenuntergang bis Sonnenaufgang. Solche Türme, finanziert von den Landbesitzern der Sippen, den Reishändlern oder den Ahnentempeln, erhoben sich über jedem Dorf in Südchina und verliehen der Landschaft eine Ähnlichkeit mit dem England des Mittelalters. Die besser ausgerüsteten Dörfer hatten Gewehre, die an mehreren Wachstellungen auf den mit Zinnen versehenen Türmen in Stellung gebracht waren. Chang Gar Bins Turm hatte ein starkes Tor und eine ummauerte Aussichtsplattform, die so hoch war wie die Dächer des Dorfes. Die Nacht im Dorf brachte zweierlei Geräusche. Das tock! tock! des *muk-yue*, das Klappern eines Holzfisches, der beim Abendessen der Armen als Symbol für den richtigen Fisch, den sie sich nicht leisten konnten, serviert wurde, gab zu erkennen, daß alles in Ordnung war. Die schrillen Töne des *di-da*, eines flötenähnlichen Instruments, warnten vor heranziehenden Banditen und forderten die Dorfbewohner auf, im Turm Zuflucht zu suchen. Es war sehr gefährlich, zurückzubleiben, wenn die Banditen zuschlugen. Für jeden Mann oder Jungen bedeutete es sichere Versklavung, für ein Mädchen oder eine Frau sehr wahrscheinlich Vergewaltigung.

1908, als Chan Sam einundzwanzig Jahre alt war, starb die Kaiserinwitwe. Es folgten schwere Unruhen, und 1911 gewann die junge Nationale Volkspartei, die Kuomintang, einen kleinen Vorsprung, der es Sun Yat-sen, dem Gründer der Partei, ermöglichte, sich zum provisorischen Präsidenten einer Republik ausrufen zu lassen. Zu der Zeit unternahm er gerade eine Auslandsreise und war ebenso überrascht wie alle anderen.

De facto jedoch fiel das Land in die Hände von sich gegenseitig bekämpfenden Kriegsfürsten und sonstigen starken Männern. Die Reichen zogen sich hinter die Mauern ihrer Anwesen zurück, stellten weitere Wachposten ein und gaben denjenigen Schmiergelder, die noch mächtiger waren und es geschafft hatten, zu überleben. Die Ärmsten hatten keine andere Wahl, als ihrem Schicksal zu trotzen. Diejenigen, die das Geld aufbringen konnten, taten das, was ihre Väter früher bereits getan hatten – sie gingen ins Ausland. Und so wurde die Provinz Kwangtung zum Schnabel der Teekanne, die China war, und goß Männer wie Chan Sam aus, die weder sehr arm noch sehr reich waren. Sie gingen fort, um den Schmerz des Hungers und der Hoffnung zu stillen, um die Stabilität zu suchen, die sie in ihrer Heimat vermißten. Einige gingen nach Hongkong, andere nach Südostasien, wieder andere, wie Chan Sam, entschieden sich für den Goldenen Berg.

Eine alte Dame im Dorf, eine Verwandte seines Vaters, lieh ihm die siebenhundert Dollar für das, was die Chinesen als »Reisegebühren« bezeichneten, um ins Ausland zu gehen: fünfhundert Dollar Kopfsteuer, weitere zweihundert Dollar für seine Ausgaben bei der Arbeitssuche. »Kehre in Brokatgewändern heim!« sagte die alte Dame. Seiner Frau versprach Chan Sam, sich nach Kräften zu bemühen und genug zu sparen, um ihr Geld für ihre Ausgaben zu Hause zu überweisen. Er versprach ihr auch, so bald wie möglich zu einem Besuch und eines Tages für immer heimzukehren.

Chan Sam hatte Glück, denn er fand trotz der wirtschaftlich schlechten Lage in Vancouver sofort Arbeit. Die Chinesen fanden eigentlich fast immer einen Job, wenn nicht in Chinatown selbst, dann in den Sägewerken, den Minen oder auf einer Farm. Allerdings waren diese Arbeitsplätze meist minderwertig, schlecht bezahlt oder auch gefährlich. Die weißen Besitzer der Sägewerke am Fraser River, der Dosenfabriken an der Bucht von Burrard und der um Vancouver angesiedelten Gemüse- und Schweinefarmen erkannten den Vorteil von chinesischen Vorarbeitern, denn diese beschafften ihnen billige chinesische Arbeitskräfte. Die Arbeit, die man bekam, hing einzig und allein von den Beziehungen ab, die man hatte, und davon, wieviel Geld man besaß, um diese zum Tragen kommen zu lassen. Eine Arbeitsstelle in Chinatown war sowohl ein Privileg, das man sich verdient hatte, als auch ein Gefallen, der einem gewährt wurde. Außerhalb von Chinatown kam ein Mann nur unter, wenn ihn der chinesische Vorarbeiter hineinschleuste.

Wenn es ein universelles chinesisches Gesetz gab, dann war es die Loyalität gegenüber den *gee gay yun*, gegenüber den eigenen Leuten. In der Heimat traf dies auf die Familie, das Dorf und die Sippe zu, was manchmal ein und dasselbe war. In der neuen Welt, in der die Beziehungen dünner gesät waren, gab es die offensichtliche Loyalität gegenüber der Großfamilie, den Männern der eigenen Sippe oder den Männern, die aus derselben Gegend in China kamen. Wenn es von einer Sippe nicht sehr viele Leute gab, dann wurde die Gegend ausgedehnt auf Männer des gleichen Bezirks oder einer Gruppe von Bezirken. Chan (auf englisch hieß er auch Chen oder Chin) befand sich nicht unter den verbreiteteren Familiennamen wie Wong, Lee oder Mah, deren Sippenverbände zu der damaligen Zeit in Chinatown fest verwurzelt waren. Wenn ein Mann keine Sippenbeziehungen hatte, um Arbeit zu finden, mußte er selbst herausbekommen, an wen er sich zu wenden hatte. Chan Sam traf einen Vorarbeiter eines Sägewerks, der aus seinem Heimatbezirk stammte, und bekam Arbeit als Sortierer und Bündler: Er mußte die herunterfallenden

Holzscheite auffangen und zusammenbinden. Er fand auch heraus, warum diese Arbeit von den Weißen gemieden wurde, als ein fliegendes Holzscheit ihm die Spitze eines Mittelfingers abtrennte.

Er arbeitete elf Stunden am Tag und sechs Tage die Woche. Die Chinesen beklagten sich nicht; sie waren froh, überhaupt eine Arbeit zu haben. In dem Sägewerk, in dem Chan Sam arbeitete, standen die Chinesen an dritter Stelle auf der Einkommensskala, hinter den Weißen und den Indern. Sie verdienten nur einen Bruchteil des normalen Lohns und mußten, im Unterschied zu den anderen, auch für Unterkunft und Verpflegung aufkommen. Ihre Baracken waren getrennt von denen der Weißen, und man erwartete von ihnen, mit gesalzenem Fisch, Suppe und Reis zu überleben. Wann immer Chan Sam genug hatte von den Beschimpfungen, die aus dem Mund des weißen Mannes auf ihn herabregneten, dachte er daran, daß er mit einem Wochenlohn zu Hause ein *mau tin* würde erwerben können. Aber seine Unkosten machten das Sparen schwierig. Er senkte sie, indem er an seinem freien Tag und in den Zeiten, in denen es keine Arbeit gab, nach Chinatown zurückkehrte, wo er sich mit einem anderen Mann die Miete für einen Schlafplatz in einer Pension teilte. Um mehr Schlafstellen zu schaffen, waren die Zimmer unterteilt worden; sie waren nicht größer als fünf Quadratmeter und besaßen keine Fenster; auf jeder Seite eines solchen Raumes waren jeweils drei Schlafstellen übereinandergestellt. Wie bei dem Spiel »Reise nach Jerusalem« gab es mehr Junggesellen, die sich die monatliche Miete teilten, als Schlafstellen.

Die typischen Unterhaltungsmöglichkeiten für einen Junggesellen waren Laster, die Chan Sam mied. Der Männeranteil im Vergleich zu dem der Frauen sank innerhalb eines Jahrzehnts nach seiner Ankunft von fünfundzwanzig zu eins auf zehn zu eins. Aber auf der Straße war das Verhältnis sehr viel höher. »Anständige« Frauen – die Gattinnen der Kaufleute – verließen nur selten ihre vier Wände. Ein Arbeiter, den eine soziale Kluft von einem Kaufmann trennte, wohnte in einer Pension und bekam nur sehr selten eine Frau oder ein Mädchen zu Gesicht, es sei denn, er ließ sich mit den weißen Prostituierten in der heruntergekommenen Gegend ein, die sich an Chinatown anschloß, oder er besuchte die Teehäuser, die alle weibliche Bedienungen beschäftigten. Chan Sam blieb seiner Frau treu und wappnete sich gegen jegliches Laster. Nur äußerst selten ging er in einen Spielsalon, und an Zahltagen hielt er sich mit Sicherheit davon fern. Hin und wieder trank er einen Whiskey, aber er war der Meinung, daß Trinken wie auch Spielen süchtig machen. Dank dieser moralischen Vorsicht und seiner Genügsamkeit konnte er seiner Frau daheim Geld überweisen, und nach drei Jahren im Ausland konnte er auch Geld heimschicken, um seine Schulden an die alte Dame zu begleichen, und beginnen, für die Zukunft seiner Familie zu sparen.

Er war fünf Jahre in Kanada, als er die Nachricht erhielt, daß seine Frau gestorben war. Tief erschüttert besorgte er sich mit seinem ersparten Geld eine Überfahrt nach Hause. Er wollte ihr Grab besuchen und eine Ahnentafel aufstellen, damit nachkommende Generationen zu ihrer Seele beten konnten. Aber diesen schlechten Neuigkeiten folgten weitere. Bei seiner Heimkehr mußte er feststellen, daß seine beiden Brüder, die inzwischen verheiratet waren, große Schulden hatten. Anfangs war er betrübt, daß die *mau tin* nicht ausgereicht hatten, um die Unkosten für seine Familie zu bestreiten, aber bald fand er zu seiner großen Verärgerung heraus, daß seine Brüder außerdem, anstatt der alten Dame die geborgten Reisekosten zurückzuerstatten, das von ihm überwiesene Geld ausgegeben hatten. Er tadelte seine Brüder: »Ihr habt euch nicht richtig verhalten!« Sie baten ihn, ihnen noch mehr Geld zu leihen. Chan Sam erklärte, daß ihm dies nicht möglich sei, da er den Plan gefaßt hatte, nach seiner Rückkehr nach Kanada ein Geschäft aufzumachen.

Er konnte ein Jahr von Kanada wegbleiben, ohne erneut die Kopfsteuer bezahlen zu müssen. Bevor sein Jahr in China abgelaufen war, tat er das Nächstliegende: Er nahm sich eine »Ersatzfrau«. Huangbo war einfach, ruhig, bescheiden und freundlich. Mit zwanzig war sie schon ziemlich alt für eine Ehe und deshalb froh, daß für ihre Zukunft gesorgt war, wenn auch durch einen Witwer, der zwölf Jahre älter war als sie. Chan Sam versprach, sich genauso um sie zu kümmern, als wäre sie seine erste Frau. Er bat sie, sich während seiner Abwesenheit pflichtschuldig um die Haushaltsführung und die

Bearbeitung seines Bodens sowie um die Erziehung der Tochter seiner ersten Frau zu kümmern, bis diese ins heiratsfähige Alter gekommen sei. Als er wieder abreisen mußte, war sie schwanger; zurück in Kanada, erfuhr er, daß das Baby, ein Mädchen, nicht lange gelebt hatte.

1919 eröffneten er und ein paar seiner Junggesellenfreunde einen kleinen Laden im Chinatown von Vancouver. Sie hatten einen Raum am östlichen Ende der Pender Street, Chinatowns Hauptverkehrsader, die sich über drei Blocks hinzog, gemietet. Dort wollten sie, wie viele andere Läden auch, chinesische Trockenwaren verkaufen. Sie verließen sich dabei auf die Loyalität ihrer Leute, den moralischen Vertrag, der Dutzende anderer Läden in Chinatown im Geschäft hielt, und erwirtschafteten tastsächlich ein ausreichendes Einkommen.

Seine Brüder fragten in einem Brief an, ob es nicht am besten wäre, wenn sie auch nach Kanada kämen. Chan Sam war nach wie vor optimistisch, was das Leben im Ausland betraf: »Es ist nicht einfach, Geld zu sparen, aber hier läßt sich noch immer besser ein Lebensunterhalt verdienen als durch die Bearbeitung heimatlichen Bodens.« Ohne ihn im weiteren zu Rate zu ziehen, verkauften die Brüder die vier Wasserbüffel, um sich ihr Reisegeld zu verschaffen. Da kam es 1923 plötzlich zur völligen Aussperrung, und sie mußten ihre Reisepläne aufgeben. »Ihr habt unsere einzigen produktiven Güter verkauft!« schrieb Chan Sam seinen Brüdern, als er erfuhr, was sie getan hatten. Das Land, das nach der Begleichung der sich häufenden Schulden übrigblieb, reichte schließlich nicht mehr aus, um zwei Familien zu ernähren. Ein Bruder beschloß, in ein Land auszuwandern, das ihn haben wollte. Er verwendete Chan Sams Namen und die *mau tin* als Bürgschaft und lieh sich damit Geld von einer Bank und einem Reishändler, um seine Überfahrt nach Kuba zu bezahlen und in Havanna ein Geschäft zu gründen. Gleichzeitig brachte er den ahnungslosen Chan Sam dazu, ihm die gleiche Summe und sogar mehr zu leihen. Bis auf eine elendige Goldmünze, die er einmal seiner Frau und Tochter, die er zurückgelassen hatte, aus Kuba schickte, hörte man nie mehr wieder etwas von diesem Bruder, und Chan Sam blieb es überlassen, seine Schulden zu bereinigen.

Chan Sam, der sich auch noch schuldig fühlte, daß er so an der Nase herumgeführt worden war, und an die verlassene Frau seines Bruders Geld schickte, geriet dadurch selbst in Geldnöte. Auch er mußte eine Entscheidung fällen. Dem kanadischen Aussperrungsakt zufolge mußte sich jeder Chinese in Kanada, ob er nun dort geboren war oder nicht, bei der Einwanderungsbehörde registrieren lassen und angeben, ob er in Kanada bleiben oder fortgehen wollte. Um Chan Sams Laden auf der Pender Street war es nicht gut bestellt; durch die Aussperrung wurde das Wachstum von Chinatown gedrosselt. Tag und Nacht trafen sich seine Freunde im Laden und sprachen von der wachsenden Zahl derer, die weggehen wollten. Jahre, möglicherweise Jahrzehnte der Trennung von ihren Familien lagen für viele vor und hinter ihnen. Chan Sam wußte nicht, wieviel Exil er selbst noch verkraften konnte oder sollte. Im Kampf gegen die Einsamkeit, die Sorgen und das Heimweh lag er nächtelang wach und fragte sich, ob seine Frau Huangbo und die anderen Dorfbewohner noch am Leben waren. Er war sechsunddreißig und hatte noch Söhne zu zeugen. Dem Aussperrungsakt zufolge durfte man zwei Jahre lang von Kanada fernbleiben, aber wenn er für einen Besuch daheim Geld ausgab, würde dies nur den Tag seiner endgültigen Heimkehr verzögern. Er überlegte hin und her, wie er den Schmerz seines einsamen Lebens lindern könnte, und schließlich beschloß er, sich eine weitere Frau zu nehmen.

Der Freund eines Freundes kannte jemanden, der in die Heimat zurückkehren wollte. »Kannst du eine *chip see* für mich finden?« fragte Chan Sam. Der Wunsch, sich eine Konkubine zu nehmen, war unter verheirateten Chinesen im Ausland nicht ungewöhnlich. Die Frau im Dorf, diejenige, die die Eltern ausgesucht hatten, war die »Frau zu Hause«. Die Konkubine, die aus China geschickt wurde, gesellte sich zu dem Mann in der Fremde, und beide lebten dort als Mann und Frau zusammen. Diejenigen, die sich an westliche Gepflogenheiten halten wollten, legalisierten so eine Verbindung mit einer Heiratsurkunde, aber nur wenige hatten dieses Bedürfnis, denn im chinesischen Verständnis von Familie gehörten der Frau zu Hause die vorrangigen Loyalitäten des Ehemanns.

Um seinen Plan zu verwirklichen, brauchte Chan Sam Geld und die Heiratsurkunde einer in Kanada geborenen Chinesin, die etwa das Alter seiner importierten Konkubine haben mußte. Kurzentschlossen kontaktierte er einen Vermittler, der mit »Papierfamilien« handelte, also Geburtsurkunden von Leuten kaufte und verkaufte, die bereits tot waren, oder von solchen, die Kanada verlassen hatten und nie mehr zurückkehren wollten oder auch für einen bestimmten Preis überredet werden konnten, sich von Kanada fernzuhalten. Dieser Mann bot Chan Sam die Geburtsurkunde einer Frau an, die außerhalb von Vancouver in Ladner geboren worden war. Was aus ihr geworden war, wurde nicht weiter besprochen.

Vor zehn Jahren hatten sich Chan Sams Reisekosten auf siebenhundert Dollar belaufen. Zum Kauf einer Konkubine mußte er den dreifachen Betrag aufbringen. Neben dem Brautpreis forderten die Geburtsurkunde und die Gebühren der Mittelsmänner in Vancouver, Hongkong und China einen Löwenanteil der Summe, Geld, das ein Mann wie Chan Sam, ein Bauer, der nun einen kleinen Laden betrieb, kaum besaß oder nur sehr schwer auftreiben konnte.

Der Blue-Funnel-Dampfer hatte angelegt. Die Baracke, die man als »Schweinestall« bezeichnet hatte, war nun mit Brettern vernagelt, und doch erinnerte sie Chan Sam an seinen ersten Empfang. Er wandte seine Aufmerksamkeit den ankommenden Passagieren zu, die sich eben anschickten, von Bord zu gehen, und suchte nach einem Gesicht, das zu dem Foto von May-ying paßte.

Er hörte das wohlwollende Gemurmel anderer Chinesen, bevor er selbst die zum Leben erwachte Porzellanpuppe erblickte. Er erkannte die Ohrgehänge und die Frisur, die Haarknoten über den Ohren, und trat ihr in den Weg.

»Ich lade dich zum *dim sum* ein«, sagte Chan Sam zu May-ying, als sie da so auf dem Pier standen und sich noch kaum näher vorgestellt hatten. Das junge Mädchen mußte sich anstrengen, um den Bauerndialekt zu verstehen. Sie schnappte die Worte *dim sum* auf, ein Begriff, der den kantonesischen Brauch der Teehäuser bezeichnete. Die Einladung zu einer Tasse Tee hielt sie für eine nette erste Geste dieses älteren Herrn, der nun ihr Ehemann war. Sie lächelte ihn kurz an und bemühte sich, nicht vor mädchenhafter Freude zu kichern.

Chan Sam rief eines der wartenden Taxis. Auf seinem Fußmarsch zum Hafen hatte er beschlossen, mit dem Taxi nach Chinatown zurückzufahren. Normalerweise ging er überallhin zu Fuß.

Vom Pier aus war es nur eine kurze, zehnminütige Fahrt auf der Pender Street gen Osten nach Chinatown. Das Taxi streifte den Finanzbezirk der Stadt, wo die hohen Gebäude und der rhythmische Fluß der Straßenbahnen von geordneter Ruhe sprachen. Auf der anderen Seite der Straßenbahnschienen, die zwischen New Westminster und Vancouver verliefen, wich die westliche Architektur plötzlich einer dichten Zusammenballung von zwei- bis dreistöckigen Häusern, bedeckt von verschiedensten Markisen. Zwei enge Gassen, die von der Pender Street wegführten, Canton und Shanghai, die beide ohne Baugenehmigung entstanden waren, waren vollgestopft mit hohen, schmalen Gebäuden, Dutzenden von Unternehmen, Läden, Restaurants, sogar einer öffentlichen Badeanstalt und einer Oper. May-ying erinnerte dieser Anblick vage an die Häuser, die sie in Kanton gesehen hatte.

Sie stiegen an der Ecke Pender/Carrall Street aus, wo Chinatown anfing. Das Flutwasser des False Creek hatte in dieser Gegend Schlamm angeschwemmt, der alle anderen Siedler abgeschreckt hatte, außer die Chinesen.

»Wir gehen nach oben, dort drüben«, sagte Chan Sam und deutete auf ein Schild am zweiten Stockwerk auf der gegenüberliegenden Straßenseite, »Peking House« stand darauf in Chinesisch, »Pekin Chop Suey House« in Englisch. Im Erdgeschoß befanden sich ein Schuhgeschäft und ein chinesischer Lebensmittelladen. Drei Seiten des Hauses waren im viktorianischen Stil gebaut, die vierte Seite, die auf die Pender Street zeigte, hatte eine italienisch anmutende Fassade, Rundbogentüren und schmiedeeiserne Brüstungen vor den versetzten Balkonen. In Südchina wären die Türen dieser Balkone offengestanden, damit an den drückend-heißen Tagen die Luft besser zirkulieren konnte, hier waren sie alle geschlossen.

May-ying folgte Chan Sam durch die Menge von Männern, die den Bürgersteig bevölkerten. Einige lehnten an den Hauswänden oder in den Eingängen, manche vertrieben sich die Zeit mit einem Schwatz, viele der jüngeren rauchten. Alle starrten sie das neue Gesicht hier an, das Gesicht des zierlichen jungen Mädchens. Alle wunderten sich über die unpassende Verbindung: Chan Sam, riesengroß und viel älter, sie so klein und so jung. Sie blickten den beiden nach, die die breite Treppe in die oberen Stockwerke hinaufgingen.

Als der Besitzer des Teehauses sie hereinkommen sah, stand er auf. »*Ah* Chan Sam, *Sing-sang*«, sagte er – die Anrede für einen vornehmen Herrn. »Nun seid Ihr also da!« Seine Stimme war zu laut, selbst über das Stimmengewirr der Gäste hinweg, das aus den durch Holzwände abgetrennten Abteilen drang, vor denen halblange Vorhänge hingen.

May-ying hielt diese überschwengliche Begrüßung für einen Hinweis auf den Status, den ihr Gatte in diesem neuen Land genoß. Chan Sam strahlte und stellte sie voller Stolz dem Besitzer vor, der sie zu einem Abteil führte, das sich neben dem Tisch befand, an dem einige Angestellte aßen. Gleich hinter ihnen schwangen die Türen zur Küche auf. »Heute ist ein besonderer Tag«, sagte er, »ein Tag zum Feiern!«

Eine Bedienung, ein hübsches Mädchen, das wahrscheinlich nicht viel älter war als May-ying, stellte immer wieder neue Bambuskörbe auf den Tisch, in denen sich gedämpfte Morcheln, Reisklößchen mit Krabben und Schweinehackfleisch befanden, kleine Porzellanschüsseln mit mundgerecht zerteilten Spareribs und gefüllter Bittermelone, lauter Gerichte, die in den Teehäusern von Kanton serviert wurden. Zum Hinunterspülen gab es eine Auswahl verschiedener Tees: Jasmin, Chrysantheme oder »Sechs Zufriedenheiten«, eine Mischung mehrerer Teesorten.

Am Ende dieses Mahls öffnete der Besitzer den Vorhang und baute sich vor ihnen auf. »Hat es geschmeckt?«

»Sehr gut, sehr gut!« Chan Sam griff in einer ausholenden Geste in seine Hosentasche.

»Nein, nein, laßt Euer Geld ruhig stecken!« Der Besitzer schlüpfte auf die Bank gegenüber von May-ying und goß sich eine Tasse Tee ein.

Dann erklärte Chan Sam: »*Ah* May-ying, für diesen Herrn hier wirst du von nun an arbeiten!«

Kapitel 3

Als der Besitzer sich von ihnen verabschiedet hatte, erklärte Chan Sam May-ying, daß sie bei dem Teehaus unter Vertrag stand, um abzuarbeiten, was es gekostet hatte, sie nach Kanada zu bringen. Sie würde fast zwei Jahre dazu brauchen.

Was habe ich nur in meinem vorigen Leben getan, um dieses Schicksal zu verdienen? fragte sich May-ying. Sie sagte nichts, aber ihre klaren Augen verfinsterten sich vor Zorn, was Chan Sam als Verwirrung mißdeutete. Er setzte seinen Filzhut auf.

»Du mußt doch nur den Gästen das, was sie bestellen, an den Tisch bringen«, sagte er.

Früher hatten Regierungsbeauftragte Arbeitskräfte aus China beschafft, weil Männer benötigt wurden, um die Eisenbahnschienen zu verlegen. Jetzt verließen sich die Besitzer der fünf oder sechs Teehäuser im Chinatown von Vancouver wie auch die Teehausbesitzer in den meisten anderen Chinatowns fast ausschließlich auf Vermittler, um Mädchen und Frauen aus China zu rekrutieren – manchmal hieß es auch, um sie zu entführen –, damit diese als Bedienungen arbeiteten. Es war ihnen von einem städtischen Gesetz untersagt, weiße Frauen einzustellen, gleichzeitig konnten sie jedoch nahezu keine chinesischen Hilfskräfte finden. Mit Sicherheit erlaubte kein Kaufmann seiner Frau oder Tochter, als *ke-toi-neu* zu arbeiten. Im chinesischen Denken war ein »Mädchen, das am Tisch steht« fast gleichbedeutend mit einer Prostituierten, einer Person, die Männer dazu verführt, Geld auszugeben. Als die Aussperrung den Mangel an Arbeitskräften verschärfte, hatte der Besitzer des »Pekin« gleich erkannt, daß er und ein armer Mann, der von einer Konkubine träumte, ein für beide Seiten befriedigendes Geschäft abschließen konnten, und war Chan Sam zu Hilfe gekommen.

In den nächsten beiden Jahren arbeitete May-ying sechs und

manchmal auch sieben Tage die Woche. Ihre kleine, schlanke Gestalt bewegte sich zielstrebig zwischen ihrer Unterkunft im Laden von Chan Sam an dem einen Ende der Pender Street und dem »Pekin« am anderen Ende hin und her. Sie arbeitete mit Unterbrechungen in einer Neun-Stunden-Schicht, die sich manchmal von ein Uhr nachmittags bis drei Uhr früh oder noch später erstreckte. Tagsüber ging sie an unzähligen Junggesellen vorbei, die sich vor den Häusern auf den Bürgersteigen herumtrieben und sich oft leere Orangenkisten nach draußen schafften, auf die sie sich setzten, um das Kommen und Gehen auf der Pender Street zu beobachten. Wenn May-ying an ihnen vorbeikam, standen sie alle auf. »*Ah* May-ying!« grölten dann immer ein paar von ihnen, deuteten auf sie und starrten ihr nach, bis sie nicht mehr zu sehen war. Sie nahmen sich diese Freiheit heraus, weil eine Frau, die allein unterwegs war, als »lose Person« galt, als Frau, für die das übliche Besitzrecht nicht zutraf, nicht unähnlich den einsamen weißen Frauen, die sich in der Nähe von Chinatown prostituierten und nach chinesischen Freiern Ausschau hielten. Deshalb wagte sich die Gemahlin oder Tochter eines Kaufmanns niemals ohne einen von ihrer Familie bestimmten »Onkel« – einen Freund der Familie – aus dem Haus. Die Junggesellen sprachen solche Frauen nie direkt an; sie stupsten sich nur gegenseitig und raunten sich zu, wer gerade vorbeiging.

Es gab kein weibliches Wesen in Chinatown, das nicht bekannt gewesen wäre. Die bekanntesten Gesichter waren diejenigen der fünf oder sechs Bedienungen, die jeweils in den Teehäusern arbeiteten, oben in den Stockwerken der Häuser entlang der Pender Street. Die Junggesellen hatten für alle Bedienungen Spitznamen: Fire-Engine Mah, Soft-Cooked Bean Fong und Three-Thumbs Yee. Daheim in Kanton waren die Teehäuser die traditionellen Zufluchtsstätten für Männer, ein Treffpunkt, den sie stets allein aufsuchten, und genauso war es auch in den Chinatowns im Ausland. Die Gäste nahmen im Teehaus ihre erste Mahlzeit am Tag ein, indem sie aus den in kleinen Portionen angebotenen *dim sum* auswählten, aßen manchmal, vielleicht über eine Zeitung gebeugt, am Nachmittag dort, und schließlich gab es dort auch die letzte Mahlzeit des Tages, das späte *sew-yeh*, ein nach der Tradition geselliges, leichtes Mahl um Mitternacht, eingenommen zusammen mit anderen Gästen, die nach einem Abend in den Spielsalons ins Teehaus strömten.

Aber nicht nur das Essen, auch die Serviererinnen zogen die Männer an. Die durchwegs jungen und hübschen Mädchen waren ihnen ein Balsam für ihr einsames Leben. Je attraktiver die Serviererinnen, desto besser lief das Geschäft des Teehauses. Diese Bedienungen lieferten sich untereinander einen Konkurrenzkampf um Kunden und Trinkgelder. Sie schminkten und parfümierten sich, spazierten mit hochhackigen Schuhen und Hüten herum und kleideten sich in einen *cheong sam*, ein Gewand, das normalerweise besonderen Gelegenheiten, wie einem Festessen der Sippe oder Sitzungen für ein Porträt, vorbehalten war.

May-ying war eitel; es gefiel ihr, sich das Gesicht mit weißem Puder zu bestäuben, die Lippen rot anzumalen und Blütenwasser hinter die Ohren zu tupfen. Sie kaufte gern ein, vor allem Handtaschen und Schuhe; wenn die Schuhverkäufer an ihren Füßen Maß nahmen, staunten sie, wie klein und zierlich sie waren. Ihre Zartheit und Schönheit waren ihr Markenzeichen, das die Kunden ins Teehaus zog wie Motten zu einer Flamme. Doch ihr Job erforderte viel mehr Talente als die, die Chan Sam im Sinn gehabt hatte. Essen an die Tische zu bringen war in der Tat nicht schwer; die wahre Kunst einer Teehausbedienung lag darin, unterhaltsame Gespräche zu bieten. War das Essen gebracht, erwarteten die Gäste, daß sich ihre Lieblingsbedienungen zu ihnen gesellten. »Setz dich! Setz dich doch!« drängten sie. »Trink doch etwas!« Und sie schenkten den mitgebrachten Scotch aus. »Nimm noch einen, sei nicht so bescheiden!« beharrten sie.

In Kanton, wo ein Teehaus ebenso Bordell wie Salon war, verschwand die Bedienung nach dem Essen oft mit einem Mann hinter einem Brokatvorhang im hinteren Teil des Raumes. Im Chinatown von Vancouver verschwand man, wenn überhaupt, erst nach der Arbeitszeit mit einem Mann. May-ying erlernte die Kunst der Unterhaltung schnell. Ihr mädchenhaftes Lachen wetteiferte mit ihrer Gewitztheit, und sie hatte immer eine schlagfertige Antwort parat. Sie hielt sich jedoch zurück, wenn ein Gast sie zum Trinken einladen wollte; sie nippte zwar an ihrem Glas, schluckte aber kaum – in ihrem kleinen Körper machten sich schon die geringsten Mengen Alkohol bemerkbar.

Da Chan Sam nur wenige Blocks entfernt in seinem Laden stand, ignorierte May-ying die Flirtversuche ihrer Kunden am Ende der Schicht. Die Frauen, die dies nicht taten, waren unverheiratet, oder ihre Männer waren nicht in der Stadt, weil sie entweder unter der Woche in den Sägewerken oder Dosenfabriken arbeiteten, die es überall an der Küste gab, oder bis zum Winter auf den Farmen. Diese Bedienungen flanierten nach ihrer Schicht oft noch herum, schlossen sich einer Mah-Jongg-Runde an, besuchten die Spielsalons, gingen zu einem Mann auf sein Zimmer oder nahmen Männer mit zu sich nach Hause. Sie taten das, um nicht allein zu sein, aber auch, um ihre Tische in den Teehäusern voll besetzt zu halten.

Chan Sam und May-ying konnten moralisch noch so gefestigt sein, für die Bewohner von Chinatown war May-ying um nichts besser als die übrigen Teehausbedienungen. Einst mochten sich diese Frauen ein geordnetes konfuzianisches Familienleben vorgestellt haben, in dem sie nur Personen vom Rang einer Schwiegermutter gegenüber ihre Verträglichkeit unter Beweis stellen mußten. Aber all dies war vorbei, sobald sie rein um des Profits ihrer Arbeit willen nach Nordamerika gebracht wurden. Manche Mädchen waren sogar noch jünger als May-ying; Shortie Lan hatte auf der Überfahrt nach Kanada ihren dreizehnten Geburtstag gefeiert. Wie es tatsächlich um sie alle bestellt war, wurde den Mädchen klar, wenn sie sich untereinander ihre Probleme gestanden und den neuesten Klatsch austauschten. Sie sprachen davon, sich gegen ihre Gatten oder die Männer, die sie hierher gebracht hatten, aufzulehnen, davon, einfach davonzulaufen. Man erfuhr von Bedienungen, die früher zum Teehauskreis gehört hatten und ihren Ehemann wegen eines anderen verlassen hatten. Oft wurden die Mädchen schwanger, meistens ungewollt. Manche hatten eine Reihe von Kindern von verschiedenen Männern; die meisten brachten einige oder auch alle ihre Kinder bei anderen Leuten unter.

An manchen Tagen kamen die Bedienungen mit besonders stark gepuderten Gesichtern in die Arbeit. Wurde diese Puderschicht abgewaschen, um eine neue aufzutragen, zeigten sich die Spuren von

Schlägen, die die Mädchen von ihren wütenden Männern bekommen hatten. Ob einer Frau ihre Arbeit und das damit einhergehende Leben gefiel oder nicht, spielte keine Rolle; dem Mann, dem sie gehörte, gefiel das Geld zu sehr. Eine Serviererin erhielt jeden Monat einen Vorschuß von etwa fünfundzwanzig Dollar pro Woche, ein Arbeiter hingegen verdiente nicht mehr als fünfzehn Dollar pro Woche, oft sogar nur acht. Manche Männer tauchten am Monatsanfang in den Teehäusern auf, um den Lohn ihrer Frauen eigenhändig in Empfang zu nehmen, weil sie ihnen nicht über den Weg trauten. Sie ließen ihnen nur das Trinkgeld, was oft genug die einzige Einkommensquelle zur Versorgung der Kinder war.

Die junge May-ying war hin- und hergerissen zwischen den Widersprüchen, die sich aus ihrem Leben als gering geachtete Bedienung und ihrem Wunsch, eine ehrbare Ehefrau zu sein, ergaben. Über ihre Enttäuschungen konnte sie mit Chan Sam nicht sprechen. Die wenigen Worte, die ein frisch getrauter Ehemann seiner Frau gegenüber äußerte, beliefen sich nur auf das, was notwendig war, um die Frau an ihrem Platz zu halten. Eine Ehefrau stellte ihrem Mann keine Fragen, wenn die Antwort stets nur Gehorsam lautete. Was auch immer May-ying von ihrem Los gehalten haben mag, sie war an das konfuzianische Verständnis von gesellschaftlicher Ordnung gebunden, das gemeinsam mit ihr den Pazifik überquert hatte. Es festigte in den Frauen die Angst vor einer Scheidung, die Angst, aus dem Haushalt des Mannes verstoßen zu werden. Eine geschiedene Frau fand in der Gesellschaft keinen Platz vor, weder zu ihren Lebzeiten noch in den Zeiten nach ihrem Tod.

May-ying blieb nichts anderes übrig, als pflichtbewußt ihren Vertrag mit dem »Pekin« zu erfüllen. Der Besitzer behielt aus ihrem Gehalt genug zurück, um wieder an das Geld zu kommen, das er in Chan Sams Namen gezahlt hatte, um dessen Konkubine nach Kanada zu bringen. May-ying blieben die Trinkgelder, die sie an Chan Sam weiterreichte. Nur für zwei Dinge brauchte sie Geld, für ihre Kräuter und für die Opfergaben, die sie der Götterstatue im Tempel hier darbrachte. In China hatte sie die umherreisenden Kräuterspezialisten beobachtet, die über ihren roten Papiertüchern saßen und alte und neue Heilmittel zeigten, hergestellt aus dreizehn Grundsubstanzen: für den Fall, daß man taube Beine hatte, den Arm nicht mehr hochheben konnte, verschleimt war, alt war und nachts husten mußte, falls man Rücken- und Kopfschmerzen hatte, nervös war, es beim Urinieren Probleme gab, man gerade ein Kind geboren hatte und so weiter. In Chinatown waren selbst Spezialisten, die ihre Kenntnisse in langjährigem Studium und Praktizieren erworben hatten, überrascht von May-yings intuitivem Verständnis der Kräuterkunde.

Ebenso eifrig wandte sie sich an die Götter, damit sie ihr in dieser und der nächsten Welt beistanden. Die meisten im Ausland lebenden Chinesen hatten ihren Glauben aufgegeben, aber May-ying suchte und fand regelmäßig ihre Anleitung bei den Göttern und Göttinnen, denen sie in dem provisorischen Tempel huldigte, der im Wohnzimmer eines heruntergekommenen Hauses am Rand von Chinatown nahe den städtischen Gaswerken eingerichtet worden war. Dort entzündete sie Räucherkerzen und brachte Kekse und Früchte als Opfer dar. Chan Sam duldete dies, war selbst jedoch ein strenggläubiger Anhänger von Konfuzius, der gesagt hatte, man solle die Götter und Geister der übernatürlichen Welt zwar verehren, sie jedoch zugleich von sich fernhalten. Chan Sam fand Anleitung in dem, was er aus den konfuzianischen Klassikern rezitierte, die er als Schuljunge gelesen hatte, den »Gesprächen des Konfuzius« und dem »Weg der Mitte«, Werke, die angeblich erst im Lauf des Lebens ihre tiefere Bedeutung enthüllten.

Chan Sam war nach wie vor sehr zielstrebig, was seinen Daseinszweck in Kanada anbelangte, und begriff allmählich, daß seine Entscheidung, sich eine Konkubine zu nehmen, nicht zuletzt eine gute Investition gewesen war. Er verwaltete das Einkommen aus May-yings Trinkgeldern und aus seinem Laden und tätigte daraus die Ausgaben für seinen Haushalt in Kanada sowie die Überweisungen an seine Frau in China. Den Rest sparte er. Seine Frau, Huangbo, bestellte daheim ein kleines Reisfeld, hielt die Wohnräume sauber und fütterte mit den Resten ihrer Mahlzeiten ein Schwein. Die Tochter, die sie von Chan Sam gehabt hatte, war als Baby gestorben; die Tochter aus Chan Sams erster Ehe hatte sie inzwischen verheiratet, also konzentrierte sie sich ganz auf den Tag, an dem ihr Mann zu

Besuch heimkommen würde. Nur dann würde sie die Gelegenheit haben, ihrer Pflicht nachzukommen, die nächste Generation, vor allem den männlichen Erben, hervorzubringen.

»Das, was ich hier mache, ist wohl ›Einen Berg schaffen, indem man Sand anhäuft‹, wie es so heißt«, sagte Chan Sam oft zu May-ying. Sie hinterfragte die Notwendigkeit nicht, Geld an den chinesischen Haushalt zu überweisen, dem sie sich eines Tages anschließen würde. Aber es war nicht ihre Entscheidung gewesen; alles, was sich seit ihrer Verheiratung angehäuft hatte, gehörte ihrem Mann, einschließlich ihres Einkommens, wie hart auch immer es erarbeitet war. Sie als Ehefrau besaß nur ihre persönlichen Kleider und den Schmuck, den sie in die Ehe mitgebracht hatte. Wie Chan Sam dachte auch sie, daß sie nur vorübergehend in Kanada lebte, und nahm deshalb auch die Kargheit dieses Lebens hin. Im Lauf ihres Lebens und des Lebens danach erwartete sie eine Entschädigung für die Opfer, die sie jetzt als Ehefrau erbrachte; im Alter würde sie von den Söhnen des Haushalts versorgt werden, und nach ihrem Tod würde ihr Grab gepflegt und ihr Ahnengeist verehrt werden.

In seinem Heimatdorf wäre Chan Sam von jedem Mann um seine zwei Ehefrauen beneidet worden; in ganz Chan Gar Bin gab es keinen Mann mit so einem Haushalt. Aber hier in Chinatown konnte er das quälende Gefühl nicht loswerden, daß ihm unrecht getan wurde. Es mißfiel ihm, daß er seine Zweitfrau mit den Stammgästen des »Pekin« teilen mußte. Er selbst suchte solche Orte nicht auf; die Genügsamkeit, die er sich auferlegt hatte, verwehrte ihm eine Mahlzeit außer Haus. Nur an May-yings freiem Tag nahmen sie eine gemeinsame Mahlzeit zu sich, an den anderen Tagen aß May-ying im »Pekin«. Jede chinesische Einrichtung gab ihren Angestellten zwei Mahlzeiten am Tag; selbst die Lebensmittelläden und die Geflügelgeschäfte beschäftigten zu diesem Zweck einen eigenen Koch.

Chan Sam behielt seine früheren Junggesellengepflogenheiten bei. Wenn in seinem Laden wenig los war, vor allem unter der Woche, wenn die meisten alleinstehenden Männer außerhalb der Stadt arbeiteten, spazierte er gewöhnlich zum Kuomintang-Haus, dem politischen Hauptquartier der chinesischen Nationalpartei in Kanada.

Er hoffte, unter den Männern, die sich dort aufhielten, Leute aus seinem Heimatbezirk zu treffen. Im Vergleich zu den großen Kaufleuten war er zwar ein Niemand, aber die Männer aus seiner Gegend brachten ihm Achtung entgegen, weil er einen Laden in Chinatown hatte und Chinesisch lesen und schreiben konnte. Sie unterhielten sich gern über einen weiteren Landsmann, Sun Yat-sen, den Begründer der Kuomintang, der ebenfalls aus ihrem Bezirk stammte. Sie sprachen über die Schwierigkeiten in der Heimat und über Suns Traum, China eine moderne Regierung zu bringen. Als er 1925 an Krebs starb, kam es ihnen vor, als hätten sie ein Mitglied ihrer eigenen Familie verloren. Ihm zu Ehren wurde der Heimatbezirk nach Suns Familiennamen in Chun-san umbenannt.

Wenn Chan Sam nicht im Kuomintang-Haus war, fand man ihn normalerweise einen Block davon entfernt auf der Hauptstraße in dem Haus, in dem sich sein Sippenverband traf. 1919 hatte er sich als tausendeinundneunzigstes Sippenmitglied in die Liste eingetragen. An der Pender Street wurde ein neues, vierstöckiges Haus errichtet, das größtenteils von den Spenden der Mitglieder finanziert wurde. Als es 1926 fertig wurde, war es das höchste Gebäude in Chinatown. Sein Gesims reichte höher als das eines jeden anderen Sippengebäudes. Die Sippe war zwar klein, aber stolz.

Früher war Chan Sam auch regelmäßig zum Büro der *Chinese Times* gegangen, um die Tageszeitung zu lesen, die an die Schaufenster geklebt war. Aber das Zeitungsbüro befand sich genau gegenüber vom »Pekin«, und nun vermied er diese Ecke, weil es ihm unangenehm war, die Männer zu sehen, die in dem Teehaus ein und aus gingen, denn er wußte, daß May-ying einer der Gründe für ihr Kommen und Gehen war.

Als die Schulden für May-ying abnahmen, dachte Chan Sam über seinen nächsten Schritt nach. Es muß eine große Versuchung für ihn gewesen sein, May-ying weiter arbeiten zu lassen, denn die Aussperrung hatte die Konkurrenz um die Bedienungen verschärft. Sobald den chinesischen Immigranten der Zugang verwehrt worden war, bekamen jede alleinstehende Frau und jedes alleinstehende Mädchen in Chinatown Heiratsanträge von Männern und Jungen. Da viele Mädchen nach ihrer Hochzeit aufhörten, in den Teehäusern zu arbeiten, erreichten die Gehälter eine schwindelerregende Höhe von bis zu achtunddreißig Dollar pro Woche, und jedes Teehaus hätte May-ying zu sämtlichen von ihr diktierten Konditionen eingestellt. Aber Chan Sam wollte ebensosehr wie May-ying selbst, daß sie zu arbeiten aufhörte; schließlich hatte er noch einen Sohn zu zeugen. Und tatsächlich wurde sie bald darauf schwanger.

Chan Sam beschloß, ein eigenes Familienunternehmen zu gründen. Er kaufte sich von seinen Partnern los. Dann dekorierte er sein Ladenfenster mit den Trockengütern und Süßigkeiten, die sich am besten verkauften. Vor den Raumteiler, der den Laden von den Wohnräumen abtrennte, stellte er vier Tische mit jeweils vier Stühlen. An der Wand stellte er eine Stuhlreihe auf. Er errichtete eine Theke, an der es Tabak und Zigaretten, Melonenkerne und Süßigkeiten, Orangen, chinesische Heilmittel und einen Teeausschank gab. Auf dem Kanonenofen in der Mitte des Raumes stand ein Teekessel. Dann ließ er verbreiten, daß er bereit sei, Mah-Jongg-Gäste zu empfangen.

Das Klappern der Mah-Jongg-Steine war in Chinatown ständig zu hören. Fast jeder kannte und spielte dieses Spiel. Räumlichkeiten wie Chan Sams Laden wurden nicht von den Kaufleuten und ihren Familien besucht. Diese spielten lieber in ihren eigenen Räumen, die groß genug waren für die Spielermannschaften. Die Frauen fanden während ihrer Hausarbeit, wenn sie Senfkraut aufhängten oder den Trockenfisch in den Bottichen umrührten, immer wieder die Zeit für ein Spiel. Abends wurde gespielt und gegessen; wer gerade nicht spielte, kochte. Freunde brachten ihre Kinder mit, die Babys wurden am Spieltisch gestillt. Nur die, die allein lebten, vor allem die Junggesellen, gingen in die Mah-Jongg-Häuser auf der Suche nach einer Runde, der sie sich anschließen konnten. Eine der beliebtesten Anlaufstellen in Chinatown war das »White Lamb«, eine Buchhandlung mit Mah-Jongg-Tischen im Hinterzimmer und im »Schummelstock«, einem Zwischengeschoß, das man zwischen Erdgeschoß und erstem Stock mit Hilfe einer Zwischendecke errichtet hatte, um mehr Raum zu gewinnen, ohne der Stadt dafür Steuern zahlen zu müssen. Beliebt war auch die Konditorei »Sing Kee«, in deren Hinterzimmer es Spieltische gab. Dieses Hinterzimmer hieß überall nur

»Großvater Eng's« nach seinem Gastgeber. Sowohl der Besitzer des »White Lamb« als auch der von »Sing Kee« gehörten zu den besten Mah-Jongg-Spielern in ganz Chinatown.

Nach jeder vollendeten Runde, wenn das Spiel, das mit dem Spielstein des Ostwinds beginnt, wieder bei diesem Stein angelangt war, bekamen die Gastgeber eine Nenngebühr; am Gewinn waren sie nicht beteiligt. Je nachdem, wie großzügig die Spieler waren, bekam das Mah-Jongg-Haus gewöhnlich noch etwas extra. Die Spieler legten bei jedem Spiel den Höchstgewinn fest. Ein oder zwei Dollar machten das Spiel schon interessant genug; wenn jemand um höhere Summen spielen wollte, konnte er auch in einem der Spielsalons spielen, wo immer mindestens an einem Tisch Mah-Jongg gespielt wurde.

Die kleinen Beträge, die beim Mah-Jongg gewonnen oder verloren wurden, kümmerten die städtischen Aufsichtsbehörden nicht. Sie interessierten sich mehr für die Spielsalons, in denen ganze Wochenlöhne und noch mehr bei den großen *fan-tan-* und Dominospielen gewonnen und verloren wurden. Die Chinesen gaben sich große Mühe, diese Örtlichkeiten zu tarnen, indem sie sie regelmäßig von einem scheinbar leerstehenden Raum in einen anderen verlegten oder in Kellerräumen betrieben, in die man von der Straße aus nur durch eine Reihe von verschlossenen Türen gelangte. Mah-Jongg-Häuser waren im Gegensatz dazu sowohl Läden als auch Klubräume, in denen man sich einfach nur traf.

Im Spätsommer 1926 wurde eine chinesische Hebamme in Chan Sams Hinterzimmer gerufen. Sie half, ein Mädchen zur Welt zu bringen, das sie in May-yings Arme legte. Ihr Vater nannte sie Ping in Erinnerung an seine verstorbene Frau.

Nachdem ein voller Monat vergangen war und man mit ziemlicher Sicherheit annehmen konnte, daß das Baby leben würde, kamen die Teehausbedienungen, die mit May-ying befreundet waren, mit Geldgeschenken, die in roten Umschlägen steckten. Man reichte ihnen rotgefärbte hartgekochte Eier und eine Brühe aus Hühnerfüßen, die in Reisessig und Ingwer gekocht worden waren, sowie eine weitere Hühnersuppe mit getrockneten Pilzen. Diese Brühen, die helfen sollten, Blutgerinnsel auszuscheiden und die Knochen der jungen Mutter zu stärken, wurden traditionell einen Monat nach der Geburt serviert. »Das nächste Mal ein Sohn, May-ying«, sagten einige ihrer Freundinnen beim Abschied. Zugegebenermaßen war May-ying enttäuscht, daß ihr erstgeborenes Kind kein Junge war, aber ein Mädchen, das stark genug war, den ersten Monat ihres Lebens gut zu überstehen, war zumindest ein Beweis für ihre Fruchtbarkeit und Grund genug, dachte sie, um dieses Ereignis auf einem offiziellen Foto festzuhalten. Die junge Mutter nahm ihr Baby in den Arm und ging zur Main Street zu Yucho Chow, dem einzigen Fotografen in Chinatown.

Mutter und Kind gaben ein Bild von Unschuld und Leichtigkeit ab. Das Kind trug ein weißes Häubchen und ein langes, dazu passendes Kleidchen mit Satinschleifchen und einem Spitzenbesatz, die Mutter, in deren Armen das Kind lag, hatte ein weites Seidenkleid im chinesischen Stil an. Der Fotograf hatte einen nüchternen Hintergrund gewählt: Die Mutter saß auf einem einfachen Sessel neben einem Tisch, darauf stand ein Bambuskorb, um dessen Henkel eine Seidenchrysantheme gewunden war. Wenn es ein Junge gewesen wäre, hätte er üppigere Requisiten gewählt. Yucho Chows Fotos wurden in Postkartenformat abgezogen; auf der Rückseite gab es Platz für ein paar Worte und eine Briefmarke, am unteren Rand einen schmalen Aufdruck »Made in Canada«. May-ying steckte eines der Fotos in einen Kartonrahmen, den sie unter den Rahmen eines kleinen Spiegels an der Rückwand des Mah-Jongg-Zimmers steckte. Chan Sam bestellte für seine Frau in der Heimat kein Foto.

Ping war ein glückliches, lebhaftes Kind, das wie seine Mutter schnell lachte. Chan Sam war der nachgiebigere Elternteil. Er erhob nie seine Stimme gegen das Kind. Wenn Ping bei den Mahlzeiten um ihr Leibgericht bettelte – McCormick's Salzcracker in heißem Wasser, dem ein Löffel gesüßte Kondensmilch zugesetzt worden war –, tat er ihr gerne diesen Gefallen. May-ying verwöhnte ihre Tochter auf ihre Weise. Sie stellte immer sicher, daß Ping vorzeigbar war. Manchmal sahen die beiden so modisch aus wie die brünetten Mutter-Tochter-Schaufensterpuppen in den Fenstern von Woodward's, einem Kaufhaus nördlich von Chinatown. Bei ihren Spaziergängen durch Chinatown erheiterte die Kleine die draußen sitzenden Männer mit ernsten Ausrufen wie: »Schmutzig!«, während sie auf die Überbleibsel des Straßenmarktes zeigte – Gemüsereste, Hühnerfedern, zerbrochene Krabbenbeine –, die noch nicht in die Gullys geschwemmt worden waren. Sie war der Stolz ihrer Eltern und für May-ying der Beweis, daß es nicht stimmte, was die Leute immer behaupteten, daß nämlich Teehausbedienungen schlechte Mütter abgaben.

Ein knappes Jahr darauf war ein zweites Kind unterwegs. May-ying hoffte auf einen Jungen. Sie flehte die Tempelgottheiten an, ihr dieses Glück zu gewähren. Ein Sohn würde ihre Nützlichkeit für die Familie in den Augen von Chan Sam und der »Ehefrau zu Hause« bestätigen. Als erste Ehefrau würde Huangbo auch als erste Mutter, als *Dai-ma*, betrachtet werden. Alle Kinder im Haushalt einschließlich der Kinder der Zweitfrau gehörten ihr, als hätte sie sie selbst geboren.

Alle Ehefrauen eines Haushalts atmeten bei der Geburt des ersten Sohns gewöhnlich erleichtert auf. Ohne männlichen Erben war die Ahnenreihe unterbrochen, gab es niemanden, der sich um die Eltern kümmerte, wenn sie alt waren, oder sie nach ihrem Tod weiter verehrte. Auf ihren Seelen und denen aller Vorfahren lag dann ein Fluch; sie waren dem Risiko ausgesetzt, zu Geistern zu werden, dazu verdammt, als Bettler in der überirdischen Welt umherzuirren, bis sie schließlich verblaßten. In dem Augenblick, in dem ein Sohn geboren war, konnte die Familie beruhigt sein, daß dieses tragische Schicksal abgewendet worden war.

1928 mißlang es der Konkubine ein zweites Mal, wie sie selbst glaubte, ihren Wert unter Beweis zu stellen. Pings Schwester erhielt den Namen Nan. Nan war ein ruhiges, stilles Baby, dessen Ankunft in dieser Welt keine größeren Ereignisse auslöste. Diesmal gab es auch keinen Besuch bei Yucho Chow an der Main Street.

Chan Sam war bestenfalls ein durchschnittlicher Mah-Jongg-Spieler, aber er dachte sich, daß May-ying die Gäste anlocken und zum Verweilen auffordern würde, und so geschah es auch. May-ying meisterte die neue Herausforderung, Mah-Jongg zu lernen, mit Bravour. Mit ihrem raschen Verstand erkannte sie schnell die Risiken, wann sie einen Spielstein besser abwarten sollte, wann sie ihn ablegen mußte oder, wie es in dem Spiel heißt, zu wissen, was sie zum »Essen« zurückhalten sollte. »Für May-ying sind die Spielsteine durchsichtig«, pflegten die Spieler zu sagen, die versuchten, es mit ihr aufzunehmen. Chan Sam hatte nicht das richtige Temperament für das Spiel. Entweder konnte oder wollte er nicht die Nutzlosigkeit der Steine, die er behielt, einsehen, und folglich erlitt er immer ziemliche Verluste. Und er sah auch nicht ein, daß er ein schlechter Verlierer war, wenn er das Spiel abbrach mit dem Hinweis, daß er eben kein Glück habe.

May-ying war auch die bessere Gastgeberin. Von ihrer Arbeit im »Pekin« kannte sie die besten Spieler und verstand es, eine gute Vierermannschaft aufzustellen. Die Gäste vertrauten darauf, daß sie beim Spiel auf Ehrlichkeit achtete und umstrittene Gewinne und Verluste fair aushandelte. Auch bei der Unterhaltung der Gäste zwischen den Spielrunden und mit denen, die nicht spielten, war sie besser. Schließlich wurde Chan Sam kaum noch aufgefordert, der vierte Mann zu sein, und es blieb ihm die Aufgabe, sich um die Geschäftsangelegenheiten und die Töchter zu kümmern, die meistens in der Nähe spielten oder schliefen.

Doch noch immer versuchte er, seiner Gastgeberrolle gerecht zu werden. »Was für eine gute Hand du hast!« sagte er einmal zu einem Spieler, als er seinen Stuhl zwischen zwei Spieler gezwängt hatte, eine Position, die nur genehmigt war, solange der Beobachter nichts zu dem ablaufenden Spiel sagte. Um den ganzen Tisch herum wurde tadelndes Gemurmel laut. Chan Sam sagte ein paar Runden lang nichts, dann kommentierte er das Spiel abermals. »Jetzt hast du endlich den Stein, den du wolltest!« meinte er zu einem der Spieler, der jedoch gar nicht die Möglichkeit hatte, den abgelegten Stein aufzunehmen.

Bei diesem Verstoß mußte May-ying rasch handeln, um die irritierten Gäste an den Tischen im Spielzimmer zu besänftigen. Sie rief Chan Sam von der anderen Seite des Raumes zu: »Halt den Mund! Die Spieler mögen das nicht, sie müssen sich konzentrieren!«

Chan Sam sah sich nicht im Unrecht. »Ich sage doch niemandem, welche Steine er hat«, entrüstete er sich. Als sie etwas darauf erwidern wollte, deutete er mit dem Finger auf sie und schrie: »*Gum gee*!«, womit er sagen wollte, daß sie Unsinn redete.

Solche Szenen wiederholten sich ständig. May-yings Jähzorn flackerte auf, und er beendete ihre Meinungsverschiedenheiten unweigerlich damit, daß er in den Dialekt seines Dorfes zurückfiel. Dennoch, statt sich auf die Zunge zu beißen, konnte sie einfach nicht anders, als gegen seine Sturheit anzukämpfen, sowohl im Geschäft als auch privat. Wenn Chan Sam sich nicht von den Spieltischen fernhielt, würden es die Gäste bald tun, und schließlich kam es tatsächlich so weit, daß Chan Sam Schwierigkeiten hatte, die Miete zu bezahlen.

Der letzte Brief von Chan Sams Frau wirkte auf den ersten Blick nicht anders als ihre vorhergehenden Briefe. Da Huangbo weder lesen noch schreiben konnte, war er in der Schrift des Dorflehrers verfaßt und begann wie immer mit der Anrede: »Mein geliebter Ehemann«, um Chan Sam dann darüber zu informieren, daß seine letzte Überweisung angekommen war. Wie üblich war auch die Quittung beigefügt. Chan Sam hatte bereits zwei Quittungen erhalten, eine von der Bank in Hongkong, an die er seine Überweisung geschickt hatte, eine weitere von dem Vermittler in Shekko, an die sie durch einen Kurier von Hongkong geschickt worden war. Jedesmal, wenn der Vermittler eine Überweisung bekam, was etwa alle zwei Monate der Fall war, machte er zweimal eine Reise von etwa sechzig *li* (rund dreißig Kilometer) nach Chang Gar Bin und zurück. Das erstemal mußte er Huangbos Unterschrift auf der angekündigten Banküberweisung einholen, das zweitemal kam er von der Wechselstube zurück, in der er die Überweisung gegen Kupfermünzen eingetauscht hatte, die auf einer Hanfschnur aufgereiht waren.

Wenn Chan Sam seiner Frau schrieb, hatte er nur einen Gedanken: die Entfernung zwischen sich und seinem Dorf zu überbrücken. Er fragte nach ihr und seinen Verwandten, nach dem Haus, nach der Sicherheit im Dorf. Waren die Räuber ferngehalten worden? Wieviel Getreide hatte sie gelagert? Sickerte das Wasser aus dem Lehmboden ab? Waren die Termiten ins Haus zurückgekommen? Seine Fragen halfen ihm, zumindest in Gedanken in sein Dorf zurückzukehren.

Ihre Briefe bestanden meist nur aus wenigen Zeilen neben den zurückgeschickten Quittungen. Sie berichtete ihm, daß es ihr gutging, daß er sich keine Sorgen um sie zu machen brauchte, und reichte ihm dann die Neuigkeiten über Geburten, Todesfälle und Hochzeiten im Dorf weiter. Aber dieser Brief fiel aus dem üblichen Muster heraus. »Ich bin glücklich, daß mein Gatte nicht allein ist«, schrieb sie. Und weiter: »Ich wünsche der Konkubine und den Kindern gute Gesundheit.« Chan Sam war baß erstaunt, die Worte *chip see* auf dem Papier zu sehen. Er hatte Huangbo nichts von seiner Konkubine und seinem Haushalt am Goldenen Berg erzählt. Es war ihm zwar klar, daß er es eigentlich hätte tun sollen, aber er wußte einfach nicht wie, und je länger er gewartet hatte, desto schwerer war es ihm gefallen, ihr davon zu berichten. Vielleicht wäre es anders gewesen, wenn er den Schlag mit der Mitteilung über die Geburt eines Sohns hätte abschwächen können, aber dies war zweimal fehlgeschlagen. Schließlich hatte er beschlossen, damit zu warten, bis er seinen nächsten Heimatbesuch würde ankündigen können.

Jemand war ihm mit der Wahrheit zuvorgekommen. Chan Sam mußte sich der Erkenntnis stellen, daß Huangbo nun zwei Dinge zu tun blieben, um ihr Gesicht zu wahren: Sie konnte entweder so tun, als habe sie schon immer um die Konkubine ihres Mannes gewußt und sei stolz, daß ihr Mann sich zwei Frauen leisten konnte, oder sie konnte seinen Betrug verurteilen, indem sie Selbstmord beging. Vor der zweiten Möglichkeit hatte er große Angst, denn dies würde Schande über ihn und seine Familie bringen.

So kam es also, daß Chan Sam 1928, nur wenige Monate nach Nans Geburt, zum Fahrscheinschalter der Dampfergesellschaft im Hinterzimmer eines Ladens an der Pender Street ging und für sich, May-ying und ihre zwei Töchter eine Passage dritter Klasse von Vancouver nach Kanton erwarb. »Ich bin schließlich nicht jemand, der nur ans Geldverdienen denkt und seine Ehefrau in der Heimat nicht vermißt«, sagte er zu sich. Während er darauf wartete, daß der Agent die Plätze buchte, schweifte sein Blick zu der Post, die an der Wand in den Fächern einer groben Stofftasche steckte. Die Briefe – einige davon schon mehrere Jahre alt – kamen alle aus China, abgeschickt von Leuten, die hofften, daß jemand, der hier hereinkam, um ein

Ticket zu kaufen, vielleicht den Namen ihres Verwandten erkennen würde, der nach Kanada ausgewandert war und von dem man seitdem nie mehr etwas gehört hatte.

Vor zehn Jahren hatte Chan Sam das letzte Mal eine Heimreise gebucht. Dies würde sein zweiter Abstecher in fünfzehn Jahren sein. Zwar war es Huangbo, die ihn dazu zwang, seine Geschäfte zu regeln und seine andere Familie vom Goldenen Berg nach Hause zu bringen, aber Chan Sam war mit sich im Frieden und glaubte, daß es Huangbo zufriedenstellen würde, die Familie unter einem Dach zu haben. May-ying freute sich, daß die Mädchen nach China kamen, daß sie die vage Vorstellung einer Frau zu Hause und einer *Dai-ma* durch die Realität ersetzen konnte und das Haus zu sehen bekam, in dem die beiden Frauen ihren letzten Lebensabschnitt verbringen würden. Um seine Schuldgefühle zu beschwichtigen, wünschte sich Chan Sam mehr als alles andere, daß Huangbo sein Gesicht sah; er glaubte, sie würde dann sofort erkennen, daß er als Ehemann ihr gegenüber aufrichtig und ehrlich gewesen war und seine Frau über die Konkubine stellte.

Chan Sam spürte auch, wie China ihn zurückrief, und dachte, daß die Zukunft seiner Heimat nie strahlender gewesen sei. Endlich war ein starker Mann aufgetaucht – der Generalissimus der Kuomintang, Tschiang Kai-schek. Im gleichen Jahr geboren wie Chan Sam, hatte er nach Suns Tod die Parteiführung übernommen und in zwei Jahren scheinbar Unmögliches erreicht. Von seinem Militärstützpunkt im äußersten Süden hatte er seine Truppen nach Norden Richtung Peking bewegt und die rivalisierenden Kriegsherren, die viel zu sehr damit beschäftigt waren, sich gegenseitig zu vernichten, aus dem Weg geräumt. Als er sich zum Oberhaupt der Regierung eines vereinten China ausrufen ließ, feierten chinesische Zeitungen im Ausland dies als das Heraufdämmern eines neuen China. Dieses Gefühl stieß bei ausländischen Händlern wie Regierungen auf großen Widerhall.

Trotzdem bedauerte es Chan Sam ein wenig, daß er nun wegging, ohne das Ende des doppelten Regenbogens am Goldenen Berg gefunden zu haben. Warum war ihm nicht das gleiche Glück beschieden gewesen wie etwa Yip Sang, dem bei den Chinesen bekanntesten Mann in ganz Kanada, der die kanadische Blue-Funnel-Dampfschiffsgesellschaft vertrat? Er war als Jugendlicher hierhergekommen und hatte sich vom Tellerwäscher so weit hochgearbeitet, daß er mit Salzheringen ein großes Vermögen machte. In Chinatown gehörten ihm zwei Häuser, die durch einen Gang miteinander verbunden waren und insgesamt neun Stockwerke zählten. Seine vier Frauen, die dreiundzwanzig Kinder hatten, darunter neunzehn Söhne, bewohnten verschiedene Wohnungen in verschiedenen Stockwerken. Der Haushalt war so groß, daß es sogar eine Hauszeitung gab.

Wenn Chan Sam in China kein Glück beschieden war, hatte er noch eine letzte Chance, dem Traum am Goldenen Berg nachzujagen, den Yip Sang verwirklicht hatte. Seine Rückkehrerlaubnis war bis zu zwei Jahre gültig.

Chan Sam verließ das Büro der Dampfergesellschaft und machte sich auf den Weg, um letzte Vorkehrungen mit der Versandfirma zu besprechen, welche die Güter, die er erworben hatte, liefern, sie zum Verschicken verpacken und sie dann an den Pier bringen sollte, damit sie auf dasselbe Schiff wie seine Familie verladen werden konnten. Chan Sam hatte viele Tage damit zugebracht, die Dinge, die er nach Hause mitnehmen wollte, zusammenzubekommen. Er hatte die Gebrauchtwarenläden an der Main Street nach Haushaltsgütern durchsucht und war auf den Markt am Ende der Market Alley gegangen, wo man von gußeisernen Töpfen bis hin zu Gartengeräten alles kaufen konnte. Auch die Kaufhäuser der Weißen hatte er aufgesucht und war dort von Stockwerk zu Stockwerk einschließlich dem Untergeschoß bei Woodward's gewandert, um ein paar Kleinigkeiten zu finden, die dazu beitragen sollten, daß Huangbo die Konkubine leichter akzeptierte. Er dachte an die Worte der alten Dame: »Kehre in Brokatgewändern heim!« Alles, was darunter lag, würde dazu führen, daß er das Gesicht verlor, nicht nur vor sich selbst, seiner Familie und den Nachbarn, sondern vor dem ganzen Dorf. »Man sollte so viel mitbringen, daß der Karren bis zum Rand vollgepackt ist und der Ochse davor zu schwitzen anfängt«, scherzte er mit einem Angestellten der Versandfirma.

Huangbo saß auf der Lehmveranda vor ihrem Haus auf einem Schemel, so daß sie die Eingangspforte sehen konnte. Sie kämpfte mit einem Fächer gegen die für Südchina typische tropische Hitze und Feuchtigkeit an. Die letzten drei Tage war sie vom Morgengrauen bis zur Abenddämmerung dort gesessen und hatte geduldig und sehnsüchtig darauf gewartet, daß ihr Ehemann durch die Pforte schritt. Sie hatte kaum ein Auge zugetan, seit der Schulmeister ihr Chan Sams Brief mit den Neuigkeiten, daß er mit seiner Konkubine und den Kindern nach Hause kommen würde, vorgelesen hatte. Die Nachricht von seiner Heimkehr und die Gerüchte, daß er mit genügend Ersparnissen heimkehren würde, um Land zu kaufen, waren im Dorf in aller Munde.

Sämtliche bösen Geister, die sich im Haus aufhalten mochten, waren hinausgefegt worden. Alles war bereit, Chan Sam zu empfangen. Huangbo hatte die alten, verblaßten roten Papierbänder, die am Rahmen der Eingangstür hingen, durch neue ersetzt. Über dem Rahmen stand geschrieben: »Die himmlischen Boten segnen uns alle«. Auf einer der Fahnen stand: »Fünf Arten günstigen Schicksals und Glücks kommen in diese Familie«. Eine andere alte Fahne mit der Aufschrift »Drache und Phönix sind gesund und sich gewogen« hatte sie ersetzt durch: »Blumen von einem Stengel lieben sich, kümmern sich umeinander und teilen alles«. Als weitere Geste, die ihrem Gatten zeigen sollte, daß sie die Konkubine akzeptierte, hatte sie ein Mädchen aus dem Dorf beauftragt, bei der Heimkehr den Tee auszuschenken. Eigentlich schrieb die Tradition vor, daß die Konkubine, die unter Huangbo stand, als eine erste Respektbezeugung den Tee für die erste Frau eingießen sollte. Aber Huangbo wollte ihrem heimkehrenden Gatten vor Augen führen, daß sie die Aufnahme der Konkubine in den Haushalt als vollendete Tatsache hinnahm.

Die beinahe dreiwöchige Reise mit dem Dampfer nach Kanton, mit der Fähre nach Shekki und in einem gemieteten Auto in das Dorf brachte Chan Sams kanadische Familie in eine von Kanada weit entfernte Welt zurück. Von Shekki aus gab es keine geteerte Straße mehr, sondern nur noch einen ausgefahrenen Karrenpfad durch die Reisfelder, der an steilen, mit niedrigen Büschen bewachsenen Hügeln vorbeiführte, an denen niedrige Hütten und Schuppen standen, und in einen engen Fußweg mündete; dieser führte endlich zu den fensterlosen Adobewänden, die die Rückseiten der Häuser des Dorfes Chang Gar Bin bildeten. Das stotternde Motorgeräusch brachte die Dorfbewohner in Bewegung. Nur wenige hatten jemals ein motorisiertes Fahrzeug gesehen. Der Ruf »Chan Sam ist nach Hause gekommen!« schallte durch das ganze Dorf.

Das Automobil, auf dessen Dach alle möglichen Gepäckstücke befestigt waren, erregte ebensoviel Neugier wie der Anblick der Familie, die in westlicher Kleidung herauskletterte. May-ying bekam sofort den Spitznamen »*Faan-gwei-po*«. Mit ihrer blassen Haut, ihrer Kleidung und ihren Schuhen wirkte sie eher wie eine »fremde Dame« als eine Chinesin. Alle Augen wandten sich einem Ding zu, das nun entladen wurde: ein weiteres Fahrzeug auf vier Rädern, in das die beiden Kinder gesetzt wurden. Die Frauen und Mädchen in der Menge, die sahen, wie die Kinder der fremden Dame in der Annehmlichkeit dieses ausländischen Kinderwagens schaukelten, spürten plötzlich das Gewicht ihrer Babys und Kleinkinder, die sie sich mit langen, zusammengeknoteten Lumpen auf den Rücken gebunden hatten. Schließlich ruhten alle Augen auf Chan Sam. Sein Gesicht war von einem Hut beschattet, aber seine hohe Gestalt und der Dorfdialekt, mit dem er seine Verwandten begrüßte, waren unverwechselbar.

Chan Sam führte seine Auslandsfamilie über den Dorfplatz. Der alte Banyanbaum, der dort stand, bot den ersten Schatten. Am Wachturm verließ er den Hauptpfad und bog in einen weiteren Pfad ein, an dessen Ende sich sein Haus befand. Hinter ihm her lief eine ganze Prozession von Dorfbewohnern; einige von ihnen trugen die Gepäckstücke der Familie, andere gesellten sich noch dazu. Alle platzten vor Stolz. »Chan Sam läuft wie jemand, der vom Goldenen Berg kommt«, sagten sie zueinander.

Beim Anblick ihres Mannes kam Leben in die Frau auf der Veranda.

»*Ah* Huangbo«, begrüßte er sie, wobei er ihren ausgestreckten Arm berührte. »So viele Jahre, so viele Jahre, aber das Herz ist noch immer dasselbe.«

Sie wischte sich die Tränen aus den Augenwinkeln. Ihre leise

Stimme war kaum hörbar. »*Ah* Chan Sam! Jetzt bin ich zufrieden. Es macht mich schon glücklich, nur dein Gesicht zu sehen.«

Huangbo wandte sich zu der kleinen Frau, die hinter Chan Sam durch die Eingangspforte gekommen war. Die beiden Frauen hätten nicht unterschiedlicher sein können. Die eine war groß, die andere klein; die eine hatte von der Sonne gebräunte und faltige Haut, die Haut der anderen war wie blasse Seide. Die eine war farblos in ihrer Baumwollbluse und ihrer Hose, die früher einmal schwarz gewesen war, aber von der Sonne und jahrelangem Waschen ausgebleicht, die Farbe der grauen Adobeziegel des Hauses hinter ihr angenommen hatte; mit ihrem nach hinten gekämmten Haar, das sie sich hinter den Ohren festgesteckt hatte, sah sie sehr einfach aus. Die andere wirkte wie ein bunter, modischer Farbklecks mit ihrem weiten, in der Taille gerafften Kleid und ihrem Haar, in dem eine Satinschleife steckte. »*Ah Dai-po*«, sagte die Konkubine und erhielt darauf von der Frau Nummer eins ein Nicken. Sie schubste ihre ältere Tochter in die Richtung der Mutter Nummer eins: »Begrüße deine *Dai-ma*!«

Im Inneren des kühlen Hauses stellte Huangbo May-ying den am meisten verehrten Familienmitgliedern vor. Sie führte sie vor zwei große Gemälde, auf denen in Roben gekleidete und auf Stühlen sitzende Gestalten abgebildet waren, Chan Sams Vater und seine Mutter. Unter den Gemälden befand sich ein kleiner Altar. May-ying wußte, was von ihr erwartet wurde. Sie faltete die Hände und verbeugte sich dreimal vor jedem Bildnis. Dann nahm sie die Gaben, die *Dai-po* vorbereitet hatte, und legte sie auf den Altar: Eßstäbchen, drei Tassen Tee, eine Schale Dattelpflaumen und fünf Reisküchlein – die einstigen Leibspeisen der Mutter. Zuletzt entzündete sie drei Räucherstäbchen. Erst dann setzten sich Ehemann, Ehefrau und Konkubine, um eine Tasse Tee zu trinken.

Am nächsten Tag kam ein Träger nach dem anderen aus Shekki mit vollbeladenen Karren. Die Dorfbewohner, die zu einem Anstandsbesuch vorbeikamen und sich der Willkommensfeier anschlossen, mußten sich ihren Weg durch die vielen, zum Teil noch verschlossenen Kisten bahnen, die sich auf dem Hof stapelten. Das kleine Haus – in dem einen Raum teilte eine Trennwand das vordere von dem hinteren Zimmer ab, in dem anderen befanden sich ein Waschbecken und ein Herd – quoll bereits über von all den ausländischen Reichtümern.

»Was für ein guter Ehemann und Vater Chan Sam doch ist!« sagten die Dorfbewohner.

Sie bewunderten die fremdländischen Möbelstücke. Es gab drei große Wandspiegel und zwei Kommoden – eine hohe und eine Spiegelkommode mit Schubladen an den Seiten und einem dreifach geteilten Spiegel in der Mitte; es gab auch einen passenden Stuhl dazu. Besonderen Reiz übte ein metallenes Kinderbett aus, denn niemand im Dorf konnte den Luxus spezieller Kindermöbel fassen. Chan Sam beauftragte einen Schreiner im Dorf, ein Brett zwischen die hohen Kopf- und Fußenden des Bettes einzupassen, so daß daraus ein Stockbett für seine zwei Töchter wurde. Die Mädchen hatten beide ihre in Kanada gefertigten Seidensteppdecken dabei.

Chan Sam liebte Uhren. Obwohl für einen Bauern kaum von Nutzen, waren sie für ihn ein wichtiges Symbol des vornehmen Mannes. Er brachte mehrere Uhren mit nach Hause, unter anderem eine große Mahagoniwanduhr und zwei kleinere Wanduhren aus Jade und Gold. Er brachte auch Wolldecken mit, Markenartikel der Hudson Bay Company in Kanada, dem ältesten Geschäft des Landes.

Die Dorfbewohner wurden eingeladen, die ausländischen Leibspeisen der Familie zu kosten. Es gab Kisten voll mit gesüßter Kondensmilch, Crackers und Rosinen – alles Dinge, die Ping sehr gerne aß – und Horlick's Malzmilch, aber auch einige unbeschriftete Dosen mit Lachs, die man an der Hintertür der Dosenfabriken in Kanada kaufen konnte. Chan Sam stattete allen Häusern im Dorf einen Anstandsbesuch ab und ließ Kekse und Süßigkeiten zurück, das übliche Zeichen von Großzügigkeit. Für Huangbo hatte Chan Sam ein ganz besonderes Geschenk, eine Trillerpfeife mit einem hohen, durchdringenden Klang, die an einer Seidenschnur hing, damit man sie um den Hals tragen konnte. Sie wußte, was er mit diesem Geschenk zum Ausdruck bringen wollte: Er stand ständig zu ihrer Verfügung.

Die Dorfbewohner hatten bereits für Chan Sam ausfindig gemacht, welche Landparzellen zu verkaufen waren. Trotz der schlechten

Weltwirtschaftslage und dem für ihn daraus resultierenden günstigen Wechselkurs konnte er nicht so viel Land kaufen, wie er gehofft hatte, denn der Ansturm der Heimkehrer, die nun alle Land erstanden, hatte die Preise für das wenige Land, das überhaupt verkäuflich war, in die Höhe getrieben. Er kaufte achtundzwanzig *mau tin*, die durchschnittliche Größe eines Familienbetriebs in Südchina. Es handelte sich um drei Parzellen, zwei mit je zehn *mau*, die dritte mit acht; eine lag in der Nähe der Schule, die zweite am Fuß der Hügel und die dritte außerhalb des Dorfes in der Nähe eines Tempels. Oft war der Besitz einer Familie in noch kleinere Parzellen aufgeteilt und lag häufig noch weiter auseinander. Vorläufig brauchte Chan Sam zwei dieser Parzellen, um seine Familie zu ernähren. Solange er nicht mehr Münder zu füttern oder einen Schicksalsschlag zu verkraften hatte, konnte er es sich leisten, die dritte Parzelle an einen besitzlosen Bauern zu verpachten.

Im Chinesischen sind Heim und Familie ein und dasselbe Wort. Das Schriftzeichen dafür bezeichnet ein Schwein unter einem Dach, ein Symbol für Zufriedenheit. Für Chan Sams Familie lief jedoch nicht alles so, wie es sollte.

Weder Huangbos Stellung als *Dai-po* noch die acht Jahre, die sie älter war als May-ying, garantierten ihr Autorität. Ihre Sanftheit forderte dazu heraus, daß man sie ausnutzte, und sie war keine angemessene Gegnerin für May-ying, die schnell herausfand, daß man Huangbo nur allzu leicht übervorteilen konnte und ihr nicht zu gehorchen brauchte. Die beiden fingen zu streiten an, und es endete unweigerlich damit, daß Huangbo weinte. Wenn Chan Sam von der Feldarbeit nach Hause kam und Huangbo nach dem Grund ihrer Tränen fragte, sagte sie, die Konkubine sei »mürrisch«. Wenn er May-ying zur Rede stellte, gab sie beinahe damit an, daß sie *Dai-po* zum Weinen bringen konnte. Umsonst beschwor er die beiden, doch einträchtig unter einem Dach zu leben.

Chan Sam verbesserte die häusliche Situation, indem er May-ying in die Dorfschule einschrieb. Es gab nur sehr wenige Schülerinnen. Die meisten Dorfbewohner waren der Meinung, daß Schulbildung nur etwas für Jungen sei. Aber Chan Sam sah auch eine Gelegenheit, die fortschrittlichen Ansichten der neuen Kuomintang-Regierung umzusetzen, und außerdem lag die Schule günstig. In seiner Jugend hatte sich die nächste Schule mehrere Dörfer weiter weg befunden. Die Schule, die 1915 im Dorf errichtet worden war, war das erste moderne Gebäude in Chang Gar Bin, ein Rundbau mit vier Säulen, von denen die Fahne der Kuomintang mit ihrer Sonne wehte.

Huangbo paßte auf die Kinder auf, aber sie erwartete, daß May-ying ihr im Haushalt half. Die meisten Konkubinen erledigten schließlich die gesamte Hausarbeit. Aber May-ying tat nur, was ihrer Meinung nach ihr Anteil war, und das war weniger als die Hälfte.

»Sei doch nicht so uneinsichtig!« bat Chan Sam sie.

»In die Schule gehen ist harte Arbeit!« erwiderte May-ying. »Schick doch *Dai-po* zur Schule, dann bleibe ich zu Hause und hole Wasser vom Brunnen, füttere das Schwein und mache mich auf die Suche nach Reiswürmern unter den Halmen.« Der Gedanke war lächerlich. *Dai-po* hatte breite, starke Schultern, aber nicht den richtigen Kopf, um lesen und schreiben zu lernen.

»May-ying ist immer so dickköpfig«, pflegte Chan Sam zu sagen.

Es gab nur eine Sache, bei der die beiden Frauen zusammenhielten. Chan Sam, der dachte, er habe ein Mittel gefunden, den Haushalt glücklicher zu machen und sein Ansehen zu vergrößern, kam eines Tages heim und verkündete, daß er daran denke, sich eine zweite Konkubine zu nehmen. May-ying, sagte er, sei ja jeden Tag in der Schule. Wer sollte denn dann Huangbo helfen? »Ich habe zwei Töchter«, sagte er. »Also sollte ich auch zwei Frauen daheim haben, die sich um meine Töchter kümmern.« Zu seiner großen Überraschung weinten sich Huangbo und May-ying beieinander aus, und er gab rasch nach. Keine der beiden wollte, daß noch ein anderes, jüngeres Mädchen um seine Aufmerksamkeit buhlte. Auch wünschten sie keine weitere Konkurrenz um die Ehre, den ersten Sohn und Erben hervorzubringen. Dies war für May-ying als Konkubine noch wichtiger als für Huangbo, denn diese hatte noch immer die Genugtuung, als Mutter angesprochen zu werden. Außerdem war Huangbo mit neunundzwanzig schon ziemlich alt zum Kindergebären, während May-ying mit einundzwanzig im besten Alter war.

Huangbo behielt eine Würde als Ehefrau für sich: Sie schlief im abgetrennten Hinterzimmer des Hauses gewöhnlich in der Gesellschaft von Chan Sam. Die Konkubine schlief im vorderen Teil des Zimmers, der mit Möbeln vollgestopft war, da es keinen anderen Raum gab, um die Kommoden aufzustellen, und keine Wandfläche, die groß genug gewesen wäre, um die großen Spiegel aufzuhängen. Das Kinderbett wurde nur dann nach hinten geschafft, wenn Chan Sam die Nacht bei seiner Konkubine verbringen wollte. Innerhalb kurzer Zeit war der Haushalt in froher Erwartung.

May-ying ging auch während ihrer Schwangerschaft weiter zur Schule. Ihre Gepflogenheiten änderten sich nur dahingehend, daß sie jetzt von den herumziehenden Kräuterhändlern andere Samen und Wurzeln, Rinden und Blüten als sonst kaufte; sie sollten ihre Schwangerschaft unterstützen, und sie schälte, säuberte oder röstete sie und kochte sie dann oft stundenlang, um sie als Suppe zu verzehren. Im Tempel, der Tag und Nacht von Gläubigen besucht wurde, zollte sie den Göttern ihren Respekt und bot ihnen Opfergaben dar, damit sie ihr einen Jungen schenkten.

Als ihre Schwangerschaft schon einige Monate fortgeschritten war, nahm sie die Mühe auf sich, einen Wahrsager aufzusuchen, der ein paar Dörfer von Chang Gar Bin entfernt wohnte. »In meiner Blindheit sehe ich die Welt besser als du. Ich weise dir den Weg, wenn du dich verlaufen hast«, behaupteten die Schriftzeichen auf dem Schild vor seinem Stand, die einen weißbärtigen Unsterblichen umrahmten. Der Blinde sprach sehr lange. Von Zeit zu Zeit nickte May-ying. Schließlich nahm er einen Becher mit Stäbchen zur Hand, schüttelte eines heraus und tastete das Schriftzeichen ab. Er sagte ihr das, was sie zu hören gehofft hatte: »Du wirst einen Sohn bekommen.«

Im achten Monat ihrer Schwangerschaft ging May-ying zu Chan Sam. Sie hatte einen Entschluß gefaßt. Der erste Sohn der Familie sollte dort zur Welt kommen, wo auch ihre Töchter geboren worden waren: in Kanada, nicht in China. Als weiteres Argument führte sie an, daß ein Sohn mit einer kanadischen Geburtsurkunde für immer die Wahl hätte, im Ausland zu leben.

Chan Sam war zwar nicht sehr glücklich, daß sich die abergläubischen Aussagen eines Wahrsagers in sein Leben einmischten, war jedoch selbst auch hin- und hergerissen. May-ying hatte recht, aber andererseits hatte ein Sohn auch Pflichten seiner ersten Mutter gegenüber. Und doch hatte sich bereits seit zwei Generationen der Brauch eingebürgert, ins Ausland zu gehen; vielleicht bedurfte es noch einer dritten Generation, um den Besitz der Familie in der Heimat zu sichern.

Huangbo erhob schwach den Einspruch, daß die lange Reise auf See für die Schwangerschaft zu riskant sei. In Wahrheit wollte sie nicht gleich einen doppelten Verlust hinnehmen – den des Ehemanns und den des Sohnes. Schließlich einigte man sich darauf, daß nur die schwangere May-ying und Chan Sam gehen sollten; die Töchter Ping und Nan sollten im Interesse ihrer Ausbildung zurückbleiben und von *Dai-po* versorgt werden. Ping war inzwischen alt genug, um in die Schule zu gehen. Die im Ausland lebenden Familien hatten es seit jeher vorgezogen, ihren Kindern in der Heimat Bildung zu vermitteln, zumindest in den ersten Schuljahren, denn die Eltern fürchteten, daß es ihre Kinder davon abhalten würde, nach China zurückzukehren, wenn man ihre Köpfe gleich zu Anfang mit dem Lehrplan der weißen Gesellschaft und einer fremden Sprache vollstopfte.

An einem Frühlingstag im Jahr 1930 verabschiedete sich Chan Sam von Huangbo. Er versprach ihr, bei seinem kommenden Auslandsaufenthalt sein Bestes zu tun, um eine baldige Heimkehr zu finanzieren. May-ying gab Ping zum Abschied ein vergilbtes Foto, das sie als Baby in den Armen ihrer Mutter zeigte, und wies sie auf den Aufdruck hin: »Made in Canada«. Sie versprach ihr, eines Tages zurückzukehren, und sagte ihr, sie solle folgsam sein und sich um die jüngere Schwester kümmern.

Nur Huangbo hatte beim Abschied Tränen in den Augen, wie sie da so stand mit einem Kind an jeder Hand. Der Motor des wartenden Autos hustete gegen den Staub und die Hitze an. Die Dorfbewohner schüttelten die Köpfe angesichts der schwangeren »fremden Dame«, die jetzt ihr Heim verließ und sich einer langen Seereise und einer drohenden Fehlgeburt aussetzte. Die wenigsten nahmen an, daß das Baby überleben würde.

Drei Tage nach Ankuft des Dampfers in Vancouver erblickte im zweiten Stock einer Pension an der Market Alley in Chinatown ein gesundes Baby das Licht der Welt.

Kapitel 4

Das Haus Nummer 79 lag in der Mitte der Market Alley, die sich über zwei Blocks erstreckte. Die Pension hatte ein Flachdach; sie blickte auf die Rückseite des Empire Hotels, dessen Mülltonnen bei den Stromern aus dem Kneipenviertel sehr beliebt waren, und duckte sich hinter einem höheren Gebäude an der Pender Street.

May-ying und Chan Sam waren wieder bei dem Lebensstandard angelangt, den sie nach May-yings Ankunft in Kanada gehabt hatten: eine ziemlich schäbige Pension mit Gemeinschaftsbad und -küche. Ihr Zimmer im zweiten Stock hatte zwar zumindest ein Fenster auf die Market Alley hinaus, aber die Gasse selbst war düster, feucht und abweisend. Hier und da gab es einen chinesischen Laden oder ein paar niedrige Gebäude, aber nur dort, wo es zwischen den Rückseiten der bestehenden Häuser noch Platz gab und wo die weißen Besitzer die Chinesen hatten bauen lassen. Die Hausbesitzer an der Nordseite der Gasse wollten nach Kräften verhindern, daß Chinatown sich in diese Richtung ausbreitete.

In dieser Pension entband May-ying am ersten Frühlingstag des Jahres 1930 ihr Kind. Die Hebamme verkündete, daß es ein Mädchen sei. May-ying war so enttäuscht, daß sie das nutzlose Kind kaum eines Blickes würdigte. Sie fragte sich, was sie denn getan hatte, um die Götter so zu erzürnen. Sie hatte die lange Reise von China hierher auf sich genommen, die rauhe Überfahrt ausgehalten, und nun wurde ihr zum dritten Mal im Leben die Freude verwehrt, einen Sohn anzublicken.

Am Tag der üblichen Feier des ersten Lebensmonats kamen einige Freundinnen aus ihrer Zeit als Teehausbedienung vorbei. May-ying erzählte von der Geburt ihrer dritten Tochter, die den Namen Hing bekommen hatte. »Die Wehen waren so schlimm, daß ich dem Baby am liebsten einen Fußtritt gegeben hätte, als es endlich rauskam«, sagte sie. »Es wäre mir egal gewesen, wenn es dabei gestorben wäre.«

Eben als alle sich verabschiedeten und sich auf den Weg nach unten machen wollten, gab es einen Aufschrei und ziemlichen Aufruhr, denn das Baby fiel plötzlich aus den Armen seiner Mutter und purzelte die halbe Treppe hinunter. Jahre später erzählte Lee Yen, die eine der Besucherinnen gewesen war, Hing: »Deine Mutter hat dich damals absichtlich fallengelassen.« Sie runzelte die aufgemalten Augenbrauen und fügte hinzu: »Du hast dir nicht weh getan, aber es hätte dein Tod sein können.« Zur Zeit, als es passierte, hatte sie, wie alle anderen Anwesenden auch, behauptet, daß es nur ein Unfall gewesen sei.

Chan Sams Entschluß, May-yings Wunsch nachzugeben und nach Kanada zurückzukehren, war wohl ein Fehler gewesen. Er hatte ja bereits einmal völlig von vorn angefangen und dann nahezu alle seine Ersparnisse in Landbesitz in China investiert, so daß er nun in Kanada keine Bürgschaft für ein Darlehen hatte, um entweder die Pacht auf seinen früheren Mah-Jongg-Raum zurückzuerwerben oder sich in ein anderes Geschäft einzukaufen.

Er bemühte seine Verbindungsmänner in den Sägewerken, um abermals eine Arbeit als Holzbündler zu bekommen, die zwar gefährlich, aber ziemlich gut bezahlt war und oft den Chinesen überlassen wurde; aber die Leute, die er kannte, waren selbst arbeitslos. Kein einziges Sägewerk an den Ufern des Fraser River, in dem er früher gearbeitet hatte, war noch in Betrieb. Die Sägen waren im Jahr zuvor abgestellt worden, und niemand konnte sagen, wann sie wieder in Betrieb genommen werden würden, denn 1930 lastete eine schwere Wirtschaftskrise auf dem Land. Wie Steine sanken die Chinesen auf den Grund der Arbeiterschaft. Acht von zehn der dreizehntausend Bewohner in Vancouvers Chinatown hatten am Jahresende keine Arbeit mehr. Die Besitzer der Sägewerke, der Minen und der Dosenfabriken, die es schafften, die Produktion aufrechtzuerhalten, taten das, was ihnen die Politiker predigten: Sie stellten bevorzugt weiße Männer ein, kanadische Väter, die hier mit ihren Familien lebten, und nicht die Chinesen, die meistens Junggesellen waren und ihr Geld aus dem Land schafften, indem sie es an ihre Familien ins Ausland überwiesen.

Chan Sam sah, wie sich die Straßen von Chinatown mit Männern füllten, die wie er arbeitslos waren. Eine Weile unterhielt die Vereinigung zum Wohl der Chinesen ein Vermittlungsbüro, um ihren Landsleuten zu helfen, in den wenigen von Weißen betriebenen Betrieben unterzukommen, die das Risiko, Nichtweiße einzustellen, auf sich nahmen. Chan Sam hatte jedoch nichts zu bieten; er konnte kein Englisch und hatte keine besonderen Fertigkeiten.

Als die Wochen der Arbeitslosigkeit zu Monaten wurden, geriet die Beziehung zwischen Chan Sam und May-ying auf einen Tiefpunkt. Ohne Huangbo, die immerhin eine Ansprechpartnerin gewesen war, herrschte nur noch eisiges Schweigen, unterbrochen von Schuldzuweisungen. Chan Sam erinnerte May-ying daran, wie sie mit ihrem Beharren, nach Kanada zurückzukehren, die Familie getrennt hatte. Er bedauerte es, Huangbo verlassen zu haben, deren Wesen und Unterwürfigkeit ihm ohnehin lieber waren. Er erwartete wohl eine Entschuldigung, aber May-ying hatte keine, denn sie beklagte ihre eigene Lage. Sie war die weniger geliebte Ehefrau, die Mutter von zwei Töchtern, die nicht bei ihr lebten, und hatte nun noch das Pech, eine dritte Tochter geboren zu haben. Wieder fragte sie sich, wofür die Götter wohl eine Entschädigung haben wollten, und klammerte sich noch hartnäckiger an ihre Tempelbesuche.

Chan Sam quälte sich immer wieder damit, daß er zur falschen Zeit im falschen Land war. Die Wirtschaftskrise überschattete fast die ganze Welt, doch zu Hause erlebte das Delta des Perlflusses einen kurzen, aber relativ blühenden Aufschwung. Der Yuan, Chinas Hauptwährung, basierte auf Silber, und als die Silberpreise beim Krach der Börsen weltweit nach unten fielen, verlockte die Abwertung des Yuan viele im Ausland lebende Chinesen, ihr Geld in Südchina anzulegen. In Chan Gar Bin lieh sich mancher arme Bauer in der aufgeheizten Wirtschaftseuphorie, die einherging mit dem hoffnungsvollen politischen Klima unter Tschiang Kai-scheks Regierung, Geld, um Land zu erwerben.

In letzter Not hätte Chan Sam auf sein Land Geld aufnehmen oder vielleicht auch sein Hab und Gut am Goldenen Berg verkaufen können, um damit eine Überfahrt nach China zu bezahlen. Aber die Dorfbewohner hätten ihn sicher verspottet, wenn er ihnen erklärt hätte, daß die Zukunft im Ausland düsterer sei als die ihre in China. Und wenn er sich Geld von China nach Kanada hätte schicken lassen, wäre sein guter Ruf dahin gewesen, den er sich als Ernährer seiner Familie in seinem langen Exil aufgebaut hatte. Ein Mann, der in Kanada Arbeit hatte, konnte noch immer an einem Tag das gleiche verdienen wie ein Bauer in China in einem ganzen Monat. Auch wenn so ein Arbeiter in Kanada arm war, war er doch in den Augen seiner Verwandten in der Heimat reich. Chan Sam erwog nicht einmal die Möglichkeit, umzudenken und heimzukehren. Sein Stolz verlangte es, daß er sich erst dann wieder in der Heimat blicken ließ, wenn er etwas vorzuweisen hatte, und wenn schon nicht den Sohn, den seine Konkubine angekündigt hatte, dann wenigstens wieder eine Fülle von Gütern und Geld vom Goldenen Berg.

Als Chan Sam das Geld ausging, das er mitgebracht hatte, um seine Arbeitssuche zu finanzieren, borgte er sich hier und da etwas von Freunden. Aber alle waren knapp dran. Als die Lage immer schlechter wurde, schlug er May-ying vor, ihren Jadeanhänger zu verkaufen. Alle, die diesen Anhänger sahen, bewunderten seine herrliche Farbe. »Siehst du, wie wunderbar diese Jadeschattierung im Licht wirkt?« fragte May-ying immer wieder stolz. Und wenn sie dann erklärte, daß dieser Anhänger bereits einmal einer Toten mit ins Grab gegeben worden war, bot ihr jeder sofort an, ihn zu kaufen. »Ich werde ihn nie verkaufen«, sagte sie dann. Sie beschimpfte Chan Sam für den bloßen Gedanken, daß sie sich von diesem Schmuckstück trennen könnte.

Hing war drei Monate alt, als May-ying Chan Sam das Baby übergab, wie sie es immer tat, wenn sie etwas erledigen wollte. Sie zog los, um Lebensmittel zu besorgen oder den Kräuterspezialisten zu besuchen. Als sie länger als sonst ausblieb, wurde Chan Sam mißtrauisch. Das Baby hatte in die Windeln gemacht, und das Windelwechseln gehörte nicht zu den Aufgaben eines Mannes. Ärgerlich wickelte er Hing in eine Decke und machte sich auf die Suche nach May-ying. Er konnte sie jedoch nirgends finden; auch die Ladenbesitzer hatten sie nicht gesehen. Allmählich dämmerte ihm, daß May-ying wohl nicht zurückkommen würde, daß sie davongelaufen war.

Er ging zu Lee Yen, der Frau, die auch die erste Monatsfeier des Babys besucht und gesehen hatte, wie das Kind aus den Armen der Mutter gefallen war. Lee Yen hatte schon lange vor May-ying im »Pekin« gearbeitet und erst dann aufgehört, als sie den Chefkoch geheiratet hatte. Aber sie stand immer zu ihrer Vergangenheit, malte sich auch später noch Augenbrauen auf und hatte noch viele Freundinnen unter den anderen Bedienungen, für die sie fast so etwas wie eine Mutter war.

Lee Yen war genauso überzeugt wie Chan Sam, daß May-ying in den Teehauskreisen auftauchen würde. Neben Vancouver gab es nur noch zwei weitere Städte, deren Chinatowns groß genug waren, um sich Teehäuser zu leisten. Beide befanden sich auf der Vancouverinsel, weniger als einen halben Tag mit der Fähre von Vancouver entfernt. Das eine Chinatown lag in Victoria, der Hauptstadt dieser Provinz. Dieses früher sehr berühmte Chinesenviertel, das in den Zeiten des Goldrauschs gegründet worden war, verfiel seit der Jahrhundertwende zunehmend, da die neuankommenden Chinesen lieber nach Vancouver gingen. Das zweite lag in Nanaimo, einem Bergbauort, und war an den Wochenenden, wenn die chinesischen Grubenarbeiter aus den Lagern hinaus in die Stadt drängten, sehr lebendig.

Am dritten Tag nach May-yings Verschwinden bekam das Baby hohes Fieber. Wenn dies in China passiert wäre und das Baby ein Junge gewesen wäre, hätte man einen Arzt herbeigerufen, aber bei einem Mädchen ließ man der Krankheit gewöhnlich ihren Lauf. Chan Sam suchte Jang Noong auf, den einzigen Freund, den er und May-ying gemeinsam hatten. Dieser sanfte Mann, der wie ein kleiner Buddha aussah, arbeitete als Koch auf den Schleppdampfern. Er war früher in ihrem Mah-Jongg-Raum Stammgast gewesen und hatte die zwei Töchter der Konkubine, Ping und Nan, immer sehr bewundert und verwöhnt. Chan Sam gestand ihm, daß er ärgerlich auf May-ying sei, sie aber finden müsse, weil das Baby krank sei. »May-ying wüßte, was man *Bebe* gegen das Fieber geben könnte«, meinte er.

May-ying hatte in den Tagen, als sie noch im »Pekin« arbeitete und die Gespräche der anderen Bedienungen mitbekam, bereits daran gedacht wegzulaufen. Und als sie sich das letzte Mal Jang Noong anvertraute, war dieser Gedanke soweit gediehen, daß sie ihn in die Tat umsetzen wollte. Jang Noong hatte ihr immer verständnisvoll zugehört, seit damals, als May-yings Klagen über die ungeschickten Einmischungen ihres Mannes in das Mah-Jongg-Spiel sich dahingehend ausweiteten, wie schwierig es doch sei, mit einem so starrköpfigen Mann zusammenzuleben.

Als Jang Noong vor einigen Tagen May-ying und das Baby besucht hatte, hatte May-ying sich bitter darüber beklagt, daß ihr Leben mit Chan Sam in der Fremde ein Leben wäre, das sie niemals gewollt hätte. Sie hatte von der Wirtschaftskrise gesprochen und darüber, wie unglücklich sie und ihr Mann doch wären. Er konnte keine Arbeit finden, dachte aber auch nicht daran, umzudenken und nach China heimzukehren. Da Jang Noong wußte, was es bedeutete, sich nach seiner Frau in der Heimat zu sehnen, spürte er Mitleid mit Chan Sam, aber er hatte auch volles Verständnis für May-yings Klagen. Das Gespräch kam auf Nanaimos Chinatown, wo die Chinesen, die zu den ärmsten im Ausland zählten, mit sehr wenig recht zufrieden lebten. Er erzählte ihr, daß es den wenigen Kaufleuten dort anscheinend ganz gut ging; ein Teehausbesitzer vergrößerte gerade sein Anwesen. Und während er ihr dies erzählte, wurde ihm klar, daß May-ying plante wegzulaufen.

Jang Noong fand, daß May-ying über die Krankheit ihres Babys informiert werden sollte, und gab Chan Sam ihren Aufenthaltsort preis. »Du wirst wohl deinen Stolz runterschlucken und ihr nachlaufen müssen«, riet er ihm und hoffte, daß Chan Sam sie nicht zu schlecht behandeln würde.

Chan Sam wickelte das Baby in eine Decke ein und machte sich auf den Weg nach Nanaimo. Er war noch nie dort gewesen und hatte auch nie den Wunsch dazu verspürt, weil er sich immer vorgestellt hatte, daß dieses Chinatown rückständig, klein und langweilig sei. Von der Anlegestelle der Fähre aus ging er etwa eine Meile einen Hügel hinauf, überquerte die Eisenbahnschienen und gelangte schließlich in die Pine Street. Quer über der Straße verlief ein Zaun, und vor einem Tor stand auf einem Schild: »Durchgang verboten«. Nur das über ihn hinwegwuchernde Unkraut machte den aus Holzresten schlampig zusammengenagelten Zaun etwas ansehnlicher. Chan Sam öffnete das Tor und ging hinein.

Die Straße war nun nicht mehr gepflastert, und am Gipfel des Hügels erstreckte sich Chinatown. Die Pine Street ging noch etwa einen halben Kilometer lang weiter, bevor sie am Rand einer Klippe im Nichts endete. Die Straße wirkte wie eine Westernkulisse. Auf beiden Seiten standen grob gezimmerte, von der Sonne gebleichte, ein- bis zweistöckige Holzhäuser, einige davon mit künstlichen Fassaden, alle mit schiefen, baufälligen Balkonen. Chinesische Zeichen und zuweilen auch englische Schriftzüge auf den Fassaden oder den Glaseingangstüren wiesen auf die Art der Geschäfte hin, die sich in diesen Häusern befanden. Ein einsamer Ahorn sprengte den hölzernen Bürgersteig auf der einen Seite. Ein Schild, auf dem ein alter Mann auf einer Bank saß, über sich den Werbespruch »Players Please«, einer Zigarettenmarke, die bei den Chinesen »Matrosenzigaretten« hieß, führte Chan Sam zum Teehaus.

Er fand May-ying im Obergeschoß des »Canton House«. Als May-ying in Nanaimo erschienen war und nach Arbeit gefragt hatte, schlossen die Angestellten Wetten ab, wann Chan Sam auftauchen würde. Unter den Teehausbedienungen gab es keine einzige, die nicht einen Mann an ihrer Seite hatte, der auf ihren Lohn Anspruch erhob.

Hier in der Öffentlichkeit konnte Chan Sam nicht viel sagen. »*Ah* May-ying, *Bebe* hat Fieber!« Das nach außen hin zur Schau getragene Verhalten der beiden wies in keinerlei Weise auf eheliche Unstimmigkeiten hin. Sie nahm das Baby in die Arme, befühlte seine Stirn, sah sich seine Zunge an. »Armes kleines Ding«, sagte sie dann und führte ihren Mann zum Angestelltenwohnheim hinter dem Teehaus. Dort zog sie aus ihrer Handtasche ein schwarzes Döschen heraus, klein wie ein Fingerhut, aus dem sie vier winzige Körnchen *Six Saints Medicine* abzählte. Sie steckte dem Kind eins nach dem anderen in den Mund und wies ihren Mann an, wann er die nächste Dosis verabreichen sollte. »Ich muß jetzt zur Arbeit zurück und komme wieder, wenn das Teehaus schließt«, sagte sie.

Als sie wieder auftauchte, war es schon fast vier Uhr morgens. »Rein mit dir«, sagte Chan Sam und zerrte May-ying durch die Eingangstür. Sie erwartete Schläge, aber er schlug sie nicht. Statt dessen hielt er ihr einen Vortrag. »Wenn eine Tochter ohne die Fürsorge ihrer Mutter aufwachsen muß, so ist das nicht besser als das Leben eines Wurms.« Seine Vorträge eröffnete er immer mit einem seiner Meinung nach passenden Sprichwort.

Er sprach natürlich von Hing, aber May-ying, die bei Hing noch immer an den Sohn dachte, der ihr vorenthalten worden war, trafen seine Worte an ihrem wundesten Punkt, nämlich daß sie Ping und Nan in China zurückgelassen hatte. Beim Abschied waren die beiden zwei und vier Jahre alt gewesen, jünger als sie selbst bei der Trennung von ihrer Mutter.

May-ying hatte erwartet, daß Chan Sam von dem Unrecht sprechen würde, das ihm als Ehemann angetan worden war. Er wußte ebensogut wie sie, daß sie ihn verlassen hatte. Aber sie dachte auch daran, daß es für sie so viel leichter gewesen war als für ihn, Arbeit zu finden. Er bemerkte ihr verzagtes Gesicht und versuchte es etwas behutsamer. »*Ah* May-ying, wenn du leichter Arbeit findest als ich, dann sollten wir uns glücklich schätzen. Wenn ich dann auch noch Arbeit finde, können wir beide Geld sparen für die Zeit, wenn wir wieder nach Hause gehen und es leichter haben werden, wenn wir unsere drei Töchter wieder zusammenbringen und eine glückliche Familie sein können.«

Zu dritt kehrten sie nach Vancouver zurück, denn Chan Sam wollte nicht in Nanaimo bleiben, wo niemand aus seiner Sippe lebte. Er zog Vancouver vor, wo er seinen Leuten näher war, und sicher würde eines der dortigen Teehäuser May-ying einstellen.

May-ying fand Arbeit im »China House«, aber wie alle anderen Teehäuser auf der Pender Street kämpfte auch dieses um sein Überleben. Als die Wirtschaftslage sich immer mehr verschlechterte, wurden die Gehälter der Bedienungen um die Hälfte gekürzt. Zwar teilte die Kanadische Vereinigung zum Wohl der Chinesen Essensmarken an notleidende Chinesen aus, die dazu beitrugen, daß die Pforten des Teehauses noch eine Weile geöffnet blieben, aber 1932 mußte auch das »China House« endgültig schließen. In diesem Jahr zogen immer mehr verarmte Chinesen als Bettler durch die Straßen, in der Hoffnung auf eine mildtätige Unterstützung ihrer Mitbürger. Als die ersten Chinesen verhungerten, sah sich die Kommunalregierung schließlich gezwungen einzugreifen. Die anglikanische Kirche richtete eine Suppenküche in Chinatown ein, erwartete aber, daß ein Chinese nur halb soviel benötigte wie ein Weißer in der gleichen Lage. Mancher notleidende Chinese zog den Hunger dieser milden Gabe vor.

Im Winter 1931/1932 fiel auch China der Depression zum Opfer. Der kurze Aufschwung im Delta des Perlflusses kam schlagartig zum Stillstand. Viele Bauern, die die kurzsichtige Entscheidung getroffen hatten, mit Hilfe eines Darlehens zusätzlich Land zu erwerben, wurden durch sinkende Reispreise und steigende Kosten in die Enge getrieben und standen nun vor größeren Schulden als je zuvor. Aus Chan Gar Bin war zu hören, daß es wieder genauso schlimm war wie zur Jahrhundertwende, als ganze Dörfer verhungert waren. Chan Sam brauchte nicht daran erinnert zu werden, daß es trotz der Schwierigkeiten, die er momentan in Kanada hatte, nirgends schlimmer sein konnte als in China, dem »kranken Mann Asiens«. Die Pflicht seiner Familie in Kanada war klar: Für die Familie in der Heimat mußten Opfer gebracht werden. Er und May-ying gingen dahin, wo sie billiger leben konnten, nach Nanaimo, und May-ying fing wieder an, im »Canton« zu arbeiten.

Nanaimos Chinatown war dreimal neu aufgebaut worden. Immer wieder hatten die Hausbesitzer die Mieten in schwindelerregende Höhen getrieben oder ihren Besitz zum Verkauf gestellt, und jedesmal waren die Chinesen ausgezogen und hatten neues Land weiter den Hügel hinauf gerodet. In den späten Zwanzigern wurden Hunderte von chinesischen Bergarbeitern an die Luft gesetzt, und viele Händler in Chinatown gingen pleite. Die chinesische Landkompanie, Besitzer der elfeinhalb Morgen Fläche von Chinatown, stand selbst vor dem Bankrott. Die verbliebenen Kaufleute gründeten eine gemeinnützige Gesellschaft und baten Chinesen in ganz Kanada, Anteile zu erwerben, damit sie die Landkompanie auskaufen und das Chinesenviertel vor der Auslöschung bewahren konnten. Nachdem 1929 genügend Chinesen in ihre Taschen gegriffen hatten, konnte Nanaimos Chinatown weiter bestehen bleiben.

Zwar waren die Mieten, die die Chinesen untereinander verlangten, extrem niedrig – weniger als ein Drittel der Mieten in Vancouver, nur etwa fünf Dollar für ein kleines Haus –, aber die Ausstattung der Häuser war dementsprechend schlecht. Für Verbesserungen gab es kein Geld. Die meisten der etwa drei- bis vierhundert Menschen in Chinatown mußten Außentoiletten benutzen. Nur die beiden Teehäuser und ein paar wenige Familienunternehmen, die es sich leisten konnten, hatten Toiletten in den Häusern. Die Schlaglöcher auf den ungepflasterten Straßen wurden immer tiefer, und keiner schien sich für den Staub zuständig zu fühlen. Natürlich gab es kaum Durchgangsverkehr, bis auf Mr. Elliotts Pferdekarren, der ein- bis zweimal wöchentlich sein Weißbrot an die Restaurants und an die wenigen Familien auslieferte, die sich den westlichen Brauch, zum Frühstück Toast zu servieren, angeeignet hatten. Weder die Stadt noch die Provinz kümmerten sich um öffentliche Arbeiten, was vor allem an den merkwürdigen Stadtbegrenzungen lag, die dazu führten, daß die eine Seite der einzigen Straße von Chinatown innerhalb der Stadtgrenzen lag, die andere jedoch außerhalb und so im Zuständigkeitsbereich der Provinz. Beide Verwaltungen ignorierten die Existenz des Chinesenviertels nach Möglichkeit. Die städtische Polizei machte sich nicht einmal die Mühe, die Spielhöllen zu schließen oder das Viertel nach Schwarzbrennern abzusuchen.

Aufgrund der außergewöhnlichen Großzügigkeit, die Nanaimos Chinatown gerettet hatte, herrschte hier eine sehr gesellige Stimmung. »Wo's ein Häschen gibt, da gibt's auch ein Gräschen«, pflegte man zu sagen. Die Möglichkeit, einfach ausradiert zu werden, hatte die Menschen näher zusammenrücken lassen; jedem war klar, daß sein Überleben von seinen Mitmenschen abhing. Selbst die Ärmsten und die Arbeitslosen, die hierher kamen, fühlten sich der Gemeinschaft verpflichtet. Wenn sich fünfzehn von ihnen zusammentaten und ihre Wohlfahrtsgroschen auf einen Haufen warfen, konnten sie sich ein kleines, wenn auch nur sehr primitives Haus mieten und hatten noch immer genug Geld übrig, um einen Koch anzustellen. Eben dieses Zusammengehörigkeitsgefühl führte dazu, daß es Mayying hier gefiel, Chan Sam sich jedoch unwohl fühlte.

Die Arbeit im »Canton« brachte sie in den Kreis eines Familienunternehmens, dem der geachtetste Bürger Chinatowns, Mr. Kae Wong, vorstand. Er war ein sehr gutmütiger, von allen geschätzter Kräuterspezialist gewesen, bevor er sich zur Führung eines Teehauses entschlossen hatte. Selbst zu den Leuten, die nicht sein Restaurant besuchten, war er nett. Zu jedem chinesischen Neujahrsfest bestellte er chinesische Würste, Datteln und Zuckerrohr aus Vancouver und verteilte sie an die Arbeitslosen. »Männer müssen ja trotzdem essen, ob sie nun Arbeit haben oder nicht«, erklärte er seiner Frau und seinen acht Kindern, die alle bei den anstehenden Arbeiten mithalfen, kochten und buken, sich um den Gemüsegarten und den Hühnerstall im Hinterhof kümmerten, das Holz die Hintertreppe hinaufschleppten und die weißen Tischtücher wuschen und bügelten.

Aufgrund seiner Lebenseinstellung konnte Mr. Wong das »Canton« immer weiter ausbauen, während die Teehäuser in Vancouver nach und nach schließen mußten. Das Geschäft lief so gut, daß sich ein paar Jahre später sogar ein Konkurrent, das »Nanking House«, etablieren konnte. Eine Weile nach Chan Sams und May-yings Umzug nach Nanaimo wurde noch ein drittes Teehaus, das »Goong Nam«, errichtet. Diese Teehäuser waren die größten Gebäude in Chinatown und dienten auch als Hotels. Im Obergeschoß befanden sich die Restaurants, im Erdgeschoß gab es jeweils zehn bis fünfzehn Räume, wo man für weniger als fünfzig Cent übernachten konnte.

May-ying erwies sich bald als sehr nützlich für das »Canton«. Für die Gäste war sie die zierliche Bedienung, die mit der hellen Haut, den klaren Augen und den tanzenden Jadeohrringen. Für die Wongs zählte, daß sie immer pünktlich, freundlich und sanft war, eine Person, die sich um ihre Angelegenheiten kümmerte, sich niemals über die lange Arbeitszeit und die schwere Arbeit beklagte und auf ihre Mitmenschen nie böse wurde. Die Köche, die berüchtigt waren für ihr aufbrausendes Wesen und während ihrer Arbeit mit einem steten Fluß von Whiskey besänftigt werden mußten, hatten nie etwas gegen May-ying vorzubringen. An den Wochenenden, zwischen Freitagabend und Sonntagnachmittag, an denen es niemals ein leeres Abteil gab, standen die Kunden vor May-yings Tischen in einer langen Warteschlange.

Das einfache Leben in Nanaimo kam May-ying sehr gelegen.

Kinder konnten hier auf der Straße spielen, ohne sich vor Autos fürchten zu müssen, und obgleich die Ehefrau eines Kaufmanns sich nicht mit einer Teehausbedienung unterhielt, gab es keine Vorbehalte, wenn die Kinder miteinander spielten. Niemand mußte um seine nächste Mahlzeit betteln, denn es gab ausreichende und frische Lebensmittel. Hinter jedem Geschäft und jedem Wohnhaus lag ein Garten. In den hinteren Gassen gab es zwei Schweinezüchter, so daß gepökeltes Schweinefleisch immer erhältlich war, frisches Fleisch zweimal die Woche und gegrilltes Schweinefleisch am Sonntag. Die Cowichan-Indianer, die in der näheren Umgebung lebten, kamen nach Chinatown, um auf dem Bürgersteig vor den Spielsalons frischen Glanzfisch und Schellfisch, aber auch selbstgestrickte Pullover zu verkaufen. Für May-yings persönliche Bedürfnisse gab es einen Kräuterkundigen, wenn auch keinen Tempel. Aber vor allem lebte sie gerne in Nanaimo, weil auch viele Leute aus Poon-ye hier lebten, einer chinesischen Provinz, die an ihre Heimatprovinz angrenzte. Ein kleines Haus an der Pine Street war ausschließlich von Männern aus Poon-ye bewohnt, von denen einige in den Bergwerken von Nanaimo arbeiteten. Auch die Besitzer des »Goong Nam« und des Tong-Yick-Gemischtwarenladens kamen aus Poon-ye. May-ying freundete sich rasch mit vielen Leuten an und fand immer Hilfe, wenn sie welche brauchte.

Das Zugehörigkeitsgefühl, das May-ying so genoß, ging Chan Sam völlig ab. Er fand es in Nanaimo schrecklich langweilig. Zwar war er Hing ein guter, fürsorglicher Vater, aber er sehnte sich auch nach anderen Selbstbestätigungsmöglicheiten. Er betrachtete es als unter seiner Würde, zu der Gesellschaft der untätigen und, wie er selbst, arbeitslosen Männer, die nach Nanaimo kamen, verdammt zu sein. Niemand von seinen Leuten lebte in Nanaimo. Er war daran gewöhnt, sich unter den Männern, die im Sippengebäude oder im Kuomintang-Gebäude in Vancouver zusammenkamen, seine Freunde auszuwählen, und schaffte es nicht, seine Freundschaft Fremden anzubieten. Statt dessen sehnte er sich nach dem Respekt und der Bewunderung Huangbos und der Dorfbewohner in Chang Gar Bin. Wie um sich selbst daran zu erinnern, welch hohes Ansehen er bei seinen Verwandten in der Heimat genoß, achtete er aufs äußerste auf sein Auftreten und vermied es, sich länger auf den Bänken aufzuhalten oder ziellos die Pine Street auf und ab zu wandern.

So dachte er ständig an seine Zukunft in China und vermißte gleichzeitig zunehmend eine eheliche Beziehung. Er und May-ying hatten kaum noch intimen Kontakt, und wenn doch, so schützte sie sich vor einer Schwangerschaft, indem sie anschließend sofort eine Spülung mit einer lilafarbenen Flüssigkeit vornahm. Wenn sie dachte, daß sie besonders vorsichtig sein müßte, ließ sie sich von jemandem eine Hirschplazenta besorgen, die sie verzehrte, um damit eine Fehlgeburt auszulösen. Sie wußten beide, daß sie in Kanada unmöglich einen weiteren Mund füttern konnten, aber Chan Sam dachte oft daran, wie sehr Huangbo sich ein eigenes Kind wünschen mußte, da mit jedem weiteren Jahr ihre Zeit knapper wurde. May-ying, die ebenfalls der Ansicht war, daß die Familie unbedingt noch einen Sohn brauchte, sprach oft aus, was ihnen beiden am besten zupaß kam: Sie legte ihrem Mann immer wieder nahe, nach China zurückzukehren und einen Sohn zu zeugen.

Chan Sam weilte zwar physisch in Kanada, aber mit dem Herzen war er daheim in seinem Dorf. Er fühlte sich immer mehr zu Huangbo hingezogen und schrieb ihr getreulich seine Briefe. May-ying war durch die Töchter, die sie zurückgelassen hatte, gefühlsmäßig an das Dorf gebunden. In den Briefen vermochte sie hier und da ein paar Worte zu entziffern, aber sie konnte ohne Hilfe keinen Brief schreiben oder ganz lesen und mußte sich deshalb darauf verlassen, daß Chan Sam den Kontakt zu den Mädchen aufrechterhielt. Huangbos Briefe aus China bestanden nach wie vor hauptsächlich aus der förmlichen Empfangsbestätigung seiner letzten Überweisung, und außer Grüßen von Ping und Nan war kaum etwas Persönliches zu erfahren. Bei jedem Brief pflegte May-ying zu sagen: »Ich möchte zu gern wissen, wie es den Mädchen geht.« Chan Sam tat immer öfter kund, daß er schrecklich gern »ein wenig zu Hause spazierengehen« wollte. Als Fernziel hielt er die Hoffnung aufrecht, daß die Wirtschaftslage in Kanada sich bessern würde und sie genug Geld sparen könnten, um zu Hings Schuleintritt nach Hause zurückzukehren. Als Eltern, so sahen es beide, war es ihre Pflicht, auch ihre Jüngste zur Einschulung nach China zu bringen.

Eifrig sammelte May-ying in einem Pappkarton unter ihrem Bett Dinge, die sie nach China schicken wollte: alte Kleider, Küchenhandtücher oder Spülbürsten, leere Dosen, alles, was vielleicht noch ein zweites Leben haben konnte. Ab und zu strickte sie auch einen Pullover, den sie den Mädchen schickte, oder sie kaufte in Nanaimos Einkaufszentrum ein Kleid, das groß genug war für Ping und in das Nan hineinwachsen konnte; ja selbst Hing würde es vielleicht eines Tages tragen können, wenn die Familie wieder vereint war. Hing erinnerte May-ying an die abwesenden Töchter. Ihre Jüngste hatte etwas von Pings munterem Frohsinn und etwas von Nans Ernsthaftigkeit.

Alle zwei Monate oder öfter, wenn er es sich leisten konnte, schickte Chan Sam soviel Geld nach Hause, wie er von May-yings Lohn und Trinkgeld abzweigen konnte. Wie auch früher fügte sich May-ying in diese Gepflogenheit. Wie immer war als Grund ausreichend, daß sie China als Heimat und Kanada als vorübergehendes Exil betrachtete, doch solange ihre beiden Töchter noch nicht verheiratet waren, kam auch die Verantwortung für sie dazu.

Andere im Ausland lebende Chinesen waren nicht so großzügig zu ihren Verwandten in der Heimat. »Es reicht doch, an Neujahr *lishee* zu schicken«, meinten sie, indem sie pro forma einen kleinen Geldbetrag in einem roten Umschlag heimschickten und sich hinter der Entschuldigung versteckten, daß es in Kanada eine Wirtschaftskrise gebe. Damit schützten sie sich vor weiteren Verpflichtungen. Aber Chan Sam war anders. Er beobachtete die Entwicklungen Chinas und Kanadas sehr genau. Die chinesische Wirtschaft würde einen weiteren Schlag einstecken müssen, wenn die Vereinigten Staaten ihre Währung abwerteten und durch einen Akt des Kongresses den Silberpreis künstlich in die Höhe trieben. Silber floß aus China heraus wie früher, als damit Opium bezahlt wurde. Darunter litten die Wechselkurse, und Teile der städtischen Wirtschaft brachen zusammen. Für Chan Sams Familie konnte jegliches Ungleichgewicht nur durch noch größere Opfer in Kanada ausgeglichen werden. Auch wenn der Gesamtwert von Chan Sams Überweisungen nach Hause drastisch sank (von 1930 bis 1931 um ein Drittel; die gesamten Überweisungen des Jahres 1933 betrugen nur noch ein Fünfzehntel der

Überweisungen von 1930), blieb er einer der immer weniger werdenden Getreuen, die sich um ihre Familien daheim kümmerten.

Auch Mr. Wong hatte eine Ehefrau in China, die er finanziell unterstützte. Der Besitzer des »Canton« war ein Mensch, den Chan Sam sehr bewunderte, und einer der wenigen, mit denen er in Nanaimo verkehrte. Chan Sam genoß das Prestige, von Mr. Wong eingeladen zu werden, und gesellte sich gelegentlich zu einem Mah-Jongg-Spiel im Hinterzimmer des Teehauses, auch wenn Mr. Wong den Einsatz manchmal gefährlich hoch ansetzte. Die anderen beiden Spieler der Vierermannschaft waren der chinesische Bäcker des Plaza Hotel in der Innenstadt von Nanaimo und ein chinesischer Koch, der für die Angestellten der *Canadian Pacific Railway* kochte. Chan Sam konnte Hing bedenkenlos mitbringen, die Wongs kümmerten sich schon um sie. Die älteren Söhne ließen sie immer auf den Schultern reiten, die Soyasaucenflaschen nachfüllen und auf dem Balkon spielen. Die Männer konnten sich ihrem Spiel widmen, zu dem sie ein freundschaftliches Glas Whiskey tranken.

Chan Sam ließ sich von Mr. Wong auch die Neuigkeiten aus China berichten und besprach mit ihm die chinesischen Zeitungen. Sie lasen beide zwei Zeitungen, eine aus Victoria, die andere aus Vancouver. Chan Sam, der niemals vorgehabt hatte, sich in die weiße Gesellschaft zu integrieren, interessierte sich kaum für die Kampagnen zur Gleichstellung der Chinesen bei der Arbeitslosenunterstützung und Wohlfahrt. Auch andere Themen, etwa Rechte, die die Chinesen als Bewohner und Bürger Kanadas bekommen sollten, interessierten ihn nicht. Es war vor allem Chinas Zukunft, die ihm Kopfzerbrechen bereitete; er kümmerte sich nur um Entwicklungen daheim, die sein Haus, sein Land und seine Verwandtschaft in Mitleidenschaft ziehen könnten.

Wie andere Chinesen auch wünschte er sich nichts so sehr wie Stabilität in der Heimat. Trotz der Fraktionsstreitigkeiten innerhalb der Kuomintang – von denen einige auch in den USA und Kanada ausgefochten wurden, da die Partei nach wie vor überwiegend aus Überseekapital finanziert wurde – war Tschiang Kai-schek die einzige Hoffnung, China zu vereinigen. Chan Sam war froh zu hören, daß Tschiangs Offensive zur Ausrottung der Kommunisten, die von einem jungen Mao Tse-tung angeführt wurden, diese zum Rückzug gebracht hatte.

Noch wertvoller als Zeitungsberichte waren jedoch für die Auslandschinesen die Erzählungen von Reisenden, die aus China zurückkamen. Kwangtung war die am meisten bereiste Provinz. Bei seinem letzten Heimatbesuch, der ein Jahr lang gedauert hatte, hatte Mr. Wong seiner Frau dort ein neues Haus gebaut. Die meisten Bauern konnten nur für eine einzige und zugleich ihre letzte Behausung sparen – für den Sarg, in dem sie beerdigt werden würden, aber das galt natürlich nicht für Männer aus Mr. Wongs Schicht. Für solche Leute war der Hausbau die Fortsetzung des Traums vom Landerwerb, ein weiterer Schritt auf der gesellschaftlichen Leiter nach oben. Chan Sam hatte mit eigenen Augen die hohen Häuser gesehen, die in Südchina mit Geld aus Übersee gebaut worden waren. Die deutlich westliche Architektur und Ausstattung dieser Häuser wies wie die Stecknadeln auf einer Landkarte auf die Gatten und Väter hin, die durch ihren Auslandsaufenthalt ihren Wert gründlich unter Beweis gestellt hatten.

In Nanaimo gab es nur wenige beneidenswerte Männer wie Mr. Wong. Die meisten waren arbeitslos, und Chan Sam sah, wie immer mehr von ihnen Nanaimo verließen, nachdem sie aus ihren Gärten die Ogden-Tabakdosen ausgegraben hatten, in denen sie sämtliche vorzeigbare Ersparnisse vom Goldenen Berg aufbewahrten. Sie waren an dem Punkt angelangt, an dem sie nur noch eine einzige Wahl hatten: die Schande schlucken und arm heimkehren oder aber tot; in letzterem Fall wurden ihre Knochen aus dem Grab geholt, gesäubert und für die letzte Schiffsreise nach Hause in Kisten gelegt. Aber die Chinesische Gesellschaft, die normalerweise alle sieben Jahre für so einen Knochentransport aufkam, hatte in der Depression den Transport eingestellt und machte sich nicht einmal die Mühe, die Knochen in der Zwischenzeit in Kisten zu lagern. Die Männer in Nanaimo fingen langsam an, sich Gedanken zu machen, was es denn noch an Ehre bedeutete, wenn man seine Knochen in einem Jutesack auf einem Haufen im Beinhaus in einer der Hintergassen von Chinatown wähnen mußte.

Als die Provinzregierung 1934 das Angebot machte, notleidenden Arbeitslosen, Schwachen und geistig Behinderten die Heimreise nach China zu bezahlen unter der Bedingung, daß sie nie mehr nach Kanada zurückkämen, gingen viele darauf ein. Chan Sam zog es jedoch vor, sich an das herausragende Vorbild von Mr. Wong zu halten, und hoffte, eines Tages in dessen Fußstapfen treten zu können.

Auf das Mah-Jongg-Spiel konnte er sich niemals konzentrieren; statt dessen beobachtete Chan Sam, während er an Mr. Wongs Tisch spielte, wieviel Aufmerksamkeit May-ying gezollt wurde, wie die Kunden sich um ihre Gunst bemühten und sich anstrengten, mit ihr ins Gespräch zu kommen. Wenn er dann wieder in dem einfachen Holzhaus neben dem »Canton« saß, in dem sie untergebracht waren, nagte an ihm der Gedanke, daß die Gäste May-ying mehr Zuneigung entgegenbrachten als die meisten Ehemänner ihren Gemahlinnen. Eifersucht oder auch die reine Langeweile trieben ihn dann auf den Balkon hinaus oder zum Fenster an der Seite, von wo aus er zum »Canton« hinüberstarrte. Von jedem Aussichtspunkt aus konnte er das Treiben auf der Straße beobachten und ein paar Wortfetzen aufschnappen, die aus den geöffneten Balkontüren des Teehauses drangen.

May-ying brauchte gar nicht erst genauer hinzusehen, um zu erkennen, was er dort tat. »Ich weiß, daß er mir nachspioniert«, sagte sie zu den anderen Serviererinnen. »Er tut nur so, als betrachtete er die Chrysanthementöpfe oder die Lilien auf dem Balkon.« Es feuerte ihre Rachegelüste an und drängte sie dazu, ihm einen echten Grund zur Besorgnis zu liefern.

Eines Tages wartete er vergeblich darauf, daß sie zwischen den Schichten nach Hause käme. Sofort argwöhnte er, daß sie den Versuchungen der Spielsalons nachgegeben haben könnte. Da die ganze Pine Street sonst kaum eine andere Unterhaltung bot, spielte fast jeder in den drei oder vier Spielsalons des Viertels. Das Geldspiel war in Nanaimo kaum so negativ besetzt wie in anderen Chinatowns, vielleicht auch deshalb, weil die Gewinne zurückgingen an die Gesellschaft, die Chinatown unterhielt. Chan Sam, der bisher immer darauf stolz gewesen war, niemals einen Fuß über die Schwelle gesetzt zu haben hin zu dem, was er als Laster betrachtete, beschloß loszuziehen, um seinen Verdacht zu bestätigen. Er nahm Hing bei der Hand, und zusammen klapperten sie nach und nach jeden Spielsalon ab, stießen die dunkelgrüne Glastür auf und spähten auf der Suche nach May-ying hinein.

In einem der Spielsalons hörte er, wie jemand May-ying ansprach: »*Ah* May-ying! Du bist so klug, hol dir noch mal einen Gewinn!« Über die Köpfe der Menge hinweg und durch den Zigarettenqualm hindurch entdeckte er die Schleife, mit der sie ihr Haar zurückgebunden hatte: Da saß sie an dem Tisch, an dem *fan tan* gespielt wurde, im Zentrum der Aufmerksamkeit. Wie die anderen, die sich hier zum Glücksspiel getroffen hatten, sah er zu, wie der Leiter den Messingbecher von dem Haufen der Porzellansteinchen aufhob und anfing, sie mit seinem gebogenen Stab in Viererpaaren wegzuräumen. Er hatte kaum die Hälfte des Häufchens aufgeteilt, als May-ying die Wette ausrief, die gewinnen sollte: »Drei Porzellansteinchen bleiben übrig!«

Chan Sam flüsterte seiner Tochter etwas ins Ohr und schubste sie dann Richtung Spieltisch. »Mama, kommst du nach Hause?« fragte Hing. Beim Klang der Kinderstimme drehten sich alle um, denn Kinder gab es an diesen Orten üblicherweise nicht.

Als sie die Tür zu ihrer Unterkunft hinter sich geschlossen hatten, ergriff May-ying als erste das Wort. »Ich brauche keinen Aufpasser!«

»Blööödsinn! Leute, die in Spielhöllen gehen, denken nicht an die Zukunft!« sagte Chan Sam ärgerlich. »Wenn du erst einmal in solchen Kreisen verkehrst, dann sinkst du ins Laster ab. Wofür brauchst du die Gesellschaft von Glücksspielern, die ganze Raucherei und Trinkerei?« Er griff mit beiden Händen nach dem Kragen ihres Kleides und schüttelte sie, enttäuscht, weil sie offensichtlich nicht sah, daß sie durch das Glücksspiel die Ersparnisse riskierte, mit denen er die Heimreise finanzieren wollte.

Unerwartet schlug May-ying zurück, als ginge es um Leben oder Tod. Die Wut machte sie stark. Ihre Fäuste hämmerten gegen seine Brust, ihre Füße droschen gegen seine Schienbeine. Sie schlug um sich und schrie, während er sie in das vordere Zimmer zerrte, wo sie die Nachbarn nicht mehr hören konnten.

»*Baba*, tu es nicht! Bitte nicht!« schrie das Kind hysterisch und klammerte sich an sein Bein. Beide Elternteile erstarrten, ihr hitziger Streit ebbte ab.

»Man muß sich darüber klar sein, was man liebt und was man haßt«, erklärte er, seine Konkubine belehrend, wie er sich früher selbst belehrt hatte.

May-yings Ton war abweisend. »Du setzt ständig ein Sprichwort auf das andere. Genausogut könntest du ein Haus auf das andere setzen!«

Als Hing sich ihrem fünften Geburtstag näherte, kam die Zeit für ihren Schuleintritt in China, der Wegweiser, der Chan Sams kanadische Familie zurück nach China dirigierte.

Realistisch betrachtet war der Tag jedoch noch nicht gekommen, an dem er, seine Konkubine und ihre dritte Tochter den kanadischen Stützpunkt verlassen und nach China zurückkehren konnten. Die Wirtschaftslage hatte sich weder hier noch in der Heimat gebessert. Der chinesische Zweig der Familie war inzwischen so abhängig wie nie zuvor vom kanadischen, von dem, was May-ying als Bedienung verdiente. Um eine Familie satt zu bekommen, wurden immer mehr *mau tin* benötigt, die Chan Sam sich nicht leisten konnte, wenn er jetzt den Auslandsaufenthalt beendete.

Schließlich schlug May-ying ihm vor, allein für einen Besuch heimzukehren. Chan Sam gab ihr die Gelegenheit, nach der sie schon lange gesucht hatte, als er zufällig erwähnte, daß es als guter Vater seine Pflicht wäre, ihre Jüngste bald zur Einschulung nach Hause zu bringen. »Du und ich besprechen das jetzt einfach mal«, sagte er, damit May-ying ihm nicht ins Wort fallen konnte. »Das ist alles, einfach nur eine Möglichkeit!« meinte er, als wolle er sich nur mit einem kleinen Plausch die Zeit vertreiben. Er zählte andere Väter und Onkel aus seinem Bekanntenkreis auf, die das gleiche taten und ihre Kinder, Nichten und Neffen für ein oder zwei Jahre Aufenthalt nach China brachten. Ihre Ehefrauen, so sagte er, begleiteten sie nicht, sie blieben in Kanada und warteten dort auf die Rückkehr ihrer Männer.

May-ying hatte längst begriffen, warum er gehen wollte. »*Ah*

Chan Sam, es ist Zeit, daß du wieder einmal in deinem Dorf spazierengehst. Du solltest wirklich heim und sehen, wie es den Mädchen geht, und du solltest auch heim, um der Familie einen Sohn zu schenken! Aber wenn du wirklich gehst«, meinte sie, denn darüber hatte sie ebenfalls schon nachgedacht, »dann möchte ich, daß Hing hier bei mir bleibt und mir Gesellschaft leistet!«

Schon lange hatte May-ying überlegt, wie sie sich bloß von seiner lähmenden Anwesenheit in ihrem Leben befreien könnte. Sie sehnte sich danach, seinen ihr nachspionierenden Augen zu entkommen, seinen Sprichwörtern, die sie ständig in die eine oder andere Richtung lenken wollten, als hätten weder er noch sie eigene Gedanken.

Aus all den von May-ying angeführten Gründen konnte Chan Sam der Idee, nach Hause zu gehen, nicht widerstehen. Er war sich klar, daß Huangbo, inzwischen Ende dreißig, nicht mehr viel Zeit blieb, ein Kind zu bekommen. Auch hatte er sich schon oft gefragt, ob denn die Mädchen, Ping und Nan, inzwischen fast neun und sieben, eifrig zur Schule gingen. Aber der Gedanke, ohne Hing zu gehen, gefiel ihm ganz und gar nicht. So hatte er es sich nicht vorgestellt, wenn er überlegt hatte, was für ihre Ausbildung am besten sei.

Doch wenn May-ying sich etwas in den Kopf gesetzt hatte, dann war sie wie besessen und ließ sich durch nichts davon abbringen. Sie hatte die Entscheidung getroffen, auch ihr drittes Kind in Kanada zu bekommen, und jetzt war sie überzeugt, es sei am besten, Hing bei sich zu behalten.

»Sie ist alles, was ich hier in Kanada habe«, sagte sie. Und das stimmte schließlich auch, denn was hatte May-ying sonst hier – abgesehen von ihrem Schmuck?

»Ich wäre einsam«, fuhr sie fort. »Du hast bereits zwei unserer Töchter ins Dorf zurückgebracht. Ich denke, meine letzte Tochter sollte hier bei mir bleiben.« Es würde nicht viel kosten, Hing bei sich zu behalten, meinte sie beharrlich. »Sie kann ja im ›Canton‹ essen. Mr. Wong würde sicher gern als Teil meines Vertrags für ihre Mahlzeiten aufkommen!«

Die Erwähnung von Mr. Wong zauberte einen selbstzufriedenen Ausdruck auf Chan Sams Gesicht. Plötzlich war ihm eine Idee gekommen, wie er seinem Heimatbesuch einen tieferen Sinn verleihen konnte: »Dann würde ich gern zurückgehen, um ein Haus zu bauen. Das Haus, das wir jetzt haben, ist viel zu klein!«

May-ying nickte zustimmend. »Ja, ja, das solltest du unbedingt tun! Geh heim und baue ein Haus!«

Mit wachsender Begeisterung fuhr er fort: »Ich werde mehr Geld brauchen als die Summe, die ich bisher gespart habe, aber nicht viel mehr, weil ich viele der Arbeiten selbst erledigen kann, und die Dorfbewohner werden mir helfen. Ich werde ihnen nur zwei Mahlzeiten am Tag geben müssen, sie werden also praktisch umsonst arbeiten. In China ist ein Dollar eine Menge wert, nicht wie hier in Kanada.«

May-ying bat Mr. Wong um einen Vorschuß auf ihren Lohn, um damit Chan Sams Heimreise zu finanzieren, und Mr. Wong gab ihr das Geld gern, denn sie war eine gute und zuverlässige Angestellte.

Die Familien machten stets ein großes Ereignis daraus, zum Hafen in Vancouver zu gehen um ihre Verwandten zu verabschieden. May-ying und Hing standen in der Menge und genossen die festliche Stimmung. Chan Sam war unter den Passagieren nicht zu erkennen – er befand sich im untersten Deck in der dritten Klasse, aber er winkte heftig mit hocherhobenen Händen.

Während der Vorbereitungen für seinen Heimatbesuch war er ein völlig anderer Mensch gewesen, heiter und umgänglich. Er wollte erst wieder nach Kanada zurückkommen, wenn er sein Haus fertiggestellt hatte, wofür er ein volles Jahr ansetzte. Ein längerer Aufenthalt hätte seine dortige Familie finanziell zu sehr belastet, aber theoretisch hatte er die Möglichkeit, auch länger zu bleiben, denn seine Berechtigung zur Rückkehr nach Kanada war vier Jahre lang gültig. Die Regierung hatte seit dem Beginn der Wirtschaftskrise die Länge der möglichen Abwesenheit ihrer chinesischen Bürger von zwei auf vier Jahre hinaufgesetzt.

Er hoffte auf einen Wirtschaftsaufschwung zur Zeit seiner Rückkehr, darauf, dann auch wieder eine Arbeit in Kanada zu finden. »Sobald ich dann genug gespart habe, können du, Hing und ich gemeinsam zurückgehen und es uns gutgehen lassen, *tan sai gai*«, hatte er May-ying erklärt. Es war zwar nur eine Redewendung, aber er glaubte fest daran, daß eines Tages sein gesamter Haushalt – Ehefrau, Konkubine und alle ihre Kinder – in Frieden und Freuden in China vereint sein würde.

Er hatte ein paarmal von Nanaimo nach Vancouver fahren müssen, um Vorkehrungen für den Transport seiner Mitbringsel zu treffen. Darunter befanden sich die notwendigen Geschenke für die Familie einschließlich eines roten Leiterwagens für Ping und Nan, zwei Big-Ben-Aufziehwecker für die beiden – große Wecker mit einem lauten Ticktack-Geräusch, die auf zwei Beinen standen, hergestellt in Peterborough/Ontario – und zwei RCA-Victor-Grammophone sowie ein paar Schallplatten mit kantonesischen Opern, die in New York mit berühmten Opernstars aufgenommen worden waren. Ein Grammophon war für Huangbo bestimmt, das zweite für sein neues Patenkind in Shekki, dem man bereits eingeschärft hatte, sich vor Chan Sam ehrfurchtsvoll zu verbeugen.

Aber der größte Teil seiner Mitbringsel bestand aus Geräten, die er für den Hausbau benötigte. Amerikanische Gerätschaften, selbst so grundlegende wie Spaten und Sägen, fand er einfach besser als die in China hergestellten Geräte, die er dort kaufen oder sich ausleihen würde müssen. Bessere Geräte, so kalkulierte er, würden seine Leistungen verbessern. In seiner Vorstellung befand sich der Hausbau schon in vollem Gang, und das Haus würde für viele zukünftige Generationen bestehen bleiben.

Aus den blauen Schornsteinen des Dampfers drang Rauch, und das Horn blies zum Abschied. Jubel erklang, und die Passagiere am Deck warfen bunte Papierschlangen, die an den Relings festgebunden waren, über die Seiten des Schiffes. May-ying winkte, aber in Gedanken weilte sie schon bei dem entspannenden Klatsch im Zimmer einer ihrer Kolleginnen, wo sich ein paar alte Freundinnen treffen wollten. Hing, die nur vage verstand, daß *Baba* jetzt wegfuhr, um ein Haus zu bauen, war mit dem Versuch beschäftigt, nach dem sich langsam herabsenkenden Regenbogen der Papierschlangen zu greifen; sie hoffte, daß ein paar Passagiere eine Schlange weit genug werfen würden, damit sie auf dem Pier statt im Wasser landete.

Kapitel 5

Chan Sam seufzte und sagte, wieviel glücklicher er hier in seinem Dorf sei. Huangbo neigte den Kopf wie ein Grashalm im Wind und nickte zustimmend. »Reis vom eigenen Dorf schmeckt besser«, sagte sie.

Wie schon beim ersten Heimkehrfest für ihren Mann hatte Huangbo auch diesmal das Beste erstanden, das man für Geld bekommen konnte, *tin guy*, die es nur äußerst selten gab. Die Familie versammelte sich um die Töpfe mit den winzig kleinen Hühnern, die so zart waren, daß man sogar die Knochen mitessen konnte. Statt der sonst üblichen klaren Brühe bereitete Huangbo zum Abschluß des Mahls Pings Leibspeise aus dem Westen zu. Sie nahm aus Chan Sams Kiste mit ausländischen Lebensmitteln eine Dose gesüßter Kondensmilch und eine Schachtel Kekse, die sie dann in der dampfenden Milch servierte. Die Familie sollte auch später noch solche westlichen Speisen essen, aber nie mehr *tin guy*, denn dies war das letzte Mal, daß Chan Sam heimkehrte, auch wenn dies damals niemand ahnte.

Das vollgestellte Haus bot kaum genug Ellbogenfreiheit, daß alle vier ihre Reisschüsseln und Stäbchen gleichzeitig zum Mund führen konnten. Überall stapelten sich Dinge, die im Alltag eines Kleinbauern notwendig waren – Tonschüsseln, Hacken, Sensen, ein Spinnrad, ein Baumwollwebrahmen, Körbe in allen möglichen Formen und Größen. An der Decke hingen von einem Hanfseil, das an Bambusstäben festgebunden war, noch mehr Körbe, Töpfe, Strohhüte, Kleidungsstücke und Tücher; man holte sie bei Bedarf mit einem Stock, an dem ein Haken befestigt war, herunter.

Unter all diesen Sachen fand Chan Sams suchender Blick auch die Möbelstücke, die er das letzte Mal aus Übersee mitgebracht hatte.

Die beiden Spiegelkommoden standen Rücken an Rücken, halbbedeckt von Strohmatten. Auf ihnen lag das metallene Kinderbett und in dem Bett der Kinderwagen; beide Gegenstände zeigten schon die ersten Rostspuren. Über allem lag eine dicke Staubschicht. Chan Sam bemerkte, daß keine einzige seiner mitgebrachten Uhren zu sehen war; sie befanden sich noch in den Kisten, in denen sie hergebracht worden waren, zusammen mit den drei großen Spiegeln. Er schwor sich, daß das neue Haus den Notwendigkeiten wie den Luxusgegenständen, den Kochgefäßen wie den Wanduhren genug Platz bieten würde.

Alle in Chang Gar Bin wußten, daß Chan Sam nach Hause gekommen war, um ein Haus zu bauen. Sie gratulierten sich gegenseitig, daß nun auch ihr Dorf einen Ehegatten und Vater vorzuweisen hatte, der seinen Kopf über Wasser hatte halten können. Ansonsten war hier überall eine düstere Stimmung eingekehrt. Ein Bauer nach dem anderen hatte seine Reispflänzchen, Schweine, Möbel und Werkzeuge an seine Kreditgeber verloren, als er die jährlichen dreißig bis vierzig Prozent Zinsen für sein Darlehen nicht mehr aufbringen konnte. Viele hatten selbst ihren Tee und ihre letzte unverheiratete Tochter verkaufen müssen, um wenigstens noch ihr Land behalten zu können.

In der Wirtschaftskrise waren die Preise, die in Shekki für ungeschälten Reis von bester Qualität bezahlt wurden, so tief gesunken, daß damit die Pachtgebühren und Steuern nicht mehr beglichen werden konnten. Und die Schuldlasten wurden noch bedrückender durch neue Steuern, erhoben von der in Kwangtung regierenden Militärbehörde der Kuomintang, die damit ihre neuen Programme durchsetzen wollte. Ständig kamen Soldaten aus den verschiedensten Regierungsebenen nach Chang Gar Bin und riefen in einer verwirrenden Vielfalt von Währungen neue Steuern aus, die sie dann sogleich eintrieben. Zu den höchsten jemals erhobenen Land- und Erntesteuern kam eine Transportsteuer für Reis, den man zu den Mühlen brachte, ein Zoll für Straßenerneuerungen um Shekki, eine Steuer für die Bezirksaufsichten und Polizisten, eine allgemeine Provinzsteuer und sogar noch eine Dorfsteuer auf das Schlachten von Schweinen.

Chan Sams zuverlässige Überweisungen hatten nicht immer den Hunger von den Türen seines Hauses abgewandt, aber zumindest die Gläubiger ferngehalten. Er hatte kein einziges seiner achtundzwanzig *mau tin* verloren, so daß sein Besitz der zweitgrößte war nach dem des ortsansässigen Getreidehändlers. Dieser besaß ein *kung* (hundert *mau tin*) und hatte sich ein neues Haus gebaut, das erste neue Haus seit langem in Chang Gar Bin. Es war ein hohes, schmales Haus, dessen drei Räume aufeinander standen wie eine Reihe von chinesischen Schriftzeichen. Aber die Dorfbewohner rechneten den Getreidehändler nicht zu ihresgleichen; er ließ seine Ehefrau in einem vornehmen Haus in Shekki wohnen und lebte nur mit seiner zweiten Frau im Dorf. Für die Bauern war das Bauvorhaben von Chan Sam, einem aus ihren Reihen, eine viel größere Leistung. Er war der erste aus ihrer Generation, der ein neues Haus bauen wollte, und auch der erste, der damit den Wohlstand am Goldenen Berg bezeugte. Das Haus würde Chang Gar Bin bei allen Dörfern in der Umgebung bekannt machen. Kaum einer der Männer aus Chan Sams Generation, die ins Ausland gegangen waren, hatte es geschafft, genug Geld nach Hause zu schicken, um seine Familie satt zu bekommen; die meisten waren völlig mittellos zurückgekehrt und fielen nun ihren Verwandten zur Last. Aber nicht so Chan Sam, sagten die Dorfbewohner in Chang Gar Bin. Er hatte Ehre auf sich gebracht, da er das Anstandsgefühl besaß, sich um seine zurückgelassene Familie zu kümmern. Die Neuigkeiten, daß er ein Haus bauen wollte, verbreiteten sich zu einer Zeit, in der die Reissuppe auf allen Tischen so verwässert war, daß sie kaum mehr nach Reis schmeckte, und überall keimte daraufhin die Hoffnung, daß nach bitteren auch wieder süße Zeiten kommen würden.

Im Schoß seiner chinesischen Familie fand Chan Sam Glück und Harmonie; er genoß sein Heim und war ein vorbildlicher Ehemann und Vater. In der ersten Zeit nach seiner Rückkehr, als er noch nicht so sehr mit den Vorbereitungen für seinen Hausbau beschäftigt war, kümmerte er sich rührend um Huangbo. Er sah, wie ermüdend ihre Arbeit war, und half ihr sogar aus Mitleid bei einigen der Aufgaben, die ihr als Frau zufielen. Er nahm ihr die Tragestange von den gebeugten Schultern und trug die Wassereimer vom Brunnen nach Hause, die Reispflanzen von den Feldern zum Herd oder das Korn von der Kornkammer zum Hof, wo es ausgebreitet wurde, um in der Sonne zu trocknen und dann zusammengefegt und gesiebt zu werden. Aus Sorge um ihre Sicherheit hatte er ihr untersagt, in den Hügeln um Chang Gar Bin herum die frischen Bambussprößlinge auszugraben, Kräuter zu sammeln oder das Stoppelgras zu schneiden, aus dem Besen hergestellt wurden. Auch wenn die anderen Frauen aus dem Dorf das gleiche täten, meinte Chan Sam, seien die Hügel doch gefährlich, voller Diebe und Wegelagerer. »Kauf dir das, was du brauchst!« sagte er. Da man keinen Besen kaufen konnte, weil jeder Haushalt seine Besen selbst herstellte, wollte er einen besseren Besen aus Kanada kommen lassen. Und eines Tages kam tatsächlich ein Besen aus Übersee an, der Huangbo mit seinem dicht zusammengebundenen und ordentlich auf eine Länge geschnittenen Stroh sehr beeindruckte.

Chan Sam schwor sich, alles in seinen Kräften Stehende zu tun, um auch in seiner Abwesenheit die Familie vor ernsten Krankheiten zu bewahren. Er gestand Huangbo seine größte Angst, daß nämlich sie oder die Mädchen einer der drei Krankheiten zum Opfer fallen könnten, die regelmäßig die Dörfer heimsuchten. Jedesmal, wenn in China nach den Überflutungen und den Regenfällen die Jahreszeit des »Erwachens der Insekten« einzog, erklang in seinen Alpträumen in Kanada der surrende Ton von Stechmücken, die mit Malariaerregern verseucht waren. Vor seiner Abreise aus Vancouver hatte er sich erkundigt, welche Möglichkeiten die westliche Medizin im Kampf gegen diese Krankheit besaß, die zu Hause den Namen »Feuchte böse Luft« trug, und hatte ein Rezept für Chininsulfat erhalten. Da er wußte, daß Huangbo die Kosten scheuen würde, für sich oder die Mädchen den Rat eines Arztes in Shekki einzuholen – das geschah in den Dörfern nie, es sei denn, bei dem Schwerkranken handelte es sich um den Vater oder den ersten Sohn –, besorgte er eine Flasche mit fünfzig großen weißen Kapseln und erklärte ihr, daß sie, Ping oder Nan diese Kapseln schlucken müßten, wenn sie anhaltend hohes Fieber bekämen. Die zwei anderen schlimmen Krankheiten bekümmerten ihn weniger. Kein Dorfbewohner mußte daran erinnert werden, das Wasser abzukochen und die Speisen gut durchzubraten, um Durchfall, die »Fließender-Magen-Krankheit«, zu vermeiden. Nur gegen die »Blutspuck-Krankheit« kannte niemand ein Mittel. Die Tuberkulose lauerte in der Feuchtigkeit der abbröckelnden Mauersteine eines jeden Bauernhauses. Chan Sam würde darauf achten, daß sein neues Haus aus Ziegelsteinen, hart wie Fels, erbaut wurde.

Er wollte ausführlich über Pings und Nans schulische Leistungen informiert werden. Hungbo berichtete, daß sie die Mädchen pflichtgemäß an sechs Tagen die Woche um halb neun zur Schule schickte und sie nachmittags um halb fünf zurückkämen. Chan Sam suchte den Lehrer auf, dem er ein Geschenk von Kakipflaumen machte. Der Lehrer erklärte, daß Nan zu seinen Lieblingsschülerinnen gehörte, weil sie ruhig, aber zugleich klug sei; Ping hingegen sei laut wie ein Junge. Sie würde es mit dem Lernen nicht sehr ernst nehmen und über ihre Fehler nur lachen. Er erinnerte sich durchaus an das, was Chan Sam ihm aus Kanada geschrieben hatte – »Auch wenn es mir nicht leicht fällt, so werde ich doch für sämtliche Schulgebühren und sonstigen Ausgaben, die für die Ausbildung meiner Töchter anfallen, aufkommen« – und sah sich deshalb genötigt, Chan Sam zu berichten, daß die beiden nicht jeden Tag zur Schule kämen. Alle Dorfkinder kamen unregelmäßig zur Schule, je nachdem, ob sie gerade zu Hause gebraucht wurden oder ob für Papier und Pinsel genug Geld da war. Aber da es neben den dreißig Knaben in der Schule nur zwei oder drei Mädchen gab, fiel die Abwesenheit von Chan Sams Töchtern immer besonders auf.

»*Baba*, mein Kopf ist aus Holz! Ich glaube nicht, daß ich jemals genügend Schriftzeichen behalten werde, um Lesen und Schreiben zu lernen«, erklärte Ping kichernd ihrem Vater.

Er wollte wissen, wohin sie und ihre jüngere Schwester denn gingen, wenn sie mit den Schulbüchern im Arm das Haus verließen. Ping gestand ihm, daß sie, wenn sie die Schule schwänzten, zum Kanal und zu den Feldern spazierten, wo sie zum Zeitvertreib Frösche und Krabben fingen. Um zu Hause keinen Verdacht zu erregen, sorgten sie immer dafür, daß sie zur rechten Zeit heimkamen.

Nicht nur Nan ist schlau, dachte Chan Sam. »*Baba* wird dir

helfen, die Schriftzeichen zu lernen«, sagte er. »Aber du mußt mir versprechen, daß ihr beide regelmäßig in die Schule geht!«

Solange ihn der Hausbau nicht voll beanspruchte, holte sich Chan Sam jeden Tag nach der Schule Papier, Tinte und Pinsel, die er von Kanada mitgebracht hatte, und setzte sich damit auf eine Bank im Hof. Ping stellte den Big-Ben-Wecker, den ihr Vater ihr geschenkt hatte, so ein, daß er nach einer halben Stunde das Ende ihres Schreibunterrichts kundtat. Jeder Tag verlief nach dem gleichen Muster: Chan Sam wählte einige Schriftzeichen aus und lehrte seine Töchter, in welcher Reihenfolge sie ausgeführt werden mußten. Er baute jedes Schriftzeichen mit der gleichen Sorgfalt auf, mit der er bald sein Haus bauen würde.

Geschäfte führten Chan Sam nach Shekki. Er ließ sich in einer festlichen Zeremonie seinen neuen Patensohn zeigen und lieferte das Grammophon ab. Auch für das Kind seiner ältesten Tochter, die von seiner verstorbenen Ehefrau stammte, hatte er ein Geschenk. Die Tradition sah nicht vor, Töchter, die die Familie verlassen hatten, zu besuchen; er tat es nur aus sentimentalen Gründen.

Vor allem aber wollte er in Shekki Vorkehrungen für den Bau seines Hauses treffen. Zunächst erkundigte er sich nach Handwerkern, die ein Haus, wie er es sich vorstellte, planen und bauen konnten. Bei Arm und Reich galten »viele Generationen unter einem Dach, die auf demselben Herd ihr Essen kochen« als Idealvorstellung. Chan Sam konnte natürlich nicht ein Herrenhaus errichten, wie es die Reichen und Mächtigen besaßen. Solche Häuser bestanden aus großen Anwesen mit hohen Mauern, Innen- und Außenhöfen, getrennten Unterkünften für die verschiedenen Frauen und deren Kinder, für die Bediensteten, Hauslehrer und Bewacher sowie eigenen Gebäuden, die einen Ahnentempel, eine Bibliothek, ein Musikzimmer und so weiter beherbergten. Auch so groß wie die heimkehrenden Kaufleute, etwa Mr. Wong aus Nanaimo, konnte er sein Haus nicht bauen, aber es sollte von der gleichen Erfahrung sprechen, nämlich ins Ausland gegangen zu sein. Bei seinen Reisen durch die Gegend am Perlfluß hatte sich Chan Sam die Häuser eingeprägt, die im westlichen Stil erbaut worden waren, mit mindestens zwei Stockwerken, manchmal auch drei, und Balustraden, Erkern und Balkonen. Er sah diese Häuser vor sich, die von Übersee-Vätern wie ihm erbaut worden waren; sie sollten sich von den Generationen flacher, verfallender, einstöckiger Adobehäuser, die zu ihren Füßen kauerten, abheben und beweisen, daß die einzige Hoffnung, die Familie über den Lebensstandard der armen Landbevölkerung zu erheben, darin bestand, ins Ausland zu gehen.

In den zwei Dörfern, die an Chang Gar Bin angrenzten, gab es kein solches Haus, und niemand aus dem Dorf war jemals in einem Bauernhaus gewesen, das ein Obergeschoß hatte. Chan Sam beschloß, sein Haus auf einem seiner *mau tin* zu bauen, das nur fünf Minuten zu Fuß von seinem alten Haus entfernt lag, auf der Seite des Dorfes, die am weitesten entfernt von den Hügeln war. Es würde das letzte Haus am Dorfrand sein, mit einem unverstellten Blick nach Süden über den Kanal, hinter dem sich die Felder und die weite Landschaft erstreckten.

Während Chan Sam auf die ersten Arbeiter wartete, verging kein Tag, an dem er nicht von seinem alten Haus zu dem Grundstück spazierte, auf dem sein neues errichtet werden würde. Dann stand er lange Zeit nur da, genoß den Blick und stellte sich vor, welche Aussicht man vom Balkon des Obergeschosses aus haben würde. Seine beiden Etagen sollten so hoch werden wie die drei des Getreidehändlers. Er ging durch eine imaginäre Eingangstür und dachte daran, wie kühl es dank der hohen Decken im Haus sein würde, wie gut man sich hier drinnen von der sengenden Nachmittagshitze erholen würde können. In seiner Vorstellung sah er den Haupteingang und die zwei kleineren Seiteneingänge, von denen aus man in den vorderen Hof gelangen würde. Er stellte sich die Fenster vor, die sowohl hoch genug gelegen sein mußten, um Diebe abzuhalten, als auch groß genug, um einen guten Ausblick zu haben. An der Hinterwand wollte er weder Türen noch Fenster, nicht nur deswegen, weil man das Glück ja nicht zum vorderen Eingang hinein- und zum hinteren wieder herausspazieren lassen durfte, sondern auch deshalb, weil er nicht auf das Dorf blicken wollte.

Mit den Plänen des Handwerkers in der Hand marschierte er den Grundriß ab, der einen Vorderhof mit einem Brunnen vorsah – eine sehr willkommene Annehmlichkeit für die Frauen des Haushalts – und einen separaten Schuppen für das Getreide sowie das Schwein, das dann nicht mehr in der Küche beherbergt werden mußte. Er versetzte die Bambusmarkierungen für sein Haus immer weiter nach außen. Er hatte sich beschwert, daß er in seinem alten Haus kaum seine Arme ausstrecken konnte, ohne die Wände zu berühren. Im neuen wollte er ungestört herumspazieren können, ohne daß die anderen Haushaltsmitglieder ihm den Weg verstellten. So schritt er also die Fläche ab, die den zukünftigen großen Aufenthaltsraum darstellte, an dessen einer Seite eine Tür zum kleineren Aufenthaltsraum führen würde; dann ging er seine Schritte zurück und durch die imaginäre andere Seite des Raums durch einen Gang hindurch in einen Raum, in dem die Küche und ein Waschbecken installiert werden sollten. Als er endlich zufrieden war, belief sich die Grundfläche des Hauses einschließlich des Balkons auf rund hundertfünfzig Quadratmeter.

Chan Sam, Huangbo und die Konkubine sollten die beiden Schlafzimmer im Erdgeschoß hinter den Aufenthaltsräumen bekommen. Die Kinder – die drei Töchter und der Sohn, den er sich noch von Huangbo erhoffte – sollten oben schlafen. Irgendwann einmal würde das Obergeschoß dann vom Sohn und dessen Ehefrau – die die Eltern für ihn auswählen würden – übernommen werden; diesen beiden oblag es, sich dann auch um die drei alten Elternteile zu kümmern. Auf sein Glück vertrauend, hatte Chan Sam auch noch eine zweite Treppe ins Obergeschoß vorgesehen, denn er hoffte, daß die nächste Generation zwei Söhne hervorbringen würde, und in diesem Fall, so beschloß er, wäre es besser, wenn jeder seiner Enkel und dessen Frau einen eigenen Zugang ins Obergeschoß hätten.

Chan Sam verzögerte den Baubeginn bis zum Ende der Herbsternte, damit er die Männer in und um Chang Gar Bin herum zu niedrigeren Preisen anheuern konnte. Schnell fielen die Bauarbeiten hinter die vorgesehenen Termine zurück. Chan Sam hatte nicht genügend Werkzeug aus Kanada mitgebracht, weigerte sich jedoch, chinesisches Werkzeug zu benutzen, das er als zu schlecht erachtete. Die Ziegelsteine wurden an der Baustelle hergestellt, aber die Arbeit ging schrecklich langsam voran. Verwundert sahen die Arbeiter zu, wie Chan Sam neben ihnen seine Ärmel aufrollte, einen Axtgriff zur Hand nahm und damit jede neue Ladung Ziegelsteine prüfte. Er schüttelte den Kopf darüber, daß sie so leicht zersprangen, und beschwerte sich, daß sie voller Luftlöcher seien, während die Arbeiter dachten, daß sie genau richtig wären. Um die harte Qualität zu erreichen, die er sich vorgestellt hatte, mußte der Brennofen mit großen Mengen Brennstoff stark erhitzt werden, über die die Arbeiter völlig entsetzt waren. Ihnen kam es vor, als würde das reine Geld verbrannt werden.

Als es an der Zeit war, die Steine im Brennofen mit Dampf zu trocknen, war Chan Sam, kaum hatten die Arbeiter den Ofen versiegelt, mit ihnen unzufrieden, weil sie nicht genug Wasser auf den Ofen geschüttet hatten. Mehr Dampf tönte die Steine blau-grau; diese Farbschattierung eines Hauses tat den Wohlstand seiner Bewohner kund. Die vielen hundert Wassereimer, die mit Schulterstangen vom Kanal herbeigeschleppt werden mußten, sowie die Arbeit, die nötig war, um jeden Stein abzuschmirgeln, bevor der Mörtel aufgetragen werden konnte, worauf Chan Sam bestand, erforderte zusätzliche Arbeitskräfte. Er fand sie auf dem Marktplatz von Shekki, Männer und Jungen, die, um ihr Handwerk zu verdeutlichen, hinter einem umgedrehten Ziegelstein hockten. Auch mußte mehr Tee und Tabak gekauft werden, die den Arbeitern vertraglich zustanden. Die Baustelle in Chang Gar Bin mit den Bambusstrohhütten, die die Arbeiter auf Pfählen über dem Kanal errichtet hatten, und der Kantine, die täglich zwei Mahlzeiten für die Arbeiter zubereitete, mutete eher wie ein Armeelager an als wie der Hausbau eines bescheidenen Bauern.

Als das Haus Gestalt anzunehmen begann, sahen es die Dorfbewohner wie auch die Arbeiter als Zeugnis seines Besitzers an. Sie betrachteten ihn als einen Ehemann und Vater, der den Traum eines jeden Kleinbauern, Erde unter den Füßen und Ziegeln über dem Kopf, verwirklichte. »Chan Sam wird Hunderten von Generationen einen guten Namen hinterlassen«, sagten alle. Seine Töchter Ping und Nan waren unter den getreuesten Beobachtern des Fortschritts auf dem Baugelände. Die beiden Schwestern kamen vor der Schule, nach der Schule und an ihren freien Tagen zur Baustelle. Sie zogen sich abwechselnd in dem roten Leiterwagen, den ihr Vater ihnen aus Kanada mitgebracht hatte, auf dem holprigen Pfad vom alten Haus zum neuen. Dann parkten sie den Leiterwagen am Rand der Baustelle, setzten sich hinein, schoben ihn an einen anderen Platz, wenn sie einen anderen Ausblick haben wollten, und bewunderten dabei ständig ihren Vater, dem der Schweiß von der Stirn perlte.

Im gleichen Maß, in dem Chan Sams Ansehen zunahm, wurde Huangbo immer mehr zur idealen chinesischen Ehefrau, immer bescheidener, nachgiebiger, fleißiger. Sie beobachtete den Hausbau mit ihrer üblichen Zurückhaltung und stellte niemals Fragen über das, was sie als Angelegenheiten ihres Mannes betrachtete. Offenbar wußte sie nicht, daß das Geld, von dem ihre Familie lebte und mit dem der Hausbau finanziert wurde, von der Konkubine kam, und selbst wenn man es ihr erklärt hätte, wäre sie davon wenig beeindruckt gewesen, denn als Frau sah sie alles, was sich in einer Ehe ansammelte, als das Eigentum des Mannes. Wie sie der Familie das Opfer brachte, eine Existenz zu führen, die eher einer Witwenschaft als einer Ehe glich, so hätte sie sicher auch jegliches Opfer von seiten der Konkubine als gerecht, ehrenhaft und erwartungsgemäß erachtet.

Huangbo war jedoch traurig und ertrug diese Trauer wie eine weitere eheliche Pflicht, daß ihr Mann nicht mit einer Konkubine gesegnet war, die ihm besser zu Gesicht stand. Seine Briefe nach Hause hatten zwar nie sein Unglück offenbart, aber hier, in seinen eigenen vier Wänden, stöhnte er immer wieder darüber, wie mürrisch und streitsüchtig May-ying ihm gegenüber oft war. »*Ah*, May-ying ist keine Dame«, sagte er dann und beschwerte sich, daß sie einfach nicht ihren Platz kannte. Er erzählte Huangbo auch, daß May-ying gern spielte. »Sie ist wie ein Mann«, sagte er. Huangbo schnalzte dazu mit der Zunge und schüttelte abfällig den Kopf.

Ping und Nan hörten gezwungenermaßen, was da von ihrer leiblichen Mutter erzählt wurde, und dieses Gerede überlagerte allmählich die wenigen Erinnerungen, die Ping an sie hatte. In einer ihrer frühesten Kindheitserinnerungen sah sie sich mit ihrer Mutter in Vancouvers Chinatown auf einem Bürgersteig spazierengehen. Im Dorf gab es natürlich keine Bürgersteige. Sie erinnerte sich auch daran, wie sie mit ihrer kanadischen Familie in einem Auto im Dorf angekommen war, und konnte sich beide Mütter nebeneinander vorstellen. Sie erinnerte sich schwach, daß die hübsche, jüngere Mutter die Stärkere gewesen war und die andere die Unterlegene. Aber durch die Gesprächsfetzen, die sie nun mitbekam, stellte sie sich auf Huangbos Seite. Beide Schwestern, die bereits jetzt schon länger in China als in Kanada gelebt hatten und von ihrer chinesischen Mutter erzogen worden waren, vergaßen immer wieder, daß sie in einem anderen Land geboren worden waren. Natürlich gab es die Pakete, die ihr Vater aus Kanada geschickt hatte, in denen sich ab und zu auch ein Kleid befand, das ihre Mutter ihnen ausgesucht hatte, oder ein von ihr gestrickter Pullover. Wann immer die beiden in ihren fremden Kleidern draußen mit fremdländischem Spielzeug spielten – dem Kinderwagen und jetzt dem Leiterwagen –, riefen Mütter und Kinder ihnen nach: »*Faan-gwei-neu, Faan-gwei-neu*«. Die Schwestern genossen es sogar, als »fremde Mädchen« verspottet zu werden, und nahmen es als Kompliment, daß sie genauso weltgewandt waren wie ihr Vater.

Huangbo liebte Ping und Nan wie eigene Kinder; dennoch sehnte sie sich nach einem Baby als Ersatz für jenes, das sie verloren hatte. Chan Sams Abwesenheit und jedes weitere vergehende Jahr ließ sie an das chinesische Sprichwort denken, daß ihre »herabgefallenen Blüten durch das fließende Wasser des Alters hinweggeschwemmt« wurden. Sie näherte sich nun ihrem vierzigsten Geburtstag und hoffte sehr, daß bei diesem Besuch ihres Mannes ein Kind geboren werden würde; beim nächsten Besuch würde sie mit ziemlicher Sicherheit zu alt sein. Der Heimatbesuch ihres Mannes hatte ja unter anderem den Zweck, ein Kind zu zeugen, und sie hoffte sehr, ihm einen Sohn schenken zu können.

Vor Chan Sams Rückkehr hatte sie die Götter beschworen, ihren Einfluß geltend zu machen. Sie hatte in einem nahegelegenen Tempel drei Räucherstäbchen entzündet und in einen mit Sand gefüllten Behälter gesteckt. Dann hatte sie die Öllämpchen auf dem Altar entzündet, eine Münze in die Hand des Tempelaufsehers gedrückt und ihm gesagt, daß sie die Götter sprechen wollte, woraufhin er ihr die *bei*, die hölzernen Orakelstäbchen, überreicht hatte. Der erste Wurf hatte zu verstehen gegeben: glatt, glatt. Die Götter lachten über sie. Vor dem nächsten Wurf hatte sie sich vorschriftsmäßig dreimal verneigt, dann kam heraus: rund, rund. Diesmal hatten sich die Götter also geweigert, ihr eine klare Auskunft zu geben. Beim dritten und letzten Wurf, der erlaubt war, war die Kombination endlich richtig gewesen: glatt, rund. Die Götter hatten ihrer Bitte Gehör geschenkt.

Da der Hausbau nur im Schneckentempo voranging und gleichzeitig ständig neue Rechnungen zu begleichen waren, ging der Geldvorrat, den Chan Sam aus Kanada mitgebracht hatte, rasch zur Neige. Obwohl das Haus erst halbfertig war, zahlte er jedem Arbeiter, was ihm zustand, und versprach, daß die Arbeit wieder aufgenommen werden würde, sobald weiteres Geld vom Goldenen Berg ankäme. Die Dorfbewohner waren enttäuscht, sahen aber nichts Unehrenhaftes an dieser Arbeitsunterbrechung. Wenn Chan Sam aus Geldmangel seine ehrgeizigen Pläne aufgegeben hätte, wäre er wahrscheinlich mit dem Stigma »Mangelnde Sorge, sein Gesicht zu wahren« versehen worden; man verhielt sich nur dann angemessen, wenn man das Gesicht seiner Familie wahrte. Im Grunde war Chan Sams Hausbau für die Dorfbewohner so etwas Ähnliches wie eine chinesische Oper, bei der man oft mehrere Aufführungen besuchen muß, wenn man die ganze Geschichte mitbekommen will.

Wie von Chan Sam versprochen, kam bald eine weitere Überweisung vom Goldenen Berg. Wieder stieg der Dampf aus dem Ziegelbrennofen, wieder wurde sorgfältig der Mörtel aufgetragen und zwischen den Fugen herausgekratzt, und das Holz für den Dachstuhl krachte unter der Axt und der Säge. Aber so sicher, wie der Mond voll wurde und wieder abnahm, wiederholte sich das angefangene Muster. Die Arbeiten verlangsamten sich, als das Geld immer knapper wurde, und kamen wieder in Gang, sobald neues Geld geschickt wurde. So klaffte zum Beispiel eine riesige Öffnung zwischen den steinernen Doppelsäulen des Innenhofs, bis es genug Geld gab, das aus massivem roten Holz hergestellte Doppelportal in die hölzernen Türzargen einzuhängen. Die Balkontür im zweiten Stock bot einen gefährlichen Zugang zu einer ungesicherten Kante, bis genug Geld da war, die Zementbalustrade zu gießen und eine Brüstung anzubringen. Das Dach war lange Zeit nur halb gedeckt mit dunkelgrün glasierten Tonziegeln, bis wieder Geld kam, um die Restlieferung aus Shekki bezahlen zu können.

Durch diese Unterbrechungen hindurch bewahrte Chan Sam immer die Ruhe, zum Teil auch deshalb, weil sich zugleich mit dem wachsenden Haus unerwarteterweise auch die Wirtschaftslage in China besserte. 1935, in dem Jahr, in dem Chan Sam heimgekehrt war, belebte Tschiang Kai-scheks Regierung die Wirtschaft ein wenig, indem sie die Silberwährung durch eine manipulierte Währung ersetzte. Die nächsten zwei Jahre brachten günstiges Wetter und Rekordernten. Zur Erntezeit würden die Dorfbewohner, die jetzt beim Hausbau halfen, ihre Schreiner- und Maurerwerkzeuge niederlegen, die Sensen und Hacken zur Hand nehmen und auf ihre Felder marschieren. Die günstigeren Wirtschaftsaussichten verbesserten die Lage aller und bestärkten Chan Sam in seinem Entschluß, seine kostspieligen Baupläne weiterzuverfolgen, selbst wenn er damit nicht mehr als seinen Status festigte, der berühmteste Kleinbauer von Chang Gar Bin zu sein. Huangbo hatte gewiß nichts gegen die stockenden Bauarbeiten; je länger ihr Mann zu Hause blieb, desto erfüllter war ihr Leben.

Im Gegensatz dazu gewöhnte sich May-ying immer mehr an die Freiheit, je länger Chan Sam weg war. Einzig seine Briefe erinnerten sie daran, daß diese Freiheit vorübergehend war. Die Männer im Tong-Yick-Laden – es waren ja ihre eigenen Leute – halfen ihr, so gut sie konnten, liehen ihr ab und zu ein paar Dollar, hoben ihr die Post auf und lasen oder schrieben für sie die Briefe. Und sie verständigten May-ying, wenn ein Brief von Chan Sam eingetroffen war. Der erste Brief kam kurz nach seiner Abreise und berichtete ihr, daß er gut angekommen sei und die Ehefrau zu Hause und ihre Töchter Ping und Nan wohlauf seien. Sie bat einen der Leute bei Tong Yick, eine kurze Antwort zu schreiben. In einem zweiten Brief noch im selben Jahr, so dachte May-ying, würde Chan Sam die Fertigstellung seines Hauses und den Zeitpunkt seiner Rückkehr nach Kanada verkünden. In der Zwischenzeit fiel es ihr nicht schwer, ihn aus ihren Gedanken zu verdrängen.

Natürlich wußte sie, daß es ihm zu Hause ohnehin am besten ging. Jeder Auslandschinese bestätigte dies. Von den beiden Frauen in Chan Sams Leben war es Huangbo, die ihn glücklich machte. May-ying sprach von ihr immer als einer »guten, anständigen Frau«. Fast, als wolle sie zu ihren eigenen Unzulänglichkeiten stehen, fing May-ying in der Abwesenheit ihres Mannes an, sich Verhaltensweisen anzueignen, die ganz im Gegensatz zu dem standen, was von einer anständigen chinesischen Ehefrau erwartet wurde. Vielleicht konnte sie auch gar nicht anders, denn das konfuzianische Ideal verlangte nahezu Unmögliches von einer Serviererin, die allein im beengenden Chinatown leben mußte.

Sie begann, Geld auszugeben, das Chan Sam nie ausgegeben hätte. Er war schrecklich geizig. Auf sich allein gestellt, neigte sie keineswegs dazu, sich etwas vorzuenthalten. Sie hatte zwar nur ihr Trinkgeld, das sie ausgeben konnte – Mr. Wong behielt ihre Lohnzahlungen zurück, um den Kredit abzubezahlen, der Chan Sams Heimatbesuch finanziert hatte. Aber kaum war ihr Mann weg, fing May-ying an, so zu leben, wie es die meisten Menschen in Chinatown taten; in einem steten Kreislauf gab sie Geld aus, machte Schulden, lieh sich Geld.

Sie gönnte sich Ausflüge nach Victoria und Vancouver. Solche Ausflüge zwischen den drei größten Chinatowns in Britisch-Kolumbien gehörten zu den Hauptvergnügungen der Chinesen. Da sie von der weißen Bevölkerung noch immer gemieden wurden, blieb ihnen nichts anderes übrig, als sich in ihren Kreisen zu bewegen. Mindestens einmal im Monat fuhr May-ying mit dem Zug nach Victoria, um Freunde zu besuchen und im Tam-Kung-Tempel, dem wahrscheinlich ältesten und meistbesuchten Tempel Nordamerikas, den Göttern ihre Aufwartung zu machen. Sie erbat sich regelmäßig den Rat und die Gunst der dort verehrten Götter. Wenn sie in Vancouver übernachten wollte, bat sie einen Freund, sie und ihre Tochter aufzunehmen, oder übernachtete in einer einfachen Pension. Der fünfjährigen Hing boten solche Besuche die willkommene Gelegenheit, manchmal mit den Kindern anderer Serviererinnen zu spielen, während die Mütter sich unterhielten oder eine Runde Mah-Jongg spielten.

Beide, Mutter und Tochter, besuchten in Vancouver gern Jang Noong, den Koch, der damals, als May-ying nach Nanaimo weggelaufen war, Chan Sam geholfen hatte, sie zu finden. Er war so sanftmütig, daß er es bei der Zubereitung bestimmter Blattgemüsesorten sogar vermied, ein Messer zu verwenden. »Es bringt ihnen Narben bei; man sollte Blätter besser mit der Hand zerkleinern«, erklärte er May-ying. In seiner Anwesenheit fielen alle Sorgen von ihr ab, sie konnte unbeschwert lachen. Hing freute sich immer auf die kleinen Ausflüge, die sie mit Jang Noong unternahmen. Den größten Spaß machte es Mutter und Tochter, wenn er ein Taxi von Tom's Taxiunternehmen auf der Pender Street bestellte, um sie zu dritt im Stanley Park herumkutschieren zu lassen. Dann machten sie oft ein Picknick auf einer Bank, im Hintergrund die Silhouette der Stadt oder auch das Meer und die Berge, oder sie setzten sich ins Gras, wo die Cricketspieler sich immer trafen, in der Nähe von Brockton Point.

Während ihres einsamen Lebens in Nanaimo entwickelte sich May-yings Vorliebe für das Wettspiel zu einer Sucht. Bald gehörte sie zu den Stammgästen in den Spielsalons und bekam überall ein wenig Kredit. Niemand, auch nicht ihr Arbeitgeber, der ihr unbegrenzt Kredit bot, machte ihr deswegen Vorwürfe. Die Wongs hatten großes Verständnis für die Serviererinnen, die hauptsächlich arbeiteten, um ihre Ehemänner zu unterstützen, und da Chan Sam nun einmal nicht da war, hatten sie das Gefühl, daß May-ying nur das tat, was die meisten Männer auch taten, wenn sie allein waren – sie gönnte sich eines der wenigen Vergnügen, die es in Chinatown gab. Ungewöhnlich war nur, daß sie meistens Hing dabei hatte. Doch obwohl die meisten Chinesen üblicherweise die Anwesenheit eines Kindes in einem Spielsalon für unmoralisch hielten, übergingen die Besitzer von Nanaimos Spielsalons Hings Anwesenheit einfach. Und so wurden Kind wie Mutter zu allen Tages-und Nachtzeiten zu einem gewohnten Anblick in den rauchgeschwängerten Räumen.

Chan Sams Name kam nur dann über May-yings Lippen, wenn die Bedienungen über die Männer in ihrem Leben plauderten. Am Ende der Schichten in den drei Teehäusern zogen sich die Frauen gewöhnlich zu zweit oder zu dritt in ihre Unterkünfte zurück. War May-ying unter ihnen, gingen sie immer zu ihr, damit sie nach der schlafenden Hing sehen konnte. Ihre Freundinnen setzten sich aufs Bett, ohne darauf zu achten, ob sie das schlafende Kind weckten. Die meisten, auch May-ying, zündeten sich eine Zigarette an, bevor sie ihre Unterhaltung anfingen. Alle hatten die gleiche Litanei von Beschwerden: Jede mußte schwer arbeiten und besaß nie genug Geld, jede hatte Probleme mit dem jeweiligen Mann in ihrem Leben.

»Das Schwierige bei Chan Sam ist, daß er immer die Nummer eins sein muß«, pflegte May-ying oft zu sagen, wenn sie an der Reihe war, ihre Probleme zu beichten. Am meisten ärgerte sie sich darüber, daß er fast nie zu einer Einsicht bewegt werden konnte. »Es hat überhaupt keinen Zweck, mit ihm zu reden. Er hört einfach nicht zu. Und wenn er seinen Mund aufmacht, kommt immer das gleiche raus: ›*Gum gee!*‹ oder ›Bloöödsinn!‹«

»Wie frustrierend«, murmelten die anderen.

»So ein Mann kann einen ja in den Wahnsinn treiben«, sagten sie, und das sagten sie immer über die Männer.

Bei einer dieser Zusammenkünfte, nur wenige Monate, nachdem Chan Sam nach China abgereist war, schwenkte May-ying einen zweiten Brief ihres Mannes. In der Annahme, daß dieser Brief Chan Sams baldige Rückkehr ankündigte, stimmten die Freundinnen einen Chor des Mitleids an, daß May-yings Freiheit nun bald ein Ende haben würde. »Er kommt noch nicht zurück«, sagte diese jedoch. »Sein Haus ist noch nicht fertig. Er braucht mehr Geld.« Sie zeigte den Brief herum: »Sieh zu, daß du Geld auftreiben und mir schicken kannst.« Die Frauen schnaubten verächtlich und fragten, was May-ying zu tun gedenke. May-ying dachte bereits laut. »Natürlich schicke ich ihm das Geld. Ich werde es mir irgendwoher leihen. Ich tue alles, um ihn in seinem Dorf und aus meinem Weg zu halten«, meinte sie, und die anderen nickten verständnisvoll.

Der nächste Brief hatte den gleichen Inhalt, ebenso wie alle folgenden. In jedem bat Chan Sam sie, Geld zu schicken, damit er sein Haus fertigbauen könne. Die geforderten Summen mochten an sich nicht sehr hoch sein, aber May-ying mußte dazu auf ihre Trinkgelder zurückgreifen und hatte deshalb weniger Geld für sich selbst zur Verfügung. Hier lag der Unterschied zwischen den Pennies, die ein Gastarbeiter in der Fremde sparte und daheim in China ausgab – die ärmliche Hütte in der Fremde wurde zu einem Herrenhaus in der Heimat.

May-ying betrachtete das, worum Chan Sam sie bat, als Preis, um den Tag seiner Rückkehr hinauszuschieben, und sie war bereit, diesen Preis zu zahlen. Sie ging nicht zu einer Bank; die Chinesen brauchten keine Banken, sie unterstützten sich gegenseitig. Einem Freund lieh man Geld, ohne Fragen zu stellen, und man wußte, daß man das Geld so schnell wie möglich zurückbekommen würde. Zinsen gab es nicht. Die Gefälligkeiten beruhten auf Gegenseitigkeit. Um Chan Sams Forderungen nachzukommen, verließ sich May-ying auf die Großzügigkeit und das Vertrauen von Mr. Wong, ihrem treuen Freund Jang, ihren Freundinnen unter den Bedienungen und deren Freunde. Eine auffallend hübsche Bedienung, Yoong Fong, die früher eine bekannte chinesische Opernsängerin gewesen war, wandte sich an ihren Freund und späteren zweiten Ehemann, der ein Lebensmittelgeschäft auf der Hauptstraße im Zentrum des weißen Nanaimo hatte. Yoong Fong war so großzügig, daß May-ying ihr schließlich das Ehrenamt der Patenschaft für Hing übertrug.

May-ying verdiente nebenher noch etwas Geld durch den Verkauf von Lotterielosen. Das in jedem Chinatown meistgespielte Wettspiel war die sogenannte »Taubenlotterie«, ein Spiel, bei dem die Gewinne darauf beruhten, wie viele Schriftzeichen auf einem Blatt von achtzig mit den vorgegebenen zehn übereinstimmten. Fünfmal täglich wurde der Gewinn gezogen. Fast jeder hoffte auf einen Anteil am Hauptgewinn. Die meisten lagen so nah daran, daß sie sich aus ihrem Gewinn eine Mahlzeit mit mehreren Gängen leisten konnten; ein etwas größerer Gewinn reichte aus, noch ein paar Freunde einzuladen. Manchmal, wenn niemand gewonnen hatte, vergrößerte sich der Hauptgewinn auf mehrere tausend Dollar, mehr als genug, um damit nach China heimzukehren und sich dort zur Ruhe zu setzen. Oft ließen die Erwachsenen die kleine Hing das Blatt Papier ankreuzen. »Pflanze im Frühling, säe im Winter«, der erste Satz auf dem Blatt, waren die ersten chinesischen Schriftzeichen, die Hing zu schreiben lernte.

Aber weder ihr Trinkgeld noch diese Losverkäufe reichten aus, um Chan Sams Forderungen zu erfüllen. Je weiter das Haus in China gedieh, desto unsicherer wurde May-yings finanzielle Lage in Kanada. Ihr Leichtsinn stieg, und sie begann, in eine immer verzweifeltere Existenz abzugleiten. Sie gab sich der Überzeugung jedes Spielers hin, daß der nächste Gewinn der Hauptgewinn sein und sämtliche Verluste wettmachen würde. Wenn sie nicht mehr genug Kredit bekam, um die großen Summen am *fan-tan*-Tisch einzusetzen, ging sie dazu über, Mah-Jongg zu spielen, wo die Einsätze niedriger waren und das Geschick eine größere Rolle spielte als das Glück. Aber selbst hier nützte ihr gewitztes Spiel oft nicht viel, denn sie wußte nie, wann sie vom Tisch aufstehen sollte.

In ihrer zunehmenden Verzweiflung schlug sie schließlich den Weg ein, den viele Serviererinnen beschritten – am Ende ihrer Schicht wehrte sie die Avancen ihrer Kunden nicht mehr entschieden ab. Männer hatten sich immer zu ihr hingezogen gefühlt, und jetzt, Mitte zwanzig, hatte May-ying ihre jugendliche Anmut gegen Schönheit eingetauscht, ihre Mädchenhaftigkeit gegen Fraulichkeit. Und da ihr Mann nicht da war, betrachteten die Männer sie als verfügbar. Sie gab mehreren Männern nach, die sie alle kannte. Ihr Hauptmotiv bei diesen Gelegenheitsbeziehungen war es, ihre finanziellen Nöte etwas zu lindern, aber es handelte sich dabei nicht um Prostitution im strikten Sinn eines simplen, schnellen Austausches von Sexualität und Geld. Oft beglichen die Männer großzügig ihre Spielschulden oder gaben ihr Geld, damit sie sich etwas kaufen konnte. Manche waren vielleicht zufrieden mit dem rein körperlichen Vergnügen, andere hofften wohl auf mehr, auf eine romantische Liebe. May-ying war dabei sicher nicht frei von inneren Konflikten, denn sie bemühte sich sehr, diese Begegnungen geheimzuhalten. Im Teehaus ließ sie ihre Kunden alle gleichermaßen um ihre Gunst buhlen. Und was immer sie trieb, irgendwann kam sie jede Nacht in ihr Zimmer zurück und zwängte sich in das schmale Bett neben Hing, die sie im Tiefschlaf wähnte.

Mit Sicherheit grübelte May-ying immer wieder darüber nach, ob ihr Mann denn nicht Fragen nach der Herkunft des Geldes stellen würde, aber eigentlich hatte er mit Geld nie so recht umgehen können. Trotz bester Absichten hatte Chan Sam die meisten geschäftlichen Entscheidungen vermasselt. Bei den Verhandlungen mit seinen Brüdern um das Erbe des väterlichen Landbesitzes hatte er ein unendliches Maß an Einfältigkeit offenbart. Als er sich eine Konkubine nahm, war er der dickköpfigen Ansicht, daß sich diese schon irgendwie auszahlen würde. Als er sein Haus baute, enthüllte er einen Hang zur Prahlerei. Sein üblicher Geiz und seine Sparsamkeit hinderten ihn nicht daran, großzügig Geld auszugeben für Dinge, die er vom Goldenen Berg mit nach Hause nehmen wollte, oder für das Haus, das er nun in seinem Dorf errichtete. May-ying betrachtete das Wettspiel und die Männer als eine Art Ausdehnung ihrer Freiheit. Wenn sie noch eine andere Entschuldigung brauchte, gab es immer noch den unerschütterlichen Glauben, daß schließlich alles nur dem Wohl der Familie diente.

In den zwei Jahren, die der Hausbau dauerte, plagte Huangbo nur eine einzige Sorge: Ihr Bett war zwar nicht leer, dafür ihr Bauch. Aber gerade, als das Haus von außen beinahe fertig war, fanden die Götter den Augenblick günstig, sie endlich zu erhören.

Chan Sam platzte schier vor Stolz über die Errungenschaften seines Hauses. In den Fenstern funkelte das erste Glas, das man im Dorf zu sehen bekam, und vor den Scheiben befanden sich schmiedeeiserne Gitter anstatt der üblichen Holzleisten, die Diebe kaum abschreckten. Die massiven Doppeltüren konnten nachts oder bei Gefahr mit festen Balken gesichert werden. Danach kamen halbhohe Schwungtüren, und an der Schwelle gab es eine kleine Kante, die böse Geister zum Stolpern bringen sollte, wenn sie denn versuchten einzudringen. Am Eingang zum Hof war ein schmiedeeisernes Tor. An der Außenfront des Hauses waren nur noch in den Halbmonden über den Fenstern und den Türstürzen von Steinmetzen dekorative Verzierungen, Blumen und Vögel, anzubringen und die Wände hellblau zu kalken.

Als Chan Sam erfuhr, daß Huangbo schwanger war, schenkten die beiden einander Tee ein, wobei sie die Tassen überfließen ließen, um zu zeigen, daß sich ihr Glück um das Zehntausendfache vergrößert hatte.

Chan Sam verkaufte das alte Haus an einen Verwandten und beschloß, mit seiner schwangeren Frau und den Kindern in das neue zu ziehen, obwohl es innen noch lange nicht fertig war. Vielleicht war der Käufer seines alten Hauses unredlich, vielleicht auch nur eifersüchtig auf Chan Sams Wohlstand, vielleicht aber auch in Not geraten, nachdem er das Haus erworben hatte – was immer der Grund dafür war, Chan Sam bekam nie Geld aus diesem Verkauf.

Das Leben in dem unfertigen Haus inmitten all der Arbeiter war für Huangbo in ihrer fortschreitenden Schwangerschaft äußerst anstrengend. Ständig wurde gehämmert und gesägt. Überall hing der Staub der Kalkfarbe. Die ätzende Farbe, mit der die Innenwände geweißelt wurden, reizte Nase und Atemwege. Staub und Sand gerieten ins Essen. Ständig mußte Huangbo für neu ankommende Maler, Zimmerer, Künstler und Kalligraphiekundige Tee ausschenken und machte sich Sorgen, daß die Kinder in einen Nagel treten oder über irgendwelche Balken oder eine Leiter stolpern könnten.

In den letzten Wochen ihrer Schwangerschaft wurde es endlich ruhiger. Der Lärm nahm ab, denn nun mußten nur noch die letzten Verschönerungen vorgenommen werden. Handwerker aus Shekki malten die geschnitzten Zweige über den Türrahmen mit Goldfarbe an, die Blätter in Rot. Auf jede Stufe der Treppen wurde ein anderes Muster eingebrannt. Holzwände trennten die Schlafzimmer von den Aufenthaltsräumen im Erdgeschoß und umgaben das zukünftige Gästezimmer im Obergeschoß. Jede Wand wurde unterschiedlich dekoriert; in der einen befanden sich Buntglaskaros, in der anderen kunstvolle Schnitzereien von Vögeln auf blühenden Zweigen. Über jeder Holzwand gab es ovale Porzellanmalereien. Störche symbolisierten die Unsterblichkeit; der mythische Drache und der Phönix galten zwar traditionell als Symbol für den Kaiser und die Kaiserin, symbolisierten hier jedoch Ehemann und Ehefrau, Vater und Mutter. Chan Sam und Huangbo ließen sich von einem Maler porträtieren. Das Doppelporträt hing gegenüber den viel größeren Gemälden von Chan Sams Vater und seiner Mutter im Hauptaufenthaltsraum.

Zum Schluß beauftragte Chan Sam noch Künstler, sein Haus mit Wandgemälden zu versehen. Jeder, außer die allerärmsten Bauern, berief solche herumreisenden Freskenmaler in sein Haus, um sich konventionelle Szenen von historischen Begebenheiten oder auch berühmte Gestalten aus dem Volksgut malen zu lassen. Gewöhnlich unterschieden sich die Fresken hauptsächlich in der Anzahl voneinander, in dem einen Haus gab es mehr, im anderen weniger davon. Je vornehmer das Haus, desto größer und höher waren die Gemälde, die jeden Türeingang, Rahmen, Vorsprung, Fensterrahmen, jeden Giebel und Dachbalken verzierten. Chan Sam hielt sich zurück. Den Raum über den inneren Türeingängen sah er für traditionelle chinesische Landschaftsmalerei vor; aber zur Überraschung der Künstler gab er besondere Fresken für jeden der beiden Aufenthaltsräume in Auftrag. Er wollte etwas haben, das seine und die Erfahrungen seines Vaters im Ausland spiegelte, die Bemühungen, sich aus der Klasse der gewöhnlichen, ungebildeten Bauern emporzukämpfen. Anhand von Chan Sams Beschreibungen malten die Künstler drei Szenen in den Hauptaufenthaltsraum. Zwei zeigten den ersten Blick der Immigranten bei ihrer Ankunft am Goldenen Berg: die Golden-Gate-Brücke in San Francisco und eine Ansicht von Vancouver mit Meer, Bergen und hohen Douglas-Fichten; das dritte Bild sollte auf das Luxusleben am Goldenen Berg hinweisen: Ein Kabrio fuhr mit offenem Dach an einem korallenroten Herrenhaus vorbei auf einem breiten, kurvigen, von Palmen gesäumten Boulevard. Das Wandgemälde im zweiten Aufenthaltsraum zeigte Früchte, Chrysanthementöpfe und Orchideen, die Symbole eines vornehmen Herrn. Es gab auch noch dazu passende Sprüche: »Der Bücherstapel auf meinem riesigen Schreibtisch reicht mir bis zu den Augenbrauen« und: »Meine gebildete Familie zahlt ihren Angestellten guten Lohn« oder, die Bindungen seiner Familie an das Land anerkennend: »Meine wohlbestellten *mau tin* bringen Ernten, so wertvoll wie pures Gold«.

Die Möbel, die bislang im Hof gelagert gewesen waren, wurden ins Haus geholt. Es gab nicht genügend Möbelstücke für all die Räume, aber zumindest bekamen nun Chan Sams Kostbarkeiten aus Übersee einen würdigen Platz. Die drei hohen Wandspiegel wurden in den Aufenthaltsräumen aufgehängt, in denen auch die Uhren laut tickten. Die drei Mahagonikommoden kamen in die Schlafzimmer. Für die Betten wurden Plattformen gezimmert, auf die man die kanadischen Daunendecken und Wolldecken legte. Zur Vorbereitung auf die baldige Ankunft des neuen Babys säuberte Chan Sam das alte

Kinderbett und den Kinderwagen und stellte beides in das hintere Schlafzimmer.

Sobald Huangbo die ersten Wehen verspürte, wurde die Dorfhebamme gerufen. Bald war der Kopf des Kindes zu sehen, und ein paar Preßwehen später hielt die Hebamme bereits das Kind in den Armen. »Du hast deinem Gatten einen Sohn geschenkt«, verkündete sie der Mutter.

Der entsetzte Blick auf dem Gesicht der Hebamme, das Zögern, bevor sie das Neugeborene der Mutter überreichte, sagte alles. Als Huangbo sah, daß die Füße ihres Sohns nach hinten verdreht waren, fing sie laut zu jammern an.

»Es ist meine Schuld«, erklärte sie Chan Sam. Sie war überzeugt, daß sie dem Kind sein schlechtes Schicksal beschert hätte, als sie während der Schwangerschaft einmal ein Huhn geschlachtet hatte. Sie war dabei in Eile gewesen und hatte an andere Dinge gedacht, und da der Topf zu klein gewesen war für das Huhn, hatte sie dessen Füße nach hinten verdreht, damit es in den Topf paßte, und dabei deutlich gespürt, wie die Knochen zerbrachen. Und nun sahen auch die Füße des kleinen Yuen aus, als hätte man sie fest nach hinten verdreht. Huangbo fürchtete, daß sie ihrer Familie einen Sohn geschenkt hatte, der mit seiner Mißbildung eine ebenso große Bürde sein würde wie die Töchter, anstatt später einmal für seine alten Eltern sorgen zu können.

Gegen den Wunsch ihres Mannes stellte Huangbo zur Reue für die Mißbildung ihres Sohnes am Haupteingang einen Altar auf, an dem sie den Göttern opferte. Chan Sam hielt nichts von solchem Aberglauben. Er bereute nur, mit seiner Familie in das unfertige Haus eingezogen zu sein, denn vielleicht hatte ja das Chaos die Schwangerschaft beeinträchtigt. Aber Huangbo ließ sich nur mit ihrem Altar trösten.

Nichts hielt Chan Sam davon ab, sich über seinen ersten Sohn zu freuen, ob dieser nun verkrüppelt war oder nicht. Er bestand auf der traditionellen Feier zum ersten vollen Monat nach der Geburt und wollte zugleich auch die Fertigstellung seines Hauses feiern. Zu diesem Fest lud er fast das ganze Dorf ein. Ein anderer Vater hätte sein mißgestaltetes Kind vielleicht versteckt, denn eine Mißbildung galt als Hinweis auf die beeinträchtigte Virilität des Vaters. Aber Chan Sam sah es nicht so. Er erklärte seinen Töchtern Ping und Nan, daß sie sich wegen der verkrüppelten Füße ihres kleinen Bruders nicht zu schämen brauchten. Huangbo sagte er, daß er alles tun würde, um sicherzustellen, daß mit seinem Sohn nicht nur ein weiteres Maul zu stopfen sein würde; er sollte vielmehr eine gute Ausbildung erhalten, so daß er eines Tages sich und seine Familie sowie seine Eltern würde ernähren können.

Am Tag des Festes strömten mehr als zweihundert Menschen aus dem Dorf in Chan Sams neues Haus, um mit ihm das doppelte Glück des Hauses und der Geburt eines Sohnes zu feiern. Sie nahmen an einem der dreißig Tische Platz, die überall innen und außen aufgestellt worden waren, und ließen sich reichlich bewirten. Nach dem Essen zog Chan Sam sich mit seinen engsten Freunden zu einem Glas Whiskey und einem gemütlichen Mah-Jongg-Abend in das Gästezimmer im Obergeschoß zurück.

Am nächsten Morgen teilte Chan Sam Huangbo mit, daß er in wenigen Wochen wieder zum Goldenen Berg reisen würde. Sie hatte diese Nachricht erwartet. Chan Sams Herz sträubte sich zwar dagegen, aber es gab zwei gleichermaßen zwingende Gründe für seinen Entschluß, wenn auch einer der beiden außerhalb seiner Kontrolle lag.

Es drohte ein Krieg, der vielleicht die Häfen des Landes schließen würde. Japan, ein moderner, mächtiger und ehrgeiziger Staat mit einer expansionistischen Außenpolitik, hatte auf das zerbrechende China ein Auge geworfen. 1931 hatte Japan die Mandschurei besetzt, und von da ab hatte es bis 1937 immer wieder militärische Übergriffe gegeben, mit denen Japan den Nordosten Chinas für sich beanspruchen wollte. 1936 nahmen mandschurische Soldaten Tschiang Kaischek fest, weil er nicht für ihr Land kämpfen wollte. Als die Kommunisten, mit denen seine Nationalregierung seit 1927 einen zermürbenden Bürgerkrieg geführt hatte, über Tschiangs Freilassung verhandelten, forderten sie ihn auf, den Bürgerkrieg zu beenden und so das Land zu vereinen, damit man Japan gemeinsam Widerstand leisten konnte. Im Sommer 1937, einen Monat nach Yuens Geburt, marschierten die Japaner in Peking ein, ohne daß dabei ein einziger Schuß fiel. Im August trafen gleichzeitig japanische Bomber und Kriegsschiffe in Shanghai ein; tapfere, jedoch aussichtslose Widerstandsbemühungen der Chinesen leiteten die ersten Kampfhandlungen ein.

Chan Sam erkannte, daß er nicht mehr sehr viel länger bleiben konnte. Wenn der Krieg nach Süden kam oder die Schiffe für die Truppen vereinnahmte, würde er nicht mehr aus China herauskommen. Außerdem fürchtete er, die kanadische Regierung könnte plötzlich beschließen, die Heimkehrregelungen für die Chinesen zu verändern. Er wollte auf keinen Fall seine Chancen einer Rückkehr nach Kanada aufs Spiel setzen, indem er länger als nötig wegblieb.

Der andere dringende Grund, nach Kanada zurückzukehren, war der, daß er sich ja auch noch um die andere Hälfte der Familie, um seine Konkubine und die dritte Tochter, kümmern mußte. Mit einem drohend bevorstehenden übergreifenden Krieg und dem damit einhergehenden wirtschaftlichen Chaos in China hatte er in Kanada nach wie vor die besten Zukunftsaussichten. May-ying, die einzige Geldverdienerin in der Familie, war ein wichtiger Wirtschaftsfaktor, um den man sich ebenso kümmern mußte wie um Grund und Boden in der Heimat. Chan Sam machte sich Sorgen, daß sich während seiner Abwesenheit May-yings starke Persönlichkeit und ihr rebellisches Wesen noch verstärkt haben könnten. Auch wollte er nach Hing sehen und sicherstellen, daß seine jüngste Tochter ihren Chinesischunterricht aufnahm.

Eines Tages im Sommer 1937 trat er auf den Balkon seines neuen Hauses und blickte lange auf die umliegenden Felder. Er wiegte den kleinen Yuen ein letztes Mal in seinen Armen und rief Ping und Nan zu sich, um ihnen seine letzten Anweisungen zu erteilen.

»Haltet euch sauber, räumt eure Kleider immer ordentlich auf«, mahnte er. »Zieht nicht zu viele schwarze Sachen an, Schwarz tragen nur die Leute, die kein Zuhause haben!« Und schließlich: »Strengt euch in der Schule an! Wenn ihr das nicht tut, werdet ihr nie etwas Besseres sein als die armen Leute, die im Kanal nach Krebsen fischen und in den Feldern Frösche fangen!«

Seine letzten Worte an Huangbo lauteten: »Wenn ich nicht in meinem Dorf sterbe, dann sterbe ich nicht glücklich!« Und dann verschwand er in dem rauchenden, knatternden Automobil, das er für seine Rückreise gemietet hatte.

Kapitel 6

Während Chan Sams Abwesenheit ging May-ying dazu über, ihrer jüngsten Tochter kurze Hosen und Hosenträger anzuziehen. »Du machst dich beim Spielen immer so schmutzig! Jetzt ziehst du Hosen an, ich werde einen Jungen aus dir machen«, erklärte sie. Und diese Absicht bekräftigte sie, indem sie ihre Tochter eines Tages auch noch zum Friseur brachte. In Nanaimo konnte man sich nur bei Dai-Dao Sing die Haare schneiden lassen; einen richtigen Damenfriseur gab es nur in den größeren Chinatowns. Hing war entsetzt. Gewöhnlich schnitt ihre Mutter ihr die Haare, indem sie ihr eine halbe Kokosnußschale auf den Kopf setzte und mit der Schere den Rand nachfuhr. Sie mußte richtiggehend zum Friseur gezerrt werden. »Schneiden Sie ihr das Haar wie bei einem Jungen«, befahl May-ying dem Friseur.

Um sich am Anblick eines Jungen erfreuen zu können, wann immer sie wollte, führte sie Hing bei ihrem nächsten Ausflug nach Vancouver mit Jungenbekleidung und einem Jungenhaarschnitt in Yucho Chows Fotoatelier. Mutter und Tochter ließen sich zusammen ablichten. May-ying hatte sich von Emiline Yip, einer Friseuse in Vancouver, das Haar wellen lassen und trug ein elegantes, wadenlanges Kleid mit einem gerüschten und gefältelten Oberteil. Ihre Tochter stand mit traurigem Gesicht neben ihr. Jedesmal, wenn Hing später dieses Foto ansah, bewies es ihr, welche Enttäuschung es ihrer Mutter bereitete, daß sie kein Junge war. Das Bild, das erste, das jemals von der dritten Tochter der Konkubine aufgenommen worden war, warf seine Schatten auf eine Kindheit voller Furcht und Verwirrung.

Hing vermißte ihren Vater kaum. Sie hatte Spielgefährten in ihrem Alter gefunden: Nellie aus der Familie Wong, Violet, die Jüngste aus der Familie Chang (die Besitzer einer Schweinefarm und des Gemischtwarenladens), und Doreen Jang sowie Elsie Joh, wie Hing Töchter von Teehausbedienungen. Sie spielten meistens auf dem Balkon des »Canton« zusammen, wo sie nicht im Weg waren und May-ying trotzdem ein Auge auf sie werfen konnte. Unter einem Tisch, den man für sie auf den Balkon gestellt hatte, konnten die Kinder stundenlang so tun, als gäben sie eine Party, wobei sie sich kleine Dosen mit Schweinefleisch und Bohnen und Eierplätzchen servierten. Schließlich waren sie groß genug, um allein vor dem Haus zu spielen, aber May-ying bestand darauf, daß sie sich nicht zu weit vom »Canton« entfernten. Sie spielten Himmel und Hölle, Seilhüpfen oder Murmelwerfen (mit Kugellagern) auf dem Weg oder dem Bürgersteig vor dem Haus.

In der Zeit zwischen Mittag- und Abendessen, wenn die Teehäuser geschlossen waren, marschierte May-ying mit Hing an der Hand in einen der Spielsalons, um *fan tan* zu spielen, und Hing kam dann mit ihr zur Abendschicht zurück. Nach der gemeinsamen Mahlzeit mit allen Angestellten setzte sich Hing allein in ein Speiseabteil und wartete auf ihre Mutter. Um zwölf Uhr nachts und oft auch noch später trottete sie hinter ihrer Mutter her an einen *fan-tan*-Tisch. Niemand in den Spielsalons fand, daß May-ying ihre Tochter vernachlässigte, im Gegenteil, die Männer lobten sie sogar noch dafür, wie gut sie ihr Kind erzog. »Hing ist so klug, so wohlerzogen.« Das Kind beeindruckte die Erwachsenen mit seinen guten Manieren: Es war gehorsam, sagte »bitte« und »danke«, und vor allem begrüßte es jeden Erwachsenen, den es traf, mit der richtigen Anrede. May-ying hatte ihrer Tochter eingeschärft, einen Mann, der jünger war als ihr Vater, mit *sook* zu begrüßen, einen, der älter war, mit *bak*. (Für Frauen gab es entsprechende Anreden – *sim* für eine Frau, die jünger war als die Mutter, und *moo* für eine ältere, aber es ergab sich selten die Gelegenheit, diese Titel zu benutzen. Die Freundinnen ihrer Mutter sprach Hing alle mit »Tantchen« an.)

Im ersten September, in dem Chan Sam abwesend war, kam der Zeitpunkt, in dem Hing in die Vorschule eintreten sollte. May-ying kaufte ihr zwar zwei neue Kleider, kümmerte sich jedoch so wenig um Hings ersten Englischunterricht, daß sie sich nicht die Mühe machte, am ersten Unterrichtstag morgens aufzustehen und ihre Tochter auf den Weg zu schicken. Hing war so aufgeregt, daß sie schon vor dem Morgengrauen erwachte. Sie beobachtete die Zeiger auf dem Big-Ben-Wecker, der auf der Frisierkommode stand, bis sie sich endlich der achten Stunde näherten. Dann kletterte sie über ihre schlafende Mutter aus dem Bett, zog sich eines ihrer neuen Kleider an und ging nach draußen, wo sie sich auf den Bürgersteig setzte und auf den Rest der Kinder von Chinatown wartete, um sich mit ihnen zusammen auf den Weg den Hügel hinunter zu machen.

In der Anmeldeschlange standen viele weiße Kinder, die von ihren Müttern oder Vätern zur Schule gebracht worden waren. Als Hing ihren Namen nannte, weigerte sich die Lehrerin, ihn aufzuschreiben. »Bitte deine Mutter, dir einen englischen Namen zu geben«, sagte sie.

Wie die meisten chinesischen Eltern sprach May-ying kein Englisch und wollte es auch gar nicht lernen. So setzten sich also Hing und ihre Freundin Elsie auf eine Bank vor Tong Yicks Laden und strengten sich an, einen passenden Namen zu finden. Elsie hatte ihren Namen von Mrs. Mossap erhalten, der Sonntagsschullehrerin der Vereinigten Kirche, zu der ihre Mutter konvertiert war und wohin sie Elsie seither regelmäßig schickte. Von den Besuchen mit ihren Müttern in Vancouver und Victoria kannten die Mädchen eine Rosie, eine Jean und zwei Winnies, wobei eine der beiden Winnies Hing am besten gefiel. Also wurde aus Hing außerhalb von Chinatown Winnie Chin (das chinesische Schriftzeichen für ihren Nachnamen lautete auf englisch Chin, Chan oder Chen).

Im Winter 1935/1936 fiel Schnee, was für das gemäßigte Klima von Nanaimo sehr ungewöhnlich war. May-ying hielt es für besser, ihre Tochter, die keinen Wintermantel und auch keine Stiefel besaß, nicht in die Kälte hinauszulassen. Also konnte Hing auch nicht zur Schule. »Sag deiner Lehrerin, daß du nach China fährst«, befahl ihr May-ying. Als der Schnee schmolz und Hing wieder zur Schule gehen durfte, sagte die Lehrerin, sie solle ihren Mitschülern etwas von China erzählen. Hing, die vom Geburtsland ihrer Eltern nichts wußte bis auf die Tatsache, daß es dort noch eine andere Mutter und zwei Schwestern gab und daß ihr Vater dorthin gegangen war, um ein Haus zu bauen, erfand eine Geschichte, so gut sie konnte.

May-ying erzählte Hing nie etwas über die andere Hälfte der Familie in China, und Hing fragte sie auch nie danach. Mutter und Tochter hatten eine für chinesische Familien typische Beziehung: Eltern waren da, um zu disziplinieren und zu unterweisen, Kinder waren still, wenn man sie nicht direkt ansprach. Selbst Fragen zu stellen galt als unhöflich. Die abwesenden Familienmitglieder wurden nur erwähnt, wenn May-ying ihre Tochter zu Tong Yicks Laden mitnahm, damit einer der Männer im Laden ihr einen Brief nach China schrieb. Am Schluß des Briefes ließ sie den Mann dann auch immer einen oder zwei Sätze in Hings Namen aufschreiben, den diese dann persönlich auf das Briefblatt malte.

Obwohl May-ying mit Hing nie über ihren Vater sprach, bemühte sie sich auch nicht, sie vor dem Klatsch zu bewahren, der auf den Treffen der Serviererinnen ausgetauscht wurde. Die Geschichten, die Hing in Nanaimo mitbekam, wenn ihr Schlaf durch diese nächtlichen Sitzungen unterbrochen wurde, hörte sie auch immer wieder auf den Ausflügen nach Vancouver und Victoria, wenn sie schweigend in einer Ecke saß und auf ihre Mutter wartete. May-yings Beschwerden färbten natürlich auf Hings Ansichten über ihren Vater ab. Sie dachte dann oft an eine ihrer frühesten Kindheitserinnerungen: Ihr Vater zerrte am Kleid ihrer Mutter, sie selbst schrie voller Angst: »*Baba*, tu es nicht! Bitte, nicht!« Eine andere Erinnerung ließ ihren Vater jedoch in einem völlig anderen Licht erscheinen: Sie waren allein, und er kochte Hing ein Abendessen. Als er sie zum *sic fan* aufforderte und sie an den Tisch kam und nach ihren Eßstäbchen griff, sah sie, daß er ihr nicht ihre Leibspeise gekocht hatte. Sie hatte fritierten Blumenkohl und getrocknete Krabben haben wollen; das, was da stand, wollte sie nicht essen. Statt dessen setzte sie sich unter den Tisch und rieb Knie und Handflächen auf dem Linoleumfußboden, bis sie ganz schwarz waren. Lachend entfernte ihr Vater das Essen, das er gekocht hatte, und bereitete ihr statt dessen ihr Leibgericht zu.

Für Hing waren die Briefe, die ihre Mutter erhielt, immer ein Zeichen dafür, wie lange der Vater schon weg war. Sie beobachtete ihre Mutter, wie sie die Briefe verachtungsvoll öffnete. Bald konnte sie den Inhalt schon erahnen – *Baba* hatte wieder einmal kein Geld mehr, Mama mußte ihm mehr Geld schicken, damit er das Haus fertigbauen konnte. Offensichtlich beschäftigte sich Hing stark mit dem Projekt ihres Vaters, denn eines Tages wollte sie unbedingt Holzbausteine haben. Die sechsjährige Hing, inzwischen in der ersten Klasse, und ihre Freundin Violet machten einmal, als sie von der Schule heimgingen, einen kleinen Umweg, um auf der Haupteinkaufsstraße in der Innenstadt die bunten Weihnachtslichter und die festlich dekorierten Schaufenster zu betrachten. In der Auslage eines Spielwarengeschäfts stand ein chinesisches Miniaturhaus, erbaut mit knallroten, blauen, gelben und grünen Bauklötzchen. Hinter den Mauern befand sich ein Haus mit vielen Türen und einem goldlackierten, geschwungenen Pagodendach, und hinter dem Haus gab es einen Garten mit geschwungenen Brücken. Das einzige, das Hing jemals von der Commercial Street mitgebracht hatte, waren ein paar Tapetenmuster, die sie und ihre Freundinnen einmal einem Verkäufer in einem der Läden abgeschwatzt hatten.

»Wieviel kostet das?« fragte sie nun den Ladenbesitzer und deutete auf das Modellhaus.

Auf dem Nachhauseweg schmiedete sie mit Violet folgenden Plan: »Ich werde von meiner Mutter fünfundzwanzig Cent bekommen. Wenn du von deiner Mutter die restlichen fünfzehn Cent bekommst, dann lasse ich dich auch mit dem Haus spielen.« Hing wußte, daß sich in der Schürze ihrer Mutter, die an einem Nagel über dem Bett hing, immer etwas Kleingeld befand. Sie glaubte nicht, daß ihre Mutter ein Fünfundzwanzig-Cent-Stück vermissen würde, denn sie gab Hing oft solch eine Münze, um in der Lotterie zu spielen.

Als sie die neuen Bauklötzchen nach Hause brachte, fühlte sie sich genötigt, ihr Auftauchen zu erklären. Der »Weihnachtsmann der Weißen« habe sie ihr geschenkt, erklärte sie ihrer Mutter, die darüber ziemlich belustigt war.

Als erstes lernte Hing, ihrer Mutter etwas Gutes zu tun, indem sie sich um ihre Schmerzen kümmerte. May-ying hatte ein Magengeschwür entwickelt und litt auch häufig unter Rückenschmerzen. Eine Reihe Einmachgläser auf der Frisierkommode bildete ihre Apotheke.

Gegen die unterschiedlichsten Zipperlein gab es Seltenheiten wie Hirschschwänze, Hirschsehnen, Bärenklauen, Gallenblasen von Stinktieren und Zwiebeln der Frauenschuhorchidee. Diese Dinge waren in Alkohol konserviert, der aus den seitlich aufgereihten Gin- und Whiskeyflaschen stammte. Für den Alltagsgebrauch gab es gewöhnliche getrocknete Kräuter, *yuk choa, dong guai*, Ginseng und verschiedene Gräser und getrocknete Rinden zur Unterstützung von Kreislauf, Energie und Vitalität. May-ying schickte Hing auch gelegentlich zum Kräuterhändler, von dem sie die Ingredienzen für stärkende Tees oder Suppen erwarb. Für diese Sachen mußte sich Hing verschiedene Kräutermischungen und Maßeinheiten merken.

Zu Hings täglichen Pflichten zählte es, vor Schulbeginn den Nachttopf zu leeren. May-ying war der Nachttopf lieber als die gemeinschaftlichen Toiletten; zwar erlaubte sie Hing, sie zu benutzen, wies sie jedoch eindrücklich darauf hin, daß sie unbedingt den Kontakt mit der Klobrille vermeiden sollte. Hing kam ihrer morgendlichen Pflicht ebenso wie anderen Aufgaben – so etwa dem Waschen ihrer Taschentücher, Socken und Unterwäsche – fleißig und ohne Murren nach. »Man darf sich nie auf die faule Haut legen«, pflegte May-ying zu sagen. Manchmal wachte Hing am Morgen auf, weil sie hörte und roch, daß ihre Mutter sich erbrach. Wenn sie dann den Nachttopf von dem Erbrochenen reinigte, dachte sie nur daran, daß der zarte Körper ihrer Mutter ihrem Magen wieder einmal Probleme machte. Sie war zu jung, um zu wissen, daß es oft daher kam, daß ihre Mutter am Vorabend zuviel getrunken hatte.

Eines Tages hatte Hing nach der Schule selbst Magenschmerzen und suchte ihre Mutter, um von ihr etwas gegen die Schmerzen zu bekommen. Das Teehaus schloß um halb drei, und da es schon nach drei war, hätte May-ying eigentlich zu Hause sein sollen; sie war jedoch nicht in ihrem Zimmer. Hing beschloß, im Teehaus nach ihr zu suchen. Niemand schien dort zu sein, alles war ruhig. Da ihre Magenkrämpfe immer schlimmer wurden, legte sie sich quer auf einen Stuhl und preßte ihren Magen gegen die harte Oberfläche. Plötzlich merkte sie, daß sie nicht allein war. In einem der Abteile war noch jemand. Hing beugte sich nach unten, um durch die kurzen Vorhänge zu spähen, und entdeckte Pang Sook, einen gutaussehenden Poon-ye-Mann, der im Kohlebergwerk arbeitete und Hing und ihre Mutter einmal durch das Bergwerk geführt hatte. Eine Frau saß auf seinem Schoß. Es war ihre Mutter.

Hing wußte nicht, was sie von diesem Anblick halten sollte. Ihre Mutter zeigte kaum jemals offen ihre Zuneigung, bis auf die Gelegenheiten, wenn sie Hing beim Überqueren der Straße an der Hand nahm oder mit ihr für eine Foto posierte –, aber darin unterschied sie sich nicht von anderen chinesischen Eltern. Hing hielt es für das Beste, so zu tun, als hätte sie nichts gesehen, und schlich sich lautlos davon, wobei sie hoffte, die beiden hätten sie nicht bemerkt.

Als Chan Sam 1937, nach mehr als zweijähriger Abwesenheit, zu seiner kanadischen Familie zurückkehrte, bestand sein erster Autoritätsakt darin, die Familie nach Vancouver umzusiedeln. Es gab pragmatische Gründe dafür, die sein Vorurteil nährten, daß das aus einer einzigen Straße bestehende Chinesenviertel in Nanaimo eher Mayyings Territorium sei als seines. Während der Depression war dieses Viertel ein reines Armenhaus, ein Wartesaal für arbeitslose Chinesen, bis es wieder Arbeit in den Sägewerken, den Bergwerken und den Holzfällerlagern gab. Aber in Vancouver hatte die Depression Ende der dreißiger Jahre genügend Männer endgültig nach China zurückgetrieben, so daß es wieder Arbeit gab für diejenigen, die geblieben waren. Die Wirtschaftslage besserte sich allmählich wieder, und Chan Sam hoffte zumindest auf eine vorübergehende Arbeitsstelle, etwa als Tellerwäscher, bis er Arbeit in einem Sägewerk finden konnte.

May-ying hatte nichts dagegen, Nanaimo zu verlassen; sie hatte überall genügend Arbeitsmöglichkeiten und Freunde. Aber das letzte Teehaus in Vancouver, in dem die Gäste im Obergeschoß, geschützt vor dem Lärm und dem Chaos auf der Straße, bedient worden waren, hatte längst seine Pforten geschlossen. Als neue Einrichtung gab es ebenerdige Cafés, die sich besser dazu eigneten, eilige Kunden zu bedienen. Es gab bloß westliche Speisen, die die chinesische Kundschaft durchaus schätzte, denn solche Dinge wurden nur selten, wenn überhaupt, zu Hause gekocht. In Ermangelung chinesischer Bedienungen hatten die Besitzer der vielen Cafés auf der Pender

Street weiße Serviererinnen eingestellt. Doch 1937, in dem Jahr, in dem Chan Sam aus China zurückkehrte, erließ der Stadtrat ein neues Gesetz, dem zufolge weiße Frauen nicht unter chinesischen Chefs arbeiten durften. Die Cafébesitzer mußten etwa dreißig weiße Frauen entlassen, sie suchten händeringend nach neuen Kräften, und May-ying bekam sofort einen Job.

Chan Sam, May-ying und ihre jüngste Tochter lebten im Royal Hotel, gleich um die Ecke vom Kuomintang-Gebäude. Das Royal befand sich über einer Buchhandlung und einer Druckerei. Es ähnelte eher einem Kaninchenstall; auf jedem der drei Stockwerke gab es zwei Flügel mit Einzelzimmern. Die Familie mietete zwei Zimmer; May-ying und Hing teilten sich eines der beiden, Chan Sams Zimmer lag ein Stockwerk höher im gegenüberliegenden Flügel.

Die schlechten Nachrichten aus China vereinten das politisch gespaltene Chinesenviertel. Seit dem Herbst 1932 berichteten die Schlagzeilen in der ganzen Welt immer wieder von den Abscheulichkeiten der japanischen Angriffe auf China, dem ersten großen internationalen Konflikt seit dem Ersten Weltkrieg. In den Chinatowns im Ausland lag Kriegsstimmung in der Luft. Niemand mußte des Lesens kundig sein, um die Kriegsverluste bis in ihre schrecklichsten Einzelheiten zu kennen. Beflügelt durch die Leichtigkeit, mit der sie dem schlecht ausgerüsteten chinesischen Heer Verluste zufügen konnten, hatten die Japaner begonnen, sich auch auf Zivilisten zu stürzen, und in Nord- und Zentralchina fiel eine Stadt nach der anderen.

Schon bevor Chan Sam nach Kanada zurückgekehrt war, beherrschte der Krieg die täglichen Gespräche in den Cafés, Spielsalons und Familien. May-ying wollte bis auf die familiären Neuigkeiten von Chan Sam nur die neuesten Kriegsmeldungen hören. Chan Sam und May-ying vergaßen ihre eigenen Probleme und waren nun vereint in ihrer Furcht um die Zukunft ihrer Heimat und dem Haß auf die feindlichen Japaner.

Als der Krieg sich unweigerlich weiter in den Süden Chinas ausdehnte, sorgten sich die Übersee-Chinesen um ihre Besitztümer und die Verwandten in der Heimat. Geschichten über angebliche japanische Scheußlichkeiten machten die Runde; Kampfflugzeuge flogen, hieß es, so tief, daß sie ganze Dörfer mit ihren Maschinengewehren ausrotteten; Soldaten folterten Chinesen, indem sie ihnen die Fingernägel ausrissen, sie zwangen, auf Glas zu gehen, und sie ihre eigenen Gräber schaufeln ließen, bevor sie sie in den Rücken schossen.

Chan Sam tat das einzige, was er in seiner Lage tun konnte; er schickte Huangbo Geld, damit sie sich gegen die Nöte der Kriegszeiten wappnen konnte. Er wollte, daß sie ausreichend Mittel hatte, um sich und die Familie im Notfall in Sicherheit zu bringen und gegen die Nahrungsmittelknappheit gerüstet zu sein. Er fürchtete auch, daß der Krieg den Postdienst aus Übersee und die Dienste seiner Kuriere zum Erliegen bringen könnte und daß seine Überweisungen Huangbo nicht mehr erreichen würden, so daß er mehr als die üblichen Beträge überwies, wenn es ihm möglich war. Auch May-ying erkannte diese Notwendigkeit an.

Chinatown organisierte einen Boykott gegen den Handel mit Japan und den japanisch-stämmigen Kanadiern. Aber mit der Verschlimmerung des Krieges bemühten sich auch die Chinesen im Ausland, mehr zu tun, um den Widerstand in der Heimat gegen die Japaner zu unterstützen. Nach Tschiang Kai-scheks dringendem Aufruf an die im Ausland lebenden Chinesen, seiner Kriegskasse Spendengelder zukommen zu lassen, besuchte Chan Sam eifrig alle möglichen Benefizveranstaltungen. Das dort gesammelte Geld wurde für den Erwerb von Waffen und Winterjacken für die chinesischen Soldaten, aber auch für die Luftwaffe, die Krankenhäuser und die medizinische Versorgung verwendet. Andere Spendensammlungen sollten Kriegswaisen zukommen.

Chan Sam und May-ying besuchten gemeinsam mit Hing die Bankette ihrer jeweiligen Sippenverbände, auf denen ebenfalls Spenden gesammelt wurden. Hing hatte wie die anderen chinesischen Kinder das Gefühl, in einer Krisenzeit zu leben. Sie verteilte kleine Zettel, auf denen »Hilf unserem Land« stand, wenn sie in Blechbüchsen, die in ihrer chinesischen Schule ausgegeben wurden, Geld sammelte. In der Schule wurde zur Melodie von »Frère Jacques« das Lied »Kampf den Japanern« gesungen. Hing und ihre Mutter besuchten Benefizveranstaltungen der Chinesischen Oper, beeindruckt von den Worten auf dem Programm: »Auch während wir uns unterhalten lassen, dürfen wir nicht vergessen, unser Land zu retten«. In allen Köpfen hallte das antijapanische Marschlied nach, das bei jedem Spendentreffen, bei jeder Zusammenkunft der Sippenverbände, bei jeder Schulversammlung und auch vor den Opernaufführungen gespielt wurde:

»Erhebt euch alle, wir werden uns nicht versklaven lassen;
Aus unserem Fleisch und Blut wird die neue Große Mauer
errichtet werden.
Wir, das chinesische Volk, leben in gefährlichen Zeiten.
Wir sind in einem Herzen vereint, um dem Kanonenfeuer
des Feindes Widerstand zu leisten.
Vorwärts! Wir marschieren vorwärts!«

Ein Viertel der gesamten chinesischen Militärausgaben im ersten Kriegsjahr wurde von Geldern aus Übersee bestritten. Außerdem nahmen die Überweisungen drastisch zu, die Chinas Handelsbilanz bis zum Ende des zweiten Kriegsjahrs im Gleichgewicht hielten. Vielleicht wären Tschiangs Kriegsbemühungen völlig gescheitert, wenn es nicht diese Bindung zum Vaterland gegeben hätte und die Verpflichtungen gegenüber der in der Heimat lebenden Verwandten so ernst genommen worden wären. An dieser Front standen Chan Sam und May-ying fest und solidarisch vereint.

In der konfuzianischen Familie rangierte die Beziehung zwischen Ehemann und Konkubine erst nach der zwischen Vater und Kind. Zwar hatte Chan Sam auch nach Kanada zurückkehren wollen, um sich wieder May-yings zu versichern, aber ebenso bewußt war er sich der Pflichten seiner jüngsten Tochter gegenüber. Nach dem Umzug nach Vancouver schrieb er Hing sofort an der privaten Mon-Keong-Schule ein. Diese Schule wurde vom Verband der großen Wong-Sippe finanziert und war die beste der drei chinesischen Schulen, die es in Vancouver gab. Sie lag auf der Pender Street einen Block vom Royal Hotel entfernt im dritten und vierten Stock des Sippengebäudes. Es gab sechs Schulklassen; der Unterricht wurde wochentags zwischen vier und sechs Uhr nachmittags und für die höheren Jahrgangsstufen von sieben bis neun Uhr abends abgehalten; jeden Samstagmorgen gab es einen »Vortragstag« für alle Schüler.

Wann immer ein Brief von der Familie aus China kam, berichtete Chan Sam May-ying die Neuigkeiten und erinnerte Hing daran, daß er sie später in seinem Zimmer erwartete, damit sie ihrer Familie in China einen Antwortbrief schrieb. Hing war begeistert. Eifrig rannte sie, sich an dem Eichengeländer nach oben hangelnd, die drei Stockwerke des »Royal« hoch und hüpfte durch den dunklen Gang zu Chan Sams Zimmer.

Die Briefe waren fast immer gleich; die Begrüßung und die Verabschiedung, die Hing abschreiben mußte, waren immer länger als alles andere, was sie schrieb:

> Ehrenhafte Mutter, ich knie vor Dir mit gebeugtem Kopf und gefalteten Händen. Wie geht es Dir? Ich bin ein braves Mädchen. Ich höre auf meine Mutter. Ich hoffe, daß meine beiden Schwestern auf Dich hören. Mögest Du mit Gesundheit und Zufriedenheit gesegnet sein, Deine ehrfürchtige Tochter, Hing.

Chan Sam stellte fest, daß Hing eine eifrigere Schülerin war als ihre Schwestern. Sie lauschte aufmerksam seinen Erklärungen von der Ausgewogenheit und dem Rhythmus der chinesischen Schriftzeichen, dann nahm sie den Pinsel genau so in die Hand, wie er es getan hatte, und ließ ihn sicher über das Blatt gleiten. Diese Unterweisungen machten ihr Spaß, und sie freute sich schon jedesmal darauf.

An ihre Schwestern Ping und Nan schrieb Hing nicht oft, aber nach der Rückkehr ihres Vaters sah sie zum erstenmal ein Foto der beiden. »Das hier sind deine Schwestern«, sagte Chan Sam und zog ein Schwarzweißfoto heraus, das während seines Aufenthalts in China aufgenommen worden war. Als Hing das Bild betrachtete, spürte sie zum erstenmal, daß sie wirklich Geschwister hatte, und fragte sich, wann sie sie wohl einmal treffen würde. Sie stellte sich vor, wie sie die beiden an der Hand hielt, wie es diese auf dem Foto taten. Das Bild bekam einen Platz auf der Frisierkommode in dem

Zimmer, das sie mit ihrer Mutter teilte, neben dem Foto, auf dem sie selbst mit ihrer Mutter zu sehen war. Wie in Wirklichkeit standen zwei Schwestern auf chinesischem Boden, eine auf kanadischem, und auch wie im wirklichen Leben wirkten die beiden älteren Schwestern in ihren kleinbedruckten Kleidchen wie kleine Mädchen, die jüngere in ihren kurzen Hosen und den Hosenträgern jedoch wie der Sohn, der der Konkubine verwehrt geblieben war.

Es dauerte nur wenige Monate, bis sich die neu aufgelebte Beziehung zwischen Chan Sam und May-ying, die durch Pflicht zusammengehalten und durch Patriotismus verstärkt worden war, wieder lockerte. May-ying freute sich aufrichtig über die Geburt von Yuen, denn die Fortsetzung der Familienbande stellte auch ihr Leben nach dem Tod sicher, solange sie Teil von Chan Sams Haushalt war. Es war sogar eine Art Erleichterung für sie, denn es bestätigte ihr, daß sie und Chan Sam keine körperliche Beziehung mehr zu haben brauchten. Gleichzeitig untergrub es jedoch auch ihren Stellenwert in der Familie im Vergleich zu Huangbo.

Wenn May-ying und ihr Mann zusammen waren, was vor allem bei den Mahlzeiten der Fall war, erstickten sie fast an ihren Meinungsverschiedenheiten. May-ying neigte kaum dazu, das, was sie an Chan Sam störte, zurückzuhalten, während er seine moralische Autorität über sie immer stärker festigen wollte. Sie war ihm gegenüber ungeduldiger als je zuvor; er wurde immer launischer und ungehaltener ihr gegenüber. Sie stritten über alles und jedes. Sie warf ihm vor, mehr als fünfzig Hongkong-Dollar (etwa sechzehn kanadische Dollar) für Siegesaktien für Tschiang Kai-schek – die Mindestkaufsumme, die die chinesische Gemeinschaft in Vancouver von jedem erwachsenen Mann erwartete – ausgegeben zu haben, und meinte, es wäre besser gewesen, dieses Geld direkt an die Familie nach Hause zu schicken. Er stellte fest, daß May-ying mehr rauchte als je zuvor, und gab das wieder, was er über sie gehört hatte, daß sie *lan doh* und *lan yum* sei, jemand, der so viel spielte und trank, bis er daran zerbrach. Es war ihm nicht so wichtig, mit wem sie dabei zusammen war, aber er war entsetzt, daß sie trank, bis ihr schwindelig wurde und sie kaum mehr laufen konnte. Sie war über das entsetzt, was er für eine Mahlzeit hielt, nämlich Reis mit Ketchup oder Marmelade.

Es stimmte, daß May-ying keineswegs versuchte, ihr Trinken oder Spielen zu mäßigen. Und nicht nur damit zeigte sie, daß sie nicht vorhatte, nach Chan Sams Regeln zu leben oder so zu tun, als gehöre sie ihm. Sie fing eine intime Beziehung mit dem einzigen engen Freund an, den sie beide gemeinsam hatten, mit Jang Noong. Dieses Verhältnis war das erste, in das auch sie ein Gefühl legte, auch wenn seine Liebe zu ihr schließlich nur in einer lebenslangen Freundschaft und nicht in einer Ehe mündete.

Schließlich kam es auch Chan Sam zu Ohren, daß May-ying sich nicht mehr so verhielt, als gehöre sie ihm. Eines Tages rief er Hing zu sich und sagte ihr, sie solle mit ihm kommen. Sie gingen zusammen die Pender Street hinab bis zum Hotel »Asia«, in das er Hing schickte, während er davor wartete. Sie wußte, in welchem Zimmer Jang Noong lebte, da sie ihn dort oft zusammen mit ihrer Mutter besucht hatte, während Chan Sam in China war.

Aus dem Fenster über der Tür drang kein Licht. Sie klopfte. »Mama?« Keine Antwort. »*Baba* möchte, daß du nach Hause kommst«, sagte sie zögernd.

Die Stimme ihrer Mutter antwortete: »Du gehst nach Hause. Ich komme nach.«

Es war sinnlos, daß Chan Sam oder May-ying noch irgend etwas zu diesem Vorfall äußerten, der klargemacht hatte, wie es um die kanadische Familie von Chan Sam bestellt war. May-ying sagte nur, daß sie nicht mehr mit Chan Sam zusammen sein wollte. Sie wollte auch nicht mehr im selben Chinatown leben wie er, so daß sie sich entschloß, mit Hing zusammen nach Nanaimo zurückzukehren. Chan Sam willigte in die Trennung ein, sagte aber nicht, daß er May-ying aus seinem Haushalt »verstieß«. Seiner Meinung nach war sie noch immer seine Konkubine, nur daß sie jetzt eben getrennt lebten. Sie packte ihre Habseligkeiten in den einzigen Koffer, den sie besaß, und machte sich mit ihrer jüngsten Tochter auf den Weg zur Fähre.

1938 war Nanaimos Chinatown so heruntergekommen wie nie zuvor. Japans Einmarsch in China hatte das Leben überall in den Chinatowns erschüttert, aber in dieser kleinen Gemeinschaft war die labile Wirtschaftslage völlig aus dem Lot geraten. Ozeanfrachter, die früher chinesische Lebensmittel an amerikanische Käufer verschifft hatten, waren zum Krieg eingezogen worden. Als die Vorräte, sogar der Reis, immer knapper wurden, schnellten die Preise drastisch in die Höhe, für Ingwer um dreihundert Prozent, für Soyasauce sogar um tausend. In Nanaimos Chinatown kramten die Ladenbesitzer ihre letzten Vorräte hervor und suchten nach Mitteln und Wegen, das, was sie hatten, zu strecken; selbst Soyasauce wurde mit Wasser verdünnt. Den drei Teehäusern ging es am schlechtesten. Die wachsende Knappheit und die hohen Preise für die chinesischen Zutaten, die für die *dim-sum*-Köstlichkeiten unerläßlich waren – Bambussprossen, chinesische Pilze, getrocknete Krabben, eingelegte rote Bete, Reismehl, Bohnensauce, *hoi-sin*-Sauce und Austernsauce –, läuteten das Ende einer Tradition ein.

Aber die chinesische Bevölkerung in Nanaimo, die immer kleiner wurde, weil die Depression viele zur Rückreise nach China zwang, hatte auch früher schon schlechte Zeiten überstanden. Auf der schmutzigen Straße herrschte nach wie vor gute Stimmung, beflügelt durch das Erscheinen von Mr. Wongs brandneuem 1937er Plymouth, dem ersten Auto in Nanaimos Chinatown. May-ying erhielt durch Unterstützung aller Teehausbesitzer eine Anstellung, indem sie ihre Arbeitszeit zwischen den drei Gaststätten teilte. Hing meldete sich noch einmal in der ersten Klasse an. Sie war sieben, fast schon acht, und hätte bereits die zweite Klasse besuchen sollen. Aber sie hatte das Gefühl, daß sie in dem ersten Jahr in der englischen Schule nicht genug gelernt hatte, und wiederholte dieses Jahr freiwillig, wobei sie sich fest vornahm, es beim zweiten Mal gründlicher zu machen.

Der Umzug zurück nach Nanaimo gab sowohl May-ying als auch Hing die Möglichkeit, ihre Freiheit auszukosten. Es gab genügend Freiraum für die Kinder, in dem Erwachsene nicht zugelassen waren. Gemeinsam mit den anderen Kindern tat Hing Dinge, die sich kein Erwachsener jemals getraut hätte – so stellten sie sich zum Beispiel den Geistern des Knochenhauses, der Garage neben Chins Haus. Die Kinder spähten durch die Ritzen in den Wänden auf die offensichtlich vergessenen Haufen von Jutesäcken, in denen die Gebeine der Toten aufbewahrt wurden und darauf warteten, zur Bestattung nach China überführt zu werden. Aus Übermut beobachteten die Kinder auch genau das Kommen und Gehen aus dem Zimmer einer Serviererin, die den Spitznamen »Wild-Snake Jun« trug. Sie lugten durch das Schlüsselloch, wenn ein Mann bei ihr war, wobei jedoch keines der Kinder genau wußte, was in dem Zimmer eigentlich vorging.

Elsie war Hings beste Freundin. Sie holte Hing oft mit ihrem Fahrrad ab und ließ sie auf dem Gepäckträger mitfahren. Sie radelten gern durch die Hintergassen und hielten häufig bei einer Schweinefarm, um leicht angeekelt dabei zuzusehen, wie Männer lebendige, von Haken hängende Schweine verbrühten. Manchmal fuhren sie auch bis zu dem Abhang am Ende der Pine Street und kletterten dann durch die Beerensträucher hinab zu dem kleinen Fluß am Fuß des Hanges, um Wasserkresse zu sammeln, aus der ihre Mütter Suppe kochten. Oder sie durchstreiften die Hinterhöfe und klauten Äpfel und Kirschen. Wenn sie ins Zentrum der »weißen Stadt« wollten, nahmen sie eine Abkürzung die Schienen entlang. Manchmal gingen sie auch noch weiter, bis zu den Docks hinab, wo sie eine Schnur an einen Stock banden und versuchten, damit zu angeln, wie es die Indianer taten.

May-ying, die eben erst Chan Sam verlassen hatte, war keineswegs geneigt, ihre wiedergefundene Freiheit gleich wieder aufzugeben, indem sie sich in die Arme eines anderen Mannes fallenließ. Aber da sie allein in der Pine Street angekommen war und nun von ihrem Mann getrennt lebte, wurde sie, ob sie es wollte oder nicht, als noch mehr verfügbar betrachtet als in der Zeit, in der Chan Sam in China gewesen war.

Am schlimmsten erwischte es den jungen Wally Chang. Weil er erst zwanzig und May-ying beinahe schon dreißig war, rief Wallys Verliebtheit bei den Männern auf der Pine Street viel Spott hervor. Sie wußten von Wally selbst, wie sehr er sich wünschte, von der Frau, die so viele männliche Bewunderer hatte, bemerkt zu werden. Dann kam der Tag, an dem sie ihn endlich mit seinem chinesischen Familiennamen ansprach. Ein paar Tage später fiel ihr rosa-weiß besticktes

Seidentaschentuch neben ihm zu Boden, und er dachte schon, sie hätte ihn endlich erhört. Als Wally ein Auto erstand – das zweite in Chinatown –, unternahm May-ying Ausfahrten mit ihm, wobei Wallys schwarzer Cockerspaniel vorn zwischen den beiden saß und Wallys zwölfjähriger Bruder George auf der Rückbank.

Schließlich beendete May-ying diesen Flirt. Für Wally gab es keine Zukunft mit May-ying. Seine Mutter, die Frau des Besitzers des Chang-Ladens und einer Schweinefarm, hätte es strikt abgelehnt, wenn sie gewußt hätte, daß ihr Sohn sich mit einer niedrigen *ke-toi-neu* abgab, einer Frau, die in den Teehäusern arbeitete.

Falls May-ying jemals vergaß, daß ihr ein höherer sozialer Status verwehrt war, dann wurde sie einmal im Monat daran erinnert, nämlich immer dann, wenn sie ihren Lohn erhielt. An diesem Tag war niemand überrascht, eine wohlbekannte, große, dünne Gestalt auftauchen zu sehen. »Chan Sam ist hier, weil er Geld braucht, und er braucht May-ying, damit sie es ihm liefert«, pflegten die Leute zu sagen. Aber May-ying händigte ihm bereitwillig aus, was immer sie des lieben Friedens willen ausgemacht hatten, ein Betrag, von dem er stets sagte, er brauche ihn, um ihn nach China zu schicken.

Nach ein paar Nettigkeiten, die früher, als sie noch zusammenlebten, nur selten ausgetauscht worden waren, fragte May-ying stets nach Neuigkeiten von der Familie in China. Als der Krieg sich auch in den Süden Chinas ausbreitete, wollte sie nur wissen, ob Ping und Nan noch am Leben waren. Er fragte nach Hing, dann ging er wieder. Hing sah ihren Vater niemals bei diesen Gelegenheiten; sie wußte nicht einmal, daß er überhaupt nach Nanaimo kam.

Als Nanaimos Teehäuser ein weiteres Opfer des fernen Kriegs in China wurden, wurde das, was früher einmal May-yings Vorteil gewesen war, ihre Schöhneit und ihr Geist, ein Luxus, den sich die Teehausbesitzer nicht mehr leisten konnten. Um die völlige Schließung hinauszuzögern, verknappten sie die Belegschaft, die Öffnungszeiten und die Speisekarte. Jede Kürzung ließ die ursprüngliche Idee des Teehauses ein wenig mehr verblassen. Die Depression hatte einer aussterbenden Tradition und einem aussterbenden Berufsstand nur eine kleine Gnadenfrist gewährt. Schließlich mußte sich May-ying mit einem Bedienungsjob bei »Ho Yuen« begnügen, einem ebenerdigen Restaurant mit vier Abteilen und vier im Raum stehenden Tischen in einem ziemlich heruntergekommenen Haus. Die Spezialität dieses Restaurants waren frische Reisnudeln.

Der Besitzer lebte auf dem Dachboden, dessen Fenster auf den Hinterhof hinausführten. In diesem Hof gab es einen Schuppen mit drei kleinen Zimmern gleich neben der Außentoilette. Ein Zimmer stand leer; niemand wollte dort wohnen, weil vor einigen Jahren einmal jemand darin gestorben war. In die beiden anderen Räume zogen May-ying und Hing ein.

Man pflegte oft zu sagen, daß Teehausbedienungen keine guten Mütter seien. Hing kannte kaum etwas anderes als das Leben mit einer Mutter, die als Teehausbedienung arbeitete, sie kannte kaum ein anderes Zuhause als das Teehaus. Sie schlief, aß und spielte immer da, wo ihre Mutter arbeitete, und als sie in das Alter gekommen war, wo man sie allein lassen konnte, hatte sie keinerlei Angst vor der damit einhergehenden Unabhängigkeit. Wenn sie ihre Mutter brauchte, wußte sie, wo sie nach ihr suchen mußte; wenn sie nicht bei der Arbeit war, dann war sie in einem Spielsalon.

Aber wie jedes Kind suchte auch Hing nach einer Führung, als sie älter wurde. Wie jedes Kind suchte sie nach Kontinuität, die jedoch für sie nur in der Gewißheit bestand, daß May-ying sie züchtigen würde, ob Hing es nun verdient hatte oder nicht.

Angefangen hatte es in der Zeit, als sie noch nicht zur Schule ging und ihre Mutter ihr Jungenkleider anzog, weil sie sich beim Spielen immer schmutzig machte. »Sieh dich doch mal an! Du kannst dich einfach nicht sauber halten!« warf ihr May-ying jedesmal vor, wenn sich wieder ein Schmutzfleck auf ihrer Kleidung zeigte. May-ying nahm einen Staubwedel, bestehend aus einem Bambusrohr, an dessen einem Ende Hühnerfedern befestigt waren, und ließ das Bambusrohr auf Hings Beine niedersausen. »Wenn du weinst, schlag ich noch härter zu!«

Als Hing etwa sieben Jahre alt war, erwartete ihre Mutter, daß sie bestimmte Verantwortungen übernahm. Vor allem sollte sie wissen, wann sie genug gespielt hatte. Zuviel Spiel – und wieviel denn zuviel war, wurde nie geklärt – war schlecht. »*Ah* Hing! Komm sofort rein!«

May-yings Stimme unterbrach das Spiel ihrer Tochter und warf einen düsteren Schatten auf die Fröhlichkeit der anderen Kinder. »Du spielst zuviel! Das ist das einzige, was du kannst, spielen! Du wirst noch völlig verrückt vor lauter spielen«, sagte May-ying, schloß die Tür hinter Hing und ließ den Staubwedel auf ihre Beine sausen.

Trotzdem blieb Hing immer länger aus, als ihre Mutter billigte. Sie wußte es einfach nicht besser, da ja auch die anderen Kinder nicht nach Hause gingen. Einmal griff May-ying in das Knäuel von Kindern und zerrte Hing an den Haaren heraus. »Wo steckst du denn die ganze Zeit? Ich habe schon überall nach dir gesucht. Ab nach Hause!« Aber zu Hause erwarteten sie diesmal nicht die gefürchteten Schläge. Sobald ihre Mutter im Zimmer war, erbrach sie sich und schlief dann sofort ein, wobei es Hing überlassen blieb, den Fußboden zu säubern.

Ein andermal kam Hing, nachdem sie den Nachmittag mit ihren Freundinnen verbracht hatte, zum »Ho Yuen« zurück, und ihre Mutter stand schon am Eingang des Restaurants. Wie in jedem chinesischen Restaurant war noch eine Reihe anderer Leute da, denn auch außerhalb der Öffnungszeiten gab es immer jemanden, der auf einen kleinen Plausch, einen schnellen Besuch oder eine Tasse Tee hereinschaute.

May-ying holte sich einen Stuhl, setzte sich darauf und funkelte ihre Tochter böse an. »Stell dich hierher vor mich!« befahl sie. Wumms! Ein Stock, ein Holzscheit, traf die Rückseite eines Beines. Wumms! Ein weiterer Schlag auf das andere Bein. Beim dritten Schlag begannen ein paar der herumstehenden Männer einzugreifen. »*Ah* May-ying, sei doch nicht so streng!«

Die chinesische Tradition sah vor, untergeordneten Menschen seine Autorität zu zeigen. In China ging ein Vorarbeiter nie an seinen Arbeitern vorbei, ohne sie anzuschreien: »Macht schneller!« Sie konnten noch so fleißig sein, man mußte sie stets daran erinnern, wer der Herr war. Damit wurden Gehorsam und Disziplin gelehrt. In der neuen Welt, in der es nicht so viele Kinder gab und diese oft sehr vermißt wurden, waren viele Eltern nachgiebiger.

May-ying gehörte jedoch nicht dazu. Sie war entschlossen, zu beweisen, daß sie keine Angst hatte, jene traditionellen Werte aufrechtzuerhalten, die bestimmten, was gute Eltern waren und wie bei Kindern Gehorsam erzeugt wurde. Zu den Männern sagte sie: »Solange man ein Kind auf die Beine schlägt, richtet man keinen bleibenden Schaden an. Je mehr ihr euch einmischt, desto härter schlage ich zu. Sie ist mein Fleisch und Blut. Wenn ihr glaubt, daß das, was ich tue, falsch ist, könnt ihr mich ja ins Gefängnis bringen!«

Als sie endlich fertig war, befahl sie ihrer Tochter: »Knie dich hin!«

Hing senkte den Kopf und wußte, daß sie nun die Worte ihrer Mutter mit unterwürfiger Stimme zu wiederholen hatte: »Ich werde gehorsam sein. Ich gebe zu, daß ich böse war. Ich werde ein braves Mädchen sein.«

Nach diesem Spektakel hinkte Hing unter Tränen zu einem Stuhl hinüber, während ihre Mutter ihr eine Schüssel mit Brühe und Reisnudeln brachte. Hing war voller Selbstmitleid und wollte ihre Mutter dies auch wissen lassen, schnüffelte und schluchzte also weiter vor sich hin, was May-ying aber nicht ausstehen konnte. »Heul doch, bis du stirbst! Ja, meinetwegen kannst du das ruhig tun!« sagte sie und ließ ihre Tochter allein. Hing humpelte weg, fand einen Tisch, unter den sie kroch, vergoß noch still ein paar Tränen und schlief dann ein.

Nach diesem Vorfall wurden Schläge beinahe zum täglichen Ritual, solange May-ying zu Hause war und nicht krank im Bett lag, wenn Hing heimkam. Sie verschwendete keine Zeit, erst einmal einen Vortrag über zuviel Spiel zu halten. Es erklang nur der drohende Befehl: »*Ah* Hing! Hol mir *tew chai*!«

Hing wußte, was sie zu tun hatte, aber es fiel ihr von Mal zu Mal schwerer. Sie trat hinaus in den Hof rannte erst einmal am Holzstoß an der Seitenwand des »Ho Yuen« neben der Küche vorbei, dann an der Tür vorbei zur Außentoilette an der anderen Hofseite und den selben Weg wieder zurück, wie eine Besessene, immer näher an den Holzstoß heran, immer näher an die Verabredung mit ihrer Mutter, dann wieder ein Stückchen zurück. Schließlich konnte sie es nicht länger aufschieben; zitternd vor Angst wählte sie das Holzscheit aus, mit dem ihre Mutter sie schlagen würde.

Geh jetzt rein und bring es hinter dich! befahl sie sich selbst, so streng sie nur konnte. Und noch bevor May-ying fertig war, schrie

Hing unter Tränen: »Ich werde gehorsam sein – ich gebe zu, daß ich böse war – ich werde ein gutes Mädchen sein!«

Die zurückgehaltenen Tränen ergossen sich dann später beim Essen in ihre Schüssel, so daß der Reis richtig versalzen schmeckte, und sie benetzten ihr Kopfkissen so oft, daß sie sich daran gewöhnte, Nacht für Nacht auf einem feuchten Kissen einzuschlafen.

May-ying mochte sich zwar ihrer Strenge als Mutter brüsten, konnte jedoch nichts dagegen tun, daß wenig schmeichelhafte Gerüchte ans Ohr ihrer Tochter drangen. Oft genug hörte Hing in den Läden, in denen sie Besorgungen machen sollte, daß die Leute ihre Mutter *»jui-mow ying«* nannten. Da sie nicht recht wußte, warum man ihre Mutter denn als Trinkerin bezeichnete, untersuchte Hing einmal eine der Flaschen etwas genauer, die auf der Frisierkommode ihrer Mutter standen. »Cream-coco« nannte ihre Mutter den Kakaolikör. Hing leckte an dem Korken und stellte fest, daß das Zeug sogar noch besser schmeckte als Horlick's Malztrunk, eines der fremden Getränke, die es in ihrem Haushalt gab. Am nächsten Tag schleckte sie ein wenig mehr, und nach ein paar Tagen hatte sich der Flüssigkeitspegel in der Flasche deutlich gesenkt.

»Cream-coco schmeckt gut!« erklärte sie ihrer Mutter.

»Hast du etwa davon getrunken?« fragte May-ying.

»Nein, ich schlecke nur jeden Tag ein bißchen dran.«

»Nun, das ist Alkohol, und Alkohol ist nichts für Kinder. Kein Wunder, daß dir schwindlig war und du nicht mehr richtig gehen konntest!« sagte May-ying lachend.

Was Hing über die Männer im Leben ihrer Mutter erfuhr, war unbeabsichtigt und geschah lange, bevor sie etwas davon verstehen konnte. So belauschte sie einmal ein Gespräch auf der Toilette des Nanking-Teehauses. Ein paar Frauen wuschen ihre Wäsche in dem Waschbecken, und eine sagte, daß May-ying »Löcher in ihre Unterhosen« geschnitten habe. Hing war verletzt und wütend, daß die Frauen über ihre Mutter redeten, sie verstand nicht, warum ihre Mutter denn solche Unterwäsche tragen sollte oder warum die Frauen sich darüber Gedanken machten. Sie untersuchte eine Unterhose, die ihre Mutter auf die behelfsmäßige Wäscheleine in ihrem Zimmer zum Trocknen aufgehängt hatte, und stellte fest, daß die

Frauen Unsinn geredet hatten. Schließlich vergaß sie die Sache wieder, bis der Tag kam, an dem sie verstand, was gemeint war.

Eines Nachmittags kam Hing aus der Schule und stieß die Tür zum Zimmer auf, zog sie aber sogleich wieder leise zu. Ihre Mutter hatte einen Mann bei sich, und beide standen dort zwar voll bekleidet, aber eng umschlungen. Es war Lam Bak, einer der Männer aus dem Holzfällerlager. Hing schlich sich davon. Sie fing allmählich an, das merkwürdige Verhalten ihrer Mutter zu verstehen, erinnerte sich an die diskreten Blicke, die ihre Mutter mit verschiedenen Gästen im Teehaus tauschte, verstand jetzt auch, warum Pang Sook, der Mann, auf dessen Schoß sie einmal ihre Mutter entdeckt hatte, immer unter den letzten Gästen war und sich so verhielt, als wartete er darauf, daß die anderen endlich verschwänden.

Es war genug Erkenntnis, doch das Schlimmste kam, nachdem sie zum »Ho Yuen« gewechselt waren. Eines Nachts war Hing, wie inzwischen üblich, schon zu Bett gegangen, anstatt ihrer Mutter in die Spielsalons zu folgen, wie sie es früher getan hatte. Sie wurde wach, als eine Männerstimme fragte: »Schläft sie?« Hing erkannte die Stimme, sie gehörte Sam Bak, dem Schreiner. Sie mochte ihn gern, denn er war sehr umgänglich und nahm sich immer Zeit, um sich ein wenig mit ihr zu unterhalten. Jetzt wurde ihr plötzlich klar, daß er wohl einer der vielen geheimen Freunde ihrer Mutter war.

»Still!« flüsterte ihre Mutter. »Sie schläft, sie schläft immer um diese Zeit. Mach dir keine Sorgen!«

Hing verhielt sich so ruhig sie nur konnte. Nun kletterten die beiden zu ihr ins Bett, und als nächstes bemerkte Hing, daß der Mann auf ihrer Mutter lag. Hings Arm war unter ihnen eingeklemmt. Wenn sie doch nur schnell machen, dachte Hing, damit ich meinen Arm wieder freibekomme. Es kam ihr wie eine qualvolle Ewigkeit vor, aber sie war viel zu entsetzt, um sich zu befreien. Ihr wurde klar, daß ihre Mutter nicht besser war als »Wild-Snake Jun«, die berüchtigte Serviererin. Danach flüsterten May-ying und Sam Bak noch ein wenig miteinander, und schließlich ging er weg.

Hing konnte nicht Recht von Unrecht unterscheiden bei dem, was sie von den Männerbekanntschaften ihrer Mutter mitbekam, vom Spielen und Trinken, sie wußte nur, daß es ihr nicht gefiel. Der

Schmerz dieses Wissens zeigte sich in ihrer eigenen körperlichen Anfälligkeit. Sie bekam immer wieder Bauchschmerzen, hatte oft Schluckauf und war täglich von Nasenbluten geplagt, das manchmal so schlimm war, daß ihr Kleid Blutflecken abbekam. Ihr Haar wurde immer dünner, doch am schlimmsten waren die Ekzeme an ihren Beinen, die sie aufkratzte, bis sie blutig waren und sich entzündeten.

Ihre Mutter kümmerte sich durchaus pflichtbewußt und so gut sie konnte um diese Symptome. Sie braute Kräutertees gegen die Bauchschmerzen und kochte Suppen gegen das Nasenbluten, indem sie stundenlang einen Schweinskopf in einem zugedeckten irdenen Topf köchelte, den sie in einen größeren Emailtopf gestellt hatte. Sie massierte Hings Kopfhaut mit einer Kräuteressenz, wusch ihre Beine mit einem Tee, der einen Tag alt sein mußte. Sie schleppte eigenhändig Eimer voll Meerwasser, in dem Hing ihre Beine stundenlang baumeln lassen sollte, den Hügel hinauf. Als die Ekzeme nicht verschwanden, füllte sie am siebten Tag des siebten Monats Wasser in Flaschen ab, denn an diesem Tag wurden dem Wasser besondere Heilkräfte zugesprochen; mit diesem Wasser vermischte sie ein von einem Rind stammendes Pulver und trug die so entstandene Paste auf Hings Beine auf.

Um Anerkennung ringend, gab sich Hing in ihrem Englisch- und Chinesischunterricht große Mühe und war stets unter den Besten. Im Schulhof war sie beim Murmelwerfen und anderen Kinderspielen kaum zu schlagen. In ihrer Freizeit besuchte sie oft den Tong-Yick-Laden, weil sie dort von allen verwöhnt, gelobt und mit Zuwendung bedacht wurde. Die Poon-ye-Männer, die sich dort aufhielten, brachten ihr die Schriftzeichen in den Schlagzeilen der chinesischen Zeitungen bei, die zu jener Zeit vor allem über den Krieg und den Widerstand berichteten. Sie gaben ihr chinesische Scherzrätsel auf: »Wann ist zehn plus zehn gleich zehn und zehn minus zehn auch gleich zehn? Wenn du dir Handschuhe über deine zehn Finger ziehst und sie wieder ausziehst!« Sie war so gewitzt, daß sie den Spitznamen »Jook Gee Hing« bekam – ein Mädchen namens Hing, das schnell genug ist, um Schweine zu fangen.

May-ying schien zu wissen, wovor sie davonlief, denn wann immer der Schleier der Trunkenheit von ihr wich, stellte sie sich ihrer wahren Lage. Sie fuhr nach wie vor einmal im Monat nach Victoria und besuchte dort den Tempel. Nur der Götterstatue in diesem warmen, uterusartigen Raum, die verhüllt war mit vielen Lagen roten und goldenen Tuchs und eingetaucht in das milde Licht roter Seidenlaternen, offenbarte sie, welche Führung und Gunstbezeugungen sie suchte. Hing tat bei diesen Besuchen, was von ihr erwartet wurde, sie faltete ihre Hände und verneigte sich dreimal. Aber dann blieb sie an der Seite stehen, während ihre Mutter sich still hinkniete und den Schicksalsbecher schüttelte, in dem sich hundertunddrei Bambusstäbchen befanden, bis eines der Stäbchen sich von dem Rest löste. Der Tempelaufseher las dann aus der Buchseite, die der Zahl auf dem Stäbchen entsprach, aus seinem Buch der alten Weisheiten einen Satz vor, dessen Bedeutung May-ying selbst interpretieren mußte.

Immer wieder forderte May-ying an den Spieltischen das Schicksal heraus. »Wenn ich einen großen Gewinn mache«, prahlte sie oft, »bringe ich meine beiden Töchter aus China hierher.« Manchmal wurde sie von anderen daran erinnert, vor allem, als im Oktober 1938 Kanton an die Japaner fiel und Wellen des Schocks durch die chinesische Gemeinschaft liefen.

Bei der Erwähnung ihrer abwesenden Schwestern dachte Hing oft an das Foto auf der Frisierkommode, das ihr Vater von China nach Hause mitgebracht hatte. Sie dachte an die beiden Mädchen, daran, wie allein sie hier in Kanada war und wie die beiden doch für sie die Gesellschaft sein könnten, nach der sie sich so sehnte. Aber sobald sie es wagte, sich zu viele Hoffnungen zu machen, brauchte sie sich nur in dem Zimmer umzusehen, das sie mit ihrer Mutter teilte, und sich zu fragen, wo ihre Schwestern denn schlafen sollten – spätestens dann merkte sie, daß alles nur leeres Geschwätz und Wunschdenken war.

Kapitel 7

Seit ihrer Rückkehr nach Nanaimo war noch kein Jahr vergangen, da zwangen die immer schlechter gehenden Geschäfte auf der Pine Street May-ying, überall in den schrumpfenden Teehauskreisen auf Arbeitssuche zu gehen. Mit Hing im Schlepptau und mit Nanaimo als Basis drehte sie ihre Runden – einen Monat hier, einen Monat da, in Aushilfsjobs in Victoria und Vancouver. Meist fand sie nur schlechtbezahlte Arbeit in den Cafés in Vancouver, in denen es kaum Trinkgeld gab. Bei jedem zukünftigen Arbeitgeber versuchte May-ying, die Mahlzeiten ihrer Tochter vertraglich abzusichern. »Und wie steht es mit meiner Tochter?« fragte sie unweigerlich immer wieder. »Sie ißt wirklich nicht sehr viel!« Wenn Hing nicht im Vertrag eingeschlossen war, ließ May-ying sie in Nanaimo bei Frauen aus den Teehauskreisen zurück.

Zwar vermißte Hing ihre Mutter nicht, aber sie mochte es auch nicht, wenn eine andere Frau sich um sie kümmerte. Die eine fand sie nörglerisch, die andere streitsüchtig. Die erste ließ Hing ständig die Wäsche waschen und sie mit dem Auswringen von Wäscheteilen kämpfen; die andere gab Hing immer einen Klaps auf die Hand, wenn sie sie die linke statt die rechte Hand benutzen sah.

Eine der vorübergehenden Arbeitsstätten May-yings war das B.C. Royal Café in Vancouver. Dieses Café war in ganz Chinatown berühmt für sein Feingebäck. Eiertörtchen, Butterhörnchen, Eclairs, Cremeschnitten, Erdbeer- und Rosinenkuchen wurden täglich frisch gebacken. Es gab immer frisch gebrauten Kaffee, dessen Satz ein ganzes Ei mitsamt der zerstoßenen Schale beigefügt wurde. Die Speiseangebote variierten von Tag zu Tag. Donnerstags gab es Roastbeef, an anderen Tagen gebratenes Schweinefleisch, Ochsenschwanz und Zunge oder Eintopf.

1939 kam eines Nachmittags um halb zwei ein Mann in das »B.C. Royal« spaziert. Er bemerkte May-ying hinter der Theke und setzte sich an einen Platz, an dem er von ihr bedient werden würde. Sie trug die Dienstkleidung des Cafés, ein blaßgrünes Kleid mit weißem, abnehmbarem Kragen und Druckknöpfen. Er sah ziemlich streng aus, war nur durchschnittlich groß und wirkte etwa zehn Jahre älter als May-ying, die damals zweiunddreißig war. Bekleidet war er mit einem tadellos sitzenden, maßgeschneiderten Anzug, dessen Wollstoff seidig schimmerte. Er setzte sich auf einen der roten, schaumgummigepolsterten Chromstühle und bestellte bei May-ying eine Tasse Kaffee und ein Butterhörnchen.

Am nächsten Tag kam er zur gleichen Zeit und gab die gleiche Bestellung auf. Dieses Muster wiederholte sich jedesmal, wenn May-ying Dienst hatte. Da er glaubte, daß sie schön genug sei, um sich ihre Männer aussuchen zu können, bemühte er sich sehr um ihre Aufmerksamkeit und fuhr damit fort, bis sie ihn endlich zu bemerken schien und ein freundliches Gespräch mit ihm anknüpfte. Sein Name war Chow Guen, ein Name, der jedem größeren chinesischen Spielsalonbesitzer in ganz Kanada bekannt war. Er war ein professioneller Spieler und ein durchaus gebildeter Mensch, den viele wegen seiner Beherrschung der chinesischen Schönschrift bewunderten. Er war sehr gefragt als Manager in den Salons, als Bankier des Unternehmens und als Croupier an den Tischen. Hier in Vancouver sollte er nun die Leitung eines Spielsalons übernehmen. Der Club, der gegenüber dem »B.C. Royal« lag, öffnete nachmittags um drei seine Türen.

Der Flirt zwischen Guen und May-ying, der über der Theke des Cafés seinen Anfang genommen hatte, setzte sich fort, auch wenn sie nicht dort arbeitete. Guens lautes, aggressives, autoritäres Wesen schüchterte sie nicht ein, und er mochte ihre selbstbewußte Art. Nie ging ihnen der Gesprächsstoff aus. Er rauchte, und sie rauchte ebenfalls, wenn auch nicht so viel wie er. Er trank gern ein Glas Whiskey zu seinen Mahlzeiten, aber im Gegensatz zu den ungehobelten Teehausgästen bestand er nicht darauf, daß May-ying mittrank. Allein trank sie so gut wie nie, sie trank immer nur in Gesellschaft. Aber was sie wirklich aneinander band, war ihrer beider Spielleidenschaft, das unausgesprochene Vertrauen und die Aufrichtigkeit beim Spiel sowie ein scharfer Verstand. May-ying sah in Guen wohl das genaue Gegenteil von Chan Sam: Wo Chan Sam mit Gewalt vorgegangen war, setzte der andere Gewitztheit ein; Chan Sam war immer auf Arbeitssuche gewesen, nach Chow Guen suchten die Arbeitgeber; das Ansehen, nach dem sich ihr Mann so sehnte, schien Guen ganz natürlich zuzukommen.

Als May-ying nach Nanaimo zurückkehrte, fuhr Guen an seinen freien Tagen immer aus Vancouver zu ihr und blieb auch oft über Nacht. Zu diesen Gelegenheiten mietete er in dem Teehaus, in dem May-ying gerade arbeitete, ein Zimmer, und wenn sie bei »Ho Yuen« war, übernachtete er in dem zweiten Zimmer in dem Schuppen im Hinterhof, in dem sie lebte. Bei jeder Mahlzeit im Teehaus oder im Café saßen Guen, May-ying und Hing gemeinsam an einem Tisch.

Je mehr Guen sich in das Leben ihrer Mutter einbrachte, desto stärker lehnte Hing ihn ab. Früher hatte sie immer so tun müssen, als hätte sie nichts gesehen und wüßte auch nichts von den flüchtigen Männerbekanntschaften ihrer Mutter, doch nun konnte jeder sehen, wie nahe May-ying und Guen sich waren. Sein Auftauchen fiel mit dem Verschwinden der anderen Männer in May-yings Leben zusammen und damit mit dem Ende der düstersten Zeiten ihres Lebens. Aber Hing dachte bei seinem Anblick immer nur, daß er nicht ihr Vater war. Und was die Sache noch verschlimmerte: Kaum war er aufgetaucht, da fing er auch schon an, May-ying in ihrer strengen Umgangsweise mit ihrer Tochter zu unterstützen. »Man liebt ein Kind mit seinem Herzen, nicht mit Worten, die nur aus dem Mund kommen«, pflegte er zu sagen. Hing stellte immer wieder im stillen fest, wie sehr sie ihn haßte.

Sie fühlte sich zunehmend wie das fünfte Rad am Wagen in dieser neuen Familie und fand, daß Guen ihr die Mutter wegnahm. Bei einem seiner Besuche in Nanaimo nahm Guen zwei Hotelzimmer im Zentrum der Stadt, statt zu dritt in Chinatown zu bleiben. Und anstatt gemeinsam etwas zu unternehmen, wie Hing erwartet hatte, wurde sie nach Chinatown geschickt, um dort gegrilltes Schweinefleisch zu besorgen. Hing durchschaute den Plan sofort. Nach Chinatown und zurück würde sie etwa eine Stunde brauchen; Guen und ihre Mutter hatten wohl eher Lust auf ein Stündchen, in dem Hing ihnen nicht im Weg war.

Ein andermal sollte Guen an dem Abend zu Besuch kommen, an dem auch eine bekannte Eiskunstlauf-Truppe in einer Halle im Stadtzentrum auftreten sollte. May-ying besuchte solche Vorstellungen ebenso gerne wie Hing, und sie hatte versprochen, daß sie und Guen zusammen mit Hing zur Vorstellung gehen würden. An diesem Tag durfte Hing ihre chinesische Schule ausnahmsweise eine halbe Stunde früher verlassen, um noch rechtzeitig zur Acht-Uhr-Vorstellung zu kommen. Sie rannte zum »Ho Yuen«, durch das Restaurant und nach hinten zu den Zimmern.

»Mama, gehen wir gleich los?« rief sie. Die Tür zum Schlafzimmer war verschlossen. Hing machte sie auf und erkannte in der Dunkelheit ihre Mutter zusammen mit Guen im Bett.

»Wir gehen ein andermal!« antwortete Guen.

»Aber du hast doch gesagt, wir gehen heute abend, Mama!« sagte Hing enttäuscht und wütend über Guens Einmischung.

»*Ah* Hing, wir gehen nicht!« erwiderte ihre Mutter.

Hing ließ nicht locker. »Aber ich bin doch extra früher nach Hause gekommen!«

»Noch ein Wort, und ich werde dir den Mund stopfen!« sagte ihre Mutter.

Hing setzte sich auf den Boden vor der Tür und tat sich schrecklich leid, je länger die Vorstellung ohne sie lief.

Sie fand auch Wege, um ihrer Mutter vor Guen das Leben schwerzumachen. Einmal griff sie während des Essens nach einem Zahnstocher und steckte ihn in den Mund, wie alle anderen das auch immer taten. Als ihre Mutter ihr kurz den Rücken zuwandte, tat sie, als hätte Guen sie angerempelt, und rammte sich den Zahnstocher in die Wange. Aber May-ying durchschaute den Trick und schlug sie hart ins Gesicht, das einzige Mal, soweit Hing sich erinnern konnte. Schließlich hielt Guen Hings Mutter zurück. »Laß sie doch in Ruhe, sie ist noch so klein«, sagte er.

Nur wenige Leute in Chinatown hatten Geldscheine in ihren Taschen, die meisten hatten nur Münzen. Aber Chow Guen trug immer ein dickes Bündel Banknoten bei sich, sorgsam gefaltet und mit einem weißen Gummiband zusammengehalten. Erst kamen die Hundert-Dollar-Scheine, dann die anderen. Solch große Summen verleiteten ihn jedoch nicht dazu, verschwenderisch zu sein; er nahm seine persönlichen Ausgaben ebenso genau wie das Geld, das er in den Spielsalons verwaltete. Jeden Tag nahm er einen Pinsel zur Hand und registrierte jeden Cent, den er einnahm, sowie jeden, den er ausgab, bis hin zu den Ausgaben für eine Straßenbahnkarte oder eine Tasse Kaffee. Auch die paar Dollar, die er May-ying hier und da lieh, waren in seinem Ausgabenbuch vermerkt. Er gab ihr immer, worum sie ihn bat, auch wenn er vorher wissen wollte, wofür sie es brauchte. »Ich bin nicht hier, um dir deine Schulden abzunehmen«, sagte er, was gar nicht notwendig gewesen wäre, denn May-ying hatte nicht vor, ihn auszunutzen.

Am meisten sehnte sich May-ying nach Sicherheit, und sie hoffte, daß Guen ihr dazu verhelfen würde. Zwar bot ihr der Jade- und Goldschmuck, die Ohrgehänge, ihr Jadeanhänger und ein paar kleinere Stücke, die sie sich hier und da einmal geleistet hatte, etwa ein Jadeäffchen, das eine Kokosnuß in der Hand hielt und das Hing zu besonderen Gelegenheiten tragen durfte, ein gewisses Maß an Sicherheit. Die Chinesen kauften und verkauften untereinander ständig Schmuckgegenstände, und falls May-ying einmal nicht genug Geld für ihre nächste Mahlzeit hatte, konnte sie noch immer ein Schmuckstück verkaufen. Aber ihre Sehnsucht nach Sicherheit reichte tiefer. Die Trennung von Chan Sam und der anhaltende Krieg in China ließen ihre Zukunft in Kanada in einem unbestimmten Licht erscheinen. »Ich mache mir Sorgen um meine alten Tage«, erklärte sie Guen eines Tages. »Ich fürchte, daß dann niemand da sein wird, der sich um mich kümmert.«

Er verstand, was sie meinte; sie sprach von Söhnen. Das Alter, in dem er selbst Söhne gezeugt hatte, lag weit hinter ihm. Er hatte mit seiner Frau in China zwei Söhne, die beide als Lehrer arbeiteten. Beide lebten zu Hause bei ihrer Mutter, waren verheiratet, hatten selbst auch schon Kinder. Guen wußte, was May-ying als nächstes sagen wollte, daß sie nämlich gern einen kleinen Jungen adoptieren würde.

»Aber ich habe nicht genug Geld dafür«, fügte sie hinzu.

In den chinesischen Gemeinschaften im Ausland wurde für ein männliches Baby zehnmal soviel verlangt wie für ein weibliches. Hätte May-ying ein Mädchen haben wollen, dann hätte sie nicht den Begriff »adoptieren« benutzt, denn Mädchen wurden einfach »weggegeben«. In China wandten sich Familien, denen ein Sohn verwehrt geblieben war, meistens an Verwandte, die genügend Söhne hatten. Aber hier in der neuen Welt existierten solche Familienverbindungen kaum, und es gab viel weniger Kinder – sowohl Jungen als auch Mädchen –, weil es nur wenige Frauen im gebärfähigen Alter gab. Als May-ying nach Kanada gekommen war, hatte das Verhältnis zwischen Männern und Frauen in der chinesischen Gemeinschaft in Vancouver zehn zu eins betragen und sich inzwischen nur auf fünf zu eins verbessert. Kinder, die zur Adoption freigegeben wurden, stammten von unverheirateten Mädchen, die ungewollt schwanger geworden waren, von Müttern in großen Nöten oder solchen, die ihre Kinder nicht selbst versorgen konnten.

Guen versprach May-ying, ihr das nötige Geld zu geben, um sich einen Sohn zu verschaffen. Daraufhin wandte sie sich an eine Frau, die in Vancouver als Oma Yip bekannt war. Nellie Yip war eine Weiße und hatte früher als Hebamme gearbeitet, und zwar in China, weshalb sie fünf chinesische Dialekte sprechen konnte. Sie lebte mit Yip Gong zusammen, einem bekannten Juwelier, der sich inzwischen zur Ruhe gesetzt hatte. Die beiden, das erste rassengemischte Paar in Chinatown, hatten sich in New York kennengelernt, und er hatte sie hierher gebracht, wo sie nun mit ihm im Haus seiner Familie lebte. Nellie war bekannt dafür, daß sie sich in Chinatown und auch außerhalb für die Chinesen einsetzte. Es war ihr zu verdanken, daß das Allgemeine Krankenhaus in Vancouver die Vorschrift fallengelassen hatte, chinesische Patienten nur im Keller zu behandeln. Obwohl sie inzwischen nicht mehr berufstätig war, hatte sie noch immer die notwendigen Kontakte zu den weißen Ärzten und Krankenschwestern (da niemand außerhalb Chinatowns chinesische Ärzte anstellte, gingen diese nach ihrem Studium fast ausnahmslos nach China zurück), auf deren Kooperation sie als Vermittlerin für Leute wie May-ying angewiesen war.

May-ying war nicht die typische Klientin von Oma Yip, die meist von kinderlosen Ehepaaren oder solchen, die sich nach mehr Kindern sehnten, aufgesucht wurde. Manche hatten Töchter, jedoch keine Söhne, andere hatten ein Kind und wollten ein weiteres. Oft waren die Ehefrauen, wenn sie sich endlich ihren Männern in Nordamerika anschlossen, zu alt, um noch Kinder zu bekommen. In Chinatown war es durchaus üblich, Kinder zur Adoption freizugeben; bei solchen Kindern hieß es dann nur, sie »würden von jemand anderem großgezogen« oder würden »einen anderen Familiennamen benutzen«.

»Du wirst einen kleinen Bruder bekommen!« teilte May-ying Hing mit.

Schließlich war es soweit. May-ying und Hing fuhren nach Vancouver. Hing dachte daran, daß sie nun endlich die Gesellschaft bekommen würde, nach der sie sich so sehr sehnte. Ihre Mutter hoffte, daß sie sich nun endlich an einem Sohn erfreuen konnte, der ihre Zukunft sichern würde.

Sie fuhren zu »World Rooms«, einer Pension über einem Fischgeschäft und einem Metzger an der Pender Street, und warteten dort auf Oma Yip, die schließlich an der Tür klopfte, hereinkam und einen zehn Tage alten kleinen Jungen auf das Bett legte. May-ying war sehr zufrieden. Am nächsten Tag ging sie zu Oma Yip und bezahlte ihr dreihundert Dollar, woraufhin sie das Baby und eine Geburtsurkunde ausgehändigt bekam. In dieser Urkunde hieß es, daß das Baby am 15. Juli 1939 geboren sei. Der Name seiner Mutter war gleichlautend mit dem auf der falschen Geburtsurkunde, durch die May-ying nach Kanada gekommen war, und Chan Sam wurde als Vater genannt. Das Baby war als Leonard Chan registriert worden, wobei Oma Yip den Vornamen ausgewählt hatte. May-ying gab ihm einen chinesischen Namen, Gok-leng, den Guen für ihn ausgesucht hatte.

Auf dem Familienfoto, das in Yucho Chows Studio anläßlich Gok-lengs erster Monatsfeier aufgenommen wurde, sind nur eine stolze Mutter, die Tochter und der Sohn zu sehen: May-yings *cheong sam* ist eine wahre Kaskade funkelnder Sterne auf heller Seide; ihr Sohn, mit einem weißen Häubchen und Strumpfhosen bekleidet, sitzt auf ihrem Schoß; neben ihr steht ihre neunjährige Tochter, diesmal sehr mädchenhaft mit einer Satinschleife um der Taille und einer weiteren, mit der ihr Haar zurückgebunden ist. Wie die Mutter waren auch beide Kinder mit Gold und Jade geschmückt. An Hings Hals baumelte das Äffchen mit der Kokosnuß; um Gok-lengs winziges Handgelenk war ein heller Jadereifen gelegt.

Als sie zu dritt nach Nanaimo zurückkehrten, hatte der Schreiner Sam Bak, derjenige, der mit May-ying ins Bett geklettert war, als die beiden Hing schlafend wähnten, dem Baby ein kleines Bettchen gezimmert. Aber enttäuscht stellte er fest, daß diese Geste seiner Zuneigung ihm May-ying nicht zurückbrachte.

Das Bettchen wurde in den Wohnbereich der Wongs hinter der Küche des »Canton« aufgestellt. May-ying hatte Wongs älteste Tochter, Mamie, beauftragt, sich um Gok-leng zu kümmern, denn als alleinstehende Mutter konnte sie unmöglich ein Baby versorgen und gleichzeitig arbeiten. Aber kurz darauf wurde Mr. Wong schwerkrank. Als die Fensterläden des »Canton« geschlossen wurden, um seinen Tod zu verkünden, beschloß die Familie, das Baby seiner Adoptivmutter zurückzugeben.

Bis May-ying eine andere Pflegestelle fand, mußte sich Hing um Gok-leng kümmern. Oft ging sie auf die Suche nach ihrer Mutter, entweder an deren Arbeitsplatz oder in den Spielsalons, wenn sie das weinende Baby allein nicht beruhigen konnte.

Im September 1939 trat Kanada in den Zweiten Weltkrieg ein. Die Regierung verkündete, daß im nächsten Jahr ein Militärstützpunkt in Nanaimo errichtet werden sollte, um bis zu zwanzigtausend Soldaten auszubilden, die Kanadas Westküste verteidigen sollten. Ohne diese Neuigkeiten hätten die Teehäuser endgültig schließen müssen, aber jetzt versuchten sie mit aller Kraft, noch ein Jahr durchzuhalten. Doch erst 1941, als der Krieg sich mit Japans Angriff auf Pearl Harbor auf den Pazifik ausdehnte, zogen die Soldaten ein. Ihre Ankunft sicherte zwar den Teehausbesitzern das Geschäft, aber die eigentliche Tradition des Teehauses blieb auf der Strecke. Die Abteile und Vorhänge sowie die Spucknäpfe wurden entfernt, *dim sum* wurde durch Chop Suey ersetzt.

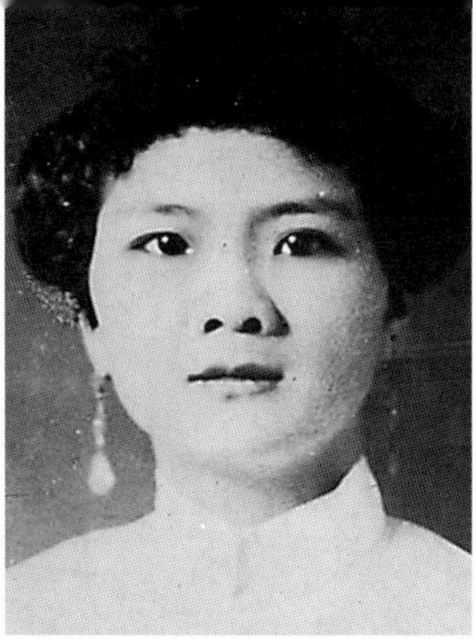

Das Foto, das May-ying zu den falschen Papieren heftete, mit denen sie 1924 nach Kanada einreiste.

May-ying und die einmonatige Ping. Auf der Rückseite dieses Fotos gibt es einen Aufdruck: »Made in Canada«.

Die Pender Street in Vancouvers Chinatown im Jahre 1929 (mit freundlicher Genehmigung des Stadtarchives von Vancouver). In dieser Straße richtete Chan Sam seinen Mah-Jongg-Raum ein und May-ying arbeitete hier als Teehausbedienung.

Chan Sam und May-ying im Jahr 1928, kurz bevor sie ihre zwei Töchter von Kanada nach China brachten.

Gegenüberliegende Seite: Die beiden älteren Töchter der Konkubine, Ping und Nan, auf chinesischem Boden (links). Dieses Foto stand auf May-yings Frisierkommode neben dem Foto, auf dem ihre Jüngste, Hing, in Jungenkleidung zu sehen ist. May-ying war so angetan von diesem Aufzug, daß sie ein Porträt dieser Tochter in einem Fotostudio in Vancouver machen ließ; im Original hält die Mutter ihre Tochter an der Hand.

Das »Canton House« in Nanaimos Chinatown in den fünfziger Jahren, mehrere Jahre, nachdem May-ying dort arbeitete (mit freundlicher Genehmigung der British Columbia Archives and Resource Services [cat. 83200]).

Oben: Ein Ausschnitt des Fotos, auf dem May-ying im Original zusammen mit Chow Guen als Mann und Frau posiert; er stand hinter ihrem Stuhl.

May-yings »Familienporträt« mit Hing und dem gerade erworbenen Gok-leng, dem Sohn, den sie sich immer gewünscht hatte.

Ein Schnappschuß, den ein Passant auf einem Bürgersteig in Vancouver machte. Zu sehen sind Hing und Gok-leng. Sie trägt den braunen Strickmantel, den Ping und Yuen ihr mehr als vier Jahrzehnte später in China zurückgeben wollten.

Unten: Das Foto, das Hing nach ihrer Abschlußprüfung an der Strathcona-High-School von sich machen ließ.

Aufnahmen von Ping, die sie für ihre Ausreisepapiere anfertigen ließ, als sie sich überlegte, von China nach Kanada zurückzukehren. Sie konnte sich jedoch nicht dazu durchringen, da sie ihren zweijährigen Sohn nicht alleine zurücklassen wollte.

Ping und ihr Sohn. Sie bekam noch drei weitere Kinder, bevor ihr Gatte (oben links) sie verließ und sich seiner Geliebten in Hongkong anschloß.

Winnie in ihrer Schwesternschülerinnentracht in Essondale. Kleines Bild: Hier tauscht sie ihre Schwesternschuhe ein letztes Mal gegen ihre Straßenschuhe ein, nachdem sie ihre Ausbildung aufgegeben hat, um John Chong zu heiraten.

Winnie und ihr Vater machen sich auf den Weg zur Kirche. Kleines Bild: Winnie und ihre Mutter.

Winnie und John Chong, September 1950.

Das Haus an der Gladstone Street, aufgenommen, als wir schon eine Weile nicht mehr dort lebten.

Meine Schwester Louise und ich im Garten (kleines Bild) und auf dem Bürgersteig vor unserem Haus in der Gladstone Street.

Unser Haus am Flughafen von Prince George, in das wir 1958 einzogen.

Meine Schwester und ich stellen mit unseren beiden Brüdern die Hochzeit unserer Eltern nach. Das kleine Bild zeigt meine Großmutter und Wayne, den Jüngsten, zwei Jahre vor ihrem Tod.

Huangbo zusammen mit Yuen, seiner Frau und seinen Kindern vor dem Haus meines Großvaters in Chang Gar Bin. Huangbo starb zwei Jahre nachdem dieses Foto aufgenommen wurde.

1987 feiern Mutter und ich ihren siebenundfünfzigsten Geburtstag in Hongkong und warten auf einen Bescheid, ob und wie wir nach Chang Gar Bin reisen können.

Mutters erste Begegnung mit Yuen im Büro für Übersee-Chinesen in Chang Gar Bin.

Ping und Mutter haben sich eben getroffen und gehen nun zu Yuens Haus. Kleines Bild oben rechts: Vor dem Haupteingang.

Ping auf dem Fleck, auf dem früher das alte Haus meines Großvaters stand, in dem May-ying mit Mutter schwanger wurde. Kleines Bild unten links: Yuen auf einer Mauer auf diesem Grundstück.

Das Gemälde von Huangbo und Chan Sam, das im Hauptaufenthaltsraum von Yuens Haus (unten) hängt, dem Haus, das mein Großvater erbaut und meine Großmutter finanziert hat.

May-ying jedoch blieb nicht in Nanaimo, denn das B.C. Royal Café hatte ihr eine feste Stelle angeboten. Sie packte ihren Koffer und nahm Hing und den vier Monate alten Gok-leng mit nach Vancouver. Gok-leng wurde bei Oma Yip und ihrem alten Mann untergebracht, die sich ein paar Blocks weiter östlich von Chinatown ein Haus an der Keefer Street gekauft hatten. May-ying mietete für sich und Hing ein Zimmer im Royal Hotel, in dem sie ja bereits mit Chan Sam als Familie gelebt hatten, nachdem dieser aus China zurückgekommen war und bevor sich ihre Wege getrennt hatten. Aber der zwingendste Grund für ihren Umzug nach Vancouver war Guen; sie wollte in der Nähe ihres Geliebten sein. Er wohnte nur einen Block vom Hotel entfernt in einer Junggesellenunterkunft an der Market Alley.

Kurz nach ihrem Umzug nach Vancouver erspähte Hing einmal auf der Pender Street, die sie eben mit ihrer Mutter überquerte, eine vertraute, große, dünne Gestalt, die geradewegs auf sie zukam.

»Oh, *Baba*!« Hing zerrte am Arm ihrer Mutter und deutete aufgeregt auf den Mann.

Jeder an Kanadas Westküste lebende Chinese kam immer wieder einmal durch Vancouvers Chinatown, so daß es unvermeidlich war, daß Chan Sam und seine frühere Familie sich einmal zufällig auf der Straße begegneten, auch wenn Chan Sam damals außerhalb Vancouvers arbeitete.

»Nenn ihn nicht *Baba*!« fuhr May-ying sie an. »Er ist nicht dein Vater.« Sie zwang Hing, sich wegzudrehen. Diese hörte ihren Vater sagen: »Oh, *Ah* Hing …«, aber da waren sie schon an ihm vorbei, als wäre er nur eine Schattengestalt in ihrem Leben gewesen.

Hing war zwar verwirrt über diese offensichtliche Nichtachtung, war aber daran gewöhnt, daß Kinder von Teehausbedienungen oft nicht wußten, wo sich ihr Vater gerade aufhielt oder wer überhaupt ihr Vater war. Doreen Jang, eine von Hings ersten Spielgefährtinnen in Nanaimo, lebte inzwischen ebenfalls in Vancouver, und jetzt waren die beiden sehr eng befreundet. Einmal kamen sie auf ihrem Schulweg an einem Mann vorbei, der chinesische Schriftzeichen auf ein Schaufenster malte. In Chinatown gab es nur zwei Künstler für solche Schönschriftarbeiten, die auch Fresken malten und Opernkulissen herstellten. »Doreen, dort ist dein *Baba*«, sagte einer der umstehenden Männer. »Frag ihn doch, ob er nicht ein Bonbon für dich hat«, sagte ein anderer. Doreen nannte den Mann, mit dem ihre Mutter zusammenlebte, Onkel; sie erklärte Hing, daß ihr Vater tot sei, oder zumindest hätte ihre Mutter dies gesagt. Wann immer Doreen diesen Künstler traf, sprach sie ihn nie mit *Baba* an, aber er hielt immer inne bei dem, was er gerade tat, und gab ihr ein Bonbon, manchmal auch einen Kugelschreiber oder einen Dollarschein.

In Wahrheit war Chan Sam zwar aus Hings Blickfeld verschwunden, aber nicht aus ihrem Leben. Er ging nämlich persönlich einmal im Monat zur Mon-Keong-Schule, um die drei Dollar Schulgebühren für den Chinesischunterricht seiner Tochter zu bezahlen. Doch er kam nicht mehr, um sich zu holen, was er als Familienanteil an May-yings Gehalt betrachtete. Zum einen verdiente sie nicht mehr den hohen Lohn einer Teehausbedienung, zum anderen hatte der Krieg Chan Sams Überweisungen nach China ein Ende gesetzt. Nur wenn es Neuigkeiten von der Familie in China gab, besuchte er getreulich May-ying. Aber Briefe aus dem kriegsgebeutelten China kamen bestenfalls sporadisch durch.

Hing hatte schreckliches Heimweh nach Nanaimo. Nicht nur, weil all die gepflasterten Straßen und Gebäude oder die Ampeln an der Kreuzung mitten in Vancouvers Chinatown das Spiel der Kinder behinderten, sondern weil sie hier auf der untersten Stufe einer viel größeren, sehr klassenbewußten Gemeinschaft lebte. In Nanaimo konnte Hing mit sämtlichen Kindern auf der Pine Street spielen, aber in Vancouver wollten die Mütter immer erst wissen, wer die Mütter der Spielgefährten ihrer Kinder waren, bevor sie sie miteinander spielen ließen. Und Hing war keine Spielgefährtin, an der die anderen Mütter ihre Freude hatten. Sie wurde nie in die Wohnungen über den Geschäften eingeladen, die die Väter ihrer Altersgenossen betrieben. Und in die Pension, in der sie lebte, konnte sie auch niemanden einladen. Pensionen, in denen vor allem alleinstehende Männer lebten, galten nicht als richtiges Zuhause; kein Kind wagte sich hinein, außer es lebte dort.

Hings Leben wurde immer einsamer, je weniger Freunde sie um

sich hatte. Manchmal durfte sie zu Oma Yip mitgehen – ein Fußmarsch von etwa zwanzig Minuten –, wenn May-ying Gok-leng besuchte, was etwa zwei- bis dreimal pro Woche der Fall war. Tagsüber waren Mutter und Tochter wie zwei Figuren eines Wetterhäuschens, sie trafen sich nie in ihrem Pensionszimmer. Wenn Hing aus ihrem Unterricht – erst die Grundschule, dann noch zwei Stunden Chinesisch an der Mon-Keong-Schule – zurückkam, war May-ying im »B.C. Royal« bei der Arbeit. Gelegentlich aß Hing dort zu Abend, und manchmal wurde sie mit einer Nachspeise, einem Glas Milch und einem Stück Kuchen, verwöhnt. Aber meistens kochte sie sich in der Pension etwas auf dem Gasherd der Gemeinschaftsküche, etwa Reis und gebratene Stangenbohnen mit Tofusauce.

Wenn Hing am Abend keine Schulaufgaben zu erledigen hatte, ging sie nach dem Abendessen zur Sieben-Uhr-Vorstellung in eines der beiden Opernhäuser, die es in Chinatown gab. Beide Theater waren sehr geräumig und boten Platz für mehrere hundert Zuschauer. Unter der Woche waren es meist ältere Männer, die zusammen mit Hing an den Kartenkontrolleuren vorbei in den Saal strömten. Wie für die alten *baks* gab es auch für Hing kaum eine andere Unterhaltung. Andere Kinder hatten Freunde, Schulklubs oder verschiedene Sportarten, aber May-ying erlaubte ihrer Tochter nichts, was sie nicht selbst gut konnte oder verstand. Die Oper billigte sie, weil sie selbst als Mädchen viele der Klassiker gesehen hatte. Da die Vorstellungen oft erst nach Mitternacht endeten, weit über die Zubettgehzeit eines Kindes hinaus, ließen die meisten anderen Eltern ihre Kinder nur an den Wochenenden ins Theater. Aber May-ying kaufte ihrer Tochter ein Jahresabonnement. Ihr war es lieber, genau zu wissen, wo ihre Tochter am Abend steckte, und sich dies auch von den Kartenkontrolleuren bestätigen zu lassen.

Zum Glück liebte Hing die Welt der Oper. Auf einem der oberen Balkone hatte sie ihren Lieblingsplatz; sie kannte die Gesichter im Orchester, die Bühnenspitznamen der Stars. Sie verstand den Symbolismus der Kostüme und des Make-ups. Der Kaiser trug Gelb, aufrichtige Männer trugen Schwarz, die Guten Rot; rot oder lila geschminkte Gesichter ließen auf einen gefestigten Charakter schließen, während die Gesichter der Bösen überwiegend weiß geschminkt waren. Sie konnte sich gut vorstellen, wie man aus den spärlichsten Requisiten etwas machen konnte: In einer Szene war ein Tisch auch wirklich ein Tisch, in der nächsten wurde er zu einer Höhle, einem Bett, einem Berg. Wenn ein General sich auf eine Reise machte, tat er so, als bestiege er ein Pferd, während ein Soldat eine Peitsche knallen ließ und über die Bühne rannte, um seine Ankunft zu verkünden. Das Maskieren von Gefühlen war ihr vertraut; sie erkannte Furcht in einem zitternden Arm, erkannte Weinen, wenn sich langsam eine Hand vor ein Gesicht legte. Im Dunkeln konnte Hing den Tränen der Trauer und der Freude freien Lauf lassen. Sie suchte sich die Vorstellungen nach den Ankündigungen aus, die in den Schaufenstern hingen, je nachdem, ob sie Lust auf eine Tragödie oder eher auf eine Komödie hatte. So hatte sie die Wahl zwischen dem Stück »Mitleid mit dem Mädchen«, das von einer verwitweten Mutter handelte, die sich um ihren Sohn kümmern mußte, und das angeblich »die Tränen die ganze Nacht lang blutrot laufen ließ«, und dem Stück »Das Liebesnest«, das so viel Lachen versprach, daß den Zuschauern der Ohrenschmalz zu laufen anfangen würde. Hing sah sich die Vorstellungen so oft hintereinander an, daß sie dabei im Dunkeln strickte; in der dritten Klasse strickte sie für das Rote Kreuz einhundertundzwölf Baumwollwaschlappen, die an kanadische Soldaten im Kampfeinsatz des Zweiten Weltkrieges verschickt wurden, und gewann damit den Strickwettbewerb an ihrer Schule.

Wenn der letzte Vorhang fiel, kehrte Hing wieder in die Realität zurück. Sie ging zur Buchhandlung »White Lamb« oder dem Süßigkeitenladen »Fifth Uncle« auf der Suche nach ihrer Mutter, die im rückwärtigen Teil dieser Läden Mah-Jongg zu spielen pflegte. Wenn May-ying ihre Tochter hereinkommen sah, bat sie Guen, wenn er da war, oder einen der *baks*, den sie gut kannte, ihre Tochter nach Hause zu begleiten. Ansonsten setzte sich Hing still an die Seite ihrer Mutter. Um etwa zwei Uhr morgens machten sich beide dann schließlich auf den Heimweg. Nach einer Weile ließ May-ying ihre Tochter auch allein von der Oper heimgehen, und Hing schlief dann bereits, wenn May-ying nach Hause kam.

Hing wußte, daß ihre Mutter an den Wochentagen zu Guen ging, wo sie ungestörter waren als in ihrer Pension. Sonntags nahm sie

Hing immer mit, und sie verbrachten den Nachmittag bis in den Abend hinein zu dritt. Guen nahm oft ein harfenähnliches chinesisches Musikinstrument zur Hand, zu dessen Klängen er ein Lied anstimmte. Er war auch für das Abendessen zuständig. Nach dem Geschirrspülen drehten er und May-ying sich ihren wöchentlichen Zigarettenvorrat, und schließlich kehrten May-ying und Hing ins Royal Hotel zurück.

Während Hing nach wie vor entschieden Distanz zu Guen wahrte, schmolz sie bei zwei anderen Freunden ihrer Mutter dahin. Der eine war der treue Jang Noong. Manchmal besuchten ihre Mutter und sie ihn im Eagle Café auf der Hastings Street, wo er als Koch arbeitete. Dann bereitete er ihnen immer ein Omelett zu, und als Nachspeise gab es oft Zitronencremetörtchen. Der andere Freund stammte ebenfalls aus den früheren Tagen des Mah-Jongg-Ladens, ein Mann, der in Chinatown liebevoll *fee bak*, »der Dicke«, genannt, wurde. Er arbeitete als Koch auf einem der Küstenschlepper, und wann immer er nach zehn Tagen auf See Landurlaub hatte, holte er Hing zu einem Ausflug ab. Manchmal kaufte er ihr Süßigkeiten bei Woodward's, einmal auch einen Hut. Wenn er auf See war, betete Hing jede Nacht, daß sein Schiff nicht kenterte und kein Sturm ihn über Bord fegte. »*Fee bak* ist wie ein Vater für mich«, erklärte sie den göttlichen Mächten und fing an, den wirklichen Vater, den sie nicht haben durfte, bitter zu vermissen.

Für Guens Mahlzeiten war der Scotch ebenso wichtig wie Reisschüssel und Eßstäbchen. In Guens Zimmer stand immer eine Flasche Johnny Walker Black Label auf dem Tisch. Im Restaurant pflegte er den mitgebrachten Flachmann in die Teekanne umzugießen, und während des Essens füllte er sich daraus sein Glas oder seine Porzellanteetasse drei- bis viermal; jeden Schluck genoß er mit einem lauten Lippenschnalzen. Er vertrug eine ziemliche Menge Alkohol, ohne im geringsten betrunken zu wirken. May-ying trank nur selten mit ihm zusammen, und wenn, dann begrenzte sie ihren Konsum auf ein Glas.

Sie schraubte ihre schlechten Gewohnheiten in vielerlei Hinsicht zurück und war sehr auf ihren Ruf bedacht. Sie kleidete sich viel modebewußter als früher. Wenn sie nicht ihre Dienstkleidung trug, zog sie ein bedrucktes, an der Taille gerafftes Kleid und Schuhe mit niedrigen Absätzen an. Sie trug schimmernde Nylonstrümpfe, die sie mit einem handgenähten Gummistrumpfband befestigte. Die oberste Schublade ihrer Frisierkommode zeigte, wieviel Wert sie auf ihre Pflege legte. In ihr befand sich ein sorgfältig geordnetes Sammelsurium von Haarspangen, Kämmen, bestickten Seidentaschentüchern, Puderdöschen, Parfümfläschchen und Faltpapierchen, mit denen sie sich Lippen und Wangen rot färbte.

Gleichzeitig verlieh sie ihrer Garderobe etwas Männliches, vielleicht unter dem Einfluß von Guens professionellem Spielerimage. Das Glück im Spiel spielte eine große Rolle für das Geschäft von »Modernize Tailors«, Gung Lai Wongs Familienunternehmen. Die Kundschaft bestand überwiegend aus Männern, wenngleich gelegentlich auch einmal eine Ehefrau hereinspaziert kam, die den Spielgewinn ihres Mannes von der letzten Nacht in seinen dreiteiligen, maßgeschneiderten Anzug einnähen lassen wollte. Eines Tages bestellte May-ying hier einen Anzug für sich. Sie suchte sich auf dem Faltblatt mit amerikanischer Herrenmode, das ein Modeschneider am Broadway in New York herausgab, einen Stil aus, der ihr zusagte. Sodann wählte sie einen feinstgekämmten, aus England importierten Wollstoff und dazu gleich auch noch die passenden Knöpfe, die nach Farben sortiert hinter dem Zuschneidetisch in Gläsern lagen. Bei der Anprobe testete sie die zusätzlichen Innentaschen, die sie bestellt hatte, indem sie den Inhalt ihrer Handtasche in diese Taschen entleerte. Sie wollte ihre Handtasche nicht länger öffentlich in den Spielsalons tragen, nachdem sie ihr einmal geraubt worden war. Auf den Straßen passierten solche Dinge immer häufiger. Bei der letzten Anprobe war sie so zufrieden mit ihrem Anblick, daß sie gleich auch noch eine passende Krawatte und eine Mütze kaufte.

Wenn man May-ying in diesem Aufzug in den Spielsalons und auf den Straßen von Chinatown sah, war es, als wolle sie damit zeigen, daß sie den ihr zustehenden Platz in einer Welt der Männer eingenommen hatte, daß eine Frau, die ihren eigenen Lebensunterhalt verdiente und nicht von einem Mann abhängig war, auch respektiert werden sollte. Aber vielleicht wollte sie mit ihrer Männerkleidung vor allem zum Ausdruck bringen, daß eine Frau ihr Leben nach ihrem eigenen Geschmack gestalten konnte. Als hätte sie ein paar Solidaritätsbekundungen nötig, überredete sie zwei ihrer Freundinnen, es ihr gleichzutun und ebenfalls Herrenanzüge und dazu passende Mützen zu tragen. Sie nannten sich »die drei Schwestern«. Ein Foto der drei, aufgenommen bei Yucho Chow, stand auf May-yings Frisierkommode neben den Fotos ihrer drei Töchter, der wirklichen drei Schwestern.

In Chinatown gab es viel Gerede, und schließlich kam es Chan Sam zu Ohren, daß May-ying Chow Guens »Freundin« war. 1949 wurde Chan Sam vierzig Jahre alt. Seit seiner Trennung von May-ying lebte er allein. Männern in seinem Alter blieb kaum etwas anderes übrig, für ältere Junggesellen gab es nur wenig Frauen. Das anhaltende Exil führte schließlich dazu, daß Chan Sam seine Träume romantisierte, was er zu Hause wohl alles versäumte; beim Einschlafen dachte er nur an Huangbo, und es verging kein Brief an seine Frau, in dem er ihr dies nicht auch mitteilte. Aber die Neuigkeiten über May-ying konnte er nicht einfach ignorieren. Er verlor dadurch sein Gesicht; schließlich war sie noch immer seine Konkubine und durfte nichts ohne seine Zustimmung tun.

Zwar hätte er die Scheidung einreichen können – mindestens zwei der traditionellen sieben Gründe für die Verstoßung einer Ehefrau trafen auf May-ying zu, »böswilliges Verhalten« und »Geschwätzigkeit« –, aber er hatte sich dagegen entschieden. Denn wenn er sie verstieß und May-ying beschließen sollte, dagegen anzukämpfen, hätte sie einen der drei Gegengründe, warum man eine Frau nicht verstoßen durfte, anführen können, nämlich, daß sie »kein Heim hatte, in das sie zurückkehren konnte«. Aber dies waren alles Bräuche in China, die in der neuen Welt ihre Bedeutung verloren hatten. Seit fast zwanzig Jahren herrschte ein Einreiseverbot für Chinesen, und das Verhältnis von Frauen zu Männern war drastisch gesunken. Deshalb nahmen es die älteren Chinesen bei Beziehungen nicht mehr so genau, ob es sich nun um Ehen handelte oder nicht. Verhältnisse wie das zwischen May-ying und Chow Guen, bei denen eine Frau mit einem Mann eine Beziehung aufnahm, dessen Ehefrau in China lebte, waren üblich, ja sogar gebilligt. Meistens handelte es sich bei diesen Frauen um ehemalige Serviererinnen, und niemand machte ihnen einen Vorwurf daraus, wenn sie einen Mann fanden, der ihnen ein Heim bot und sie und ihre Kinder versorgte.

Chan Sam war jedoch nicht geneigt, die Tradition zugunsten der Realität aufzugeben. Er stellte May-ying zur Rede.

»Ich habe dich aus China hierher kommen lassen«, sagte er wütend. »Chow Guen sollte mich aufsuchen und rechtmäßig um Erlaubnis bitten, mit dir zu tun haben zu dürfen!«

May-ying konnte kaum die Verachtung in ihrer Stimme verbergen. »Ich trage keinen Ehering. Du hast einen, aber nicht durch mich.« Das stimmte; Chan Sam trug einen goldenen Ehering, und zwar schon seit fast dreißig Jahren, seit er als verheirateter Mann in Kanada angekommen war.

»Wenn du mit ihm zusammenleben möchtest, tu es«, sagte Chan Sam. »Ich werde dich nicht daran hindern, unter der Bedingung, daß er mir dreitausend Dollar zahlt.« Er schlug das vor, was er unter diesen Umständen auch in China getan hätte, nämlich sie an einen anderen Mann zu verkaufen. Aber die von ihm genannte Summe war mehr, als die meisten Chinesen sich in ihrem ganzen Leben in Kanada ersparen konnten.

May-ying schnaubte wütend. »Ich stehe nicht zum Verkauf. Wie kannst du nur so geldgierig sein? Er wird dir nie etwas bezahlen, und ich mache das, was ich will!«

Damit hatte sie recht; Chow Guen gab Chan Sam nie Geld, und May-ying bemühte sich, von beiden unabhängig zu sein. Solange sie und Hing in Vancouvers Chinatown lebten, wohnte sie nicht mit Guen zusammen. Sie war sehr stolz und entschlossen, sich selbst und allen anderen zu beweisen, daß sie nicht hinter Guens Geld her war. Von nun an nahm sie sich vor, immer erst andere um Geld zu bitten, wenn sie es brauchte, oder ansonsten zum Pfandleiher zu gehen, zur Not auch lieber zu hungern.

Weder Guen, der ja verheiratet war, noch May-ying zogen eine Eheschließung in Betracht. Dennoch kam May-ying schließlich noch zu einem Ring. Die Chinesen pflegten als Beitrag zur Konversation den Schmuck des anderen zu betrachten und zu kommentieren, auch nachzufragen, ob ein Schmuckstück vielleicht zum Verkauf stünde. May-ying hatte einmal gegenüber Guen bemerkt, daß er einen sehr schönen Diamantring trage und sie gerne selbst so einen Ring hätte. Der Diamant war roh, direkt aus der Mine. »Wenn er dir gefällt, kannst du ihn haben«, meinte Guen.

Guens Diamant muß für May-ying eine wichtige gefühlsmäßige Bedeutung gehabt haben, denn sie ließ ihn neu in Gold fassen und trug ihn am Ringfinger ihrer linken Hand. Sie wollte auch ein Foto von sich und Guen. Yucho Chow ließ sie als Mann und Frau posieren: May-ying saß auf einem Stuhl, Guen stand hinter ihr. Er trug einen Anzug mit einer Weste, die sie ihm gestrickt hatte; sie hatte ihren liebsten *cheong sam* aus kostbarer, dunkelbrauner Atlasseide an, der sonst in Seidenpapier verhüllt zuunterst in ihrem Koffer lag. Ihr Haar war so frisiert, wie sie es bisher nur ein einziges Mal in ihrem Leben getragen hatte, in zwei Knoten über den Ohren. Dieses Foto bekam einen Ehrenplatz auf ihrer Kommode, solange sie lebte.

Während sich ihre Mutter mehr und mehr mit ihrem Schicksal abfand, wurde sich Hing zunehmend ihrer Lage bewußt, und diese gefiel ihr gar nicht. In Vancouver erkannte sie, daß ihr Leben nicht wie das der anderen war, daß sie nicht so lebte wie die meisten übrigen Kinder. Zwar war sie noch immer die gehorsame und respektvolle Tochter, aber auf ihrem Gesicht zeichnete sich ein düsterer, ernster Ausdruck ab. Sie errötete schnell, wenn sie verlegen war. Dies fiel auf, und die Leute fragten sich: »Wie kommt es nur, daß May-ying, die so hübsch ist, eine so häßliche Tochter hat?«

Vor allem in der Schule wurde sich Hing schmerzhaft ihres Äußeren und der Armut ihrer Mutter bewußt. May-ying sorgte zwar dafür, daß ihre Tochter immer sauber war und ordentlich gekämmt; sie zupfte Hings Augenbrauen regelmäßig und zog einen dünnen Baumwollfaden über ihre Oberlippe, um jegliche dort wachsenden Haare zu entfernen. Aber Hings Meinung nach bemühte sie sich nicht genug um neue Kleider für ihre Tochter. Um mehr für ihr Geld zu bekommen, kaufte May-ying alle Kleider für Hing zu groß; es mußte immer erst der Saum um einiges gekürzt werden, und in neue Schuhe wurden Papierservietten gestopft. Als wäre ihre Kleidung nicht schon seltsam genug, zog Hing auch noch die Schultern ein, um gegenüber ihren Klassenkameraden nicht so groß zu wirken; tatsächlich war sie größer als die übrigen, da sie die erste Klasse zweimal besucht hatte. Später nähte sie sich ihre Hemdchen enger, um die wachsenden Brüste zu verbergen. Aber am allermeisten schämte sie sich für die Narben auf ihren Beinen, die durch die Ekzeme entstanden waren, vor allem, als ein paar Jahre später Ringelsocken und Plateauschuhe modern wurden.

Jedesmal, wenn Hing und ihre Schulkameradinnen von der Schule heim nach Chinatown gingen, errötete Hing, wenn sie sich von ihnen trennen mußte. Die anderen verabschiedeten sich von ihr und verschwanden durch geflieste Eingänge hinter hübschen Mondpforten. Sie war die einzige, die bei einem Pensionsschild anhielt und ein türloses, dunkles, schmuddeliges Stiegenhaus betrat. Alle wußten, wo die anderen wohnten, aber bei Hing wußte man es nie so genau, denn sie mußte umziehen, wann immer ihre Mutter ein billigeres Zimmer fand.

Der Neid auf ihre Klassenkameradinnen trug dazu bei, daß Hing ihre Mutter immer mehr ablehnte. Sie empfand es jetzt als unzumutbar, wieviel Dienstbarkeit ihre Mutter von ihr erwartete. »Mama findet überhaupt nichts dabei, mich mitten in der Nacht aufzuwecken«, murrte sie, als sie das Licht in der Gemeinschaftsküche anschaltete und die Flamme auf dem Gasherd entzündete, um in einer Pfanne grobes Salz und Ingwerwurzeln zu erhitzen, die sie dann in ein Handtuch wickelte und damit den schmerzenden Rücken ihrer Mutter massierte. Auch die endlos langen Vorträge ihrer Mutter, die inzwischen die Schläge ersetzt hatten, wurden ihr mehr und mehr unerträglich. Am Anfang stand immer irgendeine Kleinigkeit – Hing hatte etwa ein Geschirrstück zerbrochen, was ziemlich oft vorkam. May-yings Beschwerden über Hings Ungeschicklichkeit gingen meistens über in Klagen über das eigene harte Schicksal: »Ich muß dich großziehen; es ist so mühsam, alles allein zu machen.« An dieser Stelle fühlte sich Hing schließlich schuldig an dem Schicksal ihrer Mutter. »Aha, jetzt erscheint wieder dieser bittere, traurige Ausdruck auf deinem Gesicht«, pflegte ihre Mutter dann zu sagen, wie ein Spiegel, der einem Antwort gibt. Und dann beschuldigte sie ihre

Tochter gewöhnlich noch weiterer Dinge: »Kein Wunder, daß ich beim Spielen nie gewinne. Du bringst mir einfach kein Glück!«

Außerdem war da auch Guen, gegen den Hing immer konkurrieren mußte. Sie war alles andere als entzückt gewesen, als er damals in ihr Leben trat, und sie war froh, als er einen Auftrag annahm, für den er drei Monate nach Calgary mußte. Aber plötzlich entschloß sich ihre Mutter, ihm nachzufahren, und Hing wurde in Victoria bei ihrer Patentante Yoong abgesetzt. Was Yoong Fong beim Abschied zu May-ying sagte, hinterließ einen bleibenden Eindruck bei deren Tochter: »Warum bist du so dumm, ausgerechnet diesem Mann nachzulaufen? Er spricht so laut, er trinkt, und er wirkt ständig gereizt. Er sorgt nicht für dich und wird dir nie ein Heim bieten!« Als May-ying ihnen den Rücken zukehrte und auf die Fähre ging, schnaubte Yoong: »Pfui! Sie hat nicht einmal eine kleine Abschiedsträne für ihre Tochter übrig!«

Als Hing etwa elf Jahre alt war, kam sie zur Überzeugung, daß sie in einer Zwickmühle festsaß, die ihre Mutter eigenhändig fabriziert hatte.

May-ying rief nach ihr und sagte ihr, daß sie etwas zu erledigen hätten. Sie gingen die Columbia entlang bis zur Hastings Street, die nicht mehr in Chinatown lag, und Hing nahm an, daß sie auf dem Weg zu Woodward's waren, wo ihre Mutter sie manchmal zum Dolmetschen brauchte. Aber sie waren noch einen Häuserblock von Woodward's entfernt, als ihre Mutter sie in einen Eingang zerrte, auf dessen einer Seite sich eine Aufschrift bis zum zweiten Stockwerk hinzog, die besagte: »B.C. Bürgschaften – Alles zu verkaufen«, und auf der anderen Seite stand: »Alles wird beliehen«.

Im Leihhaus gab es vier Schalterstellen, die jeweils mit einem Drahtgeflecht voneinander getrennt waren. May-ying stieß die Schwingtür zu einem dieser Schalter auf, öffnete ihre Handtasche und wickelte eine Papierserviette auf, die sie auf die Theke legte und dem Mann, der dahintersaß, entgegenschob.

»Wieviel isses?« fragte May-ying in ihrem gebrochenen Pidgin-Englisch.

Er besah sich, was da auf der Serviette lag, May-yings Jadeohrringe und -anhänger, dann fragte er: »Wieviel brauchen Sie?«

May-ying wartete darauf, daß Hing übersetzte. Aber Hing verstand nicht, daß ihre Mutter eine Anleihe haben wollte, und schaute nur verwirrt.

»Wieviel Geld will sie denn haben?« erkundigte sich der Mann bei Hing, als er sah, daß sie zögerte. Sie fragte ihre Mutter danach.

»Ich brauch fünfzwanzich Dollah«, erklärte May-ying dem Mann. Allein die Miete in ihrer Pension betrug achtzehn Dollar im Monat, und für Gok-lengs Unterbringung mußte sie weitere fünfzehn Dollar bezahlen.

»Wie lange will sie das Geld geliehen haben? Dreißig Tage? Wie lange?« fragte der Mann und begann, die Rückzahlungsbedingungen zu erläutern. »Maximal werden die Sachen neunzig Tage aufbewahrt, aber je früher sie sie wieder abholt, desto weniger Zinsen muß sie zahlen.«

Hing wußte nicht, was »Zinsen« bedeutete, weder auf Englisch noch auf Chinesisch. Sie begann zu übersetzen, verlor dann aber den Faden und verstummte, zu schüchtern, um den Mann um eine Erklärung zu bitten.

»Was sagt er denn?« verlangte ihre Mutter zu wissen. »Gib mir gefälligst eine Antwort, wenn ich dich etwas frage!«

»Nun mach doch den Mund auf, Kleines«, sagte der Mann mitfühlend.

Aber jetzt war Hing zu aufgeregt, sie konnte nicht mehr klar denken. »Ich weiß nicht, was er gesagt hat«, meinte sie schließlich.

»Wofür gehst du überhaupt in die Schule?« knurrte ihre Mutter.

Ich bin doch nur ein Kind, dachte Hing, und ihre Augen wurden feucht.

Als sie auf dem Heimweg gar nicht mehr zu weinen aufhören konnte, machte ihre Mutter es noch schlimmer: »Wenn dein Leben so schlimm ist, dann geh doch und stirb!«

Natürlich bekam May-ying immer nur einen Bruchteil dessen, was ihr Schmuck tatsächlich wert war, weil die Pfandleiher noch eine Gewinnspanne brauchten, wenn der Schmuck nicht mehr abgeholt wurde und sie ihn verkaufen mußten. Hing wurde allmählich damit vertraut, mit dem Pfandschein in der Hand und dem Geld zur Begleichung der geliehenen Summe samt Zinsen beim Pfandleiher aufzutauchen und mit dem Schmuck ihrer Mutter wieder nach Hause zu gehen. Ihre Mutter schaffte es immer im vorgeschriebenen Zeitraum und manchmal schon nach wenigen Tagen, wenn sie genug an den Spieltischen gewonnen hatte. Doch Hing fürchtete sich regelrecht vor dem Anblick des Schmucks, der ständig hin und her wanderte und ihr jedesmal ein Gefühl der Hoffnungslosigkeit gab.

Nur in der Schule konnte sie all diesem Elend entkommen. In der chinesischen Schule übersprang sie eine Klasse. In der englischen Schule war sie immer unter den Besten und saß in der ersten Reihe, die den guten Schülern vorbehalten war. Sowohl in Englisch als auch in Chinesisch wetteiferte sie hauptsächlich mit Norman Wong, dessen Familie das große Haushaltswarengeschäft Ming Woh gehörte. Sein Ansporn zur harten Arbeit waren die Schläge, die er zu Hause immer bekam, wenn er bloß Zweiter war.

Hing, die nur ihre Lehrer hatte, die sie forderten, stürzte sich immer mehr auf alles, was die Schule zu bieten hatte. Was sie in der Chinesischen Oper gesehen hatte, war ihr nun von Nutzen, denn sie wurde regelmäßig dazu auserkoren, in den chinesischen Schulaufführungen aufzutreten. In der sechsten Klasse überreichte ihr der Naturwissenschaftslehrer die Arbeiten ihrer Mitschüler zum Korrigieren. Es dauerte nicht lange, da hatte sie genügend Leistungsbeweise und gute Zeugnisse, um die Wand an ihrer Bettseite in der Pension damit vollzupflastern.

Eines Tages klopfte es an ihrer Tür, und als May-ying öffnete, stand Chan Sam davor. Hing war sehr überrascht, ihren *Baba* zu sehen, aber sein langes Gesicht und die Art, wie er seine Füße über den Boden schleifte, zeigten deutlich, daß er keine guten Nachrichten brachte.

»*Ah* Ying, ich habe einen Brief von zu Hause bekommen«, sagte er. »Leider sind es schlechte Neuigkeiten. Laß mich erst einmal hinsetzen, dann lese ich ihn dir vor.«

May-ying war bereits ungeduldig. »Nun, worum geht es denn?«

Aber Chan Sam ließ sich nicht zur Eile antreiben. Langsam, wohlbetont begann er den Brief von Anfang an zu lesen. »Mein geliebter Gatte …« Der Brief war nicht sehr lang. Es stand darin, daß Nans

Gesundheitszustand nie sehr gut gewesen war, daß sie fast einen Monat lang krank gewesen war und sich nicht davon erholt hatte. Der Tag, an dem sie gestorben war, sowie die Tatsache, daß sie im Familiengrab beigesetzt worden war, folgten. An diesem Punkt richtete sich der Brief auch an May-ying: »Als Mutter weiß ich, wie es dir geht und wie schwer dein Herz wegen deiner Tochter ist –«

May-ying unterbrach ihn. »Lies nicht weiter. Mein Herz tut zu weh.«

Obwohl er oft genug das Falsche sagte, fand Chan Sam diesmal die richtigen Worte, um May-ying zu trösten, in deren Augen Tränen standen. »Laß dein Herz nicht allzu sehr schmerzen, *Ah* Ying«, sagte er leise. »Über Leben und Tod hast du keine Kontrolle.«

Er sprach weiter, um das Schweigen zu füllen. »Es ist zu schade. Nan war so jung und hübsch. Sie war auch in der Schule sehr gut, nicht so wie Ping. Egal, wieviel Ping arbeitet, sie bekommt nichts in ihren Kopf. Nan war das genaue Gegenteil.« Er fuhr fort, von Ping und Nan zu sprechen, und Hing hörte zu. Ihr war, als hätte es nur zwei, nicht drei Töchter in der Familie gegeben.

Da sie ihre Schwestern nie kennengelernt hatte und auch das Gefühl, eine Schwester oder sonst einen nahen Verwandten zu haben, nicht kannte, verspürte Hing nicht den Schmerz eines Verlusts. Aber das Erstaunlichste an diesen Nachrichten von Nans Tod war, daß May-ying nicht, wie Hing es eigentlich von ihr erwartete, zusammenbrach und nicht mehr zu weinen aufhörte, sondern ihre Fassung bewahrte.

Wie bei dem Tod eines Familienmitglieds üblich, schickte sie eine Beleidsbekundung mit etwas Geld in einem weißen Umschlag – Weiß ist die Farbe der Trauer – an die Ehefrau in China. An ihre älteste Tochter schrieb sie noch ein paar extra Worte. »*Ah* Ping, als Mutter wünsche ich mir nur, daß du gut auf dich aufpaßt! Achte unbedingt auf deine Gesundheit! Schreib mir bitte nicht mehr, mir ist zu weh ums Herz.« In diesen wenigen Sätzen klangen ihre Trauer und ihr Zorn mit, aber auch Verbitterung, die zum Ausdruck brachte, daß May-ying es nicht ertragen konnte, sich von einer weiteren Tochter zu verabschieden.

Kapitel 8

In China nahm das, was schließlich zum Zweiten Weltkrieg werden sollte, im Sommer 1937 seinen Anfang, als die Japaner eine übergreifende Invasion einleiteten. Keine fremde Macht kam China zur Hilfe. In den Eröffnungsschlachten leisteten Tschiang Kai-scheks beste Einheiten heftigen Widerstand und schafften es drei Monate lang, die Japaner, die seit 1931 die Mandschurei und einen Großteil des nordöstlichen Hinterlands besetzt hatten, hinter einer Verteidigungslinie im Hinterland von Shanghai aufzuhalten. Nach dem Fall von Shanghai wurde aus dem chinesischen Rückzug nach Westen eine wilde Flucht. Als Nanking, die Hauptstadt von Tschiangs Nationalregierung, fiel, war Tschiang gezwungen, seine Truppen in die Industriestadt Wuhan den Yangtse flußaufwärts zu verlagern, wodurch die Japaner einen Großteil von Ostchina unter ihre Kontrolle bekamen. Ende 1938, als Wuhan und andere chinesische Städte fielen, verlegte Tschiang seine Basis und sein Kriegsarsenal in Erwartung eines langen Zermürbungskrieges noch weiter flußaufwärts nach Tschungking in das abgelegene, bergige Landesinnere des Westens; sogar Stahlwerke und Flugzeugfabriken wurden mitgenommen.

Schon früh berichteten Auslandsreporter von der schrecklichen Brutalität der Japaner. Bei der »Vergewaltigung von Nanking«, wie es später hieß, wurden Hunderttausende von Zivilisten vor den Augen von Ausländern niedergemetzelt, die berichteten, daß Chinesen »wie Kaninchen gejagt und niedergeschossen« und zu Massenexekutionen zusammengetrieben wurden. Solche Berichte erschienen in China jedoch erst nach dem Krieg.

Die Schnelligkeit der japanischen Offensive traf die chinesische Zivilbevölkerung völlig überraschend. Zwar hatte im Land in den letzten zehn Jahren ein Bürgerkrieg geherrscht, aber moderne Kriegsmaschinerie wie etwa die Luftwaffe hatte es bislang nicht gegeben. Bei dem Anblick und den Geräuschen von Flugzeugen, die einen Bombenregen und verheerende Zerstörung brachten, zeigte sich anfangs nur Erstaunen auf den Gesichtern der Menschen. Als die japanischen Truppen Nanking einnahmen, waren die japanischen Kampfflieger schon bis zu der Küstenprovinz Kwangtung gelangt. Gerüchte, daß die Japaner sich anschickten, die Hauptstadt dieser Provinz, Kanton, einzunehmen, brachte Tausende von Menschen dazu, in das ohnehin bereits schwer bombardierte Hinterland zu fliehen.

Im Oktober 1938 fiel Kanton, wodurch die weit überlegene japanische Armee auch die fruchtbarste Provinz Chinas unter ihre Kontrolle bekam. Am Ende dieses Jahres hatten die Japaner alle chinesischen Großstädte besetzt und kontrollierten weite Teile der Küste sowie alle wichtigen Transport- und Kommunikationswege.

Die Auswirkungen des Krieges zeigten sich überall in den plötzlichen und empfindlichen Engpässen und steigenden Preisen, da die Japaner Rationierungen vornahmen und Grundgüter wie Rohbaumwolle und Tuch sowie alles, das aus Eisen hergestellt war, vom Markt abzogen. Im Frühjahr 1938, nur wenige Monate, nachdem Chan Sam nach Kanada zurückgereist war, erreichte der brutale Krieg auch Chang Gar Bin. Das Dröhnen der Kampfflieger und die Schüsse der Flugabwehr donnerten über dem Dorf. Huangbo flüchtete zusammen mit den anderen erschreckten Dorfbewohnern in die umliegenden Hügel und wagte sich nur in der Nacht zurück ins Dorf. Als die Luftattacken immer schlimmer wurden, beschloß Huangbo, das Risiko auf sich zu nehmen und zu versuchen, sich nach Macao durchzuschlagen, der nächstgelegenen Grenze zu China. Die portugiesische Kolonie, ein Handelshafen auf einer Halbinsel an der Südküste, lag etwa siebzig Kilometer entfernt und wurde für sicher gehalten, da die faschistische Regierung Portugals mit Japan alliiert war.

Im Schutz der Dunkelheit machte sich Huangbo mit ihren drei Schutzbefohlenen auf den Weg. Sie nahmen nur ein paar Kleider mit. Huangbo band sich den kleinen Yuen auf den Rücken, die elfjährige Ping nahm ihre neunjährige Schwester Nan fest an der

Hand. So folgten sie dem Hügelkamm, so gut sie konnten, und hielten nur inne, um aus den Bächen, an denen sie vorbeikamen, mit bloßer Hand etwas Wasser zu schöpfen. Im Dunkeln stolperten sie immer wieder über tote und verbrannte Körper. Am Tag schreckten sie vor fallenden Bomben und den Flugabwehrschüssen zurück. Huangbo hielt die Kinder dicht bei sich und versuchte, ihre Ängste zu beschwichtigen, indem sie ununterbrochen murmelte: »Keine Angst, keine Angst.«

Sobald sie sicher in Macao angekommen waren, suchten sie das Lager auf, das »Schutz vor dem Krieg, von tausend Verwandten unterstützt« hieß. Dieses Lager war mit Spendengeldern von Auslandschinesen errichtet worden und war voll von chinesischen Landsleuten, die entweder selbst über genug Geld verfügten oder, wie Huangbo, Verwandte im Ausland hatten, die sie unterstützten, bis sie wieder heimkehren konnten.

Sofort suchte Huangbo nach jemandem, der ihr einen Brief an Chan Sam schreiben konnte, um ihm mitzuteilen, daß sie in Sicherheit waren, und ihm eine Adresse zu geben, an die er seine Überweisungen schicken konnte. Der Aufenthalt in Macao war teuer; auf seiner sieben Quadratmeilen großen felsigen Oberfläche war kein Ackerbau möglich. Die üblichen Lebensmittellieferungen aus China waren vom Krieg unterbrochen worden, und andere importierte Lebensmittel waren teuer. Chan Sams Familie wagte sich jedoch nicht heim, solange die Japaner die Bombardierungen im Süden nicht eingestellt hatten.

Als im Herbst 1938 Kanton fiel, verließen Huangbo und ihre Kinder das sichere Macao und machten sich auf den Heimweg. Als sie sich Chang Gar Bin näherten, sahen sie, daß die umliegenden Felder verbrannt waren. Viele Häuser waren zerstört, das Dorf war voller Bettler. An den Fahnenstangen auf der Schule und dem Wachturm, wo früher die weiße Sonne der Nationalisten gegen ihren blauen Hintergrund geweht hatte, flatterte nun die rote Sonne Japans.

Als Huangbo in der Ferne das vertraute Dach ihres Heims erblickte, dessen grüne Ziegel größtenteils unversehrt waren, tanzte sie fast vor Freude und Erleichterung, daß das Haus ihres Mannes noch stand. Vor lauter Eile überrannte sie beinahe den japanischen

Wachposten am Eingang. Da sah sie, daß an allen drei Eingängen des Hauses japanische Soldaten aufgestellt waren. Huangbo stand vor dem lokalen Hauptquartier des japanischen Regiments, das die Besetzung Chang Gar Bins und der umliegenden Dörfer vornehmen sollte. Das imposante Haus war als Quartier ausgewählt worden, weil es das größte weit und breit war und von seinem Balkon aus einen guten Überblick bot.

Der japanische Wachposten wollte Huangbo und ihre Kinder verscheuchen, und als sie sich weigerte zu gehen, drohte er ihr mit seinem Bajonett. Schließlich rief er einen Dolmetscher herbei, der ihr sagte, sie solle eine andere Bleibe finden; man beschloß aber, sie ins Haus zu lassen, damit sie ein paar ihrer wichtigsten Habseligkeiten zusammenraffen konnte. Beim Anblick der feindlichen Soldaten, die überall im ganzen Haus ihre Strohlager errichtet hatten, blieb Huangbo fast die Luft weg, und ihr Herz schmerzte, vor allem, wenn sie an ihren Mann dachte.

Es dauerte mehrere Wochen, bis das Regiment weitermarschierte. In dieser Zeit wohnten Huangbo und Yuen bei einem Nachbarn, Ping und Nan bei einem anderen. Als sie endlich wieder in ihr Haus zurückkehren konnten, stellte Huangbo fest, daß die Soldaten zum Abschied noch alles geplündert und verwüstet hatten. Überall auf dem Fußboden lagen zerrissene Briefe und Fotos. Sämtliche Wertgegenstände, die Jade und das Gold, und alles, was den Soldaten einfach nur gefallen hatte – der Kinderwagen, der Leiterwagen, das Grammophon und die Wolldecken –, hatten sie mitgenommen. Selbst Huangbos Trillerpfeife war weg.

Trotz der japanischen Blockade Chinas und der vielen verlorenen Schlachten kam der Krieg schnell an ein militärisches Patt. Die Japaner waren unfähig, China zu erobern, die Chinesen nicht in der Lage, die Eindringlinge hinauszuwerfen. Die Post aus Übersee war denkbar unzuverlässig und funktionierte oft genug gar nicht mehr. Manchmal vergingen mehrere Monate, in denen Huangbo ihrem Mann nicht berichten konnte, wie seine Familie unter der japanischen Besatzung lebte. Und seit seiner Rückkehr nach Kanada hatte Chan Sam aufgrund des Krieges seine Überweisungen auch nicht mehr im gewohnten Rhythmus von zwei Monaten schicken können. Lange Zeit mußte sich Huangbo mit dem Geld durchschlagen, das er ihr nach Macao gesandt hatte.

Obwohl Huangbo einsah, daß man sparen mußte, spürte sie doch ständig eine bedrückende Schuldlast ihrem Sohn gegenüber und opferte dafür gerne, falls nötig, ihre eigene Reisration. Wenn sie zum Markt ging – der vor dem Krieg alle drei bis fünf Tage abgehalten worden war, inzwischen jedoch weniger häufig stattfand –, hastete sie zu den Lebensmittelständen und kaufte ohne langes Herumstöbern das Nötige ein. Aber die anderen Stände, an denen die unterschiedlichsten Dienste angeboten wurden, begutachtete sie immer sehr genau. Unter den Scherenschleifern, Kesselflickern, Schreibern, Haarschneidern und Zahnheilkundigen suchte sie nach Kräuterspezialisten und selbsternannten Ärzten, denn sie hoffte immer noch auf ein Wundermittel, um Yuens Füße zu kurieren.

Die Märkte waren immer voll mit Bauern, die von den kleineren Nachbardörfern herbeiströmten. Manche enthüllten ihre medizinischen Probleme gleich vor Ort, aber Huangbo ließ die sogenannten Ärzte Yuens Füße immer bei sich zu Hause untersuchen. Sie hoben die extralangen Kleider auf, die Huangbo für ihren Sohn genäht hatte, und ein jeder von ihnen schreckte zunächst vor dem Anblick zurück und bedeckte die Augen mit den Händen. Yuens Füße waren beide nach hinten verkrümmt, so daß die Zehenspitzen und die Fersen fast eine Einheit bildeten. Seine Mißbildung erweckte eine abergläubische Furcht, daß die Götter über ihn erzürnt waren, sie rief den Verdacht hervor, daß dieser Junge eigentlich ein Mädchen hätte werden sollen. Seine Füße sahen aus wie die eines Mädchens, die dem schmerzhaften Prozeß des Bandagierens ausgesetzt worden waren, wobei immer engere Binden schließlich dazu führten, daß die Zehen (bis auf die große Zehe, die nicht bandagiert wurde) verkümmerten und schließlich abfielen. Ein »Arzt« nach dem anderen versuchte, die Wachstumsrichtung von Yuens Füßen zu korrigieren. Manch einer verkaufte Huangbo ein Wundermittel, viele versuchten, Yuens Füße mit Bandagen zu richten, aber keiner hatte Erfolg.

Huangbo fühlte sich betrogen und elend dabei, daß sie das Geld, das eigentlich die Familie in den Kriegszeiten über Wasser halten sollte, verschwendet hatte. Aber man konnte ihr ihren Mangel an Weitsicht nicht zum Vorwurf machen. Sie konnte ja nicht wissen, daß der Krieg noch viele Jahre des Leidens und der Verzweiflung bringen würde. Vor dem Ausbruch des totalen Kriegszustands hatte die berechtigte Hoffnung bestanden, daß die Wirtschaft sich erholen würde. 1935, im gleichen Jahr, in dem die Nationalregierung die schwankende Silberwährung durch eine manipulierte Währung ersetzte, brachte sie viele Bankenvermögen, in denen auch Regierungsschulden untergebracht waren, unter ihre Kontrolle. Diese beiden durchaus sinnvollen Schritte richteten jedoch nichts mehr aus, als der Krieg finanziert werden mußte. Die Nationalregierung verschaffte sich einfach Papiergeld von diesen Banken, gegen das sie wertlose Sicherheiten ausstellte. Die durch die neue Währung angeheizte Inflation schoß in unkontrollierbare Höhen. Die Regierung versuchte, vom Staat betriebene Industrien zu schützen, indem sie sie bei der Lieferung von Rohstoffen, bei der Finanzierung und mit billigem Brennstoff unterstützte, aber infolge dessen gingen moderne, von Privatleuten betriebene Industrien zugrunde. Gleichzeitig füllten Regierungsbeamte in traditionell korruptem Gebaren ihre eigenen Taschen mit dem Geld, das zu Hause gedruckt worden war, und mit den finanziellen Hilfsmitteln der Auslandschinesen.

In der besetzten Provinz Kwangtung beherrschte ein japanischer Generalgouverneur Marionettenbeamten der Nationalisten. 1941 fielen die Japaner in die britische Kronkolonie Hongkong ein, und als die Ökonomie dort zusammenbrach, löste sich Kwangtungs bereits sehr angegriffene Wirtschaft in ein völliges Chaos auf. Viele chinesische Bauern verloren ihr sämtliches Hab und Gut, da das Papiergeld immer wertloser wurde. Jedesmal, wenn eine neue Währung ausgerufen wurde, verbrannte Huangbo die wertlosen Bündel des Papiergelds vom Vortag, um damit die schwindenden Reisportionen für die täglichen Mahlzeiten zu kochen. Schließlich hatte sie nicht einmal mehr Geld zum Verbrennen.

Als Chan Sams Familie an dem Punkt angelangt war, wo es nur noch eine einzige Mahlzeit am Tag gab, blieb Huangbo nichts anderes übrig, als Ping und Nan aus der Schule zu nehmen und sie auf den Feldern arbeiten zu lassen. Huangbo arbeitete für den ortsansässigen Getreidehändler, schleppte Reis mit einer Bambusstange auf ihren Schultern, treppauf, treppab in seinem Haus, gut zwanzig Kilo auf jeder Seite. Da sie Yuen nicht bei sich haben konnte, wurde der vierjährige Junge auf dem Rücken seiner ältesten Schwester festgebunden, wobei seine nutzlosen Füße besonders fest an sie gewickelt waren. Er schaukelte auf ihrem Rücken, wenn sie gebückt an der Seite ihrer Schwester auf dem Reisfeld eines fremden Bauern schuftete.

Trotz des Geredes über Yuens Mißbildung und des Aberglaubens, daß in der Familie Unglück herrschte, waren Ping und Nan in den benachbarten Dörfern als Heiratskandidatinnen bekannt. Zukünftige Schwiegermütter rechneten sich immer wieder aus, wieviel Mitgift und Land denn wohl Mädchen mitbringen würden, die in einem Haus lebten, das mit Geld aus Übersee errichtet worden war. Schon als die beiden noch jünger waren, hatten viele Familien Ehevermittler vorbeigeschickt, um Huangbos Töchter als Kindsbräute für ihre Söhne reservieren zu lassen. Doch Huangbo hatte jedes Angebot ausgeschlagen. »Meine Mädchen werden nicht hier heiraten, sie werden nach Kanada zurückkehren und dort heiraten.« Doch die Vermittler ließen sich nicht einschüchtern. Immer wieder kam einer des Wegs in der Hoffnung, daß Huangbo schließlich nachgeben würde, da in den Kriegszeiten Familien ihre Töchter bereitwilliger losließen.

Als die beiden Mädchen in ein heiratsfähiges Alter kamen – bei Mädchen im allgemeinen sechzehn bis achtzehn –, zogen sie immer mehr Aufmerksamkeit auf sich. Beide galten als sehr hübsch. Nan wurde viel bewundert wegen ihrer hellen Haut. Die Frauen in Chang Gar Bin sagten, ihre Haut sei so hell wie die ihrer fremden Mutter. Ping war die offenherzigere der beiden; sie hatte scharfe Augen, eine flinke Zunge und eine gewisse Autorität. Und wie die Mutter, die sie geboren hatte, nahm Ping es mit jedem auf, selbst mit den japanischen Besatzern. Wenn sie mit Nan an dem Haus ihres Vaters vorbeiging, wo ein Soldat Wache hielt, hieß es oft: »He, ihr zwei Hübschen, kommt doch mal her!« Ping warf den Soldaten jedoch nur einen scharfen Blick zu, der sie wissen ließ, daß es an ihr lag, ob sie mit ihnen sprechen oder sie einfach ignorieren wollte. Einmal bot ein

Soldat Ping eine Scheibe fettes, gebratenes Schweinefleisch an, was schon in Friedenszeiten ein Luxus gewesen wäre. Das wird mich nicht umbringen, wenn es ihn nicht umgebracht hat, dachte sich Ping. Nan, die Stillere und Schüchternere, hatte viel zuviel Angst, um dem Feind so nahe zu kommen.

Eines Tages im Herbst 1942 arbeiteten Ping und Nan wie üblich auf den Feldern. Sie waren damals sechzehn und vierzehn. Yuen war im Vorjahr in die Schule gekommen, und Ping kehrte früher von den Feldern zurück, um Yuen auf ihrem Rücken nach Hause zu tragen. Nan kam nicht zur üblichen Zeit heim. Anfangs machte sich Huangbo keine Sorgen. Nan trödelte oft auf dem Weg; noch immer fing sie gern Frösche und Krabben, wie sie es in ihrer Kindheit getan hatte, wenn sie und Ping die Schule geschwänzt hatten. Jetzt sammelte sie oft einen ganzen Eimer voll und verkaufte ihn dann auf dem Markt.

Als bei Einbruch der Dämmerung von ihrer zweiten Tochter noch immer nichts zu sehen war, wußte Huangbo, daß etwas nicht stimmte. Ihre Kinder kamen immer vor der Dunkelheit nach Hause; wenn Mädchen im Dunkeln allein unterwegs waren, liefen sie immer Gefahr, vergewaltigt zu werden. Sie waren oft gewarnt worden: »Wenn es dunkel wird, sind schlechte Menschen unterwegs.« Huangbo meinte damit nicht nur Banditen, Wegelagerer und Geister, sondern seit dem Krieg auch japanische Soldaten. Im gesamten Flußdelta von Kwangtung herrschte nach wie vor Krieg. Außerdem schickten die Japaner Spähtruppen gegen chinesische Partisanen auf dem Land aus.

Ein paar Nachbarn wurden entsandt, um Nan zu suchen, und Tumult entstand, als die Männer zurückkehrten. Sie hatten Nan in den Feldern gefunden, neben ihrem umgekippten Eimer mit Krabben. Ihre Kleidung und ihre Beine waren blutbesudelt, ihr Gesicht war so bleich, als hätte sie einen Geist erblickt. Unter den Erwachsenen gab es eine gedämpfte Diskussion; einer meinte, daß Nan wohl »aus dem Bauch« blutete.

Man legte sie in Huangbos zweites Schlafzimmer hinter dem Hauptaufenthaltsraum. Ping und Yuen wachten ängstlich und besorgt über ihre Schwester hinter dem Moskitonetz, während

Huangbo versuchte, sie mit Kräutern wieder zu Kräften zu bringen. »Jemand hat Nan in den Feldern erschreckt« war alles, was sie ihnen über das Geschehene mitteilte. Ihr unheilschwangerer Tonfall erstickte jede weitere Nachfrage, half jedoch nicht, die Tränen derer, die am Krankenbett wachten, aufzuhalten.

Als Nan immer schwächer wurde, dachte Huangbo daran, einen Läufer nach Shekki zu schicken, um einen Arzt herbeizurufen. Sie überlegte auch, ob sie Träger beauftragen sollte, ihre Tochter auf einem Karren in die dortige Klinik zu bringen, aber solche kostspieligen Unterfangen wurden normalerweise nur bei Söhnen, nicht bei Töchtern vorgenommen. Außerdem fürchtete sie, den gleichen Fehler zu begehen wie bei Yuen und Geld für Ärzte auszugeben, die doch nichts ausrichteten.

Einen Monat, nachdem sie aus den Feldern heimgebracht worden war, starb Nan, ohne das Bett noch ein einziges Mal verlassen zu haben.

Nach einem Todesfall liegt es an den Hinterbliebenen, zu trauern und sich zu sorgen. Wie auch immer die schrecklichen Umstände von Nans gewaltsamem Tod gewesen waren, die Tatsache, daß sie unverheiratet gestorben war, wurde als die größere Tragödie betrachtet. Eine solche umherirrende Seele ohne Familienverbindung lief Gefahr, zum Gespenst zu werden, das die Lebenden heimsucht. Huangbo dachte immer wieder an das Baby, das sie vor vielen Jahren beerdigt hatte. Es herrschte der Aberglaube, daß bei so jung Verstorbenen ein böser Geist in Verkleidung eines Babys zur Welt gekommen sei. Ihre erste Tochter war in einem flachen Grab auf brachliegendem Boden begraben worden, so daß der böse Geist schließlich seinen Weg in ein aasfressendes Tier finden würde. Für Nan wählte Huangbo ein ehrenwerteres Begräbnis. Sie beerdigte sie auf der Familiengrabstätte hoch in den Hügeln, die Chan Sam bei seinem letzten Heimatbesuch vorbereitet hatte, und dachte sich, daß Nan dort so lange ruhen könne, bis ihr etwas einfiel, um ihre umherirrende Seele freizukaufen oder sonstwie zu erlösen.

Als May-ying vom Tod ihrer zweiten Tochter erfuhr, starb etwas in ihr. Am liebsten wäre sie davongelaufen, wie sie es auch nach der

Geburt ihrer dritten Tochter hatte tun wollen. Und zu diesen schlechten Neuigkeiten gesellten sich auch noch die Beleidigung und die Unannehmlichkeit, aus dem Quartier hinausgeworfen zu werden. Eine Operndarstellerin, die ebenfalls mit ihrer Tochter allein lebte, hatte May-ying und ihrer Tochter ein Zimmer in ihrer Dreizimmerwohnung untervermietet. Nachdem sie May-ying immer wieder husten hatte hören, hatte die Frau sie aus Angst vor Tuberkulose bei einer Krankenschwester im Gesundheitsamt angezeigt. Obwohl kein Blut zu sehen war, als May-ying in einen Papierbeutel spuckte, sagte ihr die Schwester, sie solle nur ihr eigenes Geschirr benutzen und ihr Sputum regelmäßig untersuchen lassen. Dies stellte May-yings Vermieterin jedoch nicht zufrieden; sie wollte nicht mehr mit ihr unter einem Dach leben.

May-ying vermißte Chow Guen sehr, der gerade wieder einmal nicht da war. Sie sehnte sich nach seinem lauten Wesen, um ihre Trauer um Nan zu übertönen. Er hatte sich entschlossen, einen eigenen Spielsalon aufzumachen, und reiste nun von Stadt zu Stadt, um seine besten Möglichkeiten herauszufinden. Ob May-ying ihm folgen sollte, spielte bei seinem Entschluß keine Rolle und wurde auch kaum besprochen. Es lag an ihr, zu entscheiden, ob sie in seiner Nähe sein wollte, und wenn ja, ob sie es sich leisten konnte, ihm nachzureisen und dann umherzuziehen wie er. Schloß sie sich ihm an, hatte sie für ihren Unterhalt selbst aufzukommen, ihre Miete und sonstigen Ausgaben selbst zu bestreiten; dies war zwischen beiden so vereinbart und gewünscht. Er machte ihr nie ein Versprechen oder das Angebot, sie zu unterstützen; er wollte sie nur am Gewinn beteiligen wie jeden anderen Partner auch, falls sie jemals mit ihm zusammen in seinem Unternehmen arbeitete.

May-ying beschloß loszuziehen. Guen war damals gerade in Winnipeg, würde aber wahrscheinlich nicht mehr lange dort sein. Wenn sie ihn noch dort erwischen wollte, mußte sie sich beeilen. Sie hielt es für das beste, Hing erst einmal in Vancouver zurückzulassen, so daß sie weiter dort zur Schule gehen konnte. Doch ihren Sohn wollte May-ying mitnehmen. Sie sah darin die Chance eines Neubeginns, eine Gelegenheit, daß der dreijährige Gok-leng seine Mutter kennenlernen konnte und in Guen eine Vaterfigur hatte. Sie holte den

Jungen bei Oma Yip ab, packte ihren Koffer und stieg in den Zug nach Winnipeg. Als Guen sie am Bahnhof abholte, schubste May-ying ihren Sohn in seine Richtung. »Nenn ihn *Baba*!« sagte sie.

Hing lebte beinahe drei Jahre lang ohne ihre Mutter. In dieser Zeit kam es ihr oft vor, als müsse sie völlig allein erwachsen werden; oft fragte sie sich, wie es denn wohl wäre, ein richtiges Zuhause zu haben. Sie wußte nie, wo ihre Mutter steckte, bis sie wieder einmal einen von Guen geschriebenen Brief bekam mit einer Adresse, unter der sie Guen und ihre Mutter erreichen konnte. Jedesmal, wenn ein solcher Brief ankam, antwortete Hing so, wie es von einer guten Tochter erwartet wurde: Sie wünschte ihrer Mutter gute Gesundheit und sagte ihr, sie sollte sich um sie keine Sorgen machen; sie würde fleißig zur Schule gehen.

Aber sie sagte May-ying nie, daß sie sich wie ein zurückgelassenes Gepäckstück vorkam, nie wußte, wann ihre Mutter denn zurückkommen und sie wieder einfordern würde. Anfangs wurde sie von Monat zu Monat zwischen älteren Ehepaaren und entfernten Bekannten von May-ying hin und her geschubst. Diese Leute waren nur an dem Geld interessiert, das sie dafür bekamen; es interessierte sie nicht im geringsten, wie es Hing ging, ja nicht einmal, ob sie genug zu essen hatte. Ihr einsames Leben wurde noch zusätzlich dadurch verdüstert, daß der Krieg sich immer weiter hinzog. Kanada war 1939 in den Krieg eingetreten, der sich damals noch auf Europa als Schlachtfeld konzentrierte. Aber als die Japaner 1941 Pearl Harbor bombardierten, wurde die Westküste Nordamerikas plötzlich von der Angst ergriffen, daß die Japaner mit ihren Kriegsschiffen auch hier an Land gehen, auch hier ihre Bomben abwerfen würden. Die Angst disziplinierte die Menschen. Wie ihre Schwestern auf der anderen Seite des Ozeans lebte auch Hing mit Rationierungen, wenn auch hier nicht der Reis rationiert wurde, sondern Zucker, Butter, Tee und Kaffee. Hing bekam eine Gasmaske für die Luftangriffsübungen in der Schule. Jeden Abend um neun Uhr heulte die Sirene in der ganzen Stadt; danach durften Kinder nicht mehr aus dem Haus gehen, und die Fenster wurden mit schwarzen Decken verhängt.

Ein paar kurze Monate lang bekam Hing eine Ahnung davon, was die kanadischen Soldaten einschließlich ein paar chinesischer, die in die Armee eingetreten waren, durch ihren Einsatz eigentlich schützen sollten, nämlich ihr Heim und ihre Familien. Die alte Dame Lee Yen, die Hing erzählen sollte, wie sie an ihrer ersten Monatsfeier aus den Armen ihrer Mutter gefallen war, nahm sie auf. Lee Yen lebte mit ihrem Mann in einer ärmlich, aber gemütlich eingerichteten Vierzimmerwohnung über Ming Wohs Haushaltswarengeschäft. Als drei ihrer vier Kinder aus dem Haus gegangen waren, freuten sie sich darüber, den freigewordenen Platz mit einem Pflegekind zu besetzen. Ihr Heim war so erstrebenswert und geachtet – ein Mann und eine Frau, nett und freundlich, die immer zu Hause waren und weder tranken noch spielten –, daß die Bedienungen praktisch anstanden, um ihre Kinder in dieser Familie unterzubringen.

Hing saß gerade am Küchentisch und machte ihre Hausaufgaben, als eines Abends Chan Sam hereinspazierte. Sie hatte ihn zum letzten Mal gesehen, als er ihnen mitgeteilt hatte, daß Nan gestorben war. »*Baba*!« rief sie überrascht. Ohne ihre Mutter als Zensorin kam ihr dieses Wort ganz natürlich über die Lippen. Es mußte wohl eines der seltenen Male gewesen sein, daß ihre Mutter und ihr Vater übereinstimmten und an einem Strang zogen, denn sie hatten beide dafür gesorgt, daß Hing bei der alten Dame wohnen konnte, und nun war Chan Sam gekommen, um die Kosten für Hings Unterhalt zu begleichen.

Zum erstenmal in ihrem Leben erhielt Hing Anerkennung für ihre schulischen Leistungen. Bei seinen monatlichen Besuchen erkundigte ihr Vater sich immer, wie es ihr in der chinesischen Schule gehe. Er konnte seinen Stolz nicht verhehlen, wenn Hing ihm ein Zeugnis zeigte. »Deine Tochter sollte Ärztin werden!« sagte die alte Dame zu ihm. »Lerne weiter so fleißig!« sagte er zu Hing.

Dieses Gefühl von harmonischem Familienleben und einem Vater wurde ihr jedoch nur kurz wie ein Köder vorgehalten und dann entzogen. May-ying kam für ein paar Tage zurück, um ihre Tochter aufzulesen und sie einer anderen Pflegeperson, Mrs. Lo, zu übergeben, die auf der Market Alley lebte. In den nächsten zwei Jahren lebte Hing wieder an der Straße, an der sie auch geboren worden war. Um die Miete für ihre Fünfzimmerwohnung bezahlen zu können, vermietete Mrs. Lo drei Räume. Regelmäßig zogen hier durchreisende chinesische Operndarstellerinnen, Schauspielerinnen und befreundete Bedienungen mit ihren Kindern ein und aus. Während der Woche arbeitete Mr. Lo in einem Sägewerk außerhalb Vancouvers als Vorarbeiter. Mrs. Lo kam ihrerseits erst nach Hause, wenn sie das Pender Café geschlossen hatte, das zur Hälfte ihr gehörte, und danach in den Spielsalons oder bei einer Mah-Jongg-Runde ihren Bekanntenkreis gepflegt hatte. Sie hatte beschlossen, daß ihre zwölfjährige Tochter Beatrice Gesellschaft brauchte. Obwohl Hing fast zwei Jahre älter war als Beatrice, dachte Mrs. Lo, daß sie einen guten Einfluß auf ihre Tochter haben würde, da sie im Ruf stand, strebsam und wohlerzogen zu sein. Auch May-ying war mit dem Arrangement zufrieden, nicht zuletzt deshalb, weil sie weniger dafür bezahlen mußte.

Nun gab es zwei einsame Mädchen statt einem. Hing fand die Zustände auf der Market Alley unerträglich. An diesem Ende der Straße, wo die Mieten so niedrig waren wie sonst nirgends in Chinatown, roch es überall nach Bohnensprossen, die in den Fässern der Lebensmittelläden eingelagert waren, und aus einer Wäscherei drang ständig feuchte Luft nach draußen (Guen zufolge war dort einmal eine Leiche in ein Faß mit Lauge versenkt und dabei völlig aufgelöst worden). In der weiträumigen Wohnung splitterten die speckigen Holzfußböden ab, wo sie nicht mit Linoleumresten bedeckt waren. Beide Mädchen fanden es schrecklich. Beatrice ging ständig ins Kino, ins Rex oder ins Lux, die beide zwar außerhalb, aber gleich in der Nähe von Chinatown lagen, um sich Western anzusehen. Hing fand diesen Zeitvertreib nicht besonders sinnvoll; sie machte die städtische Bücherei zu ihrem zweiten Zuhause. Wenn sie ihre Hausaufgaben erledigt hatte, suchte sie in Ratgebern nach Tips, um ihr Äußeres aufzumöbeln. Sie tat alles, was darin und anderswo vorgeschlagen wurde; vor dem Spiegel auf der Toilette übte sie zu lächeln; an den Narben auf ihren Beinen probierte sie ein »Wundermittel gegen fleckige Stellen« aus, das sie sich von einem Versand hatte schicken lassen, dessen Adresse sie in einer von Beatrices Filmzeitschriften gefunden hatte. Erst wenn die Bücherei schloß, ging sie wieder zu den Los zurück.

Hing sah selbst, daß Beatrices Mutter viel zu sehr damit beschäftigt war, sich die Nägel zu lackieren, das Haar zu kämmen und ihre Männerbekanntschaften zu pflegen, um sich um die ihr anvertrauten heranwachsenden Mädchen zu kümmern. Nur samstags, wenn ihr Mann nach Hause kam, zeigte Mrs. Lo mehr Zurückhaltung. Dann zog sie sich in ihr Zimmer zurück, und Mr. Lo kam spät in der Nacht mit seinen nach Whiskey stinkenden Freunden im Schlepptau heim. »Beatrice!« brüllte er dann und weckte den gesamten Haushalt auf. »Steh auf! Mach mir Kaffee!« Mr. Lo war nicht einmal der richtige Vater von Beatrice. Ihr eigentlicher Vater hatte die Familie verlassen, als sie kaum zwei Wochen alt war.

Eines Abends beschlich Hing das Gefühl, daß Mrs. Los schlechter Ruf auch auf sie abfärbte. Sie belauschte zufällig ein Gespräch, das ihre Pflegemutter mit einem ihrer Gäste im Pender Café führte. An diesem Abend hatten Beatrice und sie beschlossen, dort zu Abend zu essen, anstatt sich daheim etwas zu kochen. Beatrice war schon weg, aber Hing hatte sich noch nicht auf den Weg in die Bücherei gemacht.

»Hing, die arme Kleine, für Hing brauche ich das Geld!« Mrs. Los Stimme drang aus dem Nachbarabteil, wo sie wohl mit einem Gast Kaffee trank.

»Ihre Mama ist nicht hier, und ich habe das Gefühl, daß sie sich kaum um sie kümmert«, fuhr Mrs. Lo fort. »Das Mädchen hat nicht einmal einen Wintermantel. Mit vierzig Dollar könnte ich ihr einen kaufen.«

»Reichen denn vierzig Dollar?« fragte eine Männerstimme.

»Das reicht«, sagte Mrs. Lo. »Aber ihre Mama wird Ihnen das Geld wohl nie zurückzahlen können.«

»Na ja, das macht nichts«, sagte die Männerstimme. »Nehmen Sie nur das Geld, machen Sie sich keine Sorgen darum!«

Hing errötete. Sie kam sich benutzt vor, bloß um einem Mann Geld zu entlocken, und in ihrer Vorstellung tauchten Bilder von ihrer Mutter auf, wie diese in Nanaimo um die Gunst der Männer gebuhlt hatte. Damals war sie noch zu jung gewesen, um zu wissen, was eigentlich vorging, aber jetzt hatte sie das Gefühl, es genau zu verstehen. Mrs. Lo hatte zwar tatsächlich aus Fürsorge gehandelt, und Hing bekam einen neuen grauen Wollmantel, trug ihn jedoch immer mit dem Gefühl, er sei schmutzig.

An ihrem fünfzehnten Geburtstag fand Hing endlich einen Vorwand, um Mrs. Lo zu entkommen. Mrs. Lo hatte sie aufgefordert, doch ein paar Freundinnen zu einer Geburtstagsparty einzuladen. Beim Abschied gab Hing jedem Mädchen eine braune Papiertüte. Mrs. Lo untersuchte den Inhalt einer dieser Tüten, sah den sorgfältig eingewickelten Kuchen und den bunten Federfächer und schrie Hing an: »Für so etwas habe ich kein Geld! Warum vergeudest du mein Geld auf diese Weise?« Damit verletzte sie öffentlich eine der wenigen Strategien, die Hing entwickelt hatte, um etwas Selbstachtung für sich aufzubringen – sie hatte sich ja fest vorgenommen, immer ein gutes, gehorsames Kind zu sein und keine Regeln zu verletzen. Hing fühlte sich so erniedrigt, war zum erstenmal so überwältigt von Sehnsucht nach ihrer Mutter, daß sie ihr sofort einen kurzen Brief schrieb: »Ich würde dich gern wiedersehen, Mama. Kann ich dich besuchen? Ich werde hier nicht gut behandelt.« Sie wußte, daß ihre Mutter die Ausnahmesituation erkennen würde.

Ein paar Tage darauf kam ein Ferngespräch aus Calgary. »*Ah* Hing, ich habe deinen Brief bekommen. Was ist denn passiert?« Diesmal konnte Hing die Tränen nicht mehr zurückhalten. Sie schluchzte in den Telefonhörer hinein und sagte nur immer wieder, daß sie ihre Mutter unbedingt sehen wollte; kurz darauf erhielt sie per Post einen Zugfahrschein.

Auf dem Weg zum Bahnhof machte Hing noch einen Abstecher zum »Notte Bon Ton« auf der Granville Street, einer bei den Chinesen sehr beliebten Konditorei. Mit Butter- und Zuckergutscheinen konnte man sich dort den berühmtesten Kuchen dieser Konditorei kaufen, den sogenannten »religiösen Kuchen«, eine Biskuittorte mit verschiedenen Füllungen und einer Buttercremeglasur. Hing, die diese Torte selbst noch nie probiert hatte, kaufte ein Stück, um es ihrer Mutter mitzubringen.

Nach ihrem zweiwöchigen Besuch brachte May-ying ihre Tochter mit dem Zug zurück nach Vancouver. Erst als eine ziemlich betroffene Mrs. Lo May-ying einen Brief zeigte, den Hing an Beatrice geschrieben hatte, wurde ihr klar, daß ihre Tochter tatsächlich nicht mehr länger hier bleiben wollte. »Wenn ich nach Vancouver zurückkomme, will ich nicht in die Market Alley 124 zurück, wo es so stinkt und so schmutzig ist …« Eine schreckerfüllte Hing wartete auf einen Tadel, der jedoch nicht kam. May-ying zeigte ein Mitgefühl, das Hing an ihr gar nicht kannte. »Aber wo willst du denn sonst wohnen, *Ah* Hing, wenn nicht bei Mrs. Lo?« Zum Glück war Mrs. Lo bereit, alles zu verzeihen, und außerdem stellte niemand die Wahrheit von Hings Worten in Zweifel.

Hing fühlte sich hoffnungslos gefangen bei Mrs. Lo. Da tauchten ein paar Wochen später ihre Mutter und ihr Bruder auf und zogen in ein Zimmer ein, das zu dieser Zeit gerade leerstand. Die Regelung zwischen den beiden Frauen, sich die Strom- und Lebensmittelrechnungen zu teilen, mündete schnell in die Gewohnheit, zusammen zu spielen, zu rauchen und zu trinken. Plötzlich wagte es auch Hing, den Mund aufzumachen, was sie selbst am meisten erstaunte: »Nicht so viel, Mama, du hast genug getrunken«, sagte sie oft, wenn Mrs. Lo das Glas ihrer Mutter nachschenken wollte. Nun lag es auch wieder an Hing, dafür zu sorgen, daß Gok-leng sauber und ordentlich gekleidet zur Schule ging, und auch das Essen für sie beide mußte meist Hing zubereiten.

Es stellte sich heraus, daß May-ying sich nur die Zeit bis zu Chow Guens Rückkehr vertreiben wollte. Wäre er nicht gewesen, hätte wohl niemand ihren Rückfall in alte Gewohnheiten bemerkt. Als er ein paar Wochen später nach Vancouver zurückkam, mieteten sie zwei Zimmer bei »Vancouver Rooms«, einer Pension, die in den zwei oberen Stockwerken über einem Schuster und einem leerstehenden Laden untergebracht war. May-ying, Hing und Gok-leng teilten sich ein Zimmer im zweiten Stock, Guens Zimmer lag im ersten Stock. Er eröffnete einen Spielclub gleich um die Ecke auf der Pender Street in einem Souterrainraum hinter einer Stahltür, die auf die Straße führte. Hier konnte man die traditionellen Glücksspiele Domino, *fan tan* und Würfelspiele spielen, und an der einen Wand des Zimmers standen zwei Tische, an denen Mah-Jongg gespielt wurde, was nach wie vor May-yings Lieblingsspiel war. Sie fing an, dort zu arbeiten.

Nun entdeckte Hing eine Seite an ihrer Mutter, die sie bislang nicht an ihr gekannt hatte. Im Gegensatz zu der selbst auferlegten Kargheit, in der sie und Chan Sam früher ihr Leben geführt hatten, schickte May-ying sich nun an, ihr Heim ein wenig zu verschönern. Sie ließ von einem Schreiner eine Raumteilung erstellen. Auf einer Seite standen zwei Betten, ein französisches Doppelbett für Hing und Gok-leng und ein Einzelbett für May-ying. Auf der anderen Seite dieser Wand befanden sich ein Waschbecken und ein Gasherd mit vier Kochstellen. May-ying stellte noch vier Stühle und einen Tisch auf, die sie bei Woodward's in monatlichen Raten abbezahlte. Als die Raten abbezahlt waren, kaufte sie auch noch einen Schrank sowie ein paar Stoffreste, die sie an die Fenster und über ihre Kleider hängte, die an Haken an der Wand hingen. Angeregt durch die Versuche ihrer Mutter, ein richtiges Heim einzurichten, bat Hing um einen Schaukelstuhl, den May-ying dann auch tatsächlich bei einem Sippenverband auftrieb, der sich von dem Stuhl trennen wollte. So saß Hing oft in ihrem Schaukelstuhl und hörte Radio; das Gerät lieh sie sich bei dem Schuster aus, wenn dieser Samstagabend zumachte. Hing vergaß den abgetretenen Holzfußboden, die Kakerlaken im Waschbecken und die Wanzen, die es in jeder Pension gab. Oft sagte sie zu ihrem Bruder: »Mir ist, als wäre endlich ein Traum in Erfüllung gegangen.«

Wenn Hing und Gok-leng von der Schule nach Hause kamen, stand Guen oft schon da und bereitete Gemüse und Fleisch oder Fisch vor. Die Dämpfe von Suppe und Reis, die bereits auf dem Herd köchelten, beschlugen die Fenster und wärmten das Zimmer. Der Tisch war für vier Personen gedeckt, und alle warteten nur noch auf May-ying. Hing sah, daß Chow Guen etwas daran lag, daß sie ihn mochte. So wusch er ihre bereits zum Trocknen über dem Herd aufgehängten Söckchen ein weiteres Mal und meinte: »*Ah* Hing, sieh mal, ich bekomme sie weißer!« Sie bemerkte, daß er durchaus großzügig sein konnte, wenn er damit etwas bewirkte. Als ihre Mutter meinte, sie bräuchte eine Nähmaschine, um ihre provisorischen Vorhänge richtig einzusäumen, kaufte er ihr sofort eine.

Und es gab noch ein weiteres Anzeichen dafür, daß das Leben in Chinatown sich in ein Muster gegenseitiger Akzeptanz fügte:

Allmählich tauchte Chan Sam immer öfter bei May-ying und Guen auf, ohne daß einer der drei Feindseligkeit zeigte. Wenn er von seinen diversen Jobs in Chinatown ankam, lugte er durch das Guckloch in der Stahltür von Guens Spielsalon, und sofort wurde der Riegel geöffnet, um ihn hereinzulassen. Er kam jedoch nur zum Zeitvertreib in den Club, zu einem kleinen Plausch und um den Spielern zuzusehen; er selbst spielte nie. Weniger häufig kam er auch in der Pension vorbei, wo ihm jedoch beim Abendessen immer ein Paar Eßstäbchen hingelegt wurden. Chan Sam, Hing und Gok-leng schaufelten zufrieden das Essen in sich hinein, während Guen und May-ying die Unterhaltung bestritten. Ebenso unaufdringlich trat Chan Sam wieder in Hings Leben ein. Zweimal überraschte er sie durch seine Großzügigkeit und Anteilnahme. Er hatte bemerkt, daß sie abends mit ihren Hausaufgaben immer warten mußte, bis das Geschirr vom Tisch abgeräumt worden war, und ließ ihr einen gebrauchten Schreibtisch vorbeibringen; ein anderes Mal war ihm aufgefallen, daß sie sich vom Schuster das Radiogerät auslieh, und eines Tages tauchte er mit einem nagelneuen Viking-Radio in einem funkelnden Walnußgehäuse auf. Im Kaufhaus »Eaton's« war eine Sonderladung Radios angekommen. Da Chan Sam wußte, daß es eine lange Warteschlange dafür geben würde, denn in den Kriegszeiten waren Radios zur Mangelware geworden, war er besonders früh in die Stadt gekommen, um ein Gerät zu erstehen. Auch um Gok-lengs Freundschaft bemühte Chan Sam sich sehr. Einmal fuhr er mit ihm in der Straßenbahn bis nach New Westminster und zurück, ein andermal kaufte er ihm eine Jacke, auf deren Rücken die Fahne der Nationalisten genäht war. Gok-leng sprach weder Guen noch Chan Sam mit *Baba* an; er betrachtete keinen der beiden als seinen Vater.

Hing freute sich zwar aufrichtig, daß das Leben mit ihrer Mutter nun wirklich einem Familienleben und einem Heim nahekam, aber ganz zufrieden war sie noch immer nicht. Doch das, was ihr noch fehlte, konnte ihre Mutter ihr nicht geben. May-ying war nach wie vor von ihren Anfälligkeiten geplagt, noch immer hatte sie dieselben Schmerzen und Beschwerden. Und noch immer besaß sie dieselben Einweckgläser, in denen sie ihre medizinischen Tränke aufbewahrte.

Zwar hatte sie nach Guens Ankunft ihre Trinkgewohnheiten gezügelt, aber sie spielte nach wie vor, ja mehr als je zuvor, denn inzwischen betrachtete sie das Glücksspiel als ihren Beruf und nicht mehr als bloßen Zeitvertreib. Eines Abends – Hing und ihre Klassenkameraden kamen gerade aus der chinesischen Schule – nahm die Polizei eine Großrazzia vor. Drei Polizeilastwägen waren schon mit Glücksspielern besetzt. »Ist das dort nicht Hings Mutter?« fragte einer der Jungen. »Nein, das ist sie nicht«, sagte Hing, schamrot bei dem Anblick ihrer Mutter, der einzigen Frau unter lauter Männern. Hing konnte nicht wissen, daß die Polizei bei der Durchsetzung der Gesetze gegen das Glücksspiel manchmal besonders eifrig, dann wieder ziemlich nachgiebig war. Meist waren die Clubbesitzer ausreichend vor einer Razzia gewarnt, um sich aus dem Staub zu machen und nur ein paar zurückzulassen, die genug Geld hatten, um die erforderliche Strafe zu bezahlen. Aber diesmal war es nicht so gewesen. Zwar beglich der Clubbesitzer die Geldstrafe, aber vor allem Guen war über den Vorfall sehr verärgert. »Deine Mutter spielt in ganz Chinatown«, sagte er zu Hing am nächsten Tag, als er ihr das berichtete, was sie ohnehin schon wußte.

Hing fing an, Guen weniger stark abzulehnen. Ihr war klar, daß er einen mäßigenden Einfluß auf May-ying ausübte. Trotzdem hatte sie noch immer die Worte ihrer Patentante von damals im Ohr, als ihre Mutter Guen das erste Mal nachgelaufen war. »Wie kannst du nur so dumm sein, diesem Mann hinterherzulaufen … Er wird nie für dich sorgen. Er wird dir nie die Annehmlichkeiten eines Heims bieten …« Nach sechs Jahren lebte ihre Mutter noch immer in Pensionen, suchte nach wie vor die Leihhäuser auf. Guen war ihr so wichtig, daß sie Hing allein zurückließ. Und doch schlich sie sich nach wie vor mitten in der Nacht aus seinem Zimmer in ihres zurück. Was war daran ehrenvoll? fragte sich Hing. Sie wußte nicht genau, was sie am meisten daran störte – daß sie so tun mußte, als schliefe sie tief, daß sie sich Sorgen machte, ob ihr kleiner Bruder schlief, oder daß ihre Mutter, wie sie immer wieder dachte, dem falschen Mann nachlief. Nacht für Nacht sagte Hing vor dem Einschlafen das gleiche Gebet auf: »Lieber Gott, ich hoffe, daß mein Leben einmal besser sein wird. Ich hoffe, daß ich eines Tages ein gutes Leben haben werde, eine gute eigene Familie und jemanden, der sich um mich kümmert.«

Natürlich gab es immer wieder Momente, für die sie dankbar war, in denen sie die Schande ihres Lebens vergaß und alle fröhlich beisammen saßen. Am besten ging es ihr, wenn sie im Radio die Hitparade hörte. Ein Lied gefiel ihrer Mutter besonders gut, und immer, wenn dieses Lied gespielt wurde, bat sie Hing, die Musik lauter zu stellen, und wiegte sich im Takt dazu. Hing besorgte den Liedtext, und May-ying übersetzte die ersten Zeilen von »Doing What Comes Natural« in »*Mo yin mut jo li*«, so daß sie mitsingen konnte.

Als Chan Sam an die Sechzig ging, sorgte er sich in seinen Briefen nach Hause zunehmend darum, was wohl aus seiner Familie werde, wenn er zu alt zum Arbeiten sein würde oder keine Arbeit mehr fände. Aus der Ferne versuchte er, dem Leben seines Sohnes, das einen so schlechten Anfang genommen hatte, einen Sinn zu geben. »Sei fleißig!« riet er Yuen immer wieder. »Deine einzige Hoffnung liegt darin, in der Schule gut zu sein!« Es war völlig klar, daß Yuen mit seinen verkrüppelten Füßen nie das Land seines Vaters bestellen konnte.

Nach Nans Tod, durch den der Familie eine Arbeitskraft abhanden gekommen war, bedrängte Chan Sam seinen Sohn, Gehversuche zu unternehmen, damit er sich nicht immer darauf verlassen mußte, daß jemand ihn herumtrug. Der ängstliche Yuen hatte sich stets hinter Pings starker Persönlichkeit und ihrem Rücken versteckt, das Tragetuch als seinen Kokon benutzt. Doch unterstützt durch die ermunternden Worte seines Vaters, wagte es der Junge im Alter von sieben Jahren endlich, zu laufen. Er versuchte es im weichen Gras und im Schlamm des Kanalufers, mit gebeugten Knien und indem er die Knöchel auf dem Boden nachschleifte. Als er es schließlich schaffte, sich humpelnd vorwärts zu bewegen, setzte er seine Gehversuche, so schmerzhaft sie auch waren, auf den Kieswegen des Dorfes fort, bis die Oberflächen seiner Füße und Zehen eine Hornhaut bekamen. Danach ermunterte ihn sein stolzer Vater, das Fahrradfahren zu versuchen. Ping wandte sich an den Sohn eines Nachbarn, den einzigen Dorfbewohner, der ein Fahrrad besaß, und überredete ihn, ihren Bruder das Radfahren probieren zu lassen. Yuen fiel es leichter als das Gehen, und schließlich bat er seinen Vater um ein eigenes Fahrrad. Die besten Fahrräder gebe es in Hongkong, schrieb sein Vater, wo sie auch billiger seien, aber momentan sei es unmöglich, jemanden im Ausland aufzutreiben, der nach China fahren würde, um Yuen ein Fahrrad zu besorgen.

Der Verlust ihrer Schwester band Ping in einem Alter, in dem die meisten Mädchen sich darauf vorbereiteten, »aus der Tür zu gehen«, enger an ihre Familie. Sie war siebzehn, sollte also eigentlich bald verheiratet werden. Trotz des anhaltenden Krieges gegen Japan hatte Huangbo die Ehevermittler immer wieder mit dem Hinweis abgewiesen, ihre Töchter würden nach Kanada zurückkehren. Aber nach Nans Tod glaubte auch Ping nicht mehr an eine Rückkehr. Sie konnte sich auch gar nicht vorstellen, wie sie, ihre Mutter oder ihr Bruder es ertragen sollten, wenn sich ihre Wege trennen würden und der Tag für sie käme, als Schwiegertochter im Haushalt einer anderen Frau in einem anderen Dorf zu leben. Huangbo ging es offensichtlich ebenso. Mit Tränen in den Augen und voller Trauer über den Verlust einer weiteren Tochter erklärte sie Ping: »Du bist die einzige Tochter, die mir geblieben ist. Mein Herz wird schwer sein, wenn du das Haus verläßt.«

Schließlich suchte sich Ping selbst einen Jungen aus Chang Gar Bin aus, der als Ehemann in Frage kam. Zwar wurde die Heirat mit einer Person aus dem gleichen Dorf als Inzest betrachtet, so, als würden Geschwister heiraten, aber die Kriegszeiten lieferten eine gute Entschuldigung. Ping wählte den Nachbarjungen, der das Fahrrad besaß. Der große, stramme Bursche war ein paar Jahre älter als sie, und mit seinem Fahrrad fand er manchmal als Botschafter zwischen den umliegenden Dörfern und Shekki Arbeit. Seine Familie war arm und besaß kein Land, aber zumindest war das Haus der Familie aus Ziegeln gebaut, nicht aus Lehm, und als einziger Sohn würde er dieses Haus auch einmal erben.

Huangbo bat Chan Sam in einem Brief um die Erlaubnis, Ping zu verheiraten. Sie teilte ihm mit, daß sie eine Familie im Dorf gefunden habe, deren Sohn ein geeigneter Ehemann sei. In all den Jahren ihrer Trennung hatte Chan Sam nie auch nur das geringste Mißfallen

Huangbo gegenüber geäußert, jetzt jedoch war es anders. »Warum verheiratest du Ping so jung?« schrieb er zurück. »Siebzehn ist viel zu jung zum Heiraten!« Doch seine nächste Anweisung zeigte, daß er verstand, was in der Familie vorging – niemand wollte, daß Huangbo eine weitere Tochter verlor. »Wenn Ping diesen Jungen aus dem Dorf heiraten will, dann kann sie es tun.«

Huangbo schlug Ping vor, es sich noch einmal anders zu überlegen, doch Ping antwortete nur: »Mama, schließlich wirst du einen Mund weniger zu füttern haben. Mach dir keine Sorgen um mich! Ich werde weder vor Hunger sterben noch an zu üppigem Essen.«

Chan Sam übertrug vier seiner achtundzwanzig *mau tin* als Pings Mitgift auf ihren zukünftigen Ehemann. Wenn ihre Familie die ärmere gewesen wäre, hätte Huangbo, nicht die neue Schwiegermutter, etwas bekommen. Anstelle einer Mitgift hätte dann ein Brautpreis gezahlt werden müssen. Aber so, wie die Dinge lagen, hätte niemand in Chang Gar Bin geglaubt, daß die Familie, die in dem blaugekalkten, zweistöckigen Haus lebte, nicht wohlhabender sei als sonst eine Familie im Dorf.

Es kam der Tag, an dem Ping das Haus ihrer Mutter verlassen mußte. Es fand keine besondere Zeremonie statt – keine lärmende Gruppe fahnenschwingender Dorfjungen und Musiker trug die Braut weg, es gab keine verhüllte Sänfte für sie, kein vorgetäuschtes lautes Weinen auf seiten der Braut. Ping wartete einfach im Inneren des Hauses. Sie war früh aufgestanden, und ihre Mutter hatte ihr geholfen, das neue blaue Baumwolloberteil und einen roten Seidenrock anzuziehen; Rot war die Farbe des Glücks und wurde traditionellerweise von Bräuten getragen. Huangbo konnte sich nur so viel Seide leisten, daß es für den Rock reichte, aber sie verbesserte die Baumwolle des Oberteils, indem sie sie lackieren ließ, so daß sie in der Sonne Kühlung bot.

Am Mittag erklang die Stimme eines Jungen: »*Ah* Ping, bist du fertig?« Er bekam keine Antwort und zögerte ein wenig. »Laß dir nur Zeit!« Der Junge war auf seinem Fahrrad gekommen und wollte seine Braut darauf zum Haus seiner Mutter zurückfahren. Aus dem blaugekalkten Haus traten drei Menschen auf den Hof: Huangbo, Yuen und Ping. Huangbo trug das Bündel mit Pings Habseligkeiten:

zwei Blusen und zwei Hosen (eine Garnitur zum Wechseln, wenn die andere gerade gewaschen wurde), die Daunendecke, die mit Ping über den Ozean gekommen war, der Big-Ben-Wecker, den ihr Vater mitgebracht hatte, und ein einziges Foto, das die fremde Mutter mit Ping zusammen an ihrer ersten Monatsfeier zeigte. Alle Fotos, auf denen sie mit ihrem Vater zu sehen war, waren von den japanischen Soldaten zerstört worden, die ihr Haus am Anfang des Krieges besetzt hatten.

Der Junge befestigte das Bündel auf seinem Gepäckträger und wies Ping an, sich darauf zu setzen. Yuen klammerte sich mit tränenüberströmtem Gesicht an den Rock seiner Schwester. »Nimm mir meine Ping nicht weg!« bat er immer wieder. Die ebenfalls weinende Huangbo mußte ihn von ihr fortzerren.

Im Haus des Jungen gab es ebenfalls keine Feier, nur eine wartende Schwiegermutter. Aber drei Tage später fand ein richtiges Hochzeitsbankett in Huangbos Haus statt, in das die Braut, wie es der Brauch war, ein letztes Mal zurückkehrte, um ihre Achtung zu bezeugen. Obwohl es eigentlich nicht üblich war, daß die neuen Schwiegerleute an dieser Feier teilnahmen, waren auch sie eingeladen worden. Kein Dorfbewohner hatte seit Ausbruch des Krieges ein ähnliches Fest erlebt, das Chan Sam zu verdanken war. Er hatte aus der Ferne dafür gesorgt, daß es ein ganzes gebratenes Schwein gab.

1945, als Ping zwei Jahre verheiratet war, fielen Atombomben auf Japan, zwangen es in die Knie und beendeten den Zweiten Weltkrieg. In China hatte das Ende dieses Kriegs sich bereits früher angekündigt. Aber nach 1943, als die Alliierten Japan im pazifischen Raum anzugreifen begannen und die Japaner in China nicht weiter vorankamen, brachen erneut Kämpfe zwischen Tschiang Kai-scheks Kuomintang und Mao Tse-tungs Kommunisten aus. Der lange Krieg gegen Japan war von diesen beiden Rivalen getrennt gekämpft worden und zeigte unterschiedliche Auswirkungen. Er hatte die korrupte und schlecht geführte Kuomintang sehr geschwächt, die Kommunisten jedoch gestärkt. Die kommunistischen Kampftruppen, die am Anfang der Auseinandersetzungen mit Japan nur aus einigen zehntausend Partisanen bestanden hatten, waren nun auf eine Million angewachsen. Am Ende des Krieges hatten sie Nordchina fest in der Hand. Mao ignorierte Tschiangs Forderungen, seine Armee aufzulösen. Der gleichermaßen egoistische Tschiang stand vor der Wahl, den Norden einem Feind zu überlassen, den er mehr als die Japaner haßte, oder zu versuchen, ihn militärisch zu zerschlagen, und entschied sich für letzteres. Im Sommer 1946 befand sich das Land erneut in einem erbitterten Bürgerkrieg.

Am Tag des Siegs über Japan mischten sich Hing und ihre Freundin Doreen unter die Menschenmassen, die auf der Granville Street zusammengekommen waren, um den Sieg zu feiern. Tausende strömten über die Bürgersteige, die Autos hupten, die Menschen sangen und lachten die ganze Nacht lang. In Chinatown herrschte unter den älteren Leuten keine solche Freude, denn sie hatten zu viel Angst vor dem nächsten Konflikt, der in China mit Sicherheit ausbrechen würde. Aber bei den jungen Menschen wie Hing, einer Generation von Kindern, die alle in Kanada geboren waren, verschwanden die Kriegsbilder so rasch wie ein Nachrichtenvorspann im Kino. An die Stelle der Ängste vor dem Krieg traten bei der Jugend Hoffnung und die Träume von einer Zukunft, die sämtliche Möglichkeiten offenhielt, eine Zukunft, die die Realität der anhaltenden Diskriminierung einfach ausklammerte.

Hing stürzte sich voll auf ihre Schule, das einzige, was ihr wirklich wichtig war. Sie war in der Schülervertretung und wirkte in verschiedenen Arbeitsgruppen sowie bei der Herausgabe des Schülerjahrbuchs mit. All dies kostete viel Zeit. Sie sagte sich, daß kluge Mädchen zwar nicht zu den beliebtesten zählten, daß aber gute Noten ihre einzige Chance beim Glücksspiel des Lebens waren, die einzige Gewähr, um ihr Leben zum Besseren hin zu wenden. Hing übertrug die strenge Disziplin, die ihre Mutter ihr in jungen Jahren abverlangt hatte, auf ihre schulischen Leistungen; über alles, das unter hundert Prozent lag, war sie enttäuscht. In den Nächten, in denen sie für Prüfungen in Chinesisch und Englisch lernen mußte, wand sie sich ein Band ins Haar, dessen anderes Ende sie an die Lampenschnur über ihrem Kopf befestigte. Diese Vorrichtung hatte sie aus einem der chinesischen Klassiker; sollte sie einnicken, dann würde es sie wecken, daß etwas an ihren Haaren zog. Sie lernte auch

Latein in der Schule und in ihrer Freizeit, denn sie hatte sich tatsächlich vorgenommen, Medizin zu studieren. Damals wußte sie nicht, daß die Universität von Britisch-Kolumbien in Vancouver, die zu den zehn besten Universitäten des Landes zählte, noch keine chinesischen Studenten, weder männlichen noch weiblichen Geschlechts, an ihre medizinische Fakultät zuließ.

Am Tag ihrer Abschlußfeier von der Strathcona-Junior-High-School war Hing so stolz, daß sie ihre Mutter bat, ein Foto von ihr aufnehmen zu lassen. Sie ging in die Hastings Street ins Wand-Studio und ließ sich in ihrem Prüfungskleid fotografieren, das sie gemeinsam mit ihrer Mutter gekauft hatte, ein stahlblaues Seidenkleid, dessen Halsausschnitt mit kleinen viereckigen Spiegeln besetzt war. Die Schüler mußten sich nun entscheiden, ob sie eine technische, wirtschaftliche oder akademisch ausgerichtete Schule besuchen wollten, je nachdem, ob sie sich mit einem High-School-Abschluß zufriedengeben oder danach noch die Universität besuchen wollten. Hing und Doreen, die inzwischen sehr eng befreundet waren, entschieden sich für letztere Möglichkeit. Sie trafen ein Abkommen, gemeinsam die Britannia-High-School bis zum Ende zu besuchen, sich gegenseitig dabei zu helfen, tüchtig zu lernen und an dem Tag, an dem sie die Prüfungen für die Zulassung zur Universität ablegen würden, gut genug zu sein, um ein Stipendium zu bekommen, womit sie ihre weitere Ausbildung finanzieren wollten. Damit hätten sie zur ersten Generation chinesischer Jugendlicher in Kanada gehört, die eine höhere Schulbildung bekam.

Der Optimismus dieser Generation, mit dem sie die Zwänge von Chinatown hinter sich lassen wollte, war nicht völlig unbegründet. Während des Zweiten Weltkriegs hatte sich die öffentliche Meinung in Kanada aufgrund des Patriotismus chinesischer Männer, die freiwillig in den Krieg zogen, geändert. (Anfangs waren die Chinesen noch nicht in die Armee eingezogen worden; die Politiker an der Westküste hatten die Regierung überzeugt, daß sie mit der Zulassung der Chinesen in die Armee riskierten, daß diese danach auch das Wahlrecht einforderten.) Sowohl das kanadische Parlament als auch der amerikanische Kongreß schlugen sich mit ihren vergangenen »Fehlern« gegen die Chinesen herum. Der Kongreß hatte bereits

1943, als China zum Kriegsalliierten wurde und nachdem Madame Tschiang Kai-schek auf einer Reise durch Amerika in allen Salons und in Washington gefeiert worden war, erste Schritte unternommen, seinen *Exclusion Act* zurückzunehmen. Die Vereinigten Staaten stellten eine jährliche Einwanderungsquote auf (die ursprüngliche Zahl wurde auf 105 Einwanderer festgelegt, was 1924 als akzeptabel gegolten hatte; einige Jahre lang konnte diese Quote der Einwanderungsbehörde zufolge nicht erfüllt werden, weil es zu wenige qualifizierte Antragsteller gab), aber schließlich durften auch Ehefrauen und Kinder ungehindert ins Land einreisen.

1947 änderte schließlich auch Kanada seine Politik der letzten fünfundzwanzig Jahre, in denen chinesische Einwanderer ausgesperrt worden waren und nur zwölf Chinesen, von denen zehn zu der ausgenommenen Schicht der Kaufleute und Wissenschaftler gehört hatten, als Einwanderer ins Land gekommen waren. Aber Kanada ließ die Schranken nicht so leicht fallen wie die Vereinigten Staaten: Nur Familienangehörige von Chinesen, die im Besitz der kanadischen Staatsbürgerschaft waren, durften einreisen (Weiße, die für Familienangehörige bürgen wollten, brauchten im Gegensatz dazu nur einen Wohnsitz in Kanada zu haben). Als Chan Sam von den Gesetzesänderungen erfuhr, suchte er einen Richter auf, der den Ruf hatte, den Chinesen wohlgesonnen zu sein, und beantragte seine Einbürgerungspapiere. Er hatte nicht die Hoffnung aufgegeben, eines Tages nach China zurückzukehren, aber er fürchtete, daß es gegen ihn sprechen könnte, wenn er dann nicht die Staatsbürgerschaft hatte. Mit dem offiziellen Foto, das für diesen Antrag aufgenommen wurde, war er so zufrieden, daß er eine Vergrößerung bestellte, die er hinter einen Papprahmen steckte und bei seinen Wertsachen aufbewahrte.

Kapitel 9

Während Hing entschlossen war, sich auf die Schule zu konzentrieren, dachten andere Mädchen in ihrem Alter eher an Jungen und an ihren Spaß. Trotz ihres eigenen früheren Verhaltens hatte May-ying strikte Ansichten über das Benehmen, das von einer tugendhaften Tochter erwartet wurde. »Spaß haben« war zwar akzeptiert, doch sie sah es als ihre Aufgabe, die Jungen auszuwählen, und hatte noch immer vor, später eine Ehe zu arrangieren. »Ich will nicht, daß du dich mit Jungen herumtreibst!« erklärte sie Hing. Dieses strikte Verbot erschien ihr angebrachter als der Gedanke, daß ihre Tochter vielleicht Jungen traf, die sie nicht billigte.

In May-yings Augen war Hing ungehorsam und rebellisch, wenn sie bloß fragte, ob sie zu irgendeinem geplanten Treffen von Jugendlichen in Chinatown oder in ihrer Schule gehen dürfe. Wenn Hing sie zu fragen wagte, unterstellte May-ying ihr sofort verdächtige Motive. »Warum willst du da eigentlich hin?« Wenn Hing dann verdrossen war, formulierte ihre Mutter es noch einmal anders: »Was hat es überhaupt für einen Sinn, dorthin zu gehen?« Da Hing sich noch gut an die Schläge und die vielen Vorträge in ihrer Kindheit erinnerte, zog sie sich nur noch weiter hinter eine Wand des Gehorsams zurück. Am Tag ihrer Abschlußprüfung von Strathcona, den sie damals für den aufregendsten Tag ihres Lebens hielt, fragte sie nicht einmal mehr, ob sie zu einer der darauffolgenden Parties gehen dürfe.

Doch gegen die Gesellschaft ihrer Freundinnen in Chinatown hatte May-ying nichts einzuwenden, solange Hing ihrer Verantwortung als älterer Schwester nachkam und Gok-leng überallhin mitnahm. Hing war unter den etwa acht Mädchen aus Chinatown, die sowohl die chinesische als auch die englische Schule besuchten. In diesem Kreis waren Doreen Jang und Amy Gee die Magneten, um die herum alle anderen sich trafen. Die Wohnungen dieser zwei Mädchen waren eine Art Clubraum für Chinatowns Jugendliche. Doreens Mutter, die mit einem Mann zusammenlebte, der sein Geld mit dem Transport lebender Hühner verdiente, freute sich über die Beliebtheit ihrer munteren, fröhlichen Tochter. Amy Gees Vater, der eine Ehefrau in China und eine weitere in Kanada verloren hatte, lebte nun als Witwer mit seinen sechs Kindern in einer Wohnung über dem Seidengeschäft von Kuo Kong. Auch er sah es gern, daß seine Kinder viele Freunde hatten, und beschwerte sich nie über die Massen, die um das Stereogerät herum tanzten, oder darüber, daß zum Abendessen oft ein paar Extragedecke auf den Tisch kamen. Als Amys ältere Geschwister anfingen, Verabredungen zu treffen, sagte er: »Solange ihr keinen Japaner oder Glücksspieler heiratet, ist es mir egal, ob es nun ein Chinese, ein Schwarzer oder ein Weißer ist.« Diese sehr liberale Haltung unterschied ihn von vielen aus seiner Generation und selbst aus der Generation seiner Kinder. Ein chinesischer Junge, der mit einem weißen Mädchen ausging, vermied es, sich in Chinatown zu zeigen, denn er wußte, es würde sofort das Gerücht umlaufen, daß er mit einer Prostituierten gesehen worden sei.

Während der Woche saß Hing abends noch lange über ihren Schulbüchern, an den Wochenenden erklärte sie ihrer Mutter beim Abendessen, sie würde später noch ihre Freundinnen bei Doreen oder bei Amy besuchen. May-ying billigte die beiden Familien. Doreens Mutter hatte früher als Teehausbedienung gearbeitet, Amys Vater betrieb die Taubenlotterie, die täglich in Chinatown gezogen wurde. Hing spürte zwar, daß sie eine der Regeln ihrer Mutter übertrat, weil sie ihr verschwieg, daß dort oft auch ältere Jungen zu Besuch waren. Aber schließlich war es nicht so wichtig; die Unternehmungen ihrer Freundinnen waren wirklich noch sehr unschuldig.

Von den Wohnungen der Mädchen aus machte sich die Gruppe zu Ausflügen außerhalb Chinatowns auf. Manchmal gingen sie ins öffentliche Schwimmbad. Obwohl die Regeln dort kürzlich geändert worden waren, so daß jetzt auch Chinesen das Schwimmbrecken benutzen durften, gingen sie nur dorthin, um den anderen beim Schwimmen zuzusehen. Häufig gingen die Mädchen in ein Kino an der Granville Street, um sich den neuesten Film mit Ingrid Bergman anzuschauen, und danach unternahmen sie noch einen Abstecher in eines der Cafés, die damals gerade modern waren – das »Pa Ma«, »Scott's« oder »Purdy's«. Sie ignorierten die abschätzigen Blicke des Personals, und sie verstanden den Aufdruck am unteren Rand der Speisekarte: »Nur weiße Mitarbeiter«. Hauptsächlich gingen sie dorthin, um die Wahrsagerin dort zu bitten, aus ihren Teeblättern zu lesen, in der Hoffnung, sie werde darin die Initialen ihrer zukünftigen Freunde entdecken.

Chinatown schrumpfte weiterhin. Sobald der Zweite Weltkrieg zu Ende war, besorgten sich viele der älteren Junggesellen eine Schiffspassage nach China. Der erneut aufgeflammte und erbitterte Bürgerkrieg, der Kampf bis aufs Letzte zwischen den Kuomintang und den Kommunisten, kümmerte sie wenig; sie wollten vor allem ein letztes Mal ihre Heimat sehen. Als die kanadische Regierung 1947 das Aussperrungsgesetz aufhob, wirkte sich dies anfangs kaum auf den Bevölkerungsschwund in Chinatown aus. Im ersten Jahr nach der Aufhebung nahm Kanada nur einundzwanzig chinesische Immigranten auf, im zweiten Jahr dreiunddreißig. Die Geburtenrate blieb weiterhin niedrig, da in späteren Jahren die Väter, die für ihre Familienangehörigen bürgten, eher ihre Söhne ins Land brachten als ihre Töchter.

Nach dem Krieg versuchte jeder, der sich eine bessere Bleibe leisten konnte, aus Chinatown auszuziehen. Wie andere kanadische Familien hatten auch die chinesischen Familien den Wunsch nach einem Eigenheim, konnten sich jedoch nicht unbedingt aussuchen, wo sie wohnen wollten. Mr. Gee hatte schon eine Vorauszahlung auf ein Haus in Kitsilano geleistet, einem dicht besiedelten Wohnviertel der Mittelschicht, das sich von der English Bay den Hügel hinauf erstreckte, da bekamen die weißen Nachbarn zu Ohren, daß eine chinesische Familie in dieses Haus einziehen wollte, und verfaßten eine Unterschriftensammlung dagegen. Mr. Gee gab auf und verlor auch seine Anzahlung. Aber als es ihm ein paar Jahre später tatsächlich gelang, seine Familie umzusiedeln, rächte er sich insgeheim, indem er in das frühere Haus des japanischen Konsuls zog, das damals billig zu haben war und in dem weißen Oberschichtenviertel Shaughnessy lag. In dieser Zeit ließen sich die Familien, die noch in Chinatown lebten, an zehn Fingern abzählen.

»Warum kaufst du dir nicht ein Haus an der Keefer?« schlugen May-yings Freunde ihr vor, als sie plötzlich einmal zu Geld gekommen war. Großvater Eng von Sing Kees Konditorei hatte ein Mah-Jongg-Turnier veranstaltet, das ein ganzes Wochenende lang dauerte. Man spielte Tag und Nacht, wobei Tee und Reis mit gebratenem Gemüse serviert wurden. Sonntag nacht stellte sich May-ying als die große Gewinnerin heraus und nahm fast zweitausend Dollar mit nach Hause.

Keefer war eine der ersten Straßen außerhalb Chinatowns, an der Chinesen sich Häuser kauften. Manche dieser Häuser waren von den Sippen- oder Distriktverbänden erworben und dann an Junggesellen vermietet worden, andere wurden von den ersten in Chinatown angekommenen Kaufleuten wie Oma Yip und ihrem Mann erstanden, nachdem sie in den Ruhestand getreten waren. Es handelte sich dabei um kleine, einfache Holzhäuser mit einem winzigen Vorgarten ohne Keller oder Zufahrtsstraße. Mit ihrem Gewinn hätte May-ying sich durchaus so ein Haus kaufen können.

Aber sie hatte ihre eigenen Pläne, sich etwas Gutes zu tun. Eine ihrer Freundinnen hatte davon gesprochen, zusammen mit ihrer Tochter Margaret nach San Francisco zu reisen, um dort ihre zukünftigen Schwiegereltern zu besuchen. Margaret und Raymond, der momentan seinen Militärdienst in Übersee ableistete, hatten sich in Vancouver kennengelernt und verlobt. May-ying beschloß, einen Teil ihres Gewinns dazu zu verwenden, gemeinsam mit Hing und Gok-leng nach San Francisco zu reisen, um Nordamerikas größtes Chinatown zu besichtigen und über die Golden-Gate-Brücke zu fahren. Sie schlug vor, daß die beiden Mütter mit ihren Kindern die Reise gemeinsam machen sollten, wobei jede für ihre eigenen Unkosten aufkommen würde. Die andere Frau hatte einen Bekannten, der sie in seinem Auto mitnehmen wollte, wenn sie seine Unkosten übernahmen. Zusammen mit dem Fahrer, Gok-leng und einer Freundin von Margaret waren es sieben Personen. Die Reise sollte drei Wochen dauern. Sie kamen nur langsam voran; zwar waren die Sommertage lang und die Nächte kurz, aber der Fahrer fühlte sich auf der Straße nur nachts sicher.

Sie waren schon fast bei Raymonds Eltern angekommen, da rückte Margaret zaghaft damit heraus, daß sie bereits geheiratet hätten, und zwar kurz vor Raymonds Abreise. Diese Nachricht kam ziemlich überraschend, aber Margarets Mutter freute sich darüber und vergab ihrer Tochter sofort. Hing sah wieder einmal den Unterschied zwischen einer liberalen Mutter und ihrer eigenen, die alles andere als liberal war. Und Hing beging auf dieser Reise May-ying zufolge ein ganz entsetzliches Unrecht.

Die drei Mädchen gingen unter der Schutzherrschaft von Margaret, einundzwanzig und »verheiratet«, aus, um in einem Nachtclub ein paar Bekannte zu treffen, unter denen sich auch junge Männer befanden. Hing, die nach wie vor Jungen gegenüber schrecklich schüchtern war, wechselte kaum ein Wort mit ihnen. Als elf Uhr vorüberging, was zu Hause ihre strikte Heimkehrstunde war, wurde Hing ziemlich nervös bei dem Gedanken an ihre Mutter. Der Club schloß erst um zwei Uhr nachts, und es wurde noch später, bis die Mädchen endlich wieder im Hotel waren. Hing ging ins Bett, wußte jedoch, daß May-ying aus ihrem späten Nachhausekommen unweigerlich auf die Anwesenheit von Jungen schließen würde. Und die Tatsache, daß es sich um Jungen handelte, die ihre Mutter nicht kannte, verstärkte Hings Schuldbewußtsein noch.

Am nächsten Morgen war Margarets Mutter völlig ungerührt, nicht jedoch May-ying. Vor allen anderen fragte sie Hing vorwurfsvoll: »Wo hast du letzte Nacht gesteckt?« und wollte gar keine Antwort auf ihre Frage, fuhr vielmehr fort: »Warum bist du überhaupt zurückgekommen? Warum haust du nicht einfach ab und stirbst auf der Stelle? Hau ab und stirb!«

An diesem Abend gingen die anderen ins Kino, doch Hing blieb im Hotel und schrieb unter Tränen einen Brief an ihre Freundin Elsie, in dem sie ihr mitteilte, daß es ihr schrecklich ginge und daß sie gar nicht weiter Urlaub machen wollte. Am liebsten wäre sie tatsächlich dem Vorschlag ihrer Mutter gefolgt. Wofür lebe ich eigentlich? fragte sie sich.

Wie immer fand sie in der Schule die Antwort auf diese Frage. In der englischen Schule benutzten alle chinesischen Schüler ihre englischen Namen. Hing nannte sich Winnie, was sie sich ja schon in der Vorschule ausgesucht hatte. Hing und Doreen kamen in der neuen Schule, in der Britannia-High-School, in die neunte Klasse. Sie besuchten zwar nicht dieselben Kurse, weil sie unterschiedliche Noten hatten, blieben aber die besten Freundinnen, und Doreens ansteckendes Lachen war immer ein Gegengewicht zu Hings bedrückendem Ernst. Die beiden teilten sich einen Schrank und trafen sich auch zum Mittagessen. Manchmal gönnten sie sich eine halbe Honigmelone mit Eiscreme in einem Café um die Ecke, gegenüber der Grandview-Handelsschule für Mädchen.

In eben diesem Café verkündete Doreen eines Tages gegen Ende der neunten Klasse eine Nachricht, die Hing wie eine Bombe traf. Sie sagte, daß sie im nächsten Jahr nicht mehr die akademische Richtung verfolgen, sondern auf die Grandview-High-School überwechseln wolle. »Geometrie, Algebra, Naturwissenschaften – das ist mir alles zu schwer, das liegt mir einfach nicht«, sagte Doreen.

Bald genug kam jedoch der wahre Grund heraus. »Wie kann ich denn daran denken, jemals auf eine Universität zu gehen, Winnie? Woher soll ich das Geld dafür nehmen?« Doreen faßte Hings eigene traurige Gedanken in Worte. Die Mädchen hatten von sich aus beschlossen, den Traum von einer Universitätsausbildung zu verfolgen; niemand hatte sie dabei unterstützt. Bis auf die Tante einer Klassenkameradin, die angeblich Ernährungswissenschaften studiert hatte, kannte Hing in Chinatown niemanden, der eine Universität besucht hatte, den sie sich als Vorbild nehmen konnte. Die wenigen Universitätsstudenten stammten überwiegend aus Familien der Mittelschicht, die außerhalb von Chinatown lebten und damit einen Schritt auf der gesellschaftlichen Leiter nach oben geklommen waren. Das Leben neben weißen Nachbarn, unter denen viele selbst auch studiert hatten, verstärkte den Ehrgeiz dieser Kinder. Unter den Immigranteneltern von Hings Generation gab es so gut wie keine Universitätsabsolventen; die meisten waren auf dem Land geboren und hatten kaum eine Ausbildung. Erst nach Aufhebung der Aussperrung durften die Chinesen auch zur Wahl gehen – eine Voraussetzung, um einen akademischen Beruf auszuüben. Doch es mußten noch andere Schranken fallen, bevor es mehr chinesische Ingenieure, Rechtsanwälte, Steuerberater, Apotheker, Ärzte und Zahnärzte gab. Selbst wenn sie es sich hätten leisten können, sahen die meisten Eltern in Chinatown wenig Sinn darin, ihren Kindern eine Universitätsausbildung zu bezahlen, nur um sie dann in Positionen zu sehen, die kaum besser waren als ihre eigenen – als Bedienungen und Taxifahrer, in den Wäschereien, Sägewerken und Kaufhäusern –, also entweder in Chinatown oder dort, wo Weiße sie arbeiten ließen.

Hing mußte gemeinsam mit Doreen diese triste Realität einsehen und beschloß, gemeinsam mit ihrer Freundin zur Grandview überzuwechseln. Doreen, die wußte, wie enttäuscht Hing war, versuchte, sie zu trösten. »Von uns allen hättest nur du die guten Noten gehabt, um zur Universität zu gehen, Winnie.« Aber Hing hatte es schon aufgegeben, diesen Schritt weiter zu bedauern. Sie dachte an die Erfolgsgeschichte von Jessie Chang aus Nanaimo, dessen Familie einen Laden und eine Schweinefarm besaß. Jessie konnte nachgewiesenermaßen fünfundsiebzig Wörter pro Minute tippen und arbeitete in Ottawa in einer Regierungsbehörde, hatte damit also einen so sicheren Arbeitsplatz wie nur wenige andere Chinesen. »Wir werden einfach in der Handelsschule die Besten sein, Doreen«, sagte Hing. »Wir werden die besten Abschlußprüfungen machen!«

Auch auf der Grandview teilten sich die beiden Mädchen wieder einen Schrank. Hing bekam sehr gute Noten in ihren Wirtschaftskursen – Wirtschaftsenglisch und Rechtschreibung, Stenographie und Schreibmaschine – und auch in einem ihrer Wahlfächer; in der Hauswirtschaftsklasse nähte sie das beste Kleid von allen. Als Chan Sam sie wieder einmal besuchte, erzählte sie ihm von ihren neuen Plänen, und sofort kaufte er ihr eine gebrauchte Schreibmaschine. Jeden Abend vor dem Abendessen, wenn Hing in die Tasten hämmerte und versuchte, schneller zu werden und weniger Fehler zu machen, sagte sie sich immer wieder, daß sie die Schule mehr mochte als je zuvor, so sehr wie sonst nichts und niemanden auf der Welt.

Ein Jahr nach ihrem Gespräch in dem Café sah Hing eines Morgens an der Innenwand ihres Schulschranks einen Zettel kleben. Er stammte von Doreen. »Winnie, ich höre mit der Schule auf. Warum, kann ich dir jetzt nicht sagen. Die Haare würden dir zu Berge stehen. Eines Tages wirst du mich verstehen. Ich werde unsere guten Zeiten sehr vermissen; du wirst mir als Schrankpartnerin und als Freundin sehr fehlen. Auf Wiedersehen, Doreen.«

Hing war wie vom Blitz getroffen. Gleich nach der Schule besuchte sie Doreen und fand sie in Tränen. Wenn Doreens Mutter nicht bemerkt hätte, daß ihre Tochter kaum mehr etwas zu Mittag aß, hätte Doreen gar keinen Grund gesehen, die Schule aufzugeben. Ihre Mutter hatte sie gefragt, ob ihr denn manchmal schlecht sei, und als Doreen diese Frage bejaht hatte, wollte sie wissen, wann sie denn zum letztenmal ihre Periode gehabt habe. Als Doreen sich nicht daran erinnern konnte, mußte sie zum Arzt, der den Verdacht ihrer Mutter auf eine Schwangerschaft bestätigte. »Dafür hast du eine Tracht Prügel verdient«, meinte ihre Mutter. Ein paar Wochen später marschierte Doreen, ganz in Rosa gekleidet und mit einer dazu passenden Handtasche, die sie gegen ihren Bauch preßte, den Mittelgang in einer Vereinigten Kirche in der Nähe von Chinatown entlang zum Altar, um den Jungen zu heiraten, der sie »in Schwierigkeiten gebracht« hatte. Sie waren beide sechzehn.

In der darauffolgenden Zeit war Hing schrecklich deprimiert und völlig verwirrt. Vor ihr lagen noch zwei Jahre bis zu ihrer Abschlußprüfung, die sie ohne ihre beste Freundin und deren Unterstützung zu bewältigen hatte. Bis zu diesem Zeitpunkt hatte sie treuherzig angenommen, daß nichts wichtiger sei als die Schule, daß ihr nichts in den Weg geraten könne, um ihre Ausbildung abzuschließen. Jetzt erkannte sie, daß das Leben ein Hindernis nach dem anderen aufstellen konnte. Zum erstenmal in ihrem Leben war sich Hing unsicher, was es denn brachte, stets um die besten Noten zu kämpfen und zu den Klassenbesten zu gehören. Sie erinnerte sich an das, was Amy einmal gesagt hatte, um sie dazu zu bringen, nicht mehr ihre Leistungen mit denen ihres Rivalen, Norman Wong, zu vergleichen. »Ach, Winnie, es geht doch nicht nur um Noten! Wichtiger ist doch, was du in der Arbeitswelt leistest!« Damals hatten Amys Worte sie verletzt, heute dachte sie, daß wohl etwas Wahres an ihnen gewesen war.

Als sie nachts wieder einmal keinen Schlaf fand, hörte sie die Tür leise aufgehen und ihre Mutter hereinschleichen. Dies war nichts Ungewöhnliches; May-ying kam oft mitten in der Nacht aus Guens Zimmer zurück. Aber diesmal war ihre Mutter nicht allein. Ein Mann begleitete sie.

»So ein Mittel habe ich natürlich nicht zu Hause und wüßte auch gar nicht, was ich kaufen müßte, um es herzustellen«, sagte der Mann. Hing kannte seine Stimme nicht.

»Setz dich, so setz dich doch!« sagte May-ying. »Du kannst etwas davon probieren und auch noch ein bißchen was davon mit heimnehmen.« Die beiden gaben sich keine Mühe, leise zu sprechen.

Hing blickte auf ihren Wecker, es war drei Uhr früh. Sie kochte vor Wut, daß ihre Mutter mitten in der Nacht einen Fremden mit nach Hause brachte. Sie waren wohl unter den letzten Spielsalongästen gewesen und dann nach der Sperrstunde hinausgeworfen worden. Hing warf einen Blick auf ihren Bruder; zumindest war er nicht aufgewacht. Aber das Geräusch von Stühlen, die auf dem Holzfußboden hin und her geschoben wurden, das Klappern der Schranktüren, das Aufschrauben eines Deckels, das Plätschern von Gin, der aus einem der Einweckgläser in ein Trinkglas gefüllt wurde, dröhnten in Hings Kopf.

»Probier mal das hier!« sagte May-ying. »Ich nehme es ganz allgemein für meine Gesundheit und wenn ich nicht einschlafen kann. Es wird deinem Kreislauf guttun.«

Hing war entrüstet. Dieses Gebräu war viel stärker als gewöhnlicher Gin, denn die Kräuter fermentierten drei bis vier Monate in dem Alkohol. Diese Angeberei ihrer Mutter mit ihren Kräutertinkturen war nur eine weitere ihrer Ausreden, um Alkohol zu trinken.

Nachdem der Mann gegangen war und May-ying schon tief schlief, war Hing wacher als je zuvor. All das, was sie am Leben ihrer Mutter haßte – das Spielen, die Männer, das Trinken, ihr labiler Gesundheitszustand –, vermischte sich zu einem ungeheuren Haßgefühl. Bevor sie recht wußte, was sie tat, war sie schon aufgestanden und auf die andere Seite der Trennwand gegangen; nun stand sie da und umfaßte mit beiden Händen das schwere Einweckglas.

Sie war wütend genug, um es auf den Boden zu schmettern, aber plötzlich war die Auflehnung gegen ihre Mutter verschwunden. Sie schaffte es, sich wieder unter Kontrolle zu bringen und das schwere Glas zurückzustellen, aber der Deckel fiel herunter und rollte auf den Boden. Als sie danach griff, verschüttete sie etwas von dem Gebräu. Jetzt zitterte sie vor Furcht über ihre Tat, schraubte den Deckel wieder fest auf das Glas und wischte das Verschüttete auf. Dann kroch sie in ihr Bett zurück und dachte, daß ihre Mutter sie sicher umgebracht hätte, wenn sie das Glas zerbrochen hätte.

Als sie schließlich zu zittern aufhörte, wurden auch ihre Gedanken wieder klarer. Sie sagte sich ganz ruhig, daß es einfach nicht so weitergehen konnte mit ihrer Mutter. May-ying spielte und trank, sie kränkelte ständig; wenn das nicht aufhörte, würden sie bald nichts mehr zu essen auf dem Tisch haben. Hing dachte an den schlimmsten Fall: May-ying konnte ernsthaft krank werden, vielleicht sogar sterben. Was sollte dann aus Gok-leng werden? Plötzlich wurde Hing klar, daß sie ihre Liebe zur Schule dem Wohl der Familie opfern und sich möglichst rasch in die Lage bringen mußte, ihre Mutter und ihren Bruder, falls nötig, zu unterstützen. Sie wußte nun, was sie zu tun hatte.

Am Morgen ging sie zum zweitenmal in dieser Woche zum Direktor ihrer Schule. Das erstemal hatte sie ihn auf Doreens Bitte hin aufgesucht und war von seinem Mitgefühl sehr beeindruckt gewesen. Hing vertraute Mr. Webster ihre Sorgen über ihr unsicheres Zuhause an. Sie erzählte ihm, daß nach ihrem Gefühl nicht mehr viel Zeit blieb; sie glaube nicht, daß ihre Mutter sie und ihren Bruder noch zwei Jahre bis zu ihrem High-School-Abschluß unterstützen könne. Dann teilte sie ihm ihren Entschluß mit, die Schule verlassen zu wollen. Sie wollte versuchen, das Geld aufzutreiben, um eine private Sekretärinnenschule zu besuchen, auf der sie in einem halben Jahr ein Wirtschaftsdiplom bekommen konnte, und danach eine Arbeit finden.

Zu ihrer Überraschung war Mr. Webster sehr verständnisvoll. »Ich verliere nur sehr ungern eine der besten Schülerinnen von Grandview, aber du tust das Richtige.« Er erwähnte den Begriff »Vorurteil«, sagte, daß die High-School nicht unbedingt ihre Berufsaussichten verbesserte, gestand ihr, daß es ihm nicht gelungen war, seinen besten chinesischen Schülern eine Anstellung zu verschaffen, daß jeder, den er zu einem Einstellungsgespräch geschickt hatte, mit den Worten »Die Stelle ist schon besetzt« oder »Wir stellen keine Chinesen ein« abgewiesen worden war. Hing verließ Mr. Websters Büro mit einem Zeugnis, das ihren Übertritt in die zehnte Klasse bestätigte, obwohl sie noch zwei Monate bis dahin gehabt hätte.

An diesem Abend fand Guen Hing still in einer Ecke sitzend vor, als er mit einer Tüte Lebensmittel hereinkam und das Abendessen vorbereiten wollte. »Warum übst du nicht auf deiner Schreibmaschine?« fragte er. Hing sagte ihm, daß sie mit der Schule aufgehört hatte. Sie wolle nun einen privaten Sekretärinnenkurs besuchen, fuhr sie fort, aber sie habe nicht das Geld für die monatlichen Unterrichtsgebühren und für die Busfahrt in die Stadt und zurück. Wie sie gehofft hatte, kam Guen ihr entgegen und meinte, er würde für ihre Unkosten aufkommen. Er war auch damit einverstanden, ihrer Mutter vorerst nichts davon zu erzählen, denn Hing wollte ihr nicht ihren Entschluß erklären. Sie würde ja zur gleichen Zeit das Haus verlassen und wieder heimkommen.

Nach nur zwei Monaten auf dem Pitman-Business-College konnte Hing mehr als fünfundsiebzig Wörter in der Minute tippen; noch vier Monate, dann würde sie sich eine Arbeit suchen können.

Die ganze Zeit, in der Hing ihre beruflichen Pläne vor ihrer Mutter verheimlichte, versuchte diese nach wie vor, sie in eine andere Richtung zu lenken. Als ihre Tochter siebzehn wurde, übernahm May-ying es, sie mit dem »Gedanken an Jungen« vertraut zu machen. Da sie zu anderen Familien kaum Verbindung hatte und davon ausging, daß die Leute in Chinatown auf ihre Tochter herabsahen, bemühte sich May-ying, Hing mit einigen der Jungen bekannt zu machen, die aus San Francisco nach Vancouver kamen, um dort auf die schnelle eine Ehefrau zu finden.

Da Mädchen im heiratsfähigen Alter auf beiden Seiten der Grenze knapp waren, gab es eine Menge Junggesellen, die aus San Francisco anreisten. Kanadische Mädchen hatten den Ruf, sehr hübsch zu sein, und amerikanische Jungen hatten einiges, was für sie sprach. Zwar arbeiteten viele von ihnen in San Franciscos Chinatown, aber manche besaßen einen Universitätsabschluß, und man nahm an, daß sie viel Geld hätten. Für May-ying war Geld das wichtigste Attribut eines zukünftigen Schwiegersohns. Wenn sie ihre Tochter mit Geld verheiratete, dann wäre auch für ihren Sohn gesorgt. »Wenn du verheiratet bist, *Ah* Hing, dann nimmst du Gok-leng zu dir und gibst ihm ein richtiges Zuhause. Das würde mich sehr glücklich machen. Versprich mir, daß du das tun wirst!« sagte May-ying oft.

Wenn sie von Bekannten erfuhr, daß wieder einmal Jungen aus San Francisco gekommen waren, richtete May-ying es ein, daß ihre Tochter einen davon kennenlernte. Natürlich kam sie als Anstandsdame mit. Mit einem chinesischen Sprichwort erhob Hing Einspruch gegen die Versuche ihrer Mutter, ihr einen Mann auszusuchen: »Und was ist, wenn er salzige Speisen mag und ich süße?« Aber solche Vorbehalte wurden übergangen. Die Ausflüge, für die der Junge bezahlen mußte, waren angenehm genug; meist handelte es sich um eine Bootsfahrt auf der Horseshoe Bay, und Guen und Gok-leng kamen auch mit.

Ein Junge war so interessiert, daß er Hing fragte, ob er sie am nächsten Tag noch einmal sehen könne. Eine Gruppe Jugendlicher wollte einen Tagesausflug zu den heißen Quellen von Harrison machen. Es sollte um sechs Uhr früh losgehen, und der Junge wollte sie dazu abholen. »Komm bitte nicht, ich kann nicht mit!« sagte Hing leise und atemlos, ahnend, was ihre Mutter, die in Hörweite war, dazu sagen würde. May-ying zufolge reichte ein Ausflug, mehr Zeit brauchte man mit keinem Jungen zu verschwenden. Ein zweites Treffen war nur dann notwendig, wenn es sich tatsächlich um einen angemessenen Ehemann handelte, und bis dahin hatte May-ying nicht die Absicht, Hing allein mit einem Jungen ausgehen zu lassen.

Die Tatsache, daß andere Eltern nachgiebiger, vertrauensvoller oder einfach gelassener waren, spielte keine Rolle. Der Gehorsam, den May-ying ihrer Tochter eingepflanzt hatte, brachte Hing dazu, sich selbst gegenüber fast ebenso unnachgiebig zu sein wie ihre Mutter. Eine ihrer Freundinnen war so verärgert über Hings Weigerung, sich ein zweites Mal mit einem Jungen zu verabreden, daß sie ihr einen Brief schrieb: »Winnie, du solltest von deinem hohen Roß absteigen! Warum versuchst du eigentlich ständig, den Erwartungen deiner Mutter nachzukommen? Glaubst du denn, du wirst mit einem Baby heimkommen, wenn du mit einem Jungen ausgehst?« Dieser Brief machte Hing zwar betroffen, aber nicht so sehr, daß sie gegen ihre Mutter aufbegehrte.

Hing war seit drei Monaten bei Pitman, da kam es dazu, daß nicht nur ihre Mutter, sondern die gesamte chinesische Verwandtenhierarchie sie unter Druck setzte. Ihre Patentante Yoong Fong zitierte Hing zu sich nach Calgary. Sie dachte fälschlicherweise, daß ihre Patentochter Sommerferien habe – es war Juli –, und wollte, daß Hing für sie arbeitete. Sie war gerade von einer Angestellten in ihrem Sunny Side Café im Stich gelassen worden, die Probleme mit ihrem Freund bekommen hatte. Hing wagte noch immer nicht, zu gestehen, daß sie die High-School an den Nagel gehängt und sich bei Pitman eingeschrieben hatte. Außerdem stellte May-ying klar, daß dem Ruf einer Patentante gefolgt werden mußte wie dem der eigenen Mutter.

Als Hing in Calgary ankam, stellte sie fest, daß Fong und ihr Freund in einem erbitterten Streit lagen. Einen Monat später fuhr Fong mit Hing im Schlepptau nach Edmonton, um sich mit ihrem neuen Freund, dem Besitzer des New Way Café, zusammenzutun. Sie versuchte, Hing dazu zu bringen, sich für den dortigen Koch zu interessieren, einen Mann aus China, der doppelt so alt war wie Hing. »Er ist ein guter Mensch. Es wäre doch nett, wenn ihr beide hier arbeiten könntet! Er könnte kochen, und du könntest dich um die Kasse kümmern.« Als die Patin ihr schließlich vorwarf, sie würde nach Jungen »Ausschau« halten, nur weil ein Bursche aus dem Ort einmal bei ihr angerufen hatte, reichte es Hing. Sie schrieb an May-ying, die ihr gestattete, früher heimzukommen.

Wenn Amy nicht gewesen wäre, wäre Hing wieder zu Pitman zurückgekehrt. Amy hatte von ihren weißen Freundinnen erfahren, daß die Kommunalregierung eine dreijährige Ausbildung für Psychiatrieschwestern ausgeschrieben hatte, die auch im Krankenhaus, dem Essondale Mental Hospital, wohnen sollten. Voraussetzung war der Besuch von mindestens zehn Schulklassen. Typisch Amy, daß sie auf so etwas kommt, dachte Hing und erinnerte sich daran, daß ihre Freundin die Abenteuerlustigste aus ihrer Gruppe gewesen war, die die anderen immer dazu bewegt hatte, an Orte zu gehen, an denen sie noch nie gewesen waren, und Dinge zu tun, die sie noch nie getan hatten. Unter Amys Führung reichten Hing und noch zwei weitere Mädchen aus Chinatown ihre Bewerbungen ein. Vierzehn weiße Mädchen und Hing schafften die Aufnahmegespräche. Den anderen erfolgreichen Antragstellerinnen sagte man nur, wann sie sich zu ihrem ersten Unterrichtstag einzufinden hätten, Hing hingegen teilte man mit, daß ihre Bewerbung noch von der Krankenhausdirektion gebilligt werden müsse.

In diesem Herbst zog die achtzehnjährige Hing aus der Pension aus, in der sie zuletzt mit ihrer Mutter gelebt hatte. Sie umklammerte einen kleinen weißen Koffer, in dem sich ihre persönlichen Habseligkeiten befanden, einschließlich eines chinesischen Klassikers, *Moment in Peking*, verfaßt von dem bekannten Philosophen Lin Yu Tang, ein Buch, das sie einmal als Preis für hervorragende Leistungen in der englischen Schule verliehen bekommen hatte, und einer Dose Noxema-Hautcreme, die sie immer bei sich trug. Nachdem sie May-ying und Gok-leng versprochen hatte, sie gleich an ihrem ersten freien Tag zu besuchen, ging sie zur Bushaltestelle und stieg in den Bus, der sie in einer dreiviertel Stunde nach Essondale, einer Haltestelle vor Port Coquitlam, brachte.

Aufgeregt marschierte Hing über die weiten, gepflegten Anlagen hin zum Hauptgebäude des Krankenhauses, wo sie sich als Miß Winnie Chin vorstellte. Man zeigte ihr die Räume, in denen die Schülerinnen des ersten Lehrjahrs in ihrer Orientierungsphase wohnten, im dritten Stock gegenüber von Patientenzimmern. Eine Woche später bekam Winnie Chin ein Zimmer im Wohnheim der Schwesternschülerinnen zugewiesen. Auf einem Hügel oberhalb dieses Gebäudes standen sechs Häuschen, in denen die bereits ausgebildeten Schwestern wohnten, auf dem nächsten Hügel mehrere von Ärzten bewohnte größere Häuser. Stolz wie nie zuvor marschierte Winnie in ihrer Schwesternuniform und ihrem Häubchen in der Anlage herum, von den Ärzten mit »Miß Chin« angesprochen.

Die Ausbildungsleiterin, eine kräftige, grauhaarige Frau, rief Winnie zu sich ins Büro, nachdem sie ihr im Zuge der ersten Prüfungen einen psychologischen Fragebogen ausgehändigt hatte. Miß Pearson sah sie starr an und erklärte ihr, daß sie eine ziemlich verwirrte, gestörte Person sei. Winnie erkannte zu spät, daß sie beim Ausfüllen des Fragebogens zu ehrlich gewesen war. Fragen über ihr Familienleben und ob ihre Eltern eine glückliche Ehe führten, hatte sie wahrheitsgemäß beantwortet. Bei der Frage, ob sie froh war, ein Mädchen zu sein, hatte sie so geantwortet, wie sie dachte, daß ihre Mutter es empfand, nämlich daß jeder glücklicher gewesen wäre, hätte sie als Junge das Licht der Welt erblickt. »Wie warst du denn in der High-School?« wollte Miß Pearson zweifelnd wissen. »Ganz gut«, erwiderte Winnie in typisch chinesischer Bescheidenheit.

Nach diesem Treffen war sie trotz ihrer stets guten Noten im Unterricht und auf der Station im Zweifelsfall immer die erste, auf die der Verdacht fiel, wenn etwas Fragwürdiges passiert war. Man warf ihr vor, in den Nachtschichten zu schlafen, wenn sie nicht schnell genug zum Telefon eilte; man sagte ihr, daß ein paar ältere Schwestern nicht mit ihr zusammenarbeiten wollten; sie wurde ins Büro zitiert, als sie einmal ziemlich abgenommen hatte, und gefragt, was in ihrem Privatleben denn an ihrem Gewichtsverlust schuld sei. Alle anderen schafften die dreimonatige Probezeit, Winnies Probezeit wurde um weitere drei Monate verlängert. Sie glaubte, daß diese Schikanen wohl zum Ziel hätten, sie zum Aufgeben des Kurses zu bewegen, und wurde dadurch nur in ihrem Entschluß bestärkt, zu bleiben.

Man tat gut daran, das Jahr 1948 nicht in Chinatown zu verbringen. Die Stimmung verdüsterte sich zunehmend. Die alten Immigranten wie Chan Sam, der inzwischen einundsechzig war, sprachen fast nur noch über den rapiden Vormarsch der Kommunisten in China. Wie andere in Übersee lebende Chinesen zeigte auch Chan Sam seine Loyalität, indem er Wertpapiere kaufte, um Tschiang Kai-schek zu unterstützen, und Geld spendete, mit dem die Kuomintang ihre Kampftruppen ausrüsteten und ihr Arsenal vergrößerten. Männer wie Chan Sam, die ein neuerbautes Haus und ein paar zusätzliche *mau tin* besaßen, also das geschafft hatten, was ihre Vorfahren generationenlang angestrebt hatten, lebten jetzt in großer Angst vor einem Sieg der Kommunisten, die inzwischen den Süden infiltrierten. Alle sprachen davon, daß sie zu Hause schon auf der schwarzen Liste stünden, daß ihre Familien mit Sicherheit Repressalien erwarteten und daß sie alles verlieren würden, wofür sie ihr ganzes bisheriges Leben geopfert hatten.

Mit dem erneuten Aufflammen des Bürgerkriegs trat China in das zwanzigste Jahr von Krieg und Konflikten ein. Die meisten Chinesen waren von all diesen Strapazen so erschöpft, daß sie nur Frieden und Stabilität haben wollten. Das kommende Ende war vorhersehbar. Die unfähige Nationalregierung hatte der Wirtschaft schwer geschadet; überall herrschte Korruption; Hilfe aus Amerika wanderte geradewegs in persönliche Kassen; aus der unkontrollierten Inflation wurde unkontrollierte Panik. Von Mitte September bis zum Oktober des Jahres 1948 stiegen die Preise in Peking um das Fünffache; an einem einzigen Tag im November mußte man in Shanghai allein für Reis am Abend das Sechsfache dessen bezahlen, was er am Morgen gekostet hatte. Die Menschen verhungerten. In den Städten wurden täglich Hunderte von Leichen auf die Straßen gelegt, um von Lastwägen abtransportiert zu werden.

Während die disziplinierten kommunistischen Truppen sich selbst versorgten, plünderten die Kuomintang – die einfachen Soldaten, die Offiziere und die Generäle – die Dörfer nach Nahrungsmitteln. Sie wurden mit Papiergeld entlohnt, das durch die Inflation völlig wertlos war. Um sich Nahrungsmittel zu kaufen, verkauften viele ihre Waffen und sonstigen Ausrüstungsgegenstände, die größtenteils aus militärischen Restbeständen des Zweiten Weltkriegs stammten und von den Amerikanern geliefert wurden, die Tschiangs Regierung nach wie vor wohlgesonnen waren. Ironischerweise geriet vieles davon in die Hände der Kommunisten.

Im Winter 1948 berichteten die ausländischen Reporter, daß die Kommunisten behaupteten, mehrere Armeedivisionen der Nationalisten »ausgelöscht« zu haben. Madame Tschiang weilte gerade erneut in Washington, wurde jedoch diesmal im Gegensatz zu ihrer Tour des Jahres 1943 von keinem amerikanischen Regierungsbeamten empfangen. Washington hatte die Korruptheit der Nationalisten erkannt und stellte weitere Hilfe ein, da man sie für fruchtlos hielt.

Noch bevor der Winter vorbei war, erlitten Tschiangs geschwächte Truppen eine Reihe entscheidender und vernichtender Niederlagen im Norden. Damit wurde den Kommunisten der Weg geöffnet, um im Frühjahr auf dem Yangtse in den Süden zu gelangen und dort Nanking, die Hauptstadt der Nationalisten, einzunehmen. Von dort aus drängten sie weiter, um den Süden und den Westen zu »befreien«, wie es Mao auf seinem Kreuzzug nannte.

In Chang Gar Bin erledigte Ping die Pflichten, die von einer Ehefrau erwartet wurden. Jeden Morgen stand sie auf und stellte ihrem Mann eine Schüssel mit Wasser hin. Sie kochte für ihn und wusch seine Kleider, und abends stellte sie ihm wieder eine Wasserschüssel hin, bevor sie sich ins Bett legte. Doch obwohl die beiden wie Mann und Frau zusammenlebten, waren ihre Gesichter versteinert, ihre Augen vermieden den Kontakt, ihre Zungen schwiegen.

Das ging nun schon seit fast fünf Jahren so. Ping wollte damit und mit ihrer Weigerung, ihn in ihr Bett zu lassen, ihren Mann bestrafen. Kaum drei Monate, nachdem sie das Haus ihrer Mutter verlassen hatte, war Ping schwanger geworden. Von diesem Tag an verließ ihr Mann das Haus bei Einbruch der Dunkelheit und schlich sich erst im Morgengrauen wieder zurück. Ping fand heraus, was andere im Dorf längst wußten, nämlich daß er eine Beziehung zu einer älteren Frau hatte, deren Ehemann wie Chan Sam außer Landes weilte. Anfangs protestierte Ping dagegen, indem sie sich nicht um die schmutzige Wäsche ihres Mannes kümmerte, mußte jedoch klein beigeben, als ihre Schwiegermutter sie darauf ansprach: »Er ist noch immer dein Mann – geh und wasche seine Kleider!«

Selbst nachdem ihr Sohn zur Welt gekommen war, änderte ihr Mann sich nicht. Als Ping es einfach nicht mehr aushielt, im Mittelpunkt des Dorfklatsches zu stehen, beschloß sie, die Geliebte ihres Mannes zur Rede zu stellen. Die Dorfbewohner liefen ihr hinterher, als sie zornigen Schrittes zum Haus der Geliebten marschierte, und die Menge schwoll an, als sie an deren Tür angelangt war.

Ping rief die erstaunte Frau nach draußen und ließ ihrer Empörung freien Lauf. »Warum nimmst du mir meinen Mann weg? Ich bin seine rechtmäßige Ehefrau! Ich bin diejenige, die ihm seinen Reis kocht und seine Kleider wäscht. Ich kümmere mich um ihn!«

Die Frau sprach von Liebe. »Wenn ein Tag vergeht, an dem ich ihn nicht sehe, möchte ich am liebsten sterben!«

»Es wird mich freuen, wenn du stirbst!«

Die Geliebte versuchte als erste, Ping zu schlagen. Die drahtige, starke Ping war ihr jedoch überlegen; sie zerriß das Kleid ihrer Rivalin und versetzte ihr ein paar kräftige Schläge, bevor sie sie weinend stehenließ. »Ich schlage dich tot, bevor du mich tötest!« verkündete sie und marschierte nach Hause.

Diese Auseinandersetzung trug nicht dazu bei, die Affäre zu beenden, aber Ping hatte die Genugtuung, die Dorfbewohner auf ihre Seite gezogen zu haben. Sie bedauerte nun, sich diesen Mann ausgesucht zu haben, und beauftragte jemanden, einen Brief an Chan Sam zu schreiben, in dem sie ihm gestand, daß sie einen Mann »mit einem schlechten Charakter« geheiratet hatte. Sie wußte, daß ihr Vater sofort erkennen würde, daß dies kein gewöhnlicher Brief war. Eine Frau, die ihre Blutsverwandtschaft in eheliche Auseinandersetzungen hineinzog, wurde als nicht loyal der Familie ihres Mannes gegenüber betrachtet. So eine Schande war nur dann akzeptabel, wenn sie das Schlimmste, eine Scheidung, verhinderte. Chan Sam schrieb einen eher schmeichelnden Brief an Pings Ehemann: »Meine Tochter ist noch jung, vielleicht lehrst du sie ein paar Dinge.« Als dies nichts fruchtete, versuchte er es in einem strengeren Ton: »Ich kenne den Aufenthaltsort des Ehemannes dieser Frau in Kanada. Wenn er von deiner Beziehung zu ihr erfährt, wird er es dir heimzahlen!«

Besagter Mann besaß eine ziemlich große Gemüsefarm im Fraser-Tal nahe bei Vancouver; mehrere Dutzend Chinesen arbeiteten für ihn. Er gehörte zur Sippe der Wong, weshalb Chan Sams Drohung ein Bluff war. In Chang Gar Bin war er berühmt, hier im Ausland ein Niemand. Wie konnte ein einfacher Arbeiter sich gegen einen Mann stellen, der Geld hatte und einer Sippe angehörte, die viel mächtiger war als die eigene?

Als er sich nicht in der Lage sah, seiner Tochter zu helfen, bekam Chan Sam Gewissensbisse, daß er seine beiden Töchter aus Kanada nach China gebracht und sie niemals zurückgeholt hatte. Für Nan war es nun zu spät, aber nicht für Ping. Ende 1948, kurz bevor die Kommunisten in China siegten, schrieb er seiner ältesten Tochter: »Du könntest in Kanada noch einmal von vorn anfangen, hier auch noch einmal heiraten. Willst du kommen?«

Von einem Vermittler in Chinatown hatte er erfahren, daß Ping mit ihrer kanadischen Geburtsurkunde nach Kanada einreisen konnte, sofern sie allein kam. Nach den im Commonwealth herrschenden Gesetzen zur britischen Staatsbürgerschaft hatte Ping mit ihrer Eheschließung ihre kanadische Staatsbürgerschaft aufgegeben und die chinesische ihres Mannes angenommen. Wenn sie nach Kanada reiste, mußte sie sagen, daß sie unverheiratet sei. Dies war nicht schwierig; es wäre nur ihr Wort gegen das der Familie ihres Mannes gestanden. In China wurden keine Statistiken geführt; nur die Familien registrierten die drei großen Ereignisse im Leben eines Menschen – Geburt, Eheschließung und Tod.

»Ich komme!« antwortete Ping rasch. Den Anweisungen ihres Vaters folgend, ließ sie für ihre Überfahrtspapiere Fotos machen. Aber ihr nächster Brief brachte unerwartete Neuigkeiten: »Ich kann nicht kommen«, schrieb sie. »Es gibt hier niemanden, der meinen Sohn aufnehmen würde.« Sie hatte es also letztendlich nicht ertragen können, ihren Sohn, damals zwei Jahre alt, zurückzulassen. Sie konnte nicht in Kanada leben mit dem Wissen, daß ihr Sohn in China von ihrer gleichgültigen Schwiegermutter oder, schlimmer noch, der feigen Geliebten ihres Mannes aufgezogen wurde. Sie wollte ihrem Kind nicht das antun, was May-ying ihrer Schwester und ihr selbst angetan hatte, nämlich ihm den Rücken zukehren und ihn in China zurücklassen, während sie selbst nach Kanada ging.

Und so blieb Ping, nachdem sie sich gegen einen Neubeginn ihres Lebens in Kanada entschlossen hatte, in ihrer adoptierten Heimat. Am ersten Oktober 1949 – Ping war damals sechs Jahre verheiratet – ernannte Mao sich vor einer jubelnden Menschenmasse auf dem Tiananmenplatz in Peking zum Vorsitzenden der neuen chinesischen Volksrepublik. Tschiang war mit seinen engsten nationalistischen Gesinnungsgenossen und der Beute, die er aus Chinas uralten Schätzen gemacht hatte und die einen Großteil der Sammlung aus dem Palastmuseum im Inneren der Verbotenen Stadt umfaßte, auf die Insel Formosa nach Taipei geflohen. Es dauerte nur wenige Wochen, bis auch Kanton, die letzte südliche Festung der Nationalisten, fiel.

Sobald Winnie nach Essondale gegangen war, fing das Familiengefühl derer, die zu Hause geblieben waren, zu bröckeln an. Da nun bloß noch drei Menschen beim Abendbrot saßen, bemühten sich Guen und May-ying nur noch selten, überhaupt zum Abendessen in die Pension zurückzukehren. Da seine Schwester nicht mehr da war, hatte auch niemand mehr ein Auge auf Gok-leng, der inzwischen bei seinen Freunden Leonard hieß. So begann er, wie Guen und May-ying seine Zeit in den Spielsalons zu verbringen.

Gewöhnlich kam Winnie an ihren zwei freien Tagen aus Essondale zu ihrer Mutter und ihrem Bruder und übernachtete auch bei ihnen. Eines Nachmittags fand sie beide in Guens Club vor. Leonard hatte eine Schüssel Reis und Stäbchen in der Hand und aß das Abendessen, das Guen oder May-ying dort auf dem kleinen Kocher zubereitet hatten, während die Spieler um ihn herum ihrer Leidenschaft frönten. Erst wollte sie sich gar nicht zu ihrem Bruder setzen; für einen neunjährigen Jungen mochte es ja richtig sei, an der Seite seiner Mutter zu weilen, aber in ihrem Alter konnte sie sich durchaus etwas Besseres vorstellen.

Später kam auch Chan Sam noch vorbei. Es war ein Donnerstag, und meist kam er an diesem Wochentag in die Stadt. Nun saß also auch er da und nippte an seinem Tee, wie er es schon viele Abende zuvor getan hatte. Guen erledigte irgend etwas Geschäftliches, während May-ying Gastgeberin bei einer der beiden May-Jongg-Runden war.

Gerade sollte ein neues Spiel beginnen. Die Spieler besprachen ihren Einsatz; es war nahezu beschlossen, den maximalen Gewinn auf zehn Dollar festzulegen, da schlug May-ying vor, ihn auf fünfundzwanzig Dollar zu erhöhen; wann immer ihr Spielerinstinkt aufs Ganze gehen wollte, setzte sie die Risiken drastisch hoch an. Chan Sam, der eigentlich wußte, daß er den Mund halten sollte, wenn er es sich nicht mit den anderen Clubmitgliedern verderben wollte, erhob die Stimme.

»*Ah* May-ying, spiel doch nicht so hoch!« sagte er. »Wenn du schon nicht das Geld dazu hast, solltest du auf keinen Fall so hoch gehen!«

Für ihn war dies wohl nur eine Feststellung von Fakten, für May-ying war es der Funken, der ihre Wut entfachte. Sie konnte keine Kritik vertragen, vor allem nicht von ihm. »Es geht dich überhaupt nichts an, was ich tue. Ich bitte dich nicht um Geld, um meine Schulden zu bezahlen«, sagte sie.

Diese Erwiderung faßte er als Beleidigung auf, und schon war ein Streit in vollem Gang.

»So, wie du dich aufführst, wirst du bald keinen Reis mehr zu essen haben. Du wirst verhungern!«

»Und was dann? Wofür sollte ich denn überhaupt leben? Jeder, der es mit dir aushalten muß, hätte Blut zu spucken angefangen.«

Winnie zog sich wie Guen und Leonard in den Schatten des Raumes zurück. Ein paar Spieler mischten sich ein, weil sie der Streit verlegen machte. »Seid doch nicht so hart zueinander!« Aber nichts konnte die vergiftete Luft reinigen.

»Sieh dich doch bloß mal an! Du bist ja wie ein Mann! Keine Frau führt sich so auf wie du!«

»Wenn du dich meiner so schämst, warum nimmst du dann nicht einfach ein Beil zur Hand und erschlägst mich?«

»Bei deiner Trinkerei und deiner Gemütsverfassung habe ich Angst, daß du mich zuerst umbringst.«

»Dann sterben wir eben beide!«

Chan Sam setzte seinen Hut auf. May-ying stand auf und drohte ihm mit dem Finger, wie er es sonst immer bei ihr getan hatte. »Am nächsten Donnerstag abend kommst du nach dem Essen zu mir in die Pension. Dann werden wir diesen Kampf ein für allemal austragen. Wir werden ja sehen, wer wen zuerst umbringt.«

Am Tag des geplanten Blutvergießens sorgte Winnie dafür, daß sie zeitig aus dem Krankenhaus kam. Sie fuhr geradewegs in die Stadt und eilte zur Pension »Vancouver Rooms«. Als sie mit pochendem Herzen den Gang hinabging, lauschte sie besorgt auf wütende Stimmen aus dem Zimmer ihrer Mutter, hörte jedoch nichts. Sie klopfte an der Tür. »Mama? Mach bitte die Tür auf! *Baba*«? Ihr war ganz schlecht. Durch das kleine Fenster über der Tür war nur das Ticken der Uhr zu hören. Nun nahm sie ihren ganzen Mut zusammen, holte den Schlüssel aus ihrer Handtasche und stellte sich darauf ein, einen blutbesudelten Raum zu betreten, in dem zwei Leichen lagen. Aber das Zimmer war leer.

Winnie eilte in den Club. Ihre Mutter und Guen waren dort, ihr

Vater nicht. Bis auf Winnies Eile schien alles in bester Ordnung zu sein. Ihre Mutter blickte auf. »Oh, *Ah* Hing, bist du gerade reingekommen? Hast du schon zu Abend gegessen?«

Winnie fragte sich, ob sie sich alles nur eingebildet hatte, ob womöglich etwas nicht stimmte mit ihr.

Sehr vorsichtig begann Winnie, ein eigenes Leben zu führen. Sie hatte den Vorteil, daß ihre Mutter nie wußte, in welcher Schicht sie gerade arbeitete, so daß sie unangekündigt nach Vancouver kommen und mit ihren Freundinnen ausgehen konnte. Nur um Leonard machte sie sich Sorgen. Amy hatte ihr berichtet, daß er jede freie Minute bei ihrer Familie verbrachte. Um Mitternacht mußten sie ihn nahezu hinauswerfen. »Ich glaube nicht, daß es sich für ihn besonders lohnt, nach Hause zu gehen«, sagte Amy.

May-ying, die ihrem Sohn gegenüber viel nachgiebiger war als früher bei ihrer Tochter, fiel es tatsächlich schwer, mit Leonard zurechtzukommen. So nahm er das Geld, das sie ihm für einen Haarschnitt gegeben hatte, schnitt sich das Haar selbst und kaufte sich für das Geld Comic-Hefte. Wenn es ihm im Spielsalon zu langweilig war, lief er einfach davon. Er gesellte sich dann meist zu ein paar älteren Jungen und erforschte mit ihnen zusammen die Tunnels unter der Pender Street, die jetzt hauptsächlich von Spielern genutzt wurden, die auf der Flucht vor einer Polizeirazzia waren. Oder sie kletterten auf den Feuerleitern bis auf die Dächer der Häuser an der Pender Street, von wo aus sie dann Knallfrösche auf die Straße warfen oder wo sie Zigaretten rauchten, wobei Leonard die seinen gewöhnlich von seiner Mutter stahl.

Wieder einmal geriet May-yings Leben aus den Fugen. Als Guen ihr einmal völlig frustriert und überdrüssig gestand: »*Ah* Hing, das Problem bei deiner Mutter ist, daß sie sogar noch auf Kredit spielt«, vermutete Winnie, daß sich die Beziehung zwischen Guen und May-ying dem Ende näherte. Wie es so seine Art war, schloß er eines Tages plötzlich seinen Spielclub und brach nach Osten auf, wobei er vorgab, auf dieser Reise seine Geschäftsmöglichkeiten zu erforschen, aber wohl auch, wie Winnie vermutete, weil er May-yings Schulden nicht mehr begleichen wollte.

May-ying sah so dünn und zerbrechlich aus wie noch nie. Sie hatte niemanden mehr, an den sie sich wenden konnte, und so beschloß sie, mit Leonard nach Nanaimo zu ziehen. Sie sagte, sie wolle sich dort auskurieren. Winnie machte sich solche Sorgen um ihre Mutter, daß sie ihr eine elektrische Decke und am Muttertag einen Kaschmirpullover schenkte. In diesem Winter und dem darauffolgenden Frühling trat das ein, was Winnie vorhergesehen hatte: Sie mußte ihre arbeitslose, kranke Mutter unterstützen. Jeden Monat schickte sie May-ying einen Scheck mit ihrem gesamten Lohn von einhundertundfünf Dollar. May-ying löste den Scheck ein und schickte ihr fünf Dollar als Taschengeld zurück. Jedesmal, wenn sie den Scheck bei Tong Yick einlöste, brüstete sie sich damit, was für eine gute Tochter sie großgezogen hatte.

Als May-ying im folgenden Sommer nach Vancouver zurückkehrte, ergriff Winnie die erste Gelegenheit beim Schopf, um ihr einen Jungen vorzustellen, mit dem sie sich öfter verabredet hatte. Winnie hatte John Chong am Thanksgiving-Wochenende auf einer vollgepackten Fähre von Vancouver nach Nanaimo kennengelernt. Winnie, Doreen und Elsie wollten in Nanaimo ihre Familien besuchen, während John und zwei seiner Brüder einen Wochenendausflug geplant hatten. Winnie, die inzwischen die Strenge ihrer Mutter Jungen gegenüber voll und ganz verinnerlicht hatte, fand John anfangs ziemlich frech. Er hatte den drei Mädchen angeboten, sich in sein Auto zu setzen, anstatt im Regen draußen auf dem Deck zu stehen. »Das geht doch nicht, sich mit fremden Jungen in ein Auto zu setzen«, dachte Winnie. Später sah er sie noch einmal in Chinatown. Er war mit dem Kleinlaster von Keefers Wäscherei unterwegs, um Wäsche abzuholen und auszuliefern; als er sie erblickte, lehnte er sich aus dem Fenster seines Wagens und rief: »Hallo, Winnie!« Sie tat so, als habe sie ihn nicht bemerkt.

Zu Weihnachten veranstalteten die Chinesen eine Rollschuhparty in einer Halle in der Nähe des Stanley-Parks. Auf Elsies Drängen ging Winnie auch hin. Ihr Blick fiel auf einen schlanken, eleganten und athletischen Rollschuhläufer in einem schwarzweiß karierten Hemd. Es war John. Die Mädchen, die am Rand auf Bänken saßen, sprachen bewundernd über ihn als einen »perfekten Gentleman«. Er war mit einer Gruppe älterer Sportskameraden hierhergekommen, die wie er außerhalb von Chinatown lebten und Rollschuh liefen, in der English Bay schwammen und im Stanley-Park Tennis spielten. Winnie war sehr überrascht, als John sie bat, mit ihm zusammen eine Runde zu drehen. Da sie weiße Rollschuhe trug, hatte er angenommen, daß sie eine gute Rollschuhläuferin sei – sie hätte sich eigentlich die schwarzen Anfängerstiefel ausleihen sollen; nun mußte er sie praktisch ständig festhalten.

»Dieses Mädchen wird sich niemals mit dir verabreden, ihre Mutter ist viel zu streng«, bemerkte einer seiner Kameraden später. Und tatsächlich schien die Prognose zuzutreffen.

»Kommt doch noch mit zu mir nach Hause, meine Mutter hat sicher noch etwas zu essen für uns«, schlug John Winnie und Elsie vor, doch Winnie lehnte die Einladung ab. Er holte eine Zigarettenschachtel heraus, auf die er sich wenigstens ihre Telefonnummer notieren wollte. Sie sagte ihm nur, daß sie im Essondale Hospital arbeitete.

Am Tag nach der Party lieh sich John ein Auto aus, um sie dort zu besuchen. Er parkte das Auto am Hauptgebäude unter einem Fenster, aus dem sich ein Mann lehnte und sang: »Slow Boat to China«. »He, Winnie, so verrückt sind die hier ja gar nicht«, sagte John. Sein Sinn für Humor eroberte sie. Die beiden begannen, sich öfter zu verabreden. John kaufte ein Auto, damit sie nicht immer vom letzten Bus abhängig waren. Wenn die Pforten im Krankenhaus schon geschlossen waren, hob er sie hoch, damit sie durch ein Fenster klettern konnte. Er schrieb ihr jeden zweiten Tag einen Brief. Und am stärksten beeindruckte es sie, daß er sie ganz selbstverständlich zu den Familientreffen mitnahm, die Sonntag nachmittags immer im Haus seiner Mutter stattfanden, wenn die verheirateten Kinder heimkamen.

Bei ihrer ersten Begegnung bekamen John und May-ying kaum ein Gespräch in Gang, zum Teil deshalb, weil sein Chinesisch nicht sehr weit reichte, zum Teil aber auch, weil sie ihn beleidigte, indem sie ihn durchdringend anstarrte. Danach machte sie die abfällige Bemerkung, daß er ein *fa-la doi* sei (eine Verballhornung des englischen »fellow«, A. d. Ü.), ein Taugenichts und ein Niemand. Und als sei Winnie nicht schon traurig genug, daß ihre Mutter und John offensichtlich nicht besonders gut zurechtkamen, fügte May-ying noch hinzu: »Seine Figur und seine Ohren zeigen, daß er kein langes Leben haben wird!« Aber das war noch nicht alles. Ihre Mutter beschwerte sich, daß seine Familie nicht sehr wohlhabend sei. Das stimmte. Vor zwanzig Jahren – John war gerade acht Jahre alt – starb sein Vater, und seine Mutter mußte die zehn Kinder, das Jüngste noch ein Baby, allein durchbringen. Die älteren mußten in den wechselnden Lebensmittelläden arbeiteten, die sie erwarb – der letzte befand sich in Kerrisdale, einem weißen Viertel; er war von der Regierung verkauft worden, als er konfiszierte Güter von Japanern losschlug, die im Zweiten Weltkrieg interniert worden waren. Aber obwohl die Familie nicht viel Geld besaß, hatte der Name Chong einen guten Klang. Viele alteingesessene Bewohner von Chinatown verdankten Johns Vater ihren Start. In den Zeiten, als chinesischen Immigranten die Kopfsteuer abverlangt wurde, waren sein Haus und sein Lebensmittelladen in Victoria eine Anlaufstelle für Neuankömmlinge; er war ihnen Bankier, Postbote, Hotelier und Freund in einem gewesen. Nach seinem viel zu frühen Tod war aus ganz Kanada eine Ehrengarde der Kanadischen Vereinigung zum Wohl der Chinesen in Victoria zusammengekommen, um die Kutsche, auf der sein von der Fahne der Nationalisten verhüllter Sarg lag, langsam durch Chinatown zum Friedhof zu begleiten, der an Victorias westlichstem Punkt Richtung China wies.

May-ying blieb nicht lange in Vancouver, um sich in Winnies Partnerwahl einzumischen. Sie hatte wieder einmal beschlossen, Guen hinterherzulaufen. Bis sie sicher war, ob ihre Beziehung, die ständig aufflammte und wieder erlosch, einen neuen Anlauf genommen hatte, wollte sie Leonard in Nanaimo in Pflege geben. Um dem nachzukommen, was sie für ihre Pflicht hielt, brachte Winnie ihn jedoch zurück nach Vancouver zur alten Dame Lee Yen, um ihm näher zu sein. Oma Yip stand nicht mehr zur Verfügung; Winnie hatte sie zufällig in Essondale auf einer Station entdeckt; sie war jedoch zu krank, um irgend jemanden zu erkennen.

May-ying ließ Leonard schließlich zu sich und Guen nach Winnipeg nachkommen. Als Guen Winnie Geld für ein Flugticket schickte, damit sie ihre zwei Wochen Jahresurlaub bei ihnen verbringen konnte, nahm sie an, daß alles wieder in Ordnung sei. Aber eines Abends mußte sie sich doch wieder Guens Beschwerden anhören, was sie sehr traurig stimmte: »*Ah* Hing, deine Mutter hat sich nicht im geringsten geändert.« In dieser Nacht kam May-ying erst um fünf Uhr früh heim.

Nach ihrer Rückkehr konzentrierte sich Winnie wieder voll auf ihren Beruf und auf John. Ihr schien es, als hätte sie endlich die Stabilität erreicht, die sie sich kaum zu träumen gewagt hatte – eine Arbeit, eine zukünftige Karriere und einen festen Freund. Da löste sie selbst eine kleine Katastrophe aus. Sie wußte, daß es am chinesischen Neujahrstag eine Rollschuhparty geben würde, die John sicher nicht versäumen würde, und ging nach der Arbeit besonders früh dorthin, um ihn zu überraschen. Aber diese Überraschung ging nach hinten los. John kam früher als erwartet, sah, wie sie am Arm eines anderen Jungen Rollschuh lief, und ging gleich wieder, ohne ein Wort mit ihr gewechselt zu haben.

An ihrem nächsten freien Tag versuchte Winnie, nicht mehr an das Herzweh zu denken, das sein anhaltendes Schweigen bei ihr ausgelöst hatte, und übernachtete bei einer Freundin in Chinatown. Mitten in der Nacht wachte sie mit schlimmen Schmerzen auf. Im Krankenhaus wurde eine Blinddarmentzündung festgestellt, aber weil Winnie mit neunzehn noch nicht volljährig war, brauchte der Chirurg die Einwilligung eines Elternteils, bevor er operieren durfte. Ihre Mutter war in Winnipeg, es gab also nur noch ihren Vater in der Nähe. Nach vielen Telefonaten bei allen möglichen Sägewerken in und um New Westminster herum wurde Chan Sam endlich aufgetrieben. Als Winnie im Wachraum die Augen aufschlug und ihren Vater erblickte, der sich besorgt über sie beugte, war sie sofort enttäuscht, daß es nicht John war, der da stand.

An Winnies Entlassungstag tauchte John schließlich auf. Elsie hatte ihn dazu veranlaßt, und er kam gleich auf den Punkt: Seine Mutter würde älter und wüßte ihre Söhne gern alle verheiratet. Dann äußerte er seine Zweifel, ob Winnie jemals heiraten würde. »Du sagst mir ja immer, daß du vor einer Eheschließung erst einmal in deinem Beruf weiterkommen willst. Nächstes Jahr wirst du mit deiner Ausbildung fertig. Wann, frage ich mich, wenn überhaupt, willst du eigentlich heiraten?« Und dann machte er ihr einen Antrag: »Ich möchte dich gern heiraten, Winnie!«

»Ich muß darüber nachdenken«, erwiderte sie.

»Ich gebe dir zwei Wochen«, sagte John. »Das ist ein Ultimatum!«

Als Winnie zu ihrer Arbeit zurückkehrte, mußte sie auf die Station »J«, in der die gewalttätigsten Patienten untergebracht waren, die oft nach den Schwestern schlugen und sie tätlich angingen. Sie erhob Einspruch; so eine Arbeit sei doch nicht geeignet für jemanden, der sich gerade von einer Operation erholte, die Fäden ihrer Narbe seien ja noch gar nicht entfernt worden. Miß Pearson warf ihr vor, sie versuche, aus ihrem Gesundheitszustand Kapital zu schlagen, und weigerte sich, sie zu versetzen. In den zwei Wochen, die John ihr gegeben hatte, war Winnie hin- und hergerissen zwischen Arbeit und Ehe, sie wußte nicht, ob sie nun das, was sie angefangen hatte, beenden sollte oder ob sie auf ein Familienleben hoffen sollte, das ihr bisher verwehrt worden war. Schließlich vertraute sie auf John und ihre zukünftige Schwiegermutter, die sie gern mochte und von der sie dachte, daß sie die Opfer einer guten Schwiegertochter auch zu würdigen wisse.

So gab sie John ihr Jawort und formulierte dann sehr sorgfältig einen Brief an May-ying. Sie äußerte ihren Wunsch, sich im März an ihrem zwanzigsten Geburtstag zu verloben und im September desselben Jahres zu heiraten, und zwar am neunten Tag des neunten Monats; die chinesischen Schriftzeichen dafür bedeuteten zusammengesetzt »für immer«. Winnie war sehr gespannt, wie May-ying reagieren würde, denn sie erinnerte sich noch gut daran, wie ihre Mutter bei ihrem letzten Besuch in Winnipeg noch immer versucht hatte, einen Jungen für sie zu finden. Sie hatte damals einen Tagesausflug für sich, Leonard und Winnie sowie einen Mann, der als Koch arbeitete, arrangiert. Nach einem Bootsausflug auf dem Lake of the Woods und einem üppigen Abendessen im Anschluß daran hatte sie ihre Tochter gefragt, was sie denn von dem Mann hielte.

»Was soll denn diese Frage?« hatte Winnie wissen wollen, der erst an diesem Punkt die Absichten ihrer Mutter klargeworden waren.

»Also magst du noch immer diesen *fa-la doi*?« hatte ihre Mutter vorwurfsvoll gefragt. »In diesem Fall kümmere ich mich nicht mehr um dich. Es ist dein Leben. Wenn du in Schmutz und Asche leben willst, dann tu es!«

Als May-ying den Brief ihrer Tochter bekommen hatte, schrieb sie ihr zurück, daß sie zusammen mit Leonard nach Vancouver kommen würde, um ihr bei den Hochzeitsvorbereitungen zu helfen. Winnie nahm also an, daß sie den Segen ihrer Mutter hätte. Aber als sie May-ying erklärte, daß sie mit zum Standesamt kommen müsse, um dort die für die Eheschließung notwendige elterliche Einwilligung abzugeben, stellte diese sich wieder quer. »Ich habe kein Geld, um ein ordentliches Hochzeitsmahl zu bezahlen«, sagte sie. Winnie blieb nichts anderes übrig, als sich auf die Suche nach ihrem Vater zu machen. Sie fragte in einem Mah-Jongg-Club nach, in dem sich Leute aus seiner Provinz trafen, ob dort jemand wisse, wann er wieder nach Chinatown käme und wo er dann wohnen würde. So stöberte sie ihn schließlich im Sun Ah Hotel über dem Restaurant »Ho Ho« auf. »*Ah* Hing, das geht schon in Ordnung. Ich vertraue deinem Urteil«, sagte Chan Sam, als er von ihren Plänen erfuhr. Als Winnie die Bezeichnung »Vater« neben seiner Unterschrift auf ihrer Eheurkunde erblickte, fühlte sie endlich, daß sie einen Vater hatte, den ihr niemand streitig machen konnte.

Nun war da nur noch die Verpflichtung, die Winnie nach ihrer Eheschließung hatte eingehen wollen, nämlich Leonard zu sich zu nehmen. May-ying war erneut darauf zu sprechen gekommen, als Winnie ihre Schwesternausbildung aufgenommen hatte, und später noch einmal bei einem Kurzbesuch bei ihrer Tochter im Schwesternwohnheim. Winnie hatte John noch kein Wort darüber gesagt. Aber als sie ihrer Mutter gestand, daß sie ihre Hochzeitspläne ausführen wollte, hatte sie das Gefühl, sie müsse den Schlag ein wenig abschwächen.

»Natürlich nehme ich Gok-leng mit«, sagte sie im gleichen Atemzug.

»Kann dein *fa-la doi* mir denn einen guten Brautpreis zahlen?« wollte May-ying wissen.

Als Winnie John von dem Brautpreis von fünfhundert Dollar und von Leonard wissen ließ, stellte er sich ruhig, jedoch entschieden gegen ihren Bruder. Winnie versuchte vergebens, Amys Unterstützung zu bekommen. Sie war auf Johns Seite. »Es ist dein neues Leben, Winnie! Du solltest das einfach nicht tun müssen!« Zum erstenmal in ihrem Leben hatte Winnie das Gefühl, ihre Mutter im Stich zu lassen und nicht die gute Tochter zu sein, zu der ihre Mutter sie erzogen hatte. John lieferte ihr eine Entschuldigung, die sie May-ying geben konnte: Seine Mutter und seine Geschwister, mit denen sie nach der Hochzeit unter einem Dach leben würden, würden Leonard nicht auch noch aufnehmen wollen.

May-ying war sehr enttäuscht. »*Ah* Hing, jetzt dachte ich schon, meine Sorgen hätten endlich ein Ende – du würdest ein eigenes Heim haben und dich an meiner Stelle um Gok-leng kümmern. Aber wahrscheinlich ist das zuviel verlangt.« Tapfer und ohne Bitterkeit fügte sie noch hinzu: »Mach dir keine Sorgen um uns, wir werden es schon allein schaffen. Schließlich bin ich nicht von dir abhängig.«

Der rote Umschlag mit dem Brautgeld, den John ihr überreichte, war mehr als genug, um May-yings Pläne, die Eheschließung ihrer Tochter zu feiern, zu verwirklichen. Sie richtete ein aus zehn Tischen bestehendes Bankett in einem der nobleren Restaurants in Chinatown aus (bei dem die Braut, die ja ihr Zuhause verließ, nicht erschien) und verteilte süße Lotussamenkuchen an ihre Freundinnen. Winnies Patentante übergab ihr eine Metalltruhe, randvoll mit allem, was man brauchte, vom Nachthemd bis zu roten Geschirrtüchern. May-ying schenkte Winnie, was man traditionellerweise einem Mädchen mitgab, das das Haus seiner Mutter verließ: eine Daunendecke und zwei Daunenkopfkissen, die sie in Chinatown hatte anfertigen lassen. Diese Dinge befanden sich in einer Zedernkommode, die sie auf Raten bei Woodward's gekauft hatte. Mit ihrer Walnußmusterung und diversen Schubladen war die Kommode ein so hübsches Möbelstück, wie es weder May-ying noch ihre Tochter jemals besessen hatte.

Anfang September 1950 brach Winnie kurz vor den Abschlußprüfungen ihre Schwesternausbildung ab. Als sie das Essondale-Gelände verließ, hielt sie noch kurz bei einer Mülltonne, öffnete ihren weißen Koffer und warf ihre Schwesternschuhe weg. Eine

Woche später sah May-ying ihre zwanzigjährige Tochter am Arm von Chan Sam den Mittelgang einer anglikanischen Kirche entlanggehen, um den einunddreißig Jahre alten John Chong zu heiraten. Die Braut trug den Jadeanhänger ihrer Mutter. »Du solltest ihn zu deinem Brautkleid tragen«, hatte May-ying gesagt, als sie und ihre Tochter sich in einem Zimmer im Sun Rise Hotel anzogen. »Er wird dir Glück bringen, und außerdem paßt er zu den grünen und gelben Blümchen am Saum deines Kleides.« Nach der Zeremonie trafen sich die Hochzeitsgäste in Mrs. Chongs Haus. May-ying war überrascht, daß es nur Tee und belegte Brote gab. Sie hatte wenigstens gegrillte Ente erwartet.

Die neue Schwiegertochter und der jungverheiratete Sohn bekamen das Dachgeschoß bei den Chongs, womit die Zahl der Erwachsenen in diesem Haus auf sieben anstieg. Mit seiner Veranda und dem kleinen Vorgarten war das Haus hübsch und gepflegt, ähnlich den anderen Häusern in diesem Block. Gleich in der Nähe wohnte Mrs. Chongs älteste Tochter mit ihrem Mann, um die Ecke wohnten weitere Verwandte. In diesem Viertel gab es teils Wohnhäuser, teils Fabriken. Eine Straße weiter lagen die Niederlassungen der Acme General Woodworks und der Davis Junk Company.

Winnie stürzte sich auf die Einrichtung ihres Heims. John verwendete die Ersparnisse, die er für seine Eheschließung auf die Seite gelegt hatte, zur Gründung eines eigenen Geschäfts. Er kaufte von einer seiner Schwestern eine Reinigung, die er nach einer Comicfigur »Felix Dry Cleaners« taufte. Winnie arbeitete dort aushilfsweise und nahm auch Änderungs- und Näharbeiten mit nach Hause. Nach wenigen Monaten war sie schwanger und bereitete sich auf ihr Baby vor.

Kapitel 10

Im Frühjahr 1950 ließ Tschiang Kai-schek Kampfflugzeuge von Taiwan (dem früheren Formosa) aus Angriffe auf die Hafenstadt Kanton und andere Ziele an der Südküste fliegen. Im Sommer rief er die Flieger jedoch zurück und überließ endlich das chinesische Festland Mao und den Kommunisten. Während Tschiang und seine diskreditierten Nationalisten noch erklärten, sie wollten China vor dem Sozialismus verteidigen, versammelte sich die Jugend in China, um bei dem Wiederaufbau ihres vom Krieg schwer beschädigten Landes mitzuhelfen. Für sie wurde die Volksbefreiungsarmee der Kommunisten zum Hoffnungssymbol.

In Chang Gar Bin war die Ankunft eines Regiments in Khakiuniformen und Mützen mit dem bald überall bekannten roten Stern das erste Zeichen der neuen Ordnung. Die jungen Rekruten zogen durch das ganze Land, um Brücken, Straßen und öffentliche Gebäude zu reparieren und Gummibäume zu pflanzen, mit denen zukünftige Arbeitsplätze gesichert werden sollten. Es gab keine militärische Ausbildung, wie man ihnen erzählt hatte, bevor sie in die Regimenter eingetreten waren. Sie wurden direkt auf dem Land geschult.

Vor der Ankunft des Regiments hatte Huangbo Besuch von dem ortsansässigen kommunistischen Kader bekommen. Es wurde ihr mitgeteilt, daß sie drei Offiziere »einladen« würde, in ihrem Haus zu wohnen. So pflegte die Armee Truppenunterkünfte zu beschaffen: In den Dörfern, in denen sie eine Weile bleiben wollten, wurden die besten Häuser, meist Häuser von Großgrundbesitzern oder reicheren Bauern, den kommandierenden Offizieren zugewiesen. Oft mußte man gar nicht erst bei dem Besitzer vorsprechen, denn viele der größten Häuser hatten nationalistischen Offizieren oder Sympathisanten gehört, die inzwischen aus dem Land geflohen waren. Die einfachen Soldaten wurden gewöhnlich in einem Tempel oder einer Schule untergebracht, je nachdem, welches das größte öffentliche Gebäude war.

Wie die anderen Dorfbewohner von Chang Gar Bin war Huangbo rasch von der Disziplin und dem Anstand der Offiziere wie auch der Soldaten eingenommen – ein willkommener Gegensatz zu den steuereintreibenden und stehlenden Truppen vergangener Regime. Sie war sehr beeindruckt von dem, was sie als kommunistische Verhaltensweisen sah. Bis auf die Tatsache, daß sie aus dem Brunnen in ihrem Hof Wasser holten – das die Wachposten häufig vorkosteten, um sicherzustellen, daß es nicht von Partisanen der Kuomintang vergiftet war –, nahmen ihre drei Gäste nichts, was nicht ihnen gehörte, und störten in keiner Weise. Sie aßen nicht an Huangbos Tisch, sondern mit den übrigen Mitgliedern ihres Regiments, dessen Köche für den Fisch und das Gemüse, das sie auf dem Dorfmarkt kauften, anständig bezahlten. Das gesamte Regiment stand noch vor Tagesanbruch auf, um dreißig Minuten zu exerzieren, dann folgte ein zweistündiger Vortrag des politischen Offiziers über allgemeine Themen und maoistisches Gedankengut. Den Rest des Tages wurden die Relikte der Kriegszeiten beseitigt und Neues für die Zukunft aufgebaut. Ab und zu übte sich das Regiment in kurzen militärischen Manövern, aber es wurde dabei nicht richtig geschossen, weil die Munition zu teuer war.

Es herrschte ein Gefühl von Ruhe und Ordnung. Die Dorfbewohner von Chang Gar Bin, die fast die ganzen letzten zehn Jahre mehr oder weniger an der Kriegsfront gelebt hatten, dachten, daß die Kämpfe tatsächlich ein Ende hatten. Endlich würde wieder Frieden und Stabilität einkehren! Dorfmädchen verliebten sich in die Soldaten, deren Mützen mit roten Sternen versehen waren, und träumten davon, ein Armeemitglied zu heiraten. Und so waren alle schwer enttäuscht, als sie eines Morgens aufwachten und feststellten, daß das ganze Regiment mitten in der Nacht abgezogen war. Niemand bis auf die befehlshabenden Offiziere hatte den Abzugstermin gekannt, denn es gehörte zur Ausbildung der Soldaten, sich schnell, schweigend und im Dunkeln zu bewegen; sie durften nicht einmal Fackeln benutzen. Damit sollten ihre Sinne geschärft werden, falls die feindlichen Kuomintang sich erneut erhoben.

Die Armee war noch nicht lange fort, da hörten die Dorfbewohner das Gerücht, daß Maos radikale Landreform nun auch in den Süden vordrang. Das Programm der Verteilung von Land, das Großgrundbesitzern gehörte, an landlose Kleinbauern hatte die arme Landbevölkerung im Norden während des Bürgerkriegs auf die Seite der Kommunisten gebracht. Aber im Süden, wo auch die ärmeren Bauern schon lange eigenes Land besaßen, war dieses Programm keineswegs attraktiv. Einige der größten Anwesen befanden sich in den Händen der wohlhabenderen Sippen, die oft ganze Dörfer dominierten. Diese Landbesitzer waren öffentliche Wohltäter; sie finanzierten Schulen, Tempel, Straßen und Brücken, die ihrem Dorf dienten. Der tyrannische Großgrundbesitzer wurde zunehmend zur Ausnahme; in den letzten paar Jahrzehnten war der Anreiz, in Land zu investieren, immer kleiner geworden, denn die Investitionen lohnten sich immer weniger, und widerspenstige Pächter machten es schwierig, die Pacht einzutreiben. Aber nun, da der Krieg gewonnen war, setzte der zuversichtliche Mao seine Landreform durch; er benutzte sie als reines Unterdrückungsinstrument, um seine Gegner aus dem Weg zu räumen und seine Macht bis zum kleinsten kommunistischen Kader hin auszudehnen.

Die Gerüchte über die Landreform wurden bestätigt, als eine Truppe in blauen Baumwolluniformen nach Chang Gar Bin kam. Die Arbeitsgruppe wurde vom ortsansässigen Kader begrüßt. Niemand in Chang Gar Bin kannte jemanden aus dieser Gruppe oder wußte, woher die Leute stammten, was absichtlich so eingerichtet war, um zu vermeiden, daß Bekanntschaften, Verwandtschaftsbeziehungen oder persönliche Sympathien die Arbeit behinderten. Auch die Stimme aus dem Lautsprecher stammte von einem Unbekannten. Sie zitierte Mao und verurteilte die Feinde der Armen – die üblichen ortsansässigen Tyrannen, Diebe und Spekulanten –, klassifizierte dann aber auch weitere »durchwegs konterrevolutionäre« Elemente im Dorf: »All die rechten Bauern, die kleinen, mittleren und großen Grundbesitzer«. Die Arbeitsgruppe war hier, um sie auszurotten. Die Durchsage endete mit den Worten: »Lang lebe der

Vorsitzende Mao.« Jeden Tag erklang die gleiche Durchsage und forderte die Bauern auf, den Feind zu bekämpfen, und ein Feind war jeder, der sich der Landreform widersetzte.

Jeden Tag trieb die Arbeitsgruppe bestürzte »Übeltäter« aus den Dörfern und dem Umland zusammen. Die sogenannten »Großgrundbesitzer«, die Hunderte, ja Tausende von *mau tin* besaßen, waren nicht unter ihnen. Sie lebten entweder in den Städten oder waren bereits geflohen. Statt dessen fand die Arbeitsgruppe nur kleine und mittlere Bauern, die im allgemeinen mehr als dreißig, jedoch nicht über zweihundert *mau tin* besaßen. Sie wurden für schuldig befunden und inhaftiert, bis sie zu einer »Kampfversammlung« erscheinen mußten. Dazu wurden ihre Pächter herbeigerufen sowie die anderen Dorfbewohner von Chang Gar Bin, die es nicht wagten, durch Abwesenheit aufzufallen, und hatten ihre »Verbitterung« gegen sie auszudrücken. Nachdem sie öffentlich denunziert und erniedrigt worden waren, wurde ihre Strafe verkündet: ihr Land wurde konfisziert, und etwa fünfzehn von ihnen wurden zum Tode verurteilt. »Tötet nicht einen oder zwei, sondern viele«, lautete Maos Anweisung an die Arbeitsgruppen. Die Verurteilten wurden auf einem Feld nahe der Schule zusammengetrieben, wo sie sich, die Hände auf dem Rücken gefesselt, niederknien mußten und dann mit einer Kugel in den Hinterkopf erschossen wurden. Als Maos Landreform 1953 abgeschlossen war, waren in ganz China etwa fünf Millionen Menschen verurteilt worden. Chinesischen Angaben zufolge waren zwei Millionen exekutiert worden; fremde Beobachter setzten diese Zahl auf bis zu fünfzehn Millionen an, aber später nahm man an, daß es wohl etwa drei bis vier Millionen gewesen waren.

Als die öffentlichen Verfahren anhielten, sah sich Huangbo immer weiter in die Enge getrieben. Am meisten sorgte sie sich nicht wegen des Landbesitzes ihres Mannes – etwa vierundzwanzig *mau tin* abzüglich der vier, die er Ping als Mitgift gegeben hatte –, sondern wegen ihres angeberischen Hauses, das Chan Sam und damit auch seine Familie als »rechte Bauern« brandmarkte, als Leute mit antisozialistischen Tendenzen. Als Huangbo Leute aus der Arbeitsgruppe an die Tür des Getreidehändlers klopfen sah, fürchtete sie, daß sie als nächste an der Reihe sei. Die Frau des Getreidehändlers, die nicht mit ihrem Mann geflohen war, erhob Einspruch gegen ihre Verhaftung, doch je mehr sie sich wehrte, desto heftiger wurde sie geschlagen. Als die Arbeitsgruppe Huangbo holen wollte, leistete sie keinen Widerstand, wie Ping es ihr geraten hatte. Sie wurde zwar geschubst und gestoßen, jedoch nicht brutal mit Stöcken oder Bajonetten geschlagen. Man befahl ihr, auf einem Bein, mit reuevoll gesenktem Kopf und auf dem Rücken gefesselten Händen auf dem Marktplatz zu stehen, wobei ihre Kinder zusehen mußten. Stundenlang wüteten die Dorfbewohner gegen sie und andere Opfer: »Ihr seid nur reich, weil ihr die Menschen ausgebeutet habt!« – »Ihr seid Volksfeinde!«

Chan Sams *mau tin*, für die er viele Jahre seines Lebens in der Fremde geopfert hatte und die er erworben hatte, um die Zukunft seiner Familie zu sichern, wurden konfisziert. Huangbo wurde der Tod erspart, aber ihr Leiden hatte noch kein Ende. Die Arbeitsgruppe drang in Chan Sams Haus ein und nahm alle Papiere, Briefe und Fotos, die sie finden konnte, an sich, einschließlich der Briefe, die Chan Sam in über dreißig Jahren aus Kanada geschickt hatte. Eigentlich suchten sie nach dem Kaufvertrag für sein Land und nach Beweismitteln, daß seine Familie »konterrevolutionär« sei. Aber das Haus reichte als Beweis. Es wurde ob seiner »Häßlichkeit« verurteilt. Die Arbeitsgruppe behob seine Mängel: Sie zerbrachen die grünglasierten Dachziegel, entfernten die schmiedeeisernen Tore und Fenstergitter und auch das Glas in den Fenstern, zerstörten die Schnitzereien in den Holzrahmen im Obergeschoß. »Extravaganzen« wurden ebenfalls mitgenommen: die Frisierkommoden und die großen Spiegel, mehrere Uhren und die Wolldecken aus Kanada. Mit der Hirnlosigkeit von Vandalen zerstörten sie die großen Gemälde von Chan Sams Eltern und das kleinere Doppelporträt, das ihn und Huangbo zeigte, im Hauptaufenthaltsraum. In der letzten Verurteilung von Chang Gar Bins größtem Haus erklärte die Arbeitsgruppe, das Haus sei zu groß für eine Familie und biete genug Platz für drei. Zwei neue Familien – zwei Brüder und ihre Angehörigen – zogen ein. Quer durch den Hof und die anschließenden Durchgänge wurde eine Mauer gezogen, die die alten von den neuen Hausbewohnern, die Verstoßenen des Dorfes von den neuen Emporkömmlingen abtrennte.

Als ihre Arbeit beendet war und die Arbeitsgruppe Chang Gar Bin verließ, waren Huangbo, Ping und Yuen unter den am übelsten geschmähten Dorfbewohnern. Die anderen gingen ihnen aus dem Weg, niemand sprach mit ihnen, es sei denn, um sie zu verspotten. Wenn Ping zu Huangbo auf Besuch kam, wie sie es täglich tat, sprachen die beiden nur mit leiser Stimme miteinander. Sie wagten es nicht mehr, Reis im Hof zu waschen, weil sie die forschenden Blicke der Nachbarn auf der anderen Seite der Mauer nicht mehr ertrugen. Einmal hörte ein vorbeikommender Dorfbewohner das Klopfgeräusch, das entsteht, wenn man Schweinefleisch zu Hackfleisch macht. »Der Kader wüßte bestimmt gern, daß du noch genug Geld hast, um Fleisch zu essen!« sagte er vorwurfsvoll. Danach trug Huangbo ihr Hackbrett unter die Treppe am rückwärtigen Teil des Hauses, wo das Geräusch des Fleischmessers gedämpft wurde.

Ping brachte der Terror, der über das Dorf gekommen war, einen kleinen Sieg. Die Geliebte ihres Mannes fürchtete Repressionen wegen des Reichtums ihres abwesenden Gatten und floh aus Chang Gar Bin nach Hongkong. Ping ließ ihren Mann wieder in ihr Bett. Sie beschloß, sicherzustellen, ein Kind nach dem anderen zu bekommen, wenn sie denn weitere Kinder haben sollte, damit ihr Mann nicht daran denken konnte, seiner Geliebten zu folgen. In den nächsten fünf Jahren bekam sie noch drei Kinder, ein Mädchen, einen Jungen und noch einmal ein Mädchen.

Der dreizehnjährige Yuen wurde von den Kommunisten sämtlicher Zukunftsaussichten beraubt. Ein Großteil seines zukünftigen Erbes, das Land und die Hälfte des Hauses, waren weg. Er hatte den Rat seines Vaters befolgt, daß eine gute Schulbildung seine einzige Chance sei, um den Nachteil seiner Mißbildung auszugleichen, und sich voll auf seine Studien gestürzt, in der schwachen Hoffnung, eines Tages die Universität besuchen zu können, wofür seine Familie natürlich weitere Opfer hätte erbringen müssen. Sein Vater hatte ihm von einem Bekannten berichtet, der sein Land verkauft hatte, damit sein Sohn in Kanton Medizin studieren konnte. Der Sohn wiederum wurde erfolgreich genug, um seine Familie vor der Armut zu retten. Aber Yuens Hoffnung, diesem Beispiel zu folgen, wurde zerstört, als der Dorfkader ihn informierte, daß er die Schule verlassen müsse.

Offensichtlich waren von oben Anweisungen gekommen, Kinder von Grundbesitzern nicht mehr als fünf Jahre zur Schule gehen zu lassen.

Nach der Landreform wagte Huangbo es nicht mehr, jemanden im Dorf zu bitten, in ihrem Namen einen Brief zu schreiben. Zum Glück hatte Yuen inzwischen so gut lesen und schreiben gelernt, daß er nun die Korrespondenz mit seinem Vater übernehmen konnte. Sein Vater schickte ihm die notwendigen Schreibutensilien, ein paar Bogen Luftpostpapier und Kugelschreiber, aus Kanada.

Yuens erster Brief an seinen Vater zeigt die Verzweiflung der Familie angesichts des stattgefundenen Wandels: »*Baba*, Mama sagt, daß du momentan einfach nicht heimkommen könntest. Sie würde es nicht ertragen, wenn du dies hier sehen müßtest. Dir würde es das Herz zerbrechen beim Anblick dessen, was mit all dem passiert ist, wofür du so hart mit deinen eigenen Händen und im Schweiße deines Angesichts gearbeitet hast.«

Die Antwort war stoisch: »Es hat keinen Zweck, darüber Tränen zu vergießen. Die Zeiten haben sich geändert, damit muß man sich abfinden. Anders kann man die Sache nicht sehen. Von nun an sprecht bitte nicht mehr darüber!«

Die Kommunisten gestatteten Chan Sam noch immer, Geld an seine Familie zu schicken, was natürlich die Abneigung der anderen Dorfbewohner verstärkte. Tatsächlich erkannte die chinesische Regierung, daß ihre Außenhandelsverbindungen zu den nichtkommunistischen Ländern, die sich weigerten, die neue Regierung anzuerkennen, sehr gelitten hatten. Obgleich ihr ein Großteil der erheblichen Außenhandelsschulden erlassen wurde, war die Regierung sehr erpicht auf fremde Währungen, um die Außenhandelsbilanz im Gleichgewicht zu halten. Es gab nur die Einschränkung, daß das Geld nicht mehr durch die Banken in Hongkong fließen durfte, sondern durch die neu eingerichtete Kommission für chinesische Angelegenheiten in Übersee wandern mußte, die einen niedrigen Wechselkurs in die offizielle chinesische Währung festlegte. Chan Sam blieb nichts anderes übrig, als dem neuen System zu vertrauen.

Yuen, der nun müßig herumsaß, grübelte ständig über das Schicksal nach, das ihn erwartete, wenn seine einzige Unterstützung, nämlich Mutter und Vater, einmal nicht mehr da wären. Selbst ohne seine Mißbildung würde ihm, dem Sohn eines Grundbesitzers, niemand Arbeit geben. Seit der öffentlichen Verhandlung ermüdete seine Mutter sehr schnell, und ihr Rücken war ohnehin schon gebeugt von all der schweren Arbeit. Sein Vater hatte den Sorgen seines Sohnes auch selbst schon Ausdruck verliehen: »Was soll nur werden, wenn mir etwas zustößt? Was, wenn ich sterbe? Wer wird sich dann um dich kümmern? Darüber denke ich Tag und Nacht nach.« Yuen wollte mehr über die Lebensumstände seines Vaters wissen. Woher kam das Geld, das er nach Hause schickte? Wie konnte er regelmäßig Geld heimschicken, wenn er nur sporadisch Arbeit hatte?

»Momentan habe ich keine Arbeit, so daß ich auch kein Geld verdiene«, antwortete Chan Sam. »Aber ich sorge mich ständig wegen der Schwierigkeiten im Leben deiner Mutter und in deinem Leben. Du kannst dir keinen Lebensunterhalt verdienen, so daß ich Geld von anderen Leuten borgen muß, um euch etwas zu schicken. Manchmal stammt also das Geld, das ich für eure Ausgaben sende, nicht von mir, aber ich betrachte es als meines. Macht euch um mich keine Sorgen!«

Auch die grausamere Wahrheit brachte er zur Sprache: »Die Sache mit deinen Füßen ist wirklich sehr ungünstig, das weiß jeder. Es ist wirklich sehr schade, denn sonst hätten sich deine Mutter und du mir hier in der Fremde anschließen können. Aber du würdest hier kaum Arbeit finden. Und wenn ich nur deine Mutter herkommen ließe und du allein zurückbleiben müßtest, würde ich mir ebenfalls Sorgen machen ...« Yuen versank immer tiefer in Kummer und Selbstmitleid. Schließlich fragte er sich, warum denn nicht Nan mit verkrüppelten Füßen zur Welt gekommen war, dann hätte sie wenigstens im Tod die Schande der Familie mit ins Grab nehmen können.

Jahraus, jahrein wartete Chan Sam auf den richtigen Zeitpunkt, um endgültig heimzukehren. Die meisten anderen Fremdarbeiter hielten nicht so lange an ihrem Traum vom Goldenen Berg fest, sondern packten irgendwann einmal ihre Sachen und gingen heim. Im Lauf der vielen Jahrzehnte waren Chan Sams Hoffnungen, daß die jüngsten Aufstände in China ein Ende hätten und das Land sich stabilisieren würde, immer wieder gestiegen und erneut zerschmettert worden. Als 1947 die Aussperrung aufgehoben wurde, waren andere Auslandschinesen, die noch an ihrer Heimat oder den zurückgelassenen Familien hingen, entweder heimgekehrt oder hatten ihre Familien nach Kanada nachkommen lassen. Chan Sam bekam seine Einbürgerungspapiere, so daß er kommen und gehen konnte, wann er wollte. Aber in China wurde der Bürgerkrieg bis zu seinem bitteren Ende ausgefochten. Als 1949 die Kommunisten an die Macht kamen, wartete er ab, um zu sehen, wie andere Südchinesen bei ihrer Heimkehr aufgenommen wurden.

Er wußte aus Yuens Briefen, was die Landreform über seine Familie gebracht hatte. Er dachte ernsthaft daran, die Fremden in seinem Haus zum Auszug zu überreden oder nachzuprüfen, ob die Behörden nicht doch noch ein paar Urkunden über sein Land übersehen hätten. Aber diese Ideen ließ er wieder fallen, als er ständig von neuen Verhaftungen, Gewalttaten, Folterungen und Hinrichtungen hörte. Unter den Opfern befanden sich Landsleute aus seiner Gegend, die gerade erst nach Hause zurückgekehrt waren und ihre gesamten Ersparnisse darauf verwendet hatten, ein paar *mau tin* zu kaufen. Chan Sam und seine Freunde waren einer Meinung: Früher hatten neunundneunzig von hundert Auslandschinesen irgendwann einmal wieder nach Hause gehen wollen, jetzt war es kaum noch einer aus zehntausend, weil sich in China momentan alles so schnell veränderte.

Vancouvers Chinatown hatte eine derart große Abneigung gegen die Kommunisten, daß die chinesischen Organisationen in Kanada gemeinsam beschlossen, die etwa 860 Knochensäcke, die seit 1939 auf ihre Überführung nach China warteten, statt dessen in Kanada zu begraben. Männer, die noch Angehörige in der Heimat hatten und das Geld besaßen, sie aus dem Land zu bringen, kehrten China endgültig den Rücken und machten Kanada zu ihrer neuen Heimat. Der Schrecken der Landreform brachte viele Chinesen im Ausland dazu, ihre Familien aus China kommen zu lassen. Ihre Regierungen hatten nichts dagegen. Aber Chan Sam sah dies nie als Möglichkeit, denn

Yuens Füße waren einfach ein zu großes Hindernis, um Huangbo und Yuen nach Kanada kommen zu lassen. Nach wie vor hatte er in Kanada keinen Platz, wo er sie hätte unterbringen können, und die paar Dollar, die er hier verdiente, reichten zu Hause sehr viel weiter. In Kanada hätte er sie nicht unterstützen können, aber er konnte es, wenn sie weiterhin in China blieben.

Für Chan Sam war die Tatsache, daß die politische Lage in China sich gegen ihn wandte, ebenso bedrohlich wie seine schwindenden Arbeitsaussichten in Kanada. Fast vierzig Jahre lang hatte er sich auf seine Kontakte in den Sägewerken verlassen können. Nun, in den fünfziger Jahren, begannen die Gewerkschaften, die chinesischen Arbeiter zu organisieren, und sie fingen in der Holzindustrie und in den Fischfabriken an. Es ging nicht mehr, daß ein chinesischer Vorarbeiter einfach jemanden einstellte, den er mochte. Chan Sam meldete sich bei einer Arbeitsvermittlung in Chinatown, die Arbeiter an weiße Arbeitgeber vermittelte, wenn auch zu herabgesetzten Löhnen. Inzwischen war er Anfang sechzig, sein Haar wurde grau, seine Wangen waren eingefallen und sein Gesicht von Sorgen zerfurcht – er entsprach nicht gerade dem idealen Arbeiter. Wenn er eingestellt wurde, um die Böden in einer Zementfabrik zu schrubben, in einem Café Geschirr zu spülen oder die Gänge eines Hotels zu putzen, hielt er sich nur so lange, bis ein Jüngerer, meist Weißer, den Job haben wollte oder bis er selbst, erschöpft und unter Schwindelanfällen leidend, aufgeben mußte. Zweimal hatte er unter inneren Blutungen gelitten, und der Arzt, zu dem er deswegen gegangen war, hatte ihn eindringlich gewarnt, wegen seiner blutenden Magengeschwüre nur »leichte Arbeit« zu verrichten.

Hätte Chan Sam sich, wenn er wieder einmal arbeitslos war, nicht darauf verlassen können, von seinen Leuten ein paar Dollar geliehen zu bekommen – entweder für seine eigenen Ausgaben oder auch etwas mehr für seine Überweisungen in die Heimat –, dann wäre er vollends verzweifelt. Ein paar ältere Männer aus seiner Sippe lebten so, als hätten sie nichts mehr zu tun, als auf den Tod zu warten. Sie waren vom Sippenverband in einem der überfüllten Junggesellenschlafsäle im Sippengebäude untergebracht worden. Chan Sam zog eine heruntergekommene Pension vor. So fiel es ihm leichter, daran zu glauben, daß er lange genug leben würde, um in China noch Veränderungen zum Besseren hin zu erleben.

Ein Weilchen lebte er auch in einer Wohngemeinschaft. Am Rand von Chinatown war ein dreistöckiges Gebäude renoviert und in Dreizimmerwohnungen unterteilt worden, bot den Chinesen also etwas Neues, ein Leben in einer richtigen Wohnung. Chow Guen war von Winnipeg wieder nach Vancouver gekommen, und als May-ying und Leonard ebenfalls wieder auftauchten, kam Chan Sam auf die Idee, eine der neuen Wohnungen zu mieten. Chan Sam und Guen teilten sich ein Schlafzimmer, May-ying und Leonard das zweite. Chan Sam freute sich immer sehr, wenn die jungverheiratete Winnie auf dem Weg zur Reinigung ihres Mannes oder auf dem Heimweg kurz bei ihnen vorbeikam und mit ihnen zu Abend aß oder aber auch Leonard zurückbrachte oder abholte. Drei Monate später machte sich jedoch Guen unerwarteterweise nach Toronto auf, und Chan Sam und May-ying gaben die Wohnung wieder auf, um wie üblich getrennte Wege zu gehen.

Chan Sam blieb nur ein einziger Lichtblick: Mit fünfundsechzig würde er von der kanadischen Regierung eine monatliche Rente bekommen, die früher nur Weiße erhalten hatten. Aber mit diesem Geld würde er gerade seine Miete und zwei Mahlzeiten am Tag bestreiten können. Er klammerte sich an die Hoffnung, siebzig Jahre alt zu werden, denn dann würde seine Rente um ein paar Dollar steigen. Doch er konnte nicht leugnen, daß ihm Alterserscheinungen zu schaffen machten – seine Sehkraft wurde immer schlechter, und er litt unter Durchblutungsstörungen in Beinen und Füßen.

Bei dem Gedanken an sein Erbe fiel Chan Sam der letzte Familienwert ein, den er noch in der Hand hatte, die kanadischen Geburtsurkunden seiner Töchter Ping und Nan. Früher hatten sie die einzige Chance symbolisiert, seine drei Töchter zusammenzuführen. Aber nun hielt er solche Sentimentalitäten für sinnlos und beschloß, diese Urkunden zu Geld zu machen, das er seinen in China noch lebenden Angehörigen schicken konnte.

Er brauchte nicht lange zu suchen, bis er einen Vermittler fand. Mr. Lum bestätigte, daß es seit der Machtergreifung der Kommunisten zwischen China, Hongkong und Nordamerika einen blühenden

Dokumentenhandel gebe. Zwar hatten die nordamerikanischen Immigrationsgesetze die Türen für die Chinesen etwas weiter geöffnet, aber abgesehen von Ehefrauen und Kindern durften noch immer wenige andere ins Land einreisen. Die in Nordamerika lebenden Familien machten sich jedoch große Sorgen auch um ihre entfernteren Verwandten, die nicht einreisen durften – Großeltern, Geschwister, Onkel, Tanten, Cousinen. Gleichzeitig warteten Menschen in Hongkong, die vor den Kommunisten geflohen waren, sehnsüchtig darauf, Dokumente zu erwerben, mit denen sie in die Vereinigten Staaten oder nach Kanada einreisen konnten.

Mr. Lum bot Chan Sam an, Käufer für seine Geburtsurkunden zu finden. Er kontaktierte seinen Zwischenhändler in Hongkong, und es kamen zwei Geschäfte mit Frauen zustande, deren Alter etwa zu dem von Ping und Nan paßte, wobei Chan Sam für jede Urkunde mehrere hundert Dollar bekommen sollte. Mr. Lum fragte Chan Sam nach den wichtigsten Einzelheiten, die die Einwanderungsbehörden in Vancouver und in Hongkong von den richtigen Schwestern erwarten würden: Namen und Alter der Eltern, wann die Schwestern nach China gekommen waren, in welchem Dorf sie aufgewachsen waren, wo die andere Mutter lebte. Um den Antrag, seine »Töchter« nach Kanada zu bringen, zu unterstützen, mußte sich Chan Sam entscheiden, ob er ihre Mutter, May-ying, oder ihre in Kanada lebende Schwester in die Sache hineinziehen wollte.

Im ersten Jahr ihrer Ehe, in dem Winnie sehr beschäftigt war, kam ihr Vater einmal zu ihr und bat sie, ihn zur Einwanderungsbehörde in Vancouver zu begleiten. Unterwegs hielten sie noch kurz bei Mr. Lum an, der Winnie erklärte, daß man sie wegen ihrer Schwester, Ping, befragen würde. Er riet ihr, zu sagen, daß sie nichts wisse bis auf die Tatsache, daß sie eine Schwester mit diesem Namen habe. Schließlich verlangte man auf der Behörde nur, daß sie auf diese Tatsache einen Eid ablegte, was sie auch tat. Erst viele Jahre später sollte Winnie einmal daran erinnert werden, was ihr Vater an diesem Tag eigentlich getan hatte.

Ein paar Monate, nachdem dieses Geschäft besiegelt worden war, ging Chan Sam zum Bahnhof von Vancouver, um die erste seiner falschen Töchter zu treffen. Die falsche Ping war per Schiff von

Hongkong nach San Francisco gekommen und dann in einen Zug nach Vancouver eingestiegen. Er brachte sie in ein nahegelegenes Hotel, wo er sie einem Mann übergab, der sie, wie sie erst jetzt erfuhr, als seine Braut erworben hatte. Ein paar Wochen später begleitete Chan Sam zusammen mit Mr. Lum diese Ping zur Einwanderungsbehörde in Vancouver, wo sie über ihre Schwester Nan befragt werden sollte. Die zweite falsche Schwester wartete noch in Hongkong zusammen mit ihrem Ehemann auf eine Einreiseerlaubnis nach Kanada. Die Angelegenheit wurde etwas problematisch, als der Beamte von der falschen Ping wissen wollte, warum die beiden Schwestern einen unterschiedlichen Dialekt sprachen. Sie verhaspelte sich, als sie das sagte, was man ihr zu sagen erklärt hatte – daß die Schwestern im Widerstandskampf gegen die Japaner getrennt und danach von ihren jeweiligen Patentanten aufgenommen worden wären und niemals in ihr Dorf zurückgekehrt seien. Zum Glück wollten die Beamten hauptsächlich hören, daß sie ihre Schwester und ihren Schwager aufnehmen und Arbeit für sie finden würde, und zwar in der Näherei, in der sie arbeitete. Dies zumindest entsprach tatsächlich der Wahrheit.

Im Haus ihrer Schwiegermutter geriet Winnie mit der anderen dort lebenden Schwiegertochter aneinander. Diese war geizig genug, um aus Sparsamkeitsgründen das Haustelefon entfernen zu lassen, und dachte nun, Winnie triebe die Gas- und Stromrechnung in die Höhe, was auch stimmte. Winnie dachte sich nichts dabei, im Endstadium ihrer Schwangerschaft und nach der Geburt ihres ersten Kindes den ganzen Tag lang Suppen zu kócheln oder sich Kräutertees zu brauen, um wieder zu Kräften zu kommen. Sie wußte, daß die Beziehung zu ihren Mitbewohnern ziemlich strapaziert war, als jemand unter ihnen anfing, mit dem Besenstiel an die Decke zu klopfen, wann immer nachts die Nähmaschine surrte. Wenn Winnie nicht für Johns Kundschaft Manschetten und Krägen wendete oder Hosen kürzte, dann nähte sie Windeln. Aber sie hatte auch genug davon, in einem Dachgeschoß zu wohnen; der Wasserdruck reichte kaum aus, um Reis zu waschen, von Windeln ganz zu schweigen. Sie überzeugte John, daß zweieinhalb Jahre mit seinen Verwandten unter einem Dach lang genug seien. Er willigte ein, für seine Familie eine eigene Wohnung zu finden.

Sie hatten beide nicht die Zeit, auf Wohnungssuche zu gehen. Winnie war zum zweitenmal schwanger, John ging nach dem Abendessen immer noch einmal in sein Geschäft, um die Kleiderlieferung für den nächsten Tag zu vervollständigen, Hemden zu bügeln und Anzüge mit Dampf zu pressen. Da Chan Sam gerade wieder einmal keine Arbeit hatte, bot er Winnie an, eine Wohnung für sie zu suchen. Er fand zwei Stockwerke in einem Haus, das in einem ziemlich armen, von Einwanderern bevorzugten Viertel östlich von Chinatown lag. Da er wußte, daß eine Monatsmiete von vierzig Dollar ein ziemlicher Sprung von den fünfzehn Dollar war, die das Paar momentan bei Johns Familie zahlte, schlug er vor, das zweite Schlafzimmer zu übernehmen und die Hälfte der Miete zu bezahlen, was sich auf die Hälfte seiner Rente belief. Aber kaum war Winnie mit dem neuen Baby, einer weiteren Tochter, aus dem Krankenhaus zurück ins neue Heim gekommen, da mußten sie schon wieder umziehen. Der Hausbesitzer, der im Erdgeschoß lebte, hatte sich geärgert, daß Winnie eine Fünfundzwanzig-Watt-Birne im Hausflur durch eine mit sechzig Watt ersetzt hatte, ohne ihn zu fragen.

Chan Sam hatte eigene Vorstellungen, was seine Tochter als nächstes unternehmen sollte. »Jeder kauft sich heutzutage ein Haus!« sagte er. Er überredete sie, sich etwas anzusehen, das er gefunden hatte, ein bescheidenes Häuschen mit zwei Schlafzimmern an der Gladstone Street um die Ecke vom Kingsway in der Nähe der Canada Dry Factory. Winnie und John gefiel das Viertel gut. Auf der gegenüberliegenden Straßenseite gab es eine Vereinigte Kirche, links neben dem Haus stand ein grau verputztes Haus mit einem weißen Holzzaun, rechts daneben ein lila verputztes. Beide Gebäude waren recht gepflegt. Das Haus selbst hatte ein Souterrain, der Zugang war mit modernen, grau-grünen Fliesen ausgelegt, im Wohnzimmer war ein offener Kamin, und es gab eine Südveranda, einen gepflegten Rasen im Eingangsbereich und einen Garten im hinteren Grundstücksteil. Das Haus sollte möbliert verkauft werden und 7800 Dollar kosten. Sie mußten nur noch die 1100 Dollar Anzahlung auftreiben. Johns älteste Schwester lieh ihnen gerne das Geld, und Chan Sam bestand darauf, auch einen Teil beizutragen. »Wenn ihr jetzt ein bißchen mehr anzahlt, wird die monatliche Abzahlung kaum mehr als eine normale Miete betragen.« Winnie nahm seine 900 Dollar dankbar an, weil sie wußte, daß sich ihr Vater nur zu gern in Chinatown damit brüsten würde, seiner Tochter ein Haus gekauft zu haben.

Als Gegenleistung für seinen Beitrag zog ihr Vater in das zweite Schlafzimmer ein. Winnie, John, ihre Zweijährige und das Baby, das noch kein Jahr alt war, teilten sich das zweite Schlafzimmer. Die Enge machte keinem zu schaffen. Chan Sam hatte von der Arbeitsvermittlung einen Putzjob in einem Hotel bekommen, wo er dreimal pro Woche in aller Frühe antreten mußte. Egal, wann sie am Vorabend ins Bett gekommen war, Winnie stand um vier Uhr morgens auf, um ihrem Vater seinen Reis zu kochen, bevor er um fünf Uhr zur Arbeit ging. Dafür paßte er manchmal auf die Kinder auf, wenn sie in der Reinigung aushelfen mußte. Noch immer verbrachte er einen Großteil seiner Freizeit in Chinatown. Er fuhr mit dem Bus dorthin und machte unterwegs bei seinem Sippenverband halt, um seine Post abzuholen. Niemals kam er mit leeren Händen zurück; er brachte immer etwas zum Abendessen mit, manchmal Gemüse, manchmal frischen Fisch. John fühlte sich wohl mit seinem Schwiegervater und schlug einen gemeinsamen Wochenendausflug vor. Chan Sam hatte immer einmal die Vereinigten Staaten besuchen wollen. Bis auf die Tatsache, daß sie an beiden Seiten der Grenze von Beamten belästigt wurden, die argwöhnten, daß jeder Chinese ein Kommunist sein und damit Beziehungen zu einer feindlichen Macht haben könnte, war der Ausflug nach Seattle sehr erfreulich, vor allem für Chan Sam, der mit großen Augen die achtspurigen Autobahnen auf der amerikanischen Seite bestaunte.

Winnie wagte nie, ihren Vater danach zu fragen, aber es kam ihr vor, als hätte er trotz seiner Gelegenheitsjobs und seiner bescheidenen Rente immer ein paar Extra-Dollar. So war da zum Beispiel das Geld, das er ihnen für ihr Haus gegeben hatte. Sie wußte auch, daß er ab und zu ein paar Dollar nach Hause schickte, denn eines Tages hatte er ihr gesagt: »*Ah* Hing, wenn es bei euch mal gut läuft und ich nicht mehr auf der Welt bin, möchte ich zu gern, daß du weiterhin Geld nach China schickst, so um die zwanzig Dollar alle paar

Monate!« Winnie erwiderte zwar, sie würde John fragen, aber sie wußte, daß sie ihren Mann nie darum bitten konnte, diese Verpflichtung einzugehen. Er war entschieden dagegen gewesen, Leonard aufzunehmen; wie konnte er dann eine Familie unterstützen wollen, die sie selbst nie kennengelernt hatte?

Ich war die zweite Tochter von Winnie und John, und eine meiner frühesten Kindheitserinnerungen an meinen Großvater (den ich immer *Goong-goong* nannte, die korrekte Bezeichnung für den Großvater mütterlicherseits) ist die, daß er mir ein rotes Dreirad mitbrachte, das erste Geschenk, das ich jemals von jemandem bekommen hatte. Ich sehe ihn auch noch durch die Hintertür in unserem Haus auf der Gladstone Street kommen, eine Tüte mit Lebensmitteln abstellen und mich hochnehmen. Auch erinnere ich mich daran, wie meine Schwester und ich an heißen Sommertagen zur Erfrischung in einer Wasserschüssel im Garten planschten, während er in der Nähe im Garten arbeitete und wir uns durch seine Anwesenheit sicher fühlten.

Es war an einem solchen Tag, als er und meine Mutter eine der dummen Auseinandersetzungen hatten, die in etwas völlig Unbeabsichtigtes ausufern. Mutter war im Keller mit der Wäsche beschäftigt. Sie schöpfte gerade aus der Waschmaschine das heiße Seifenwasser in einen Eimer, weil sie später damit die Fußböden putzen wollte. Großvater kam mit seinen Gartengeräten herein, legte sie ins Waschbecken und drehte den Wasserhahn mit dem heißen Wasser auf, um sie abzuspülen.

»*Baba*, warum spülst du die Sachen nicht mit kaltem Wasser ab?« fragte sie.

Er war sofort beleidigt. »Ich werde meiner Familie in China schreiben, wie du deinen Vater behandelst!« sagte er. Mutter konnte gar nicht verstehen, warum er so eingeschnappt war. Schließlich brach er das Schweigen. »Wenn du dich so benimmst, denke ich nicht, daß wir weiter unter einem Dach wohnen bleiben können.«

Mutter erwiderte nichts mehr darauf. Erst jetzt wurde ihr klar, wie unglücklich ihr Vater war, daß er nicht mehr in Chinatown lebte. Er war nun drei Jahre weggewesen. Im Haus in der Gladstone Street sprach nur sie genug Chinesisch, um sich mit ihm zu unterhalten. Tagsüber hatte er nur die Gesellschaft der Nachbarn, den alten Mr. Penny, ein Nachtwächter, und seine Frau, die sich um ihre Blumenbeete hinter dem weißen Holzzaun kümmerten, und auf der anderen Seite Mr. und Mrs. Stewart, ein pensioniertes Ehepaar, die kaum aus dem Haus gingen. Mutter wußte, daß ihr Vater schlecht zugeben konnte, daß er nicht mehr im Haus seiner Tochter leben wollte, denn es war schließlich seine Idee gewesen, das Haus zu kaufen. Er zog zurück nach Chinatown ins Sun Ah Hotel, in dem er früher schon gelebt hatte, und kam recht gern zu uns zu Besuch. Ich rannte ihm dann immer mit weit ausgebreiteten Armen entgegen.

Kapitel 11

Mao Tse-tungs Landreform erwies sich selbst in Nordchina als Mißerfolg. In dem weniger dicht besiedelten Norden bekamen die besitzlosen Bauern drei *mau tin*, im Süden nur eines. So ein winziges Stück Land war noch weniger als das, was selbst der ärmste Bauer im Süden in seinem Leben gewöhnlich erwerben konnte, und einfach zu klein, um einen ausreichenden Ertrag abzuwerfen. Selbst wenn die neuen Landbesitzer das Geld hatten, mit ihren Nachbarn zusammenzuarbeiten und sich gemeinsam einen Wasserbüffel anzuschaffen, konnte doch so ein Lasttier nicht für mehr als einen Herrn arbeiten. Außerdem waren einige der Bauern, die nun Land bekommen hatten, gar nicht imstande, es selbst zu bearbeiten, etwa wenn sie zu alt oder zu schwach waren, konnten es sich aber auch nicht leisten, dafür Arbeitskräfte einzustellen.

Anstatt zuzugeben, daß sein erster großer Plan fehlgeschlagen war, erklärte Mao in seiner Ungeduld 1955 zum Jahr, in dem in China der Sozialismus weiter vorangetrieben werden sollte. Die Antwort zu den Problemen der Landreform, so entschied er, liege darin, das Programm zu beschleunigen, das die Ländereien zu Kollektiven zusammenschloß. Gleichzeitig verstaatlichte er den gesamten Handel und die Industrien, die noch in privater Hand waren. Erneut sollte er seine zu hoch gesteckten Ziele nicht erreichen. Bauern, die nicht Pächter des Staates werden wollten, sabotierten ihre Werkzeuge und das Land und brachten ihre Schweine und Hühner lieber um, anstatt sie dem Kollektiv zu überlassen. In Gegenden, in denen die Bauern in die Stadt flüchteten, sank die Lebensmittelproduktion, überall wurden Lebensmittel gehortet, und Hungersnöte breiteten sich aus.

Mao betrachtete die konfuzianische Familie als reaktionäres Bollwerk gegen den Kommunismus. Er wollte vom chinesischen Volk als

Ersatzvater betrachtet werden, daß er anstelle der Familie zur zentralen moralischen Autorität würde. Er rief eine landesweite Bewegung ins Leben, um »Mao Tse-tungs Gedanken« zu studieren. Wer sie ablehnte, wurde als »Westler« gebrandmarkt und im Gefängnis »reformiert«.

Da es sehr schwer war, wahrheitsgemäß und offen seine Meinung zu sagen, war die Kommunikation zwischen Chan Sam und Yuen teilweise sehr verschlüsselt, um die spähenden Augen der kommunistischen Behörden und der Dorfbewohner, die andere nur zu gern anschwärzten, zu täuschen. Infolgedessen gab Chan Sam kommunistische Parolen zum besten, die zum Standardteil eines jeden Briefes wurden, etwa: »Ich hoffe, daß in China alles gut läuft, daß sich die Produktion erhöht, daß viel Neues gebaut wird und es den Leuten gutgeht.«

Dies erschwerte es, die wahre Bedeutung zwischen den Zeilen zu lesen. Was in einem Brief gesagt wurde, wurde im nächsten widerrufen. Das war oft Absicht, damit die Briefe nicht neue »Beweise« lieferten, um Chan Sams Familie, die ja bereits ein gutes Ziel war, erneuten Schikanen auszusetzen. Doch da niemand nach China reiste, dem Chan Sam persönlich eine Botschaft hätte mitgeben können, waren diese Briefe die einzige Kommunikation mit seiner Frau und seinem Sohn. Chan Sam fühlte, daß Yuen, der ja noch recht jung und nun zu Untätigkeit verdammt war, seine väterliche Führung so dringend brauchte wie nie zuvor. Und da er merkte, daß er immer älter wurde, dachte er ständig sorgenvoll an Huangbo, ihren Gesundheitszustand und den Tag, an dem sie jemanden brauchen würde, der für sie sorgte.

Wenn Yuen doch nur etwas fände, womit er sich seinen Lebensunterhalt verdienen könnte, dachte Chan Sam, dann hätten seine größten Sorgen ein Ende. In seinen Briefen versuchte er, seinen Sohn zu ermuntern, an die verschiedenen ihm vielleicht offenstehenden Möglichkeiten zu denken. Er schlug ihm vor, jemanden im Dorf zu finden, der ihm das Schneidern oder kaufmännische Fähigkeiten beibrachte. Yuen wagte nicht, jemanden zu fragen, da die Dorfleute ihn nach wie vor mieden. In seinen Antwortbriefen schlug er seinem Vater vor, ihm eine Nähmaschine zu kaufen, damit er sich das

Nähen selbst beibringen könne. Er dachte auch, daß er vielleicht dem Stigma »Sohn eines Großgrundbesitzers« entkommen könne, wenn er Chang Gar Bin verließe und nach Shekki ginge, um dort etwas zu lernen oder vielleicht »Geschäftspartner« zu finden, Leute, die über sein Stigma hinwegsehen würden, wenn er genug Geld vorzuweisen hätte.

Die Diskussion, was Yuen denn anfangen könne, endete immer beim Geld, da der Staat offensichtlich kein Interesse hatte, ihm zu helfen. Chan Sam fürchtete ständig, daß seine Briefe in die falschen Hände geraten könnten. Er wollte die Behörden glauben machen, daß er nicht viel Geld besaß, gleichzeitig aber auch Yuen wissen lassen, daß er ihm als sein Vater schon alles Notwendige geben würde. So arteten manche Briefe in eine reine Aufzählung finanzieller Probleme aus – er habe keine Arbeit, könne auch keine finden, könne nur hoffen, irgendwann wieder einmal einen Job zu finden, aber die Fabriken machten alle zu. Chan Sam stöhnte über unvorhergesehene Ausgaben, schrieb, er müsse sich teuren Operationen unterziehen und kostspielige westliche Arzneimittel nehmen. Oft erwähnte er, wie mühsam es doch sei, zwei Familien, die eine in China und die zweite in Kanada, zu unterhalten. In anderen Briefen schien Geld wieder gar keine Rolle zu spielen. Chan Sam bot Yuen an, daß er versuchen wolle, jemanden in Hongkong zu finden, der nach China fahren werde und Yuen eine Nähmaschine mitbringen könne. Er unterstützte Yuens Absichten, nach Shekki zu ziehen. Er versprach, sämtliche Kosten und Ausgaben zu begleichen, die eine Ausbildung dort kosten würde. Er stellte unglaublich hohe Summen in den Raum – Hunderte von Dollar oder auch mehr, die Yuen brauchte, wenn er ein Geschäft aufmachen wollte, und versprach, die notwendigen Mittel irgendwie zusammenzubekommen. Dem folgte aber erneut unweigerlich ein Brief, in dem alle bis dahin gefaßten Pläne wieder fallengelassen wurden und der Geldmangel als unüberwindbares Problem hingestellt wurde.

Wenn Chan Sam sich einmal nicht wegen des Geldes sorgte, dann sorgte er sich wegen Huangbo. Er entschied, daß Yuen das Dorf nicht verlassen sollte. »Wenn du weggehst und deine Mutter alleinläßt, was soll dann aus ihr werden, wenn sie krank wird? Wer wird ihr helfen? Und wenn sie sterben sollte, wer würde es überhaupt wissen?« Die Lösung zu diesen Problemen sah Chan Sam schließlich in einer Schwiegertochter, die Yuen ins Haus bringen sollte. Auf Yuens Antwort hin, daß er nicht zu heiraten wünschte, hielt ihm sein Vater einen strengen Vortrag darüber, daß er »für einen Sohn unziemliche Gedanken« habe. »Die eine Generation sollte der nächsten Platz machen«, schrieb er.

Auf diesen schlimmsten Vorwurf hin, den ein Elternteil seinem Sohn machen konnte, mußte Yuen gestehen, daß er befürchtete, keine Kinder zeugen zu können, weil er seit seiner Jugend Probleme beim Urinieren habe. Wieder bekam er eine verärgerte Antwort: »Deine Mutter hätte dich längst zu einem Arzt bringen sollen! Warum ist dies bis heute nicht geschehen? Mache dich auf den Weg, sobald du diesen Brief erhalten hast! Finde einen Arzt, der sich in westlicher Medizin auskennt, und laß dich von ihm operieren. Fahre nach Kanton!« Dafür spielte das Geld wieder keine Rolle: »Ich werde alle deine Arztkosten begleichen!«

Bei einem seiner Besuche im Haus an der Gladstone Street brachte Chan Sam ein paar Briefe aus China mit, die er Winnie zeigte. Die ersten beiden stammten angeblich von Ping, die jemanden gebraucht hätte, der in ihrem Namen einen Brief für sie abfaßte. Alles, was Winnie, die nur begrenzte Kenntnisse der chinesischen Schriftsprache hatte, daraus entnehmen konnte, war, daß ihre Schwester »verrückt werden« würde, wenn ihr Vater ihr nicht Geld schickte – in jedem Brief wurde um mehrere hundert Dollar gebeten. Chan Sam sagte, daß es in diesen Briefen hieße, daß Ping ins Krankenhaus müsse, um sich wegen einer nicht näher erläuterten Krankheit behandeln zu lassen. Er meinte, daß es seiner Tochter gar nicht ähnlich sehe, nicht zu erklären, welche Krankheit sie denn hätte oder wofür sie das Geld tatsächlich brauchte. Die geforderte Summe war unglaubwürdig und hätte jedenfalls gereicht, um ein Geschäft aufzumachen. Doppelt verdächtig erschien ihm auch, daß die zwei Briefe nicht von der gleichen Person abgefaßt waren, obwohl er Pings Unterschrift am Ende der Schreiben erkannte. Yuens Handschrift war es jedenfalls nicht, und es wäre doch naheliegend gewesen, daß Ping ihn bitten würde, für sie einen Brief zu schreiben.

Dann zeigte er Winnie Briefe von Yuen. Er sagte ihr, daß Yuen immer mit Kugelschreiber auf Luftpostpapier geschrieben habe – beides hatte Chan Sam eigenhändig bei Liu Kiu Export und Import, einem Geschäft in Vancouvers Chinatown, besorgt. Nun war merkwürdigerweise ein Brief von Yuen gekommen, der auf Reispapier und mit einem chinesischen Pinsel geschrieben war. Winnie pflichtete ihrem Vater bei; es ließ sich kaum erkennen, ob die zwei Briefe aus der Hand ein und derselben Person stammten. Der eine schien in Schreibschrift, der andere eher in Druckschrift geschrieben.

Chan Sam sagte Winnie, daß dies nicht das erste Mal sei, daß er verdächtige Briefe aus China erhalten habe. Zwei Leute, die behaupteten, mit Chan Sam verwandt zu sein, deren Namen ihm aber nicht bekannt waren, hatten ihm geschrieben und um Geld gebeten; der eine wollte einen verstorbenen Verwandten begraben, der andere brauchte das Geld für ein Geschäft, das er nicht näher erläuterte. Chan Sam befürchtete, daß er und seine Familie in China Erpressern zum Opfer gefallen sein könnten. Schließlich brauchte man dazu ja nur eine Adresse im Ausland. Er sagte, daß man in Chinatown auch munkelte, daß die Kommunisten Überweisungen abfingen. »Das passiert immer wieder. Jeder hat Angst, Geld heimzuschicken, und diejenigen, die es trotzdem wagen, schicken nicht viel.« Winnie hatte den Eindruck, daß ihr Vater es wohl für das Beste hielt, den Kontakt eine Weile abzubrechen und zu warten, bis sich die Lage zu Hause besserte.

»Wer sind denn diese Leute?« schrieb Chan Sam an Yuen, nachdem er von den angeblichen Verwandten um Geld angegangen worden war. »Ich glaube nicht, daß sie mit uns verwandt sind. Geh zu ihnen und erkläre ihnen, dein Vater wird immer älter und findet keine Arbeit mehr, weshalb er ihnen kein Geld schicken kann.« Chan Sam teilte Yuen auch mit, daß Ping ihn um Geld für Arztrechnungen gebeten habe, und sagte ihm, er solle ihr erklären, daß er ihr als Vater eigentlich helfen müsse, aber das Geld nicht habe. Außerdem wies er Yuen an, in Zukunft nur noch mit Kugelschreiber zu schreiben.

Zwar glaubte Chan Sam, daß hinter den verdächtigen Briefen Betrüger steckten, sorgte sich aber doch, daß seine Kinder womöglich versuchten, mehr Geld aus ihm herauszupressen. Dieser Gedanke ärgerte ihn und rief zugleich Schuldgefühle hervor, weil er ihnen das Geld nicht geben konnte. Der Brief, den er Yuen schrieb, artete wieder einmal in einen ziemlichen Vortrag aus:

> ... Manche Kinder, deren Väter im Ausland leben, benehmen sich, als hätten ihre Väter den Goldenen Berg gefunden und einen Silberbaum gepflanzt. Manche dieser Nichtsnutze geben das Geld mit beiden Händen aus, lassen es sich in China gutgehen und arbeiten nicht. Sie leben nur von dem Geld, das ihnen geschickt wird, und erkennen nicht, daß ihre Väter viel Leid auf sich nehmen müssen, daß dieses Geld unter Schweiß und Tränen erworben wurde, daß ihre Väter sich ausbeuten lassen und eine Menge schlucken müssen, was aus dem Mund der Weißen kommt.
>
> Die meisten der hier lebenden Chinesen haben schrecklich lange schrecklich hart gearbeitet und viel Geld nach Hause geschickt. Manche sind verarmt, andere viel zu früh gestorben. Wenn hier alles gut läuft, läuft es um vieles besser als in China. Aber nun ist es um die Wirtschaft schlecht bestellt. Was bleibt einem übrig, wenn man Pech hat und arbeitslos ist?

Yuen in seiner jugendlichen Unerfahrenheit sah nur die Notwendigkeit, sich seine Überseekontakte zu erhalten. Er fragte nach der kanadischen Seite der Familie, der dritten Schwester Hing und ihrem jüngeren Bruder Gok-leng sowie der Konkubine. Er wollte, daß auch sie ihm schrieben. Chan Sam entschuldigte Hing, sagte, daß sie zwar ihrer Familie in China schreiben sollte, jedoch mit ihren zwei kleinen Töchtern zu beschäftigt sei. Er versprach, sie zu bitten, doch am Ende seines nächsten Briefes noch ein paar Zeilen zu schreiben. Als dies nicht passierte, erklärte Chan Sam seinem Sohn, daß die Schwester nicht schreiben könne, ohne auch ein wenig Geld zu schicken, was sie und ihr Mann sich jedoch momentan nicht leisten könnten. Und Gok-leng und die Konkubine, so berichtete Chan Sam, seien vor ein paar Jahren in eine andere Stadt umgezogen. »Wie es um ihr Leben bestellt ist, ist mir egal«, schrieb er.

Winnie hatte ihre Mutter seit über vier Jahren nicht mehr gesehen. Kurz nach der Hochzeit ihrer Tochter war May-ying wieder einmal Chow Guen gefolgt und von Vancouver weggezogen. Danach war deren Beziehung eine Weile abgebrochen, und May-ying, die mit Leonard lebte, hatte sich als Kellnerin in Toronto durchgeschlagen. Aber schließlich kam sie doch wieder mit Chow Guen zusammen, als dieser die Gelegenheit hatte, in London, einer Stadt in Ontario, ein Restaurant zu übernehmen. Er war Manager und Kellner im »Nanking Gardens«, May-ying kümmerte sich um die Küche, und Leonard stand ab und zu an der Kasse. Unter der Woche war kaum etwas los, aber sonntags gab es *dim sum*, und dann war immer viel Betrieb.

Winnie schrieb ihrer Mutter regelmäßig. Sie teilte ihr sogar mit, wann ihre Fruchtblase geplatzt war und die Wehen eingesetzt hatten, weil sie fand, eine Tochter sollte mit ihrer Mutter den wichtigen Moment teilen, in dem sie ins Krankenhaus ging, um ihr erstes Kind zu bekommen. Sie legte ihren Briefen immer Fotos bei, vor allem jetzt, wo es zwei Enkelinnen gab, die ihre Mutter noch nie gesehen hatte. Da May-ying in ihren Antwortbriefen kaum etwas von sich erzählte, nahm Winnie an, daß alles in Ordnung war und es allen dreien gutging.

Dann kam eines Tages ein Brief, in dem ihre Mutter ihr mitteilte, daß Leonard von zu Hause weggelaufen war. Guen hatte hinzugefügt, daß ihn inzwischen das Jugendamt von Ontario in ein geschlossenes Heim für männliche Jugendliche gesteckt hatte. Winnie setzte sich sofort mit der zuständigen Sozialarbeiterin in London in Verbindung.

Diese berichtete ihr, daß Leonard in einem Ausflugsort am Ufer des Huronsees, ein paar Meilen von London entfernt, von der Polizei aufgegabelt worden sei. Er war seit drei Tagen nicht mehr zu Hause gewesen, und da er kein Geld mehr hatte, hatte er Armbanduhren gestohlen, die die Badegäste auf ihren Handtüchern zurückgelassen hatten, und diese in der Hoffnung auf eine Belohnung bei einer Polizeidienststelle abgegeben. Die Polizei wollte ihn eigentlich nach Hause bringen, aber Leonard wollte auf keinen Fall zurück. An diesem Punkt war die Sozialarbeiterin eingeschaltet worden.

»Sind Sie sich im klaren, daß Ihre Mutter ein Alkoholproblem hat?« fragte sie Winnie, die bei dieser Frage sehr traurig wurde.

Sie überredete John, mit ihr in den Osten zu fahren, um die Lebensumstände ihres Bruders zu überprüfen. Sie beschlossen, den Zug zu nehmen und einen dreiwöchigen Urlaub aus dieser Reise zu machen. Winnie kaufte ihren Töchtern, damals vier und zwei Jahre alt, senfgelbe Mäntel und dazu passende, mit schwarzem Samt eingefaßte Hüte, damit sie nett aussahen, wenn sie ihrer Großmutter vorgestellt wurden. Die Familie stieg in Vancouver in den transkontinentalen Zug ein. Bei einem Zwischenhalt in Winnipeg gingen sie in einen chinesischen Schnellimbiß in der Nähe des Bahnhofs, wo Winnie hoffte, Fee Bak zu treffen, der früher auf den Küstenschleppern als Koch gearbeitet hatte. Niemand wußte etwas über ihn, doch die Familie nahm trotzdem eine schnelle Mahlzeit dort ein. Zwei Tage später, als sie in London aus dem Zug stiegen, hatte ihre jüngere Tochter Fieber und erbrach sich. May-ying setzte ihre Enkelin auf eine Diät aus Reismehlsuppe und Schildkrötenbrühe, ihr Rezept gegen die »Fließender-Magen-Krankheit«. Doch am frühen Morgen mußte ein Arzt gerufen werden, der das Kind ins Krankenhaus einwies.

Zwischen ihren Krankenhausbesuchen versuchte Winnie, mit Leonard zurechtzukommen. Sie wußte, daß er ziemlich widerspenstig war. In Vancouver war er oft bei John in der Reinigung gewesen, und John hatte ihn einmal dabei ertappt, wie er aus einem Auto eine Brieftasche entwendete und ein andermal Geld aus der Kasse stahl. Guen hatte einmal am Ende eines Briefes erwähnt, daß Leonard kein gehorsames Kind sei. Aber Winnie erkannte in London gleich, daß ihr Bruder nur eine von vielen Enttäuschungen in einem Haushalt war, der kurz vor dem Zusammenbruch stand.

Leonard fühlte, daß er kein Familienleben hatte. Es war von ihm erwartet worden, nach der Schule jeden Tag im Restaurant auszuhelfen. Immer wieder rannte er fort und ließ die vordere Theke und die Kasse unbeaufsichtigt. Er staunte, wie seine weißen Klassenkameraden lebten – mit zwei Elternteilen, einem Wohnzimmer, einem Basketballkorb über der Garagentür –, und schämte sich, wie er mit seiner Mutter hauste, in einem Pensionszimmer über einem Restaurant. Wenn die Jungen in der Schule sich nicht mit ihm abgaben, dachte er, daß er mit Geld Freunde kaufen könnte. Mehrmals betätigte er an der Restaurantkasse den Schalter »Kein Verkauf«, steckte das Geld der Gäste ein und machte sich aus dem Staub.

Eine Woche später brachte ihn die Polizei zurück. Der Besitzer des Autos, in dem er sich zum Schlafen hingelegt hatte, hatte ihn zur Polizei gebracht. Guen sagte zu May-ying: »Er ist dein Sohn; ich übernehme keine Verantwortung für ihn!« Sie bestrafte ihn wie üblich damit, daß er in einer Ecke auf einem Besenstiel knien und ihren Vorträgen lauschen mußte, ohne sich umzusehen oder aufzustehen, bis sie es ihm wieder erlaubte. Aber ihr Alkoholkonsum machte solche Bestrafungen immer wieder lächerlich. Sie schlief ein und vergaß völlig, daß er da war. Wenn sie dann aufwachte und feststellte, daß er ins Bett gegangen war, weckte sie ihn auf und fing wieder an, ihn auszuschelten. Je betrunkener sie war, desto weiter holte sie aus und zählte alle seine längst vergangenen und vergessenen Missetaten auf. Manchmal weckte Guen ihn und befahl ihm, seine Mutter nach oben ins Bett zu bringen. Der Junge mußte sie dann mehr oder weniger ins Bett tragen. Zwar roch auch Guen nach Whiskey, aber er schaffte es immer, auf eigenen Füßen in sein Zimmer zu kommen.

Schon als Leonard das erste Mal von der Polizei heimgebracht wurde, plante er sofort wieder, wegzulaufen. Und er nahm sich fest vor, diesmal genug Geld zu stehlen, um wegbleiben zu können. Er mußte es nur irgendwie schaffen, in Guens verschlossenes Zimmer zu kommen. Schließlich entdeckte er einen unbenützten Hintereingang. An dem Tag, an dem er weglaufen wollte, ging er in den dritten Stock des Nachbargebäudes, wo »Fielding's Arcade« defekte Flipperautomaten aufbewahrte. Er entriegelte die Tür zum Gang zwischen den Gebäuden und kam so durch die Hintertür in Guens Zimmer. In der Nacht kam er auf dem gleichen Weg zurück – die Arkade war Tag und Nacht geöffnet. Er nahm alles Geld, das er in Guens Hosentaschen fand, und machte sich aus dem Staub.

Guen erzählte Winnie die Geschichte von diesem ziemlich groben Diebstahl. Das Geld in Guens Taschen – mehrere hundert Dollar – war dazu bestimmt gewesen, Vorräte für den nächsten Monat zu beschaffen; das Geschäft lief nicht so gut, daß sie etwas auf

Kredit bekamen. Die Tatsache, daß es um das Geschäft nicht sehr gut bestellt war, wurde klar, wenn man sich das Restaurant in seiner ganzen Schäbigkeit ansah und bemerkte, wie wenige weiße Gäste sich jemals dorthin verliefen. Guen brauchte auch dringend einen einfühlsamen Zuhörer, um seine Beschwerden über May-ying loszuwerden. Er war offensichtlich am Ende seiner Geduld und sagte Winnie, daß ihre Mutter einfach zu viel trinke, und je mehr sie trinke, desto schlechter werde sie in der Küche.

Der Besuch wurde unerträglich. Winnie bemerkte, daß es kaum eineinhalb Tage dauerte, bis die Flasche Whiskey, die in der Restaurantküche stand, verschwunden war. Guen und ihre Mutter bemühten sich überhaupt nicht um regelmäßige Mahlzeiten. Niemand schien Wert auf Schlaf zu legen. Wenn das Restaurant um Mitternacht zumachte, wollte May-ying, die zu diesem Zeitpunkt meist schon betrunken war, reden. Immer wieder kam sie auf die Vergangenheit zu sprechen, auf all die Mühen, die es sie gekostet hatte, Winnie aufzuziehen. Ständig wiederholte sie, daß sie versucht hatte, aus ihrer Tochter ein gutes Mädchen zu machen. Winnie wollte nur noch ins Bett; sie schluckte die vertrauten Schuldgefühle herunter und nickte nur zustimmend, sobald ihre Mutter es von ihr erwartete. Ja, sie sollte ihr dankbar sein; ja, ihre Mutter hatte ihr zuliebe eine Menge geopfert. Und die ganze Zeit dachte sie nur, daß sie es wirklich satt hatte, diesem Geschwätz zuzuhören, daß sie es einfach nicht mehr aushielt.

Als ihre Tochter aus dem Krankenhaus entlassen wurde, waren sowohl Winnie als auch John bemüht, ihre Reise abzukürzen. Das Thema Leonard überließen sie dem Jugendamt; es sollte die Pflegschaft übernehmen und ihn in ein Pflegeheim in Ontario stecken. Das Amt sollte die Rechtslage zwischen den Provinzen überprüfen, und wenn es sich einrichten ließe, würden Winnie und John darüber nachdenken, ihn nach Vancouver kommen zu lassen. Als dies geregelt war, flog die Familie mit dem nächsten Flugzeug nach Hause.

Ein paar Monate später erhielt Winnie einen Anruf von ihrer Mutter. Winnie hatte sie ein einziges Mal, nämlich als Nan gestorben war, weinen sehen, aber niemals hatte May-ying so heftig geschluchzt wie jetzt.

»*Ah* Hing, ich bin ganz allein auf dieser Welt. Ich habe nur noch dich. Was soll ich bloß tun?« Guen hatte sie und das Restaurant im Stich gelassen; sie wußte nicht, wo er steckte. Sie hatte die Schulden des Restaurants nicht mehr begleichen können, und schließlich war es von der Bank geschlossen worden. Winnie tat es leid, daß die Beziehung ihrer Mutter zu Guen, die immerhin siebzehn Jahre angehalten hatte, so endete.

»Du kannst zu uns ziehen, Mama«, sagte sie. Ihre Mutter war fast fünfzig, wer, wenn nicht Winnie, sollte sich nun um sie kümmern? Es würde zwar ziemlich eng werden, vor allem, weil es inzwischen wieder ein Baby, Winnies und Johns drittes Kind, gab, doch John schickte May-ying ziemlich bereitwillig das Geld für den Zug und kümmerte sich auch noch um eine Begleitperson. May-ying zog in das Schlafzimmer ein, das Chan Sam ein Jahr zuvor geräumt hatte.

Meine Großmutter, die ich *Po-po* nannte (die korrekte Anrede für eine Großmutter mütterlicherseits), kam nach der Geburt meines kleinen Bruders zu uns. Meine Schwester und ich nannten ihn »*Dai-dai*«, nicht Greg, und er nannte uns »*Jeh-jeh*«, nicht Louise und Denise. Auch wir zwei Schwestern benutzten die korrekten chinesischen Titel der Respektbezeugung, »Ältere Schwester« und »Jüngere Schwester«, untereinander. So nannten wir uns, bis wir in die Schule kamen und Englisch auch bei uns daheim die chinesische Sprache ablöste.

Ich wußte, daß Louise, die Erstgeborene, und Greg, der erste Enkelsohn, die Lieblinge meiner Großmutter waren. Beiden gelang es, ihr Gesicht aufleuchten, ihr mädchenhaftes Lachen erklingen zu lassen. Louise war sehr lebhaft und sprach gut Chinesisch, Greg war ein glückliches Kind mit dem Lächeln und dem Körperbau eines kleinen Barockengels. Meine Großmutter ließ ihm eine Daunendecke anfertigen, bei demselben Mann, der die Decke und die zwei Kopfkissen gemacht hatte, die sie meiner Mutter als Hochzeitsgeschenk in die Zedernkommode gelegt hatte. Greg trug die weinrote Satindecke jahrelang herum, bis sie völlig auseinanderfiel. Ich wußte, daß meine Großmutter auch Louise zu ihrer Geburt etwas geschenkt hatte, ein zierliches Goldarmband aus ziselierten hohlen Goldkügelchen, in denen kleinere Kügelchen steckten und ein rasselndes Geräusch erzeugten. Ich bekam nichts von meiner Großmutter zur Geburt und gab ihr auch wenig zurück. Sie schüchterte mich so ein, daß ich oft wie versteinert war und kein Wort herausbrachte. Als ich zweieinhalb Jahre alt war, verbrannte ich mir einmal die Handfläche an dem Holzofen in unserer Küche, als ich zu schnell um die Ecke gerannt war, und sie gab eine brennende Salbe aus fermentierten Orangen auf die Wunde. Ich tat es meiner Schwester gleich und ließ mich von ihr pflegen, legte den Kopf zurück, damit sie meine Augenbrauen zupfen konnte, und nach vorn, damit sie mir das Haar zu Zöpfen flechten konnte, die sie immer zu streng flocht, aber ich wußte, daß ich es aushalten mußte, daß meine Großmutter Feigheit nicht ausstehen konnte.

Der Rest des Haushalts reagierte recht unterschiedlich auf May-yings Ankunft. Mein Vater, der sich immer viel Mühe gab, behandelte seine Schwiegermutter gut, und sie hatte nichts an ihm auszusetzen. Wenn er sich abends seine Zigaretten drehte, füllte er auch immer ihre Zigarettendose und steckte ihr hier und da ein paar Dollar zu. Sie brauchte Geld für die Busfahrt nach Chinatown, für eine Runde Mah-Jongg oder für die Lebensmittel, die sie gern mit nach Hause brachte. Oft kam sie auch mit einem neuen Spielzeug für Greg zurück.

Unweigerlich befanden sich jedoch auch Whiskey-und Weinflaschen in ihren Einkaufstüten. Winnie hatte nichts anderes erwartet. Gleich nach der Ankunft ihrer Mutter war sie enttäuscht worden, als sie deren Koffer unter dem Bett verstauen wollte und dabei das eindeutige Klirren von Flaschen hörte. Später bemerkte sie, daß in der Mülltonne an der hinteren Veranda immer leere Flaschen steckten, die nach Portwein rochen.

Da Winnie befürchtete, daß mehr und mehr Geld für Alkohol draufgehen würde, begann sie, ihre Mutter immer kürzer zu halten. Innerhalb weniger Wochen war die Atmosphäre im ganzen Haus angespannt. Winnie wußte nie, wann ihre Mutter verträglich oder unerträglich sein würde, erwartete jedoch immer das Schlimmste. Wenn May-ying getrunken hatte, wollte sie reden, und unweigerlich artete ihr Monolog, nur unterbrochen, wenn sie Winnie eine

Zustimmung abforderte, in eine Tirade von früheren Ungerechtigkeiten aus – die gleichen ausführlichen Vorträge, die sie auf Winnie bei ihrem Besuch in London hatte herabregnen lassen. Eines Nachts weckte sie das ganze Haus auf, als sie ständig vor sich hinmurmelte, daß sie keinen Sinn mehr in ihrem Leben sehe und sich umbringen wolle. Sie zog sich an und wollte das Haus verlassen. Winnie bekam Angst bei diesem Selbstmordgerede und versteckte die Schuhe ihrer Mutter, während sie gleichzeitig dachte, wie lächerlich die ganze Situation doch sei.

In dieser stürmischen See war Winnie ständig hin- und hergeworfen; sie wollte eine gute Tochter sein, war jedoch selbst auch Mutter, sie wollte May-ying helfen, mußte jedoch auch ihre Familie vor den alkoholisierten Ausbrüchen ihrer Mutter bewahren. Als May-ying, ohnehin schon sehr zerbrechlich, einmal rapide abnahm und schließlich an einem blutenden Magengeschwür operiert werden mußte, ergriff Winnie die Gelegenheit beim Schopf und fragte den Arzt, wie sie denn ihre Mutter endgültig davon abhalten könne, zur Flasche zu greifen.

»Alkoholiker«, sagte der Arzt, und dies war das erste Mal, daß jemand dieses Wort in bezug auf ihre Mutter verwendete, »können im Grunde nicht aufhören zu trinken. Sie trinken immer, wenn sie sich unbeobachtet fühlen, und sagen nie die Wahrheit. Niemand kann Ihrer Mutter helfen, solange sie sich nicht erst einmal selbst hilft.«

»Ich fürchte, daß ich bald einen Nervenzusammenbruch bekomme«, sagte Winnie.

»Das sollten Sie nicht tun. Das Leben eines Alkoholikers ist schrecklich, aber Sie sollten es nicht zulassen, daß Ihre Mutter Sie zu sich herabzieht!«

May-yings erzwungene Abstinenz in der Woche ihres Krankenhausaufenthalts förderte einen destruktiven Trinkanfall, sobald sie wieder daheim war. Sie schwatzte Winnie ständig Geld ab, zehn Dollar Tag für Tag, die zu lächerlich hohen Summen, einhundert, ja sogar zweihundert Dollar eskalierten. »Ich brauche das Geld, um es nach China zu schicken«, war ein Vorwand, den sie auch einmal ausprobierte.

»Der Arzt hatte recht, es hat keinen Zweck«, dachte Winnie.

Sie saß gerade mit John im Wohnzimmer, als May-ying eines Tages mit starrem Blick aus ihrem Schlafzimmer stolperte und wieder einmal mit schwerer Zunge Geld verlangte. Noch nie hatte sie es gewagt, sich vor John so zu benehmen. Sie führte sich auf, als schuldete man ihr das Geld. Kaum machte sie eine Pause, da unterbrach Winnie sie: »Von mir bekommst du das Geld nicht, Mama!« Diese Weigerung löste einen Strom verzweifelter Beschimpfungen aus.

»*Ah* Hing! Gib mir das Geld, du schuldest es mir, ich habe dich aufgezogen!«

Als die üblichen Schmähreden an Winnie vorbeiwirbelten, ging plötzlich etwas in ihr vor. All die Jahre, in denen sie so viel geschluckt hatte und immer wieder fast rebelliert hatte, kamen an einen Zerreißpunkt. Sie wurde wie ihre Mutter, wollte noch Schlimmeres zurückwerfen als das, was man ihr vorwarf.

»Du hast mich nicht aufgezogen, das habe ich allein getan! Du hast mich auf die Straße gesetzt, mich wie eine Pflanze allein gelassen, ohne Wasser und ohne Fürsorge!«

Aber ihre Mutter war immer eine Kämpferin gewesen. »Zeigt man so, wie dankbar man seiner Mutter ist? Ist das alles, was du von mir gelernt hast? Wer braucht so eine Tochter wie dich? Geh und bring dich um, je früher, desto besser!«

»Wenn du mich nicht als Tochter haben willst, wenn ich es dir nicht recht machen kann, was soll ich dann tun? Du hast gesagt, daß du bei meiner Geburt, als die Wehenschmerzen so schlimm waren, am liebsten das Leben aus mir herausgepreßt hättest. Du hättest mich damals töten sollen. Später hast du mich fast zu Tode geprügelt; warum hast du mich nicht einfach an einen Pfosten an der Straße gebunden und mich totgepeitscht? Dann hätte ich wenigstens nicht so viel Elend ertragen müssen!«

John, dessen begrenztes Chinesisch ihn daran gehindert hatte, die früheren Schimpftiraden seiner Schwiegermutter gegen seine Frau zu verstehen, war jemand, der Streit nicht mochte. Er fing von sich aus nie einen Streit an und war immer der erste, der versuchte, ihn zu beenden. Und vor allem sorgte er sich um Winnie, weil diese gerade mit ihrem vierten Kind schwanger war.

Er setzte den Beleidigungen ein Ende, die Mutter und Tochter einander an den Kopf warfen. »Damit ist jetzt Schluß, und zwar sofort!«

»John, wirf sie raus, wirf sie aus unserem Haus!« Winnie deutete auf die Tür und brach in Tränen aus.

John bedeutete May-ying, daß sie zu gehen hätte. Trotzig stürmte sie in ihr Schlafzimmer und packte ihren Koffer. Aber schon auf der Südterrasse blieb sie stehen. »Ich weigere mich zu gehen!« Sie war solch ein Federgewicht, daß John sie praktisch aus dem Haus tragen konnte. Er setzte sie in sein Auto und lieferte sie samt Koffer an der Tür zu Chan Sams Zimmer in Chinatown ab.

Als May-ying versuchte, Chan Sam Geld abzuschwatzen, fand sie heraus, daß er die Geburtsurkunden von Ping und Nan verkauft hatte. Sie forderte einen Anteil an dem Gewinn. Er schlug ihn ihr ab und erinnerte sie daran, daß Chow Guen ihm nie etwas für sie bezahlt hatte. In einer der seltenen gemeinsamen Aktionen schrieb Chan Sam in seinem und May-yings Namen einen Brief an ihre dritte Tochter, in dem es hieß, sie schulde ihren Eltern eintausendfünfhundert Dollar. Er legte eine Aufzählung all der Ausgaben bei, die er getätigt hatte, einschließlich der neunhundert Dollar für die Anzahlung ihres Hauses sowie der Lebensmittel, die er eingekauft hatte, als er mit ihrer Familie zusammenlebte. Selbst das rote Dreirad, das er ihrer jüngsten Tochter geschenkt hatte, war aufgelistet, was Winnie besonders kleinlich fand.

Zwei Tage, nachdem dieser Brief angekommen war, klingelten May-ying und Chan Sam an der Tür in der Gladstone Street. Vor dem Haus wartete ein Bekannter der beiden in einem Kleinlaster. May-ying marschierte hinein und sagte, sie wolle mitnehmen, was ihr gehöre. Sie ging ins Schlafzimmer, warf den Inhalt einer Frisierkommode auf das Bett und ließ Chan Sam die Kommode auf das Auto verladen. Auch die Nähmaschine, die sie Winnie vor Jahren gekauft hatte, wollte sie zurückhaben, ebenso wie eine Decke, die früher einmal ihr gehört hatte. Als sie sich zum Gehen anschickten, warf Winnie ihnen noch das rote Dreirad nach. »Hier, wenn ihr das alles unbedingt haben wollt, dann nehmt es euch!« Vor allem brachte es Winnie auf, daß sie ausgerechnet am Muttertag aufgetaucht waren.

Bald darauf kam ein weiterer Brief, diesmal von einem Rechtsanwalt. »Ich kann es einfach nicht glauben«, sagte Winnie zu John. »Mein eigener Vater und meine Mutter wollen mich vor Gericht verklagen!« Nun wurde die Zurückzahlung von eintausendfünfhundert Dollar gerichtlich gefordert. Auf den Ratschlag eines anderen Anwalts hin leitete Winnie ein Gegenverfahren ein, in dem die gleiche Summe für die Zahlung von Miete und Essensgeld für die beiden verlangt wurde.

Beide Verfahren wurden fallengelassen.

Als Chan Sam sich vor Augen führte, daß er wohl nicht mehr lange zu leben hatte, wollte er noch ein paar Sachen in China bereinigen. Er bat Yuen, einen Mann in Chang Gar Bin zu kontaktieren; dieser besaß einen Schwiegersohn in Yuens Alter, der nach Kanada kommen wollte. Die kanadische Regierung zeigte ihren chinesischen Bürgern gegenüber zunehmend mehr Entgegenkommen und hatte die Altersbegrenzung der Kinder von chinesischstämmigen Kanadiern, die ins Land einreisen durften, heraufgesetzt. Chan Sam ersah daraus, daß er mit der Identität seines Sohnes einen Handel machen konnte. Er erklärte Yuen unumwunden, daß er seine Papiere verkaufen wollte. »Der Verkauf deines Einreisedokuments nach Kanada würde der Familie eine große Hilfe sein!«

Als die chinesische Seite zögerte, mußte Chan Sam mit seinem Preis heruntergehen. Er hatte auf zweitausend Dollar gehofft und sollte nun nur noch die Hälfte bekommen, nachdem sich die Vermittler ihren Anteil genommen hatten. Er wurde nervös und erklärte, daß das Einreisedokument mit Yuens einundzwanzigstem Geburtstag verfallen würde. Schließlich einigte man sich auf die Bedingungen. Aber dann machte der Ersatzmann für Yuen einen Fehler: Er füllte bei den Immigrationsbehörden ein Papier mit seinem richtigen Namen und Geburtsort aus. Erbost über eine derartige Dummheit, blieb Chan Sam nichts anderes übrig, als das Geschäft abzublasen.

Chan Sams Hoffnungen und Träume für seine Familie wurden endgültig zerschlagen, als er von Yuen erfuhr, daß Chang Gar Bin den Weg der Kollektivierung weiter gegangen war und nun zu einer

»Volkskommune« gehörte. Kwangtung war eine der vier Provinzen, in denen Mao Kommunen als Pilotprojekte errichten ließ. Dutzende Kollektive, die über zehntausend Hektar Land und bis zu zwanzigtausend Haushalte umfaßten, wurden in eine Kommune zusammengefaßt. Im darauffolgenden Jahr dehnte er das Kommunensystem auf die übrigen siebenhundert Millionen Bauern Chinas aus. Alles wurde von den Kommunen zur Verfügung gestellt, aber jeder mußte auch umgekehrt seinen Teil zu den Kommunen beitragen. Ironischerweise verschaffte Maos sozialistisches Experiment, das die Institution der Familie untergraben sollte, Yuen seinen ersten Arbeitsplatz – er hielt die Schweineställe sauber. Natürlich baten Huangbo und Yuen nicht mehr um Überweisungen aus Kanada, und Chan Sam schickte ihnen auch kein Geld mehr. Statt dessen enthielten seine Briefe die neuen kommunistischen Slogans: »Mein Wunsch ist es, daß jeder genug zu essen hat, daß die Produktion gesteigert und das Land wiederaufgebaut wird, um reich und stark zu werden, damit das Volk in Ruhe und Zufriedenheit leben und arbeiten kann!«

Vater und Sohn tauschten in ihren Briefen nur noch Scham und Bedauern aus, als hätten sie sich sonst nichts mehr zu sagen. Yuen entschuldigte sich für seine verkrüppelten Füße. Er schämte sich, daß sie ihn bisher daran gehindert hatten, Arbeit zu finden. Er bedauerte jedes Reiskorn, das er gegessen hatte und aus dem Reisschleimsuppe gemacht hätte werden können. »*Baba*, gern hätte ich den Rest meines Lebens jeden Tag *jook* gegessen, wenn du nur nach Hause hättest kommen können.« Auch die Briefe seines Vaters waren voller Reue. Er entschuldigte sich bei seiner Frau und seinem Sohn, daß er sie im Stich gelassen hatte. Er sagte, daß er den Gedanken, daß er und Yuens Mutter sich nun seit fast zwanzig Jahren nicht mehr gesehen hatten, kaum ertragen könne. Er sagte, daß er schon längst hätte heimkommen sollen, jetzt aber bankrott und in der Fremde gestrandet sei. Er habe hart gearbeitet und sparsam gelebt in der Hoffnung, daß ein paar *mau tin* der Familie ein paar Schüsseln Reis garantieren würden, aber nun seien vierzig Jahre Plackerei im Ausland umsonst gewesen. »Niemals hätte ich mir träumen lassen, daß mein Leben so enden würde.«

Als wollte er ihm noch etwas hinterlassen, das man nicht mit Geld kaufen konnte, schrieb Chan Sam seinem Sohn noch einen Brief, in dem er ihm erklärte, wie er versucht hatte, sein Leben zu führen. Dieser Brief enthielt eine ganze Litanei chinesischer Sprichworte:

> Wenn ich sehe, wie schnell sich die Welt verändert, merke ich am Ende, daß jeder sterben muß. Wenn es einer schafft, sechzig Jahre alt zu werden und in seinem Bett zu sterben, sollte er zufrieden sein. Wenn jemand unerwartet stirbt und es nicht schafft, sein Testament aufzuschreiben, ist es so, als stürbe er mit offenen Augen. Nun hoffe ich nur noch, daß ich noch lange leben werde und daß Du und Deine Mutter glücklich seid und lange in Frieden und Freuden lebt. Der Himmel schenkt nur wenigen ein günstiges Schicksal; die meisten Menschen bekommen vom Himmel wenig Hilfe. Gutsein wird belohnt, Schlechtigkeit bestraft. Wenn es keinen Ausgleich gibt, ist die Zeit dafür noch nicht reif.
>
> Wenn man auf sein Leben zurückblickt, stellt man fest, daß es niemanden gibt, der keine Fehler gemacht hat. Wenn jemand einen Fehler macht und ihn nicht berichtigt, dann geht er in die falsche Richtung und wird niemals auf den rechten Weg zurückfinden. Es ist klar, was gut und was schlecht ist, so daß man seine Fehler leicht berichtigen kann …
>
> Das Leben ist hart. Wenn man Geld und Macht hat, braucht man nicht zu fürchten, daß man keine Freunde hat. Aber wenn man bankrott ist und keine Macht hat, kann man nur noch an der Türschwelle sitzen und Spatzen fangen. Man sollte sein Pferd nicht zu Tode schinden; man sollte nicht versuchen, klug zu sein, und dabei Dummheit zeigen, sondern daran denken, daß frühere Ereignisse, die man schon vergessen hat, die Lehrer von späteren Ereignissen sein können.
>
> In dieser Welt sollte man sich nie auf sinnlose Kämpfe einlassen, sondern anderen nachgeben, aus großen kleine Anlässe machen und aus kleinen nichtige. Im Leben wird man vielleicht auf viele kalte Blicke und harte Worte treffen, aber man darf sich nicht zu viel darum kümmern. Jeder sollte im Herzen mensch-

lich sein; wer sich nicht mäßigen kann, wird von anderen nicht geachtet werden. Des weiteren sollte man einfach leben und sich nicht nach Luxus sehnen. Man sollte nicht verschwenderisch sein und sich bemühen, unabhängig zu leben. Gleichzeitig ist es wichtig, einen klaren Verstand zu bewahren und mit sich selbst ins reine zu kommen, was man liebt und was man haßt. Sun Yat-sen sagte, daß es schwer ist, etwas zu wissen, leicht jedoch, etwas zu tun …

Meiner Meinung nach sollten Söhne und Töchter heiraten, wenn sie alt genug sind, und zu Ehemännern und Ehefrauen, zu Vätern und Müttern werden. Ein Mann sollte sich gleichermaßen um seine Eltern, seine Frau und seine Kinder kümmern …

Hier endet das, was ich heute zu Menschlichkeit und Moral zu sagen hatte. Es liegt an Dir zu entscheiden, was Du davon annimmst und was nicht …

Yuen machte noch einen letzten Versuch, sich auf der zerbrochenen Leiter seiner Familie einen eigenen Fußhalt zu schaffen. Er fragte seinen Vater nach der Adresse seiner Schwester in Kanada. Chan Sam schickte ihm die Adresse an der Gladstone Street, schrieb aber auch, daß die dritte Tochter sich »einer Tochter ungeziemend« verhalten habe und er in seinem nächsten Brief mehr darüber schreiben würde. Es gab jedoch keinen nächsten Brief mehr.

Krankheit schloß die Kluft zwischen Winnie und ihren Eltern. Die Gerichtsverfahren wurden vergessen.

Ihr Vater war der erste, der ernstlich erkrankte. Er bat Winnie, ihn in ein Krankenhaus zu begleiten, wo er verschiedene Untersuchungen machen lassen sollte. Es wurde festgestellt, daß Chan Sam Krebs hatte, und er wurde in das Mount Saint Joseph Oriental Hospital überwiesen, das vor vielen Jahrzehnten von Nonnen aus Montreal gegründet worden war, um alte, heimatlose Chinesen zu pflegen. Kurz darauf wurde May-ying, die schrecklich dünn und verhärmt wirkte, zu Untersuchungen ins Krankenhaus geschickt; bei ihr wurde Tuberkulose festgestellt. Sie vermutete, sie habe sich bei den hustenden und schnupfenden Durchreisenden angesteckt, die nur durch halbe Trennwände voneinander getrennt in den billigen Pensionen logierten, in denen auch sie gelandet war.

Ich erinnere mich noch daran, wie ich vor den Toren des Pearson Hospitals stand, in dem meine Großmutter sechs Monate lang zur Genesung lag. Vater befahl meiner Schwester und mir, der winzigen Gestalt zuzuwinken, die neben meiner Mutter am Eingang stand. Mutter besuchte May-ying wie auch Chan Sam drei- bis viermal pro Woche im Krankenhaus und brachte ihnen Reis und Suppe. Ihr Vater dankte ihr kaum dafür, ihre Mutter beschwerte sich, daß Winnie nicht oft genug käme, und beschimpfte sie ständig, was für eine schlechte Tochter sie doch sei. Mutter kam immer sichtlich erregt zum Auto zurück.

Noch mehr bestürzt war sie, als sie eines Tages das Zimmer ihres Vaters leer vorfand. Er war in das Allgemeine Krankenhaus von Vancouver verlegt worden, wo sie ihn im Keller in einem kargen Zimmer auf dem Fußboden sitzend antraf. Er trug eine Zwangsjacke, wie sie sie früher ihren gewalttätigen Patienten in der Station »J« im Essondale Hospital angezogen hatte. Die Schwestern erklärten ihr, daß der Krebs das Gehirn ihres Vaters angegriffen habe. Zwei Wochen später war er tot.

Meine Großmutter war noch im Krankenhaus und durfte nicht auf die Beerdigung meines Großvaters. In der kümmerlichen Trauergemeinde, die vor allem aus den Sargträgern der Chan-Sippe bestand, erkannte ich nur einen freundlichen Mann, den meine Angehörigen und ich mit Noong Sook ansprachen – eigentlich hieß er Jang Noong – und den wir mit Mutter und Großmutter zusammen oft in Chinatown besucht hatten. Niemand weinte. Es wurden ein paar Gebete gesprochen, Erde wurde auf den Sarg geworfen, und dann gingen alle wieder heim.

Der Sekretär im Büro der Chan-Sippe an der Pender Street schlug das schwarze Buch mit dem roten Lederrücken auf, fand das Mitglied Nummer 1091, tauchte seinen Pinsel in rote Tinte ein und schrieb: »Verstorben am 15. September 1957.«

Nach vielen Monaten, in denen er nichts gehört hatte, erhielt Yuen endlich einen Brief aus Kanada. Im Umschlag steckte eine

Traueranzeige aus der *Chinese Times*; sie verkündete den Tod seines Vaters, der siebzig Jahre alt geworden war. Yuen sah auch seinen Namen bei den Trauernden neben dem seiner Mutter, der Konkubine und dem anderen Sohn, Gok-leng. Die Töchter waren nicht erwähnt; die beiden überlebenden, Ping und Hing, waren verheiratet und gehörten damit nicht mehr zur Familie. In einem kurzen Schreiben, unterzeichnet von der Konkubine, wurde Beileid ausgedrückt. Ein paar Wochen später schickte der Sippenverband der Chan eine Überweisung im Gegenwert von zwanzig kanadischen Dollar, offensichtlich alles, was nach Abzug der Beerdigungskosten von Chan Sams Ersparnissen übriggeblieben war. Dies war der letzte Brief, den Yuen aus Kanada erhielt.

Kapitel 12

Als Großmutter aus dem Krankenhaus entlassen werden sollte, klapperte meine Mutter eine Pension nach der anderen ab, um eine Unterkunft für sie zu finden, nur um überall festzustellen, daß die Neuigkeiten von May-yings »Blutspuckkrankeit« ihr vorausgeeilt waren. Ein Pensionsbesitzer nach dem anderen weigerte sich, May-ying eine Zimmer zu vermieten. Mutter konnte sie auch nicht aufnehmen, weil die Ärzte sie gewarnt hatten, daß kleine Kinder – das jüngste von uns, Chris, kam zur Welt, als Großmutter im Krankenhaus lag – nicht dem Risiko von Tuberkelbazillen ausgesetzt werden sollten. Endlich fand Mutter ein paar Blocks von Chinatown entfernt in der Nähe des Bahnhofs ein Hotel, das seinen durchreisenden Gästen keine Fragen stellte.

Wenige Tage nach ihrer Entlassung aus dem Krankenhaus forderte Großmutter meinen Vater auf, sie in ihrer Pension abzuholen und zum Friedhof zu fahren, auf dem ihr Mann beerdigt war. Sie verlangte auch, daß die älteren Enkelkinder mitkämen: »Das gehört sich so, sie müssen ihrem Großvater die Ehre erweisen!« Als Vater sie abholte, hatte sie eine Thermoskanne mit Tee, eine Flasche Whiskey, Porzellanschüsseln mit frisch gekochtem Reis, gegrilltes Spanferkel und ein ganzes gekochtes Huhn vorbereitet und zusammen mit Bechern für den Tee und Whiskey in einen Pappkarton gepackt. Da ich dieses Ritual der Totenverehrung nicht kannte, war ich sehr erstaunt, als sie alles samt dem Geschirr im Schatten des Grabsteins abstellte und liegenließ.

Nach dem Tod ihres Vaters und der Krankheit ihrer Mutter fühlte meine Mutter sich in Vancouver nicht mehr wohl. Auch Vater hatte nichts gegen eine Ortsveränderung. Nachdem er eines Tages in seiner Reinigung zusammengebrochen war, zum Teil deshalb, weil er völlig überarbeitet war, zum Teil auch wegen der Hitze und der Dämpfe des Gaserhitzers, der die Dampfpresse speiste, beschloß er, aus dem Reinigungsgeschäft auszusteigen. Er sah eine Anzeige, in der Funker gesucht wurden, die den Flugverkehr auf staatlichen Flughäfen überwachen und die Piloten, die über diese Flughäfen flogen, leiten sollten. Mutter interessierte es am meisten, daß erfolgreiche Bewerber an Orten außerhalb Vancouvers stationiert wurden. Die Stelle war schlecht bezahlt, bot aber immerhin die Sicherheit eines staatlichen Arbeitsplatzes, die nur wenige Chinesen hatten. Vater, ohnehin ein begeisterter Amateurfunker, besuchte die Abendschule, um die notwendige Funkerlizenz zu erwerben. Danach bewarb er sich und wurde zur Ausbildung im Flughafen von Vancouver angenommen. Als er nach Prince George verlegt werden sollte, einem kleinen Ort mit achttausend Einwohnern etwa fünfhundert Meilen nördlich von Vancouver, in dem die Temperaturen im Winter oft bis unter zwanzig Grad Minus fielen, war Mutter begeistert. Sie zitierte einen in der Öffentlichkeit sehr beliebten Radioansager, der in das nördliche Binnenland gereist war: »Geh nach Norden, junger Mann! Wenn du hart arbeitest, stehen dir alle Möglichkeiten offen!«

»Hauptsache, du bist glücklich, Win!« sagte Vater. »Felix Dry Cleaners« wurde an einen seiner besten Kunden verkauft, das Haus in der Gladstone Street erwarb unser Milchmann. Die Sorge um seine Schwiegermutter übertrug Vater dem Sozialamt. Wie andere Chinesen sah May-ying Sozialhilfe inzwischen nicht mehr als Schande, wie es früher gewesen war, als es nur als milde Gabe der Weißen betrachtet worden war und nicht als etwas, das jedem kanadischen Bürger rechtmäßig zustand. »Großmutter muß endlich anfangen, für sich selbst verantwortlich zu sein«, sagte Vater.

Auch Mutter hatte noch einiges zu erledigen. Als sie Leonard das letzte Mal in London/Ontario gesehen hatte, hatte sie noch davon gesprochen, ihn nach Vancouver kommen zu lassen, und seitdem hatten sie sich regelmäßig geschrieben. Inzwischen war er neunzehn; er ging nicht mehr zur Schule und arbeitete als Koch in einem Schnellimbiß in Windsor, das ebenfalls in der Provinz Ontario liegt. Mutter wollte das Beste für ihn. Sie wußte, daß er voller Lob gegenüber seiner Pflegemutter, Mrs. Henry, war, und fürchtete, daß er

May-ying noch ziemlich grollte; nun dachte sie, daß es ihm vielleicht helfen würde zu wissen, daß er adoptiert war. Zuerst wollte Leonard es gar nicht glauben. Er schrieb ihr zurück, daß seine Geburtsurkunde doch das Gegenteil beweise. Mutter erklärte ihm, wie es damals gelaufen war, und legte ihm nahe, seine Zukunft in die Hand zu nehmen.

Im Morgengrauen des Weihnachtstags 1958 setzten Mutter und Vater ihre vier Kinder – das Jüngste eins, das älteste sieben – in ihren 1949er Meteor und brachen zu der langen Fahrt nach Norden auf. Erst ging es am Meer entlang, dann in den kurvigen Canyon entlang des Fraser-Flusses; der Canyon ging in weitflächiges Farmland über, die Farmen in dichte Nadelwälder. Aus Regen wurde Schnee, und die Straßen bekamen eine gefährliche dunkle Eisschicht.

Nach einer vierzehnstündigen Fahrt bog Vater auf das Gelände des Prince-George-Flughafens ein. Wir fuhren die Hauptstraße entlang, an der stattliche, weihnachtlich geschmückte Häuser auf weitflächigen Grundstücken standen. Zu unserer großen Enttäuschung war unser Haus nicht dabei. Es stand auf der anderen Seite des Flughafens gleich neben dem Wald bei den »einfachen Häusern«, einer Ansammlung kleiner Häuser, die als Notunterkünfte für zusätzliches Personal im Zweiten Weltkrieg errichtet worden war. Wir wohnten ein Jahr lang in so einem Haus, bevor wir in ein Haus auf der Hauptstraße aufsteigen konnten.

Bei unserer Ankunft war das Haus nicht geheizt. Ein Nachbar in einem Parka stellte eine Lötlampe unter die gefrorenen Leitungen, und wir fuhren auf der Suche nach einem Abendessen wieder die fünf Meilen in die Ortschaft zurück; der Weg war markiert von den Rauchwolken, die aus den wabenartigen Brennöfen der Sägewerke entlang dem Flußufer dampften. Im ziemlich verlassen wirkenden Ortsinneren entdeckte Vater ein Restaurantschild, das chinesisches und kanadisches Essen verkündete. Die Tür war verschlossen, aber er klopfte trotzdem an, weil er sah, daß im hinteren Teil des Restaurants Leute beim Essen saßen. Die Besitzer, Wayne und Eleanor Chow, aßen mit ihren Angestellten zu Abend. Sie waren so erstaunt, ihnen unbekannte chinesische Gesichter zu sehen – sie kannten jeden Chinesen im Ort –, daß sie uns zum Essen einluden.

In unserem neuen Heim veränderte sich unser Leben von Grund auf. Wir mußten uns daran gewöhnen, gleich neben einer Rollbahn zu leben, daran, daß die Fenster bei der Landung und dem Abflug der Flugzeuge klirrten und daß nachts ein Lichtstrahl den dunklen Himmel nach Wolken absuchte. Wir hatten bisher nur in der Stadt gelebt und blickten nun verwundert auf Kühe und Schafe, die gleich nebenan auf den Weiden der staatlich geführten Versuchsfarm grasten. Auch die Wälder überall waren ungewohnt. Aber wir mochten das Gefühl, an einem Ort zu leben, wo alle für den gleichen Betrieb arbeiteten. Die Väter der einundzwanzig beim Flughafen lebenden Familien waren entweder Funker oder Meteorologen, Mechaniker, Feuerwehrleute oder Wartungsarbeiter, und sie arbeiteten in der Flughafenhalle, in den Wartungshallen oder den Garagen. Die Regierung stellte die Einrichtung der Häuser zur Verfügung und wartete sie auch. Sie kümmerte sich um den Abfall und reparierte die Heizungsanlagen sowie die Wasserinstallationen; sie stellte sogar die Rasenmäher. Jeder kam zu den Festen im Clubhaus des Flughafens. Die meisten Kinder besuchten von der ersten bis zur dritten Klasse die aus einem Zimmer bestehende Schule am Flughafen. Und um das Gefühl dieser idyllischen Abgeschlossenheit zu vervollständigen, blies sogar der Wind immer in eine günstige Richtung und trieb den übelkeiterregenden Gestank aus den Papierfabriken in der Nähe des Orts immer weg vom Flughafen.

Mutter war in Pensionen, rauchgeschwängerten Mah-Jongg-Salons und muffigen Hintergassen aufgewachsen. Meine Geschwister und ich hatten Feldwege, auf denen wir mit unseren Fahrrädern fuhren, hochaufgetürmte Schneehaufen, auf denen wir herumtollten, und einen Garten, den unsere Eltern im Winter mit Wasser überfluteten, damit wir auf der Eisfläche Schlittschuh laufen konnten. Mutter hatte keine Brüder und Schwestern zum Spielen gehabt; wir vier waren unzertrennlich. Sie war bestraft worden, wenn sie zuviel spielte; wir durften so viel spielen, wie wir nur wollten. Nur anfangs mußten wir eine Hürde aus dem Weg räumen – die Nachbarn in unserem Viertel waren nicht an »Orientalen« gewöhnt. Spöttische Rufe verfolgten uns bis zur Schule: »Schlitzäugige Gelbhaut, sitzt auf 'nem Zaun und macht aus fünfzehn Cents 'nen Dollar.« In der Pause bewarfen uns die Kinder mit Schneebällen, die Steine enthielten; nach der Schule warteten sie in einem Hinterhalt und versuchten, uns von unseren Fahrrädern zu schubsen. Mutters Rat, sich taub zu stellen, funktionierte, und sie und Vater stellten bei den anderen Eltern klar, daß sie weitere Beleidigungen nicht hinnehmen würden. Bald wurden wir akzeptiert, und es ergaben sich Freundschaften; rasch vergaßen wir völlig, daß wir anders waren als unsere weißen Spielgefährten.

Vielleicht kam es daher, daß ich nun auch in die Schule ging, Fahrrad fahren lernte, hoffte, von meinen mit Einlagen versehenen Schuhen auf modische Schuhe umzusteigen, wie sie alle anderen Mädchen auch trugen – mit anderen Worten, alt genug wurde, um ein Verständnis vom Heranwachsen zu bekommen –, jedenfalls wollte ich gern wissen, wie meine Mutter denn eigentlich in meinem Alter gewesen war. In den ersten paar Jahren, in denen wir in Prince George lebten, von meinem fünften bis etwa zum zehnten Lebensjahr, faszinierte es mich, wie anders sie als kleines Mädchen gewesen sein mußte.

Es gab viele Nächte, in denen es ruhig war im Haus bis auf das Surren von Mutters Nähmaschine – sie verdiente ein paar Extradollar mit Näharbeiten. Nur sie und ich waren dann noch auf. Vater war entweder bei seinem Dienst im Flughafen, oder er arbeitete im Ort, wo er ein paar Stunden pro Woche Lebensmittel einsortierte. Mutter erzählte, und ich hörte zu.

Die Bruchstücke aus ihrer Vergangenheit kamen völlig ungeordnet. Als sie mir damals davon erzählte, wußte ich nicht, daß Großmutter in den Jahren, in denen Mutter so alt gewesen war wie ich jetzt, in Affären mit Männern verstrickt war, trank und spielte, während sie gleichzeitig zu beweisen suchte, daß sie auch eine gute Mutter sei. Ich wollte nur die sehr heiteren und die sehr traurigen Geschichten hören. Und heitere, über die man lachen konnte, gab es so wenige, daß ich meine Mutter immer wieder bat, meine paar Lieblingsgeschichten zu wiederholen. Am besten gefiel mir die Geschichte, wie meine Mutter sich tatsächlich selbst einen Namen suchen mußte und auf Winnie kam.

Es gab viel, über das man hätte weinen können. Obwohl meine Mutter keine Tränen mehr vergoß, spiegelte ihr Gesicht doch die Traurigkeit wider, die sie empfunden hatte, als ihre Mutter sie kleidete wie einen Jungen, als sie sie schlug und ihr danach befahl, gehorsam niederzuknien. Ich erinnere mich daran, daß Mutter und ich eben ein Schnittmuster vorbereiteten, als sie mir erzählte, wie sie immer den Stock hatte holen müssen, mit dem sie geschlagen wurde. Ihr Bleistift zog den Weg zwischen dem Verschlag, an dem der Holzstoß gelegen war, und dem Häuschen, in dem ihre Mutter gesessen und auf sie gewartet hatte, auf dem Vlieselinestoff nach. Hin und her fuhr der Bleistift und zerriß den Stoff, während Mutter den Schrecken noch einmal durchlebte und ich mit ihr.

Ich fragte nie, warum dies alles so geschehen war. Ich wußte, daß mein Großvater, wie meine Mutter es formulierte, »nicht dabei« gewesen war und daß der Beruf meiner Großmutter, die nichts als eine »*kay-toi-neu*« gewesen war, Mutter nicht viele Freundinnen eingebracht hatte. Wie sehr wünschte ich mir, ich wäre eine der beiden Schwestern gewesen, die Mutter nie kennengelernt hatte, um ihr die Gesellschaft und den Trost zu bieten, die wir Geschwister uns gegenseitig boten. Aber am meisten beeindruckte mich bei all diesen Geschichten immer der Satz, mit dem sie unweigerlich endeten: »Ich hatte niemanden.«

Nur vor der Zedernkommode im Schlafzimmer meiner Eltern konnte ich anfangen, die Spuren der Familie meiner Mutter zu erkunden. Ich ging immer wieder den Stapel Schwarzweißfotos durch, der ungeordnet in der untersten Schublade lag, und legte die Bilder von Vater, Mutter, zwei Töchtern in China, einer dritten Tochter und einem adoptierten Sohn in Kanada, meinem Onkel Leonard, nebeneinander, obwohl ich wußte, daß die Familie im wirklichen Leben nie vereint war, daß die beiden Hälften, die eine in Kanada, die andere in China, immer getrennt gewesen waren.

Die chinesische Hälfte war mir rätselhaft. Das erste Buch, das ich über China las – damals war ich acht –, stammte aus der Bücherei; meine Mutter hatte es für mich ausgeliehen. Es war ein Buch, das sie früher einmal selbst gern gelesen hatte. Am meisten beeindruckte mich an *Moment in Peking*, einem Epos von über achthundert

Seiten, die Tatsache, daß Frauen und Mädchen immer selbst schuld waren an ihrem Schicksal und dann Selbstmord begingen, indem sie sich entweder in tiefe Brunnen oder in Teiche stürzten. All dies schien völlig jenseits meiner Realität zu liegen. Mir kam es vor, als wäre China endgültig zurückgelassen worden, als das Schiff mit meiner Großmutter, die mit Mutter schwanger war, in Vancouver anlegte. China war der Boden, auf dem die beiden Schwestern standen, deren eine noch lebende, wie ich damals annahm, niemals ihre dritte Schwester, meine Mutter, treffen würde. China war der Ort, an den man gelangte, grübe man ein Loch, das tief genug wäre, um auf der anderen Seite der Erde wieder herauszukommen.

Freunde und Verwandte aus Vancouver besuchten uns nie in Prince George; der Gedanke an einen Ort, der im Winter so kalt war, bot wenig Anreiz. Deshalb fuhren wir jedes Jahr mehrmals nach Vancouver, wo wir Verwandte besuchten und für die Schule einkauften. In und um Vancouver herum gab es eine Unmenge von Tanten und Onkel auf der Seite meines Vaters, die wir besuchen mußten, und es tat uns stets leid, wenn wir auch nur einen einzigen dieser Verwandten verpaßten. Wir gingen von Haus zu Haus, bekamen immer Riesenberge belegter Brote angeboten, holten Schachteln voller Kleider ab, aus denen meine Cousinen und Cousins herausgewachsen waren, und ergötzten uns daran, wie Vater mit seinen Geschichten und Beobachtungen aus dem täglichen Leben alle zum Lachen brachte.

Etwas anderes war der Anstandsbesuch bei meiner Großmutter mütterlicherseits. So, als sei es am besten, Unangenehmes möglichst schnell hinter sich zu bringen, war *Po-po* immer unser erster Stopp in Vancouver.

In Chinatown herrschte eine ziemlich düstere Stimmung. Nachforschungen und Verhaftungen von Einwanderungsbetrügern hatten aus den Chinatowns in ganz Kanada Viertel im Belagerungszustand gemacht. Mitte der fünfziger Jahre hatten amerikanische Behörden in Hongkong herausgefunden, daß mit US-Papieren ein reger Handel betrieben wurde. Die kanadische Regierung ihrerseits stellte daraufhin eine drei Jahre dauernde Untersuchung an. Eines Sonntagmorgens im Mai 1960 führte die berittene Staatspolizei, unterstützt von Polizisten, die aus Hongkong rekrutiert worden waren, in allen Chinatowns von Kanada gleichzeitig Razzien durch; sie drangen in Büros, Geschäftsräume und Privathaushalte ein, um Beweismaterial zu finden. Weil es schwer war, Tausende Chinesen zu deportieren, riefen die kanadische Regierung wie auch die Vereinigten Staaten eine Amnestie aus, aber da viele Chinesen nichts davon wußten, hielten sie sich weiterhin versteckt.

Doch wir hatten andere Gründe, weswegen wir uns fürchteten, nach Chinatown zu fahren. Wenn Vater vor der jeweiligen Pension, in der *Po-po* gerade logierte, anhielt, verkrampfte sich bei uns allen der Magen vor Furcht. Mutter wartete immer im Auto, sie schaffte es einfach nicht, sich vorzuwagen, um herauszufinden, in welchem Zustand sich ihre Mutter gerade befand. Vater und eines der Kinder gingen gewöhnlich als erste hoch. Wir suchten in dem düsteren Gang nach der Tür zu ihrem Zimmer und klopften dann vorsichtig an. Wenn eine vorwurfsvolle, nuschelnde Stimme antwortete: »Was ist los? Was habt ihr mit mir zu schaffen?«, wußten wir, daß wir später zurückkommen mußten, und das sagten wir dann auch unserer Mutter. Es brauchte nicht erwähnt zu werden, daß *Po-po* erst einmal ausnüchtern mußte.

Beim zweiten Versuch war dann nie absehbar, was passieren würde. Wenn meine Großmutter schlecht gelaunt war, ergossen sich nur Vorwürfe, Schuldzuweisungen und Anklagen über alle Anwesenden. Wenn sie gute Laune hatte und wach und munter war, wenn ihr mädchenhaftes Lachen sich mit ihrem sprühendem Witz abwechselte, luden wir sie zu einem Ausflug ein. Wir machten ein Picknick im Stanley-Park mit Blick auf die schwimmenden Tankstellen der Marine und die Silhouette der Stadt, dem Lieblingspanorama meiner Großmutter. Mutter brachte immer *Po-pos* Lieblingskrapfen von Woodward's Lebensmittelabteilung mit. Wenn es ein Volksfest im Park gab, sah Großmutter uns beim Achterbahnfahren zu. Wir aßen dann auch immer in einem Restaurant, meist im »Ho Ho« in Chinatown. Dort übernahm Großmutter das Kommando; sie bestellte die Gerichte und gestattete keinem, anzufangen, bevor sie nicht die Teetassen und die Stäbchen mit heißem Tee angewärmt hatte. Wir wußten, daß wir uns nie den letzen Leckerbissen von einer Platte nehmen durften. Wir boten ihn *Po-po* an, denn es galt als Zeichen von Zuneigung, wenn man jemandem etwas zu essen gab.

Abgesehen davon, daß ich meine Großmutter, wenn ich sie sah, korrekt ansprach – »*Ah Po*« –, fiel es mir schwer, mutig genug zu sein, um in ihrer Anwesenheit den Mund aufzumachen. Ich mußte mehrmals schlucken, bevor selbst die einfachsten chinesischen Brocken herauskamen. Die meiste Zeit saß ich nur still da. Lieber ignorierte ich meine Leibspeise, gegrillte Rippchen mit schwarzen Bohnen, wenn die Platte nicht in meiner Reichweite stand, als *Po-po* zu bitten, mir etwas davon zu geben. Gleichzeitig wünschte ich mir sehnlichst, sie würde mir etwas davon anbieten; meinen Regeln nach hätte ein bejahendes Nicken schon eine Unterhaltung mit ihr bedeutet. Aber auch dann lief ich immer Gefahr, etwas Unfreundliches von ihr zu hören. »Komisch, daß Tochter Nummer zwei so langsam ißt«, sagte sie einmal zu Mutter. »Du solltest mit ihr zum Arzt gehen und nachschauen lassen, ob alles in Ordnung ist!« Sie wußte, daß ich jedes Wort verstand und daß sie andeuten wollte, ich sei etwas zurückgeblieben. Mutters Schweigen verteidigte mich.

Nach Möglichkeit vermied ich es, unter den Kindern zu sein, die bei Großmutter gelassen wurden, wenn Mutter und Vater etwas zu erledigen hatten. Nicht nur, daß ich mich in ihrer Anwesenheit unwohl fühlte – auch die Pensionen und die *baks* in diesen Orten fand ich schrecklich. In der Gemeinschaftsküche lungerten immer ein paar alte Männer herum. Sie saßen verkehrt herum auf den Stühlen und stellten uns Fragen, die immer unser Chinesich auf die Probe zu stellen schienen. Sie fragten uns, wie wir hießen, wie alt wir seien und woher die Familie unseres Vaters stammte. Ebenso nervenzermürbend war es, wenn *Po-po* uns auch nur ein paar Minuten in ihrem Zimmer allein ließ, wo die Stille nur von dem Ticken der Big-Ben-Uhr oder einer über den Fußboden huschenden Maus unterbrochen wurde.

Ich war erleichtert, aber auch ein wenig reuevoll, als die Besuche bei meiner Großmutter einmal abrupt eingestellt wurden. Mutter hatte dafür gesorgt, als *Po-po* wieder einmal anfing, sie zu beschimpfen, nachdem sie wohl noch ihren Rausch vom Vorabend auskurierte. Aus Furcht vor einem Streit lief Mutter schließlich einfach aus dem Zimmer. Ich erinnere mich daran, wie Vater das Auto vom Gehsteig vor der Pension auf die Straße lenkte und *Po-po* schreiend und heftig gestikulierend zurückließ. Es dauerte eine ganze Weile, bis ich dieses Bild von ihr nicht mehr sah, wenn ich aus der Rückscheibe des Autos blickte.

Zwar verging mehr als ein Jahr, in dem wir sie nicht sahen, aber wir wurden immer wieder an sie erinnert. Auf meinem täglichen Postgang zum Flughafen bemerkte ich, daß ab und zu ein Brief von meiner Mutter mit einer chinesischen Adresse an eine Pension in Chinatown unter den Briefen war, die ich einwerfen sollte. Das erste Mal wurde mir klar, daß diese Umschläge Geld enthielten, als Vater seine Steuerformulare ausfüllte und dabei erwähnte, daß sie ja von ihm unterstützt würde.

Unser selbst auferlegtes Exil endete mit der Geburt von Wayne, dem fünften Kind. Er wurde sehr aufgeregt empfangen – seit fünf Jahren hatte es im Haushalt kein Baby mehr gegeben. Ein neuer Enkelsohn war genug, um *Po-po* dazu zu bewegen, in einen Bus zu steigen und uns zu besuchen, nachdem die Erdbeerernte vorbei war. Inzwischen war sie Mitte fünfzig, und um ihr Einkommen, bestehend aus dem Wohlfahrtsscheck und den paar zusätzlichen Dollar, die meine Eltern ihr zusteckten, etwas aufzumöbeln, arbeitete sie bei der Beerenernte und manchmal auch bei der Gemüseernte mit.

Die winzige Gestalt, die aus dem Bus kletterte, bot ein Bild ruhiger Würde. Sie trug einen handgestrickten, marineblauen und weinroten Pullover über engen schwarzen Hosen. Ihr Gesicht war gebräunt von der Arbeit im Freien, an ihren Ohrläppchen funkelten kleine goldene Ohrringe. Sie kramte ein paar Geschenke für ihre Enkelsöhne heraus: eine Tüte in Goldfolie eingewickelter Schokoladenmünzen für Greg und Chris und ein aufziehbares Blechspielzeug, einen Bären, der auf eine Trommel schlug, für Wayne.

In den zwei Wochen, die sie bei uns war, wirkte sie sehr glücklich. Sie versuchte zwar, Vater, der das Rauchen aufgegeben hatte, in Versuchung zu bringen, indem sie ihm von ihren Zigaretten anbot, aber das war es dann auch schon. Am liebsten saß sie neben Waynes

Kinderbettchen. Er versuchte, sich an den Seiten hochzuziehen, um sie besser sehen zu können, und beide liebten es, sich gegenseitig nachzuahmen, den Kopf zur einen Seite und dann wieder zur anderen zu drehen, in die Hände zu klatschen und Verstecken zu spielen. Sie ließ ihn auch gern auf ihren Knien reiten. Wenn er schlief, holte sie ihr Strickzeug heraus und strickte mit grellbunten Garnen einen neuen Pullover für eines ihrer Enkelkinder.

Sie brachte immer einen Karton voller Lebensmittel aus Chinatown nach Prince George mit – frisches Gemüse, manchmal auch einen Drachenkopffisch, den sie frisch bei einem Fischhändler erstanden und dann gebraten hatte, und diverse Konservendosen mit Gemüsen und Saucen, die sie verwendete, wenn sie für uns kochte. In den Regalen in unserer Speisekammer stand immer eine Reihe von rechteckigen und quadratischen Dosen und Tongefäßen mit chinesischen Lebensmitteln, die schließlich verstaubten, denn Mutter fand, ihre Kinder sollten so essen, daß sie genauso robust wie ihre Klassenkameraden würden. Deshalb kochte sie immer seltener chinesisch und stellte statt dessen Braten auf den Tisch, reicherte die Milch in unseren Gläsern mit Sahne an und begann, bei ihren Gerichten Käse zu verwenden – als meine Mutter noch ein Kind war, wurde Käse nur in Mäusefallen verwendet. Nun wurden Lasagne, Zimtbrötchen, Marmorkuchen und Apfelkuchen zu ihren Spezialitäten.

Po-pos Besuche erinnerten uns immer daran, daß auch wir Chinesen waren, aber ihre chinesische Mentalität brachte uns dennoch einige Überraschungen. Vater kaufte einmal pro Woche Eier auf Veekens Farm, und einmal bat sie ihn, ihr ein lebendiges Huhn mitzubringen. Als es in einem Sack im Keller auf sein Schicksal wartete, machten wir Kinder aus dem Luftloch in dem Sack einen Fluchtweg, und zu unserer ungeheuren Belustigung mußte Vater das Huhn schließlich im ganzen Keller jagen, bis er es endlich mit dem Haken eines Kleiderbügels erwischte. Aber das, was nun folgte, konnten wir kaum glauben. Vater brachte das Huhn zu *Po-po* nach oben in die dampfig-heiße Küche, in der ein Topf mit Wasser brodelte. Mit einem chinesischen Fleischmesser schnitt sie dem Huhn den Hals durch. Blut floß in Strömen und befleckte die Häkelvorhänge über dem Waschbecken. Wenn sich in Chinatown ein Kunde ein lebendiges Huhn aussuchte, wurde es wenigstens nicht vor ihm geschlachtet, sondern ihm gerupft und gesäubert überreicht.

Das, was wir an chinesischem Zeitvertreib in unserer Familie übernahmen, wurde von westlichem Geschmack geprägt. Von den wenigen alten Chinesen, die in Prince George lebten, erbten wir Mah-Jongg-Spiele, mit deren Spielsteinen meine Brüder ganze Städte und Straßen erbauten. Als einmal eine meiner Freundinnen bei uns vorbeikam, während *Po-po* wieder einmal zu Besuch war, stellte ich mich völlig unwissend, daß wir irgend etwas mit China zu tun haben könnten. Diane hatte bemerkt, daß meine Großmutter nicht Englisch sprach und nicht weiß war. Sie hatte wohl vergessen, daß auch wir anders aussahen, denn sie fragte mich, woher denn meine Großmutter käme. »Sie ist in Ladner geboren«, sagte ich, wobei ich mich an ein Detail hielt, das ich mir aus den Geschichten meiner Mutter gut gemerkt hatte, die kanadische Geburtsurkunde, mit der meine Großmutter nach Kanada eingereist war. »Wo ist denn das?« fragte Diane. Ich erklärte ihr, daß Ladner ein kleiner Ort in der Nähe von Vancouver sei. Jeder hier in Prince George wußte zumindest, wo Vancouver lag, selbst wenn er nie selbst dort gewesen war.

Da *Po-po* sich offensichtlich gebessert hatte, fühlte sich Mutter in ihrer Anwesenheit auch wohler. Sie erlaubte Louise bei späteren Besuchen in Vancouver mehrmals, bei ihrer Großmutter zu übernachten. Diese Aufenthalte verliefen ohne unangenehme Zwischenfälle, und Mutter dachte, sie könne ihrer Mutter bei ihrem Alkoholproblem helfen, indem sie ihr zeigte, daß sie ihr vertraute. *Po-po* war so ermutigt, daß sie immer wieder Andeutungen machte, wie gern sie einmal auch Greg bei sich hätte, und schließlich willigte Mutter ein.

Greg war damals sieben. Er hatte nichts dagegen, daß *Po-po* mit ihm durch Chinatown spazierte und jedem, den sie kannte, zurief: »Das hier ist mein Enkel, Hings Sohn Nummer eins!« Sie nahm ihn in ein paar Läden mit und schritt mit ihm die Regalreihen entlang. »Wenn du etwas haben willst, brauchst du es *Po-po* nur zu sagen!« Doch er lehnte ab; wir wußten alle, daß sie nicht viel Geld hatte.

Nach dem Abendessen gingen sie aus. Er tat, was sie ihm sagte, und blieb still an ihrer Seite sitzen, während sie Mah-Jongg spielte, wobei er von seinem rosafarbenen *san-ja-goh*-Kuchen aß. *Po-po* hatte zwei Stück Kuchen gekauft und ihm gesagt, er solle das zweite Stück für seinen Bruder Chris aufheben. Als die Runde beendet war, kehrten sie in *Po-pos* Zimmer zurück. Nachdem sie das Licht über dem französischen Doppelbett gelöscht hatte, erleuchtete die flackernde Neonreklame vor ihrem Fenster das Zimmer wie ein Stroboskop. »Hab keine Angst, hab keine Angst!« flüsterte *Po-po*. Wenn Greg genug Chinesisch gesprochen hätte, um ihr dies klarzumachen, dann hätte er gesagt, daß er bei ihr nie Angst habe. Als wir ihn am nächsten Morgen abholten, war er wie immer glücklich und zufrieden. Als Mutter bemerkte, daß er sich am Kopf kratzte, gestand *Po-po* ihr, daß sie sein Haar mit Kernseife gewaschen hatte, da sie gerade kein Haarshampoo zur Hand gehabt hatte.

Im darauffolgenden Sommer fuhren wir wieder durch Vancouver auf der Heimreise von unserem diesjährigen Urlaub; wir waren vier Wochen mit dem Zelt in Kalifornien unterwegs gewesen und hatten uns Disneyland und den Zoo in San Diego angeschaut. Louise, damals vierzehn, war sehr darauf erpicht, Geld für ihre weitere Schulbildung zu sparen, und bat, bei *Po-po* bleiben und mit ihr zusammen drei Wochen lang auf die Erdbeerfelder gehen zu dürfen. Sie und *Po-po* hatten bereits darüber gesprochen, und Mutter erlaubte es ihr.

Für die Erdbeerpflücker fing der Arbeitstag an, wenn es noch dunkel war. *Po-po* stand schon lange vor Louise auf, um den Reis und die Speisen zu kochen, die sie mitnehmen wollte. Dann weckte sie Louise und stellte ihr eine Schüssel mit dickem Reisschleim hin. Um halb fünf standen sie an der Gore Street Ecke Pender und warteten auf den Lastwagen, der die Arbeiter abholen und zur Farm bringen sollte. Louise war beeindruckt von dem ausgeprägten Sinn ihrer Großmutter für das Richtige und das Falsche. *Po-po* mißbilligte es sehr, daß einige Frauen – eben diejenigen, die meist zu spät kamen und dem Lastwagen hinterherlaufen mußten – drängelten und schubsten, um als erste auszusteigen, damit sie sich in den Reihen mit den größten und reifsten Erdbeeren einen Platz sichern konnten. Von Zeit zu Zeit rief sie ihrer in der nächsten Reihe arbeitenden Enkelin zu: »Denk daran, keine verfaulten Beeren und keine grünen, und klau keine Beeren aus den anderen Reihen!« Louise war die schnellere Pflückerin; sie half *Po-po* vor der Mittagspause immer noch, ihren Korb zu füllen, so daß sie beide bis dahin ihren Dollar verdient hatten. *Po-po* stellte ein richtiges Picknick auf die Wiese; aus einer Thermoskanne schenkte sie Tee aus, aus einer weiteren holte sie mit Stäbchen die heißen Speisen, die sie zubereitet hatte, und servierte sie auf eigens dafür gekauftem Aluminiumgeschirr.

Nachdem der Lastwagen sie wieder in Chinatown abgesetzt hatte, kauften sie Lebensmittel für das Abendessen ein. *Po-po* erzählte allen, die es hören wollten, daß ihre Enkelin eines Tages auf die Universität gehen würde, und ihr Stolz wurde auch belohnt: »Ach, was für ein kluges Mädchen, und hübsch obendrein!« Zum Abendessen gab es, Großmutter zufolge, die Lieblingsgerichte der einzelnen Familienmitglieder; gedämpftes Schweinehackfleisch war Louises Leibspeise, Lilienwurzelsuppe die ihrer jüngeren Schwester. Außerdem gab es besondere Leckerbissen – Bananenwackelpudding, den ihre Schwester besonders schätzte, und *san-ja-goh*, den ihr Bruder so gerne aß. Nach dem Essen setzten sich beide aufs Bett, und während *Po-po* Louises langes Haar kämmte, erklärte sie ihr, daß sie immer darauf achten sollte, sich zu pflegen und sich und ihre Sachen sauber und ordentlich zu halten. Sie betonte auch immer, wie wichtig es sei, ein gutes Mädchen zu sein und seine Eltern zu achten. »Das sage ich dir, weil ich auch deine Mama so erzogen habe«, sagte sie. Spätabends erteilte Louise ihr dann noch eine Englischstunde. Kichernd brachten sie *»Good morning. How are you?«* und die erste Zeile der Nationalhymne, *»O Canada, our home and native land«*, zustande.

Aber schon in der zweiten Woche waren *Po-po* und Louise nicht mehr so unzertrennlich. Vor dem Abendessen schlug ihre Großmutter Louise vor, zu Woodward's zu gehen und sich ein Eis zu kaufen oder bei einem Mädchen in ihrem Alter vorbeizuschauen, der Tochter des Ladenbesitzers an der Ecke. Louises Verdacht, daß *Po-po* sie aus dem Weg haben wollte, wurde bestätigt, als ihr diese nach dem Abendessen befahl, im Zimmer zu bleiben, während sie noch ausging, ohne zu sagen, wohin. Louise vertrieb sich die Zeit, indem sie die hübschen Sachen ihrer Großmutter ausprobierte. Sie steckte sich die Perlmuttkämme ins Haar, probierte die mit Perlen besetzten Sandaletten an, betrachtete die handbemalten Fächer, faltete die bestickten Taschentücher auseinander.

Nach einigen solchen Nächten wurde es Louise jedoch zu langweilig, und sie beschloß auszugehen. Sie spazierte durch die Gänge der Pension und wagte sich schließlich immer weiter bis auf die Straße hinaus. Ihr Ziel war Sing Kees Konditorei, wo *Po-po*, wie sie wußte, Mah-Jongg zu spielen pflegte. Als Großmutter sie dort entdeckte, schickte sie Louise gleich wieder weg: »Stör mich nicht, ich muß nachdenken!«

Po-po blieb immer länger weg und wurde immer launischer. Louise erkannte die Anzeichen, daß ihre Großmutter wieder trank, und betete zu Gott, daß sie sie nicht betrunken sehen müßte. Am schlimmsten war es für sie immer gewesen, wenn sie die Spannungen zwischen Großmutter und Mutter mitbekam, die Schuldzuweisungen, die Angst vor Beschuldigungen. Louise versuchte, die schwere Zunge und den unsteten Blick ihrer Großmutter zu ignorieren, aber es gelang ihr nicht mehr, als sie *Po-po* beim Einkaufen begleitete und bemerkte, daß sich diese kaum mehr auf den Beinen halten und sich gar nicht entschließen konnte, was sie denn nun eigentlich kaufen wollte. Ein Passant bezeichnete sie als Säuferin.

Zurück in der Pension, schlief *Po-po* sofort ein. Louise machte sich auf die Suche nach einem öffentlichen Telefon. Sie hatte den wöchentlichen Kontrollanruf bereits getätigt, so daß ihre Mutter sehr überrascht war. »Louise? Was ist passiert?« – »Es ist alles in Ordnung, Mom«, erwiderte Louise, aber ihre zitternde Stimme und die Tränen machten das deutlich, was ihre Mutter am meisten gefürchtet hatte. Sie faßte sich kurz und erklärte ihrer Tochter nur, daß sie mit dem nächsten Bus nach Prince George zurückkommen solle. Niemand verlor ein Wort darüber, daß Louise früher als geplant nach Hause kam.

Wir versöhnten uns bald wieder mit *Po-po*. Wir nahmen sie sogar auf einen Urlaub mit, als wir im nächsten Sommer im sonnigen Okanagan-Tal zelteten, und sie besuchte uns auch wieder in Prince George. Aber wir mußten uns an ihre Bedingungen halten; sie ließ uns wissen, daß sie allen Grund hatte, auf uns böse zu sein. Als wir das erste Mal nach Louises abgebrochenen Ferien bei ihr in Chinatown vorbeischauten, tat sie, als wäre sie zu beschäftigt, um uns zu sehen.

Wir hielten dies für einen Vorwand – uns kam es keineswegs so vor, daß Chinatown ihr etwas Besseres zu bieten hätte. Ende der sechziger Jahre klammerten sich die Chinatowns, die es noch gab, mit aller Kraft an ihre Existenz, in ständiger Furcht vor den nächsten Aktionen der Stadträte, die im Namen der städtischen Erneuerung ihr Verschwinden beschleunigten. In Vancouver demolierten Bulldozer ein fünfzehn Blöcke umfassendes Viertel gleich neben Chinatown, um dort öffentliche Wohnungen zu bauen. In Toronto waren zwei Drittel von Chinatown dem Erdboden gleichgemacht worden, um ein neues Rathaus zu errichten. Da die kanadischen Einwanderungsbehörden bestimmen konnten, welche Ursprungsländer sie bevorzugten, nahmen sie lieber Europäer auf als Asiaten. Die Chinesenviertel bekamen keine neuen Bewohner mehr und keinen neuen Handel – sie starben aus. Heruntergekommene Gebäude wurden einfach abgerissen. Der Stadtrat von Vancouver erließ ein neues Gesetz zur Beseitigung von Unrat und Schmutz und verbot den Handel auf den Bürgersteigen: Aus war es mit den in ihren Käfigen gackernden Hühnern, mit dem gegrillten Schweinefleisch und den gebratenen Enten, die früher einmal alle im Freien angeboten worden waren. Die Spielhöllen, in denen meine Großmutter ihr Geld gemacht und sich vergnügt hatte, waren längst verschwunden; die letzte war schon vor langer Zeit von der städtischen Polizei geschlossen worden. Wenn wir jetzt nach Chinatown gingen, wo die Wände immer enger zu werden schienen, hatte ich immer das Gefühl, daß wir die Trümmer der Vergangenheit meiner Mutter durchschritten.

An einem klaren, winterlichen Samstagvormittag Anfang 1967 bekamen wir einen Telefonanruf von unserem Onkel Leonard aus Kamloops, wo er seine erste Stelle als Krankenpfleger angetreten hatte. Er hatte sich, auf gutes Zureden meiner Mutter, für die Ausbildung zum Krankenpfleger im Essondale Hospital beworben und inzwischen seine Prüfung als Psychiatriepfleger bestanden.

Ich war allein zu Hause, da der Rest der Familie im Ort beim Einkaufen war. Mein Onkel sagte mir, Mutter solle ihn sofort zurückrufen, sobald sie wieder daheim sei, weil er »schlechte Neuigkeiten über Großmutter« habe. Ich war ziemlich besorgt.

»O nein, o nein! Das darf doch nicht wahr sein!« sagte Mutter nur, als sie mit ihm sprach. Sie schaffte es kaum, den Hörer wieder auf die Gabel zu legen. *Po-po* war tot. Sie war bei einem Autounfall ums Leben gekommen.

Mutter war kaum zu verstehen, so heftig weinte sie. »Ich habe mir immer Sorgen gemacht, wenn Mutter die Straße überquerte. Ich fürchtete immer, daß sie von einem Auto angefahren werden könnte! Wann immer ich im Radio etwas über Autounfälle hörte, darüber, daß Leute überfahren worden seien, fürchtete ich, daß es Mutter erwischt hätte.«

Sie hatte anfangs angenommen, daß *Po-po* als Fußgängerin überfahren worden sei. Aber tatsächlich war sie in einem Auto mitgefahren, das mit einem anderen zusammengestoßen war. Es kam uns sehr merkwürdig vor, denn wir wußten, daß sie gar nicht gern in einem Wagen fuhr und es auch kaum tat; nur Vater hatte sie immer als Autofahrer vertraut.

In dieser Nacht lagen Mutter und Vater noch lange wach und unterhielten sich. »Mir ist, als würde plötzlich meine ganze Welt über mir zusammenbrechen«, sagte Mutter.

Ein paar Tage später trat sie an die Zedernkommode, zog die unterste Schublade auf und holte den Stapel Schwarzweißfotos ihrer Familie heraus. Jedesmal, wenn sie sich die Fotos ansah, fing sie bei dem Porträt ihres Vaters, das in einem Papprahmen steckte, zu weinen an und wußte nie, warum. Auch jetzt ging es ihr nicht anders; dieses Foto, nicht die Fotos ihrer Mutter, ging ihr am meisten ans Herz. Mutter entfernte das fragliche Bild aus dem Stapel; sie wollte es nie mehr sehen.

Meine Eltern nahmen die beiden älteren Jungen mit nach Vancouver zur Beerdigung; Louise und ich, beide inzwischen schon Teenager, blieben zurück und paßten auf Wayne auf. In der Woche, in der die anderen weg waren, brachte *The Vancouver Sun* zweimal einen Bericht über den Tod meiner Großmutter. Das erste Mal hieß es, daß ihr Tod der dritte tödliche Verkehrsunfall in der Stadt im neuen Jahr sei. Ihr Name und ihr Alter waren falsch wiedergegeben, nur die Adresse ihrer Pension stimmte. Beim zweiten Mal wurde ihr Name berichtigt, stimmte jedoch noch immer nicht, und es hieß, der Richter habe einen Unfalltod bescheinigt.

Einen Großteil dieser Woche verbrachte ich damit, daß ich auf dem Bauch auf unserem braunen, kratzigen Wohnzimmersofa lag und beobachtete, wie meine Tränen in Rinnsalen auf dem Polsterstoff abliefen. Bei ihrem letzten Besuch in Prince George hatte ich mein erstes und schließlich auch letztes angenehmes Gespräch mit Großmutter geführt. Ich hatte ihr angeboten, ihr beim Schälen des Brokkoli zu helfen, den sie zum Abendessen zubereiten wollte, und war stolz darauf gewesen, daß ich die Stengel ebenso gut schälen konnte wie sie, ohne die Brokkolirosen zu verletzen.

»*Po-po*, was für Gemüse hast du denn schon alles geerntet?« wollte ich wissen.

»Meistens pflücke ich Bohnen«, erwiderte sie. »Aber es ist ziemlich schwierig. Man muß darauf achten, sie an ihrem äußersten Ende zu pflücken.«

Ich wagte mich noch einen Schritt weiter. »Ich würde gerne mal mit dir zusammen Bohnen pflücken.« – »Klar, natürlich kannst du mit deiner *Po-po* mitkommen!« sagte sie lachend und erzählte es auch gleich meiner Mutter.

Ich dachte an einen Teil der Kindheitsgeschichten meiner Mutter: »Meine Mutter sprach nur mit mir, wenn sie mich ausschimpfen wollte.« Dann tauchte ein Bild in mir auf, wie Großmutter einmal eine lebendige Schildkröte in das Haus an der Gladstone Street gebracht hatte. Sie befreite sie aus ihrem Wasserbecken und lachte, weil Louise und ich vor Vergnügen quietschten, als die Schildkröte die Linoleumfliesen erforschte, bis sie schließlich im Suppentopf landete. Ich erinnerte mich daran, wie Mutter mir erzählte, daß *Po-po* mich mit Schildkrötensuppe fütterte, als wir in London in Ontario angekommen waren und ich Durchfall hatte. Ich erinnerte mich auch an ein chinesisches Patiencespiel, das meine Mutter von ihrer Mutter gelernt und später auch mir und meinen Geschwistern beigebracht hatte; die Mah-Jongg-Steine werden dabei in der Form einer Schildkröte aufgestellt, und gewonnen hat man dann, wenn es einem gelingt, alle Steine zu entfernen, was ziemlich schwierig ist.

Mutter hatte uns erklärt, daß die Schildkröte für die Chinesen ein langes Leben bedeutet. Aber meiner Großmutter war solch ein Leben nicht bestimmt gewesen.

Mr. Pang, siebenundsechzig, und seine Frau hatten drei Bekannte, unter ihnen May-ying, zu sich in den Osten Vancouvers eingeladen. Mrs. Pang kochte frische Muschelsuppe und Nudeln, während die übrigen vier eine Runde Mah-Jongg spielten. Das Spiel war noch vor Mitternacht zu Ende; Mr. Pang und seine Frau gingen gern früh ins Bett, und er wollte seine Gäste noch heimbringen.

Sein Auto war das einzige weit und breit, als es an der Ampel an der Main Street Ecke Prior Street anhielt. Sie waren nur vier Blocks vom Garden Hotel entfernt, wo May-ying derzeit lebte. Als die Ampel grünes Licht gab und Mr. Pang hinter sich keinen Wagen bemerkte, begann er, links abzubiegen. In dem Auto auf der Gegenfahrbahn saßen ein junger Mann, vierundzwanzig, und sein Freund, die beide noch auf die High-School gingen. Sie waren ein paar Stunden herumgekurvt, um den neu eingebauten Motor in ihrem Wagen einzufahren, und befanden sich nun auf ihrem Heimweg in den Westen Vancouvers. Der Fahrer sah nur, daß die Ampel grün wurde, und schaltete vom zweiten in den dritten Gang.

Beim Aufprall wurde May-ying auf den Boden von Mr. Pangs Auto geschleudert. »Schnell, schnell, bringt mich ins Krankenhaus«, sagte sie. Ein Krankenwagen brachte sie ins Allgemeine Krankenhaus von Vancouver, wo eine Stunde später nur noch ihr Tod festgestellt werden konnte.

Mr. Pangs Sohn kam zur Unfallstelle, um für seinen Vater zu dolmetschen. Der Polizeibeamte, der den Fall untersuchte, notierte Mr. Pangs Aussage: »Ich bin langsam um die Ecke gebogen.« Der andere beteiligte Autofahrer wurde erst am nächsten Tag zur Polizeiwache bestellt, wo er seine Aussagen machte. Er sagte, daß das andere Auto plötzlich abgebogen sei und er überhaupt kein Blinkersignal bemerkt habe.

Die Feststellungen des Gerichtsarztes waren kurz und unpersönlich. »Die Leiche ist die einer sehr kleinen Frau, einen Meter fünfundvierzig groß und etwa vierzig Kilo schwer.« Im Gericht zeigte er

»Bild 2(f)«, ein Foto der Leiche im Leichenschauhaus. Mutter, die sich einen Stuhl in den hinteren Reihen ausgesucht hatte, dachte erst, daß es das Foto einer Puppe sei, weil ihre Mutter darauf so winzig und so perfekt proportioniert wirkte.

Der Tod war auf eine punktierte Lunge und auf mehrere Rippenbrüche zurückzuführen, die beim Aufprall entstanden waren. Es wurde erwähnt, daß Narbengewebe von einer früheren Unterleibsoperation und eine nicht funktionierende Niere den Körper unbeweglich gemacht und seine Fähigkeit vermindert hatten, die Auswirkungen des Zusammenstoßes zu kompensieren. Alle anderen am Unfall Beteiligten hatten sich bis auf ein paar blaue Flecken keinerlei Verletzungen zugezogen.

Nach einer gleich am Anfang und sehr unerwartet gestellten Frage eines Geschworenen an den Pathologen: »Gab es im Körper der Verstorbenen Spuren von Alkohol?« schenkte Mutter den Vorgängen im Gericht kaum noch Aufmerksamkeit. Immer wieder dachte sie an die Antwort: »Nein!« Bevor die Jury sich zu ihrem Urteil zurückzog, wurde sie gebeten, das Alter des Fahrers des »chinesischen Autos« zu berücksichtigen, es wurde also nahegelegt, daß seine langsame Reaktion den Unfall verursacht habe. Der Tod wurde als »unnatürlich und als Folge eines Unfalls« festgestellt; danach waren die Nachforschungen beendet, und der Leichnam wurde zur Beerdigung freigegeben.

»Sie ist noch immer wunderschön«, flüsterten Vaters Schwestern meiner Mutter ins Ohr, als sie an dem Sarg vorbeigingen.

Das sagen sie nur so, dachte Mutter; meine Mutter war wirklich eine wunderschöne Frau; in meinem ganzen Leben habe ich sie nie so häßlich gesehen. Sie hatte recht, die Unfallfolgen zeigten sich auch im Gesicht von May-ying, das nun so aufgedunsen war, daß ihre feinen Züge kaum mehr zu erkennen waren.

Auf der Beerdigung weinte Mutter nicht, aber als mein Vater die braune Papiertüte mit der »persönlichen Habe« ihrer Mutter von der Polizeiwache abholte, brach sie in Tränen aus. In der Tüte befanden sich ihr Mantel und ihre Handtasche sowie eine runde Tabakdose, die die Polizei aus ihrem Zimmer geholt hatte, weil sie »Wertsachen«

enthielt, Münzen im Wert von vierzig Dollar und vierundneunzig Cents und einen Pfandschein von B.C. Collateral.

Mutter schaffte es nicht, ins Leihhaus zu gehen. »Zahle, was immer es kostet, um ihren Schmuck zurückzubekommen«, beauftragte sie meinen Vater. Er kam mit vier Schmuckstücken zurück. Bis auf eines, ein Armband, kannte Mutter jedes einzelne Stück nur zu gut: die Ohrgehänge und den Anhänger, die ihre Mutter aus China mitgebracht hatte, und den Diamantring, den sie von Chow Guen bekommen hatte.

»Für mich sind sie ein Symbol für mein Heranwachsen mit meiner Mutter«, sagte sie zu Vater.

»Willst du denn etwas davon behalten, Win?« wollte Vater wissen. »Wie wär's mit dem Ring? Du hast doch keinen!«

Mutter hatte den Verlobungsring, den Vater ihr geschenkt hatte, vor Jahren, als sie erfuhren, daß Vater nach Prince George kommen sollte, an ihren alten Freund Jang Noong verkauft. Sie hatte den Kindern Schneeanzüge kaufen wollen, weil es dort im Winter bekanntlich sehr kalt war. Ein paar Tage später tat es ihr leid, daß sie den Ring verkauft hatte; sie bat Jang Noong, ihn ihr zurückzugeben, aber er sagte, daß er ihn nicht mehr habe; er habe ihn schon seinem Sohn für dessen Frau nach China geschickt.

Aber auch der Ring meiner Großmutter war nicht für meine Mutter bestimmt. Zufällig hatte Leonard zwei Wochen vor *Po-pos* Tod bei Mutter angerufen, um sie zu bitten, ihm zu helfen; er wollte gern den Diamantring seiner Mutter haben, um ihn seiner Verlobten, einer japanischstämmigen Kanadierin, die wie er im Krankenhaus arbeitete, zu schenken. »Schwesterherz, unsere Mutter ist einfach unberechenbar, vielleicht verspielt sie den Ring«, hatte er gesagt. Mutter hatte seine Bitte abgelehnt. »Wie soll ich ihn ihr denn abluchsen? Was soll ich sagen? Sie trägt ihn ja nicht, sie benutzt ihn nur als Pfand.« Ihr Bruder wollte nicht lockerlassen: »Mutter ist nicht sehr gesund. Was soll mit dem Ring geschehen, wenn sie stirbt?«

Mutter sagte Vater, daß sie mit dem Schmuck ihrer Mutter nichts zu tun haben wolle. »Ich will mir mit diesem Schmuck kein Unglück heraufbeschwören. Er bringt kein Glück.« Sie wandte sich an Mr. Pang: »Würden Sie mir vielleicht ein paar Schmuckstücke meiner

Mutter abkaufen?« Sie verlangte nur so viel Geld dafür, daß sie die bescheidenen Bestattungskosten damit begleichen konnte.

Mutter und Vater gingen ein letztes Mal in die Pension, um das Zimmer meiner Großmutter auszuräumen. Auf dem Tisch lag etwas frisches Gemüse, draußen vor dem Fenster stand ein Topf mit einem gekochten Huhn, unter dem Bett befanden sich Gläser mit getrockneten Kräutern, die sie für ihre Suppen verwendet hatte. Whiskey war nicht zu finden. Von ihren Kleidern war nur ein kaum getragener Kaschmirpullover, den meine Mutter ihr zum letzten Muttertag geschenkt hatte, es wert, aufgehoben zu werden. Mutter nahm noch ihr letztes Weihnachtsgeschenk an sich, eine Satintagesdecke, die nicht benutzt war und an der noch das Preisschild hing. Woodward's würde sie sicher zurücknehmen. »Alles andere können Sie wegwerfen«, sagte sie dem Hausverwalter.

Noch einmal machte sich die Vergangenheit bemerkbar, als die Männer, die *Po-po* in ihrem Leben zur Seite gestanden hatten, ein letztes Mal auftauchten und wieder verschwanden. Mutter hatte sowohl Chow Guen als auch Jang Noong vom Tod May-yings benachrichtigt. Guen war gerade nach Prince George gezogen und lebte nun mit ein paar anderen alten Chinesen zusammen. Er zeigte keinerlei Gefühl, als er die Nachricht vernahm. Mutter erinnerte sich daran, daß May-ying ihr einmal erzählt hatte, daß er ihr kurz nach ihrer letzten Trennung verkündet hatte: »Ich würde dir nie Geld leihen, selbst wenn du bei deinem letzten Penny angekommen wärst!« Er gab Mutter fünfzig Dollar, um bei den Beerdigungskosten mitzuhelfen, wollte aber nicht zur Beerdigung gehen. Als Jang Noong vom Tod meiner Großmutter erfuhr, weinte er und sagte, er habe seine »getreueste und einzige Freundin« verloren. Er hatte vor kurzem einen Schlaganfall erlitten und lebte nun in einem Pflegeheim in Vancouver, aber zur Beerdigung bekam er Ausgang. Ein paar Monate später starb auch er und wurde als armer Mann zu Grabe getragen. Guen freundete sich in der darauffolgenden Zeit mit unserer Familie an, bis er drei Jahre später ebenfalls einen Schlaganfall erlitt. Den Rest seines Lebens verbrachte er mit großen körperlichen und geistigen Behinderungen in einem Pflegeheim in Prince George, aber er hinterließ genug Geld, daß nach seinem Tod für seine Beerdigungskosten gesorgt war und seiner Familie nach China noch viertausend Dollar geschickt werden konnten.

In unserer Familie fand jeder mehr und mehr seinen eigenen Weg. In dem Jahr, in dem *Po-po* starb, schaffte ich es in die Endrunde eines Klavierspielwettbewerbs unserer Provinz, mit der Kanadas Hundertjahresfeier begangen wurde, und im darauffolgenden Jahr, bevor das älteste meiner Geschwister sein Heim verließ, spielten wir Kinder alle zusammen in einem Klavierkonzert in der neuesten Konzerthalle der Stadt. Wenn Vater uns gerade einmal nicht zu Klavierstunden, Musikfestivals vom Kiwani-Kreis, Prüfungen beim königlichen Konservatorium von Toronto oder anderen besonderen Anlässen und Workshops herumkutschierte, fuhr er uns zum Skifahren oder zu unseren verschiedenen Teilzeitjobs in der Stadt, da wir alle anfingen, für unsere Universitätsausbildung Geld zu sparen. Als das jüngste Kind in die Schule kam, beschaffte sich auch Mutter einen Teilzeitjob, und später arbeitete sie voll außer Haus.

Eines nach dem anderen verließen die Kinder ihr Heim, um die Universität zu besuchen und nach dem Abschluß zu arbeiten. Es gab Familientreffen in Vancouver, aber unsere Leben führten uns kaum nach Chinatown. Zuweilen probierten wir ein neues Restaurant dort aus.

Vancouvers Chinatown hatte ein neues Gesicht bekommen. Nach 1967 stellte Kanada ebenso wie zuvor schon die Vereinigten Staaten alle zukünftigen Einwanderer gleich; die Behörden konnten sich also die Ursprungsländer nicht mehr nach Gutdünken aussuchen. In der Folge übernahm eine neue Welle von Immigranten aus Südostasien mit ihrem Kapital die Oberherrschaft in den Chinatowns. Neue Einwanderer aus China kamen erst wieder nach 1972 nach Kanada und erst nach 1979 in die Vereinigten Staaten, nachdem die Regierungen dieser Länder die Volksrepublik China offiziell anerkannt hatten.

Etwa zwölf Jahre nach *Po-pos* Tod stellte sich unsere Familie wieder einmal für ein Familienfoto vor einem neuen *dim-sum*-Haus in Vancouvers Chinatown auf. Mutter bemerkte das zerbrochene Ende eines Wasserrohrs, das aus einem Gebäude herausragte, und wies uns darauf hin, daß sie sich als Kind einmal beim Seilspringen an diesem

Rohr verletzt hatte. Ich erinnerte mich an eine Geschichte, die sie mir als Kind erzählt hatte, und erinnerte mich auch an die Narbe an Mutters Wade als Beweis dafür. Eigentlich hätte dieses Wasserrohr inzwischen wirklich repariert werden sollen, dachte ich mir. Dies war das erste Mal seit vielen Jahren, daß Mutter ihre Vergangenheit erwähnte.

In den ersten Jahren nach *Po-pos* Tod hatte es einige unfreiwillige Erinnerungen an Mutters traurige Vergangenheit gegeben. Sie dienten uns als Mahnung, daß Mutter tief innen noch immer verletzt war und wie das Wasserrohr in Chinatown eigentlich repariert werden mußte. An zwei Vorfälle kann ich mich noch recht gut erinnern: Einmal bemerkte Mutter, daß die Mülltonne in der Küche randvoll war; eines der Kinder hatte es versäumt, sie zu leeren. Sie kippte die Tonne einfach aus und verstreute all die nassen Schalen, Eierschalen und Teeblätter auf dem Küchenfußboden. Als wir den Schaden behoben, warfen wir uns gegenseitig ungläubige und entsetzte Blicke zu, daß Mutter zu so etwas fähig war. Mutter beobachtete uns und meinte nur: »Ich weiß, es ist ziemlich furchtbar. Meine Mutter hat mir früher einmal genau das gleiche angetan!« Ein andermal – ich weiß nicht mehr, was ich eigentlich getan oder unterlassen hatte – griff Mutter nach dem Ding, das ihr als nächstes in die Hände fiel, dem Saugrohr des Staubsaugers. Ich war damals etwa vierzehn, zu alt, um geschlagen zu werden. Meine Schwester schrie Mutter an, daß sie aufhören solle. Ich begann heftig zu atmen. Mutter erstarrte und sagte: »Mir ging es früher genauso. Nur hat meine Mutter mich meistens völlig grundlos geschlagen!«

Bei anderen Gelegenheiten brach Mutter plötzlich unerwartet in Tränen aus, weil Vater etwas Bestimmtes getan oder gesagt hatte. Er und ich tauschten dann immer wissende Blicke aus und legten einen Arm um die Schulter des anderen, wenn Mutter nicht hinsah. »Denise, du weißt ja, wie Mutter ist«, sagte Vater dann. »Sie hat eine ziemlich rauhe Kindheit gehabt.« Ohne darüber zu sprechen, waren wir uns einig, daß sie noch immer an ihrer Vergangenheit litt. Später ging Vater immer auf Mutter zu, als sei jeglicher Zwist seine Schuld, küßte sie und entschuldigte sich bei ihr. Und wie immer waren es sein Lachen und sein Humor, die das Haus erneut mit Liebe umfingen, was am ehesten daran zu erkennen war, daß hinter der Tür des Elternschlafzimmers das leise Murmeln meiner Eltern zu hören war.

Als ich wieder einmal in Prince George zu Besuch bei meinen Eltern war – ich arbeitete damals in Ottawa –, trat ich an die Zedernkommode. Es war viele Jahre her, seit ich die unterste Schublade aufgezogen hatte. In ihr lagen nun Notizbücher, in denen Mutter die Leistungen ihrer Kinder festgehalten hatte – Zeitungsausschnitte von Klavierwettbewerben, ein Programm des Familienkonzerts, Schulzeugnisse. Dann fand ich das, wonach ich eigentlich suchte, die Schwarzweißfotos, die mich als Kind immer so fasziniert hatten. Schon vor langer Zeit waren sie in ein Album eingeklebt worden. Ich wußte, daß das Porträt meines Großvaters nicht mehr dabei war, und ebenso, wie ich sein Verschwinden meiner Mutter gegenüber nie erwähnt hatte, wußte ich, daß ich besser nicht nachfragen sollte, warum andere Bilder aus ihrem Hintergrund ausgeschnitten worden waren, bevor sie im Album landeten. Während ich die Seiten des Albums durchblätterte, dachte ich daran, daß mir der ungeordnete Stapel Fotos viel lieber gewesen war.

Kapitel 13

In Hongkong war es drückend schwül, viel früher als sonst zu dieser Jahreszeit. Es war im Frühling 1987, und Mutter und ich waren eben vom Verandah Restaurant im Repulse Bay Hotel zurückgekommen, wo wir ihren siebenundfünfzigsten Geburstag gefeiert hatten. Mit seinen anmutig geschwungenen Halbmondfenstern, den Markisen und den Rattanmöbeln war das Restaurant, das noch zum früheren Originalhotel gehörte, eines der wenigen Überbleibsel der britischen Kolonialarchitektur (das ursprüngliche Hotel hatte den Briten im Zweiten Weltkrieg als Hauptquartier in Hongkong gedient). Mutter war von Prince George nach Hongkong geflogen, ich war aus Peking gekommen, wo ich derzeit lebte. Von dort aus wollten wir gemeinsam drei Wochen lang China bereisen. Ich freute mich, daß sie gekommen war. Zwar wußte ich, daß sie meist zu ihren einmal getroffenen Entscheidungen stand, aber ich hatte mir trotzdem Sorgen gemacht, daß sie es sich noch einmal anders überlegen würde.

Ich lebte nun seit fast zwei Jahren in Peking. Mein Kollege und späterer Ehemann Roger Smith arbeitete als Korrespondent für das kanadische Fernsehen, und als sein Sender ihn 1985 für zwei Jahre von Ottawa nach Peking schickte, beschloß ich, mich ihm anzuschließen. Er hatte sich schon immer für China interessiert; sein Großvater, ein anglikanischer Pfarrer, und dessen Frau hatten sechs Jahre lang in China unterrichtet, bis das politische Chaos Mitte der zwanziger Jahre sie zwang, mit ihren Kindern das Land zu verlassen. Mir erschien China als willkommene Abwechslung und als langersehnte Gelegenheit zu schreiben. Ich hatte mich zehn Jahre lang in den stürmischen Gefilden der Regierung und der Politik in Ottawa aufgehalten und als Wirtschaftsexpertin im Finanzministerium und schließlich auch als Beraterin direkt für Premierminister Pierre Trudeau gearbeitet.

Die Gesichter der Passanten in China hatten in mir eine Neugier geweckt, die ich auch als Kind verspürt hatte. Immer wieder mußte ich an das Foto aus dem Stapel in der Zedernkommode denken, auf dem zwei kleine Mädchen zu sehen waren, die zwei Schwestern meiner Mutter. Immer wieder spürte ich den Wunsch, einmal auf demselben Boden zu stehen wie sie. Es war nicht so sehr das Gefühl, »chinesisch zu sein«, das ich haben wollte. Ich war Mutters Ratschlag gefolgt, den sie mir schon früh gegeben hatte: »Du bist Kanadierin, keine Chinesin! Hör auf, dich als Chinesin zu fühlen!« Woher der Wunsch kam, wußte ich nicht, ich wußte nur, daß es mir unmöglich war, China zu verlassen, ohne den Geburtsort meines Großvaters gesehen zu haben. Außerdem wollte ich, daß Mutter mich begleitete. Aber sie dazu zu bewegen war nicht einfach.

Ich sagte ihr, daß ich hauptsächlich nach Chang Gar Bin wollte, um ein paar Schnappschüsse aus der Gegend für das Familienalbum aufzunehmen und mit den Dorfbehörden zu sprechen, damit ein paar leere Stellen im Stammbaum ausgefüllt werden konnten. Die Chancen, Verwandte aus ihrer Generation anzutreffen, seien äußerst gering, sagte ich ihr. Die politischen Wirren in China oder eine Hungersnot hätten sie in den vergangenen Jahrzehnten sicherlich ausgelöscht. Selbst wenn die Schwester meiner Mutter, Ping, noch am Leben sein sollte, sah ich wenig Hoffnung, sie aufzuspüren; ich nahm an, daß sie nach ihrer Eheschließung das Dorf verlassen hatte.

Mein Aufenthalt in Peking näherte sich seinem Ende, und Mutter zeigte noch immer keine Neigung, ihre schwierigen Gefühle bezüglich ihrer Vergangenheit zu bezwingen. Als mir nur noch wenige Wochen bis zu meiner Rückkehr nach Kanada blieben, bat ich sie schließlich inständig. Wenn sie schon nicht meinetwegen kommen wollte, sollte sie es doch aus dem Grund tun, den Vater ihr einmal nahegelegt hatte: »Wenn ich einmal nicht mehr da bin, Win, dann solltest du dir eine Reise leisten, und zwar nach China!« Eine kurze und plötzliche Krankheit hatte ihn 1982 hinweggerafft.

Um Mutter leichter zu überreden, hatte ich die Reise in das Dorf nur als ersten Abstecher einer längeren Reise durch China geplant, und nun stimmte sie zu. Ich schrieb an das chinesische Außenministerium in Kanton, um den Zweck meines Besuchs zu erklären und Hilfe bei den Reisevorbereitungen zu bekommen. Als wir uns in Hongkong trafen, war immer noch keine Antwort eingelangt.

Zwei Tage lang spielten wir Touristen in Hongkong, während wir auf einen Bescheid warteten. Wir vermieden das Thema Dorf. Statt dessen sprach ich nur über die weitere Reise, die ich geplant hatte. Ich sprach von großartigen Städten, Kanton, Shanghai, Peking, erzählte Mutter, wie verzaubert sie von der Schönheit von Hangzhou und Suzhou sein würde. Wir würden die ausgetretenen Hauptrouten verlassen und auch in Qufu, dem Geburtsort von Konfuzius, halt machen. Ich warnte sie vor den harten Realitäten einer Reise ohne einen Regierungsbegleiter – daß man seine Ellenbogen benutzen müsse, wenn man seinen Platz in der Warteschlange halten wollte, um sich eine Zugfahrkarte zu kaufen, daß man Hotelangestellten oft erst erklären müsse, was »Reservierung« bedeutete, daß auch aus den Heißwasserhähnen manchmal nur kaltes Wasser käme und daß in den Restaurants oft das Essen ausginge. Aber ich versprach ihr, daß sie jeden Augenblick unserer Reise genießen würde.

»Meine Mutter will ihre Vorfahren aufspüren«, lautete die Einleitung meines Briefes an die chinesischen Behörden. Ich lieferte Details, die ich von Mutter erhalten hatte, die Namen in chinesischen Schriftzeichen und das geschätzte Geburtsdatum meiner Großeltern sowie das der beiden Schwestern meiner Mutter. Ich erklärte, daß meine Großeltern China im Frühjahr 1930 verlassen hatten, ein Datum, das ich genau festlegen konnte, weil ich wußte, daß meine Großmutter zu dieser Zeit mit meiner Mutter schwanger gewesen war. Ich sagte auch, daß es außer den drei Schwestern noch einen jüngeren Halbbruder gegeben habe.

Niemals hätte ich mir träumen lassen, was ich schließlich als Antwort erhielt, und zwar über einige Umwege. Die knappe Botschaft war von unserem Dolmetscher in Peking notiert und an Roger weitergeleitet worden: »Fahren Sie in zwei Tagen an die chinesische Grenze in Macao. Dort werden Regierungsbeamte Sie um neun Uhr mit den beiden Schwestern Ihrer Mutter und dem Bruder treffen. Halten Sie nach einem weißen Kleinlaster Ausschau.«

Kaum, daß ich den Telefonhörer aufgelegt hatte, rief ich schon meiner Mutter zu: »Mom, sie leben noch! Sie leben, deine Schwestern sind noch am Leben!«

Mutter war sprachlos ob dieser Neuigkeiten. Zwanzig Jahre nach dem Tod ihrer Mutter, dreißig nach dem Tod ihres Vaters war sie davon überzeugt, die letzte aus ihrer Familie zu sein. Und nun sollte sie plötzlich leibhaftige Geschwister treffen! Aber *zwei* Schwestern? Die Vorstellung, daß dieses Foto nun plötzlich lebendig werden sollte, machte mich ganz nervös und aufgeregt, nicht jedoch Mutter. Sie war erst erschrocken, dann hocherfreut, dann ungläubig und schließlich angstvoll. Als sie in ihre Vergangenheit zurückstolperte, gelang es ihr nicht mehr, Fakten vom Hörensagen zu unterscheiden, von Wunschdenken oder vielleicht sogar Lügen. Sie hätte zu gern geglaubt, daß Nan noch am Leben war, doch sie erinnerte sich noch genau daran, wie ihr Vater ihrer Mutter den Brief mit den schlechten Neuigkeiten aus China gebracht hatte.

Es gab keine Antworten, nur Fragen. War Nans Tod nur vorgetäuscht worden? Hatte vielleicht die Ehefrau in China diesen Tod erfunden, um damit die Tatsache zu verbergen, daß sie sie verkauft hatte? Hatte ihr Vater die Wahrheit gewußt, war er gar Komplize in einem Betrug gewesen? Am meisten verletzte es Mutter, daß man ihre Mutter hinters Licht geführt hatte, wenn Nan tatsächlich noch lebte. »Der Tod ist etwas Endgültiges und deshalb leichter zu akzeptieren«, sagte sie.

Auch in mir stiegen Zweifel auf. Ich fragte mich, ob die Behörden vielleicht nur fiktive Verwandte hervorgekramt hatten. Deng Xiaopings Politik der Öffnung Chinas gen Westen und der Liberalisierung der chinesischen Wirtschaft hatten die »Krankheit der roten Augen«, die Habgier, wuchern lassen. Im Süden, wo man leichter an ausländische Produkte aus dem nahegelegenen Hongkong und an fremde Touristen und Geschäftsleute kam, gab es viel Betrug, Schmuggelei und Fälschungen unter den kommunistischen Regierungsbeamten wie auch den Privatleuten. Fremde Währungen waren die Eintrittskarte in die staatlichen Geschäfte, in denen Luxusgüter verkauft wurden, sowie in Diskotheken, Bars und Restaurants in den Hotels, die von Ausländern betrieben wurden. Sollten Mutter und ich die Opfer eines solchen Wirtschaftsverbrechens geworden sein? Wer in China wäre nicht froh über Verwandtschaft in Übersee? Wie sollte man wissen, welcher Verwandte wirklich echt war?

Ich spekulierte schon, daß aus diesem Grund von einem Kleinlaster die Rede gewesen war. Es war unter China-Reisenden nur allzu bekannt, daß den armen chinesischen Verwandten die Blutsbande wesentlich weniger am Herzen lagen als der im Ausland hergestellte Farbfernseher, der Videorecorder, vielleicht sogar eine Waschmaschine oder ein Kühlschrank, den ihre »reichen« Verwandten aus Übersee zollfrei ins Land bringen konnten. Je größer und teurer das Geschenk war, desto glücklicher waren die chinesischen Verwandten. In Mutter erwachten auch noch tiefer liegende Ängste. »Vielleicht führt mich jemand an der Nase herum und versucht nur, mich nach China zu bekommen. Ich wurde aufgezogen mit dem Gefühl, die Kommunisten zu hassen für das, was sie taten und wofür sie eintraten. Mein Vater überwies Geld, um sie zu vertreiben!« Ich wußte, daß sie noch heute genausowenig bereit war, den Kommunisten zu trauen, wie es ihr Vater zu seiner Zeit gewesen war.

Bis spät in die Nacht hinein wanderte Mutter im Hotelzimmer auf und ab. Sie versuchte, sich auf das, was sie von der chinesischen Seite der Familie wußte, einen Reim zu machen. An einiges erinnerte ich mich noch aus den Geschichten, die sie mir früher erzählt hatte, aber ich hatte bislang nie versucht, alles chronologisch zu ordnen. Eigentlich hätte auch sie zum Schuleintritt nach China gebracht werden sollen, aber schließlich war ihr Vater ohne sie gefahren. Sie wußte, daß er ein Haus hatte bauen wollen; sie konnte sich daran erinnern, daß ihm immer wieder das Geld ausgegangen war. Sie hatte an die Familie in China Briefe geschrieben, aber damit aufgehört, als ihre Eltern sich trennten. Ihr Vater hatte selbst jeglichen Kontakt abgebrochen, nachdem die Kommunisten an die Macht gekommen waren, weil er ein paar verdächtige Briefe erhalten hatte, unter anderem auch einen von Ping, der überlebenden Schwester. Mutter wußte, daß es auch einen Halbbruder gab; sie erinnerte sich daran, wie ihr Vater ihr erklärt hatte, daß er merkwürdige Füße habe, die sie sich damals als eine Art Klumpfüße vorgestellt hatte.

Ich überließ Mutter die Entscheidung, ob wir nun hingehen

sollten oder nicht. Sie konnte sich kaum an den Gedanken gewöhnen, zum erstenmal in ihrem Leben ihre Geschwister leibhaftig zu Gesicht zu bekommen. Die Sehnsucht nach Gesellschaft, die sie in ihrer Kindheit verspürt hatte, war inzwischen bedeutungslos geworden. Aber am meisten störte sie an diesen Neuigkeiten, daß nun auch ungelöste Gefühle bezüglich ihrer eigenen Vergangenheit ans Tageslicht kamen. Sie bedauerte noch heute, daß weder ihr Vater noch ihre Mutter ihr viel Fürsorge oder Liebe zukommen hatten lassen. Aber nun bedauerte sie auch, daß sie ihre Mutter nicht so geehrt hatte, wie sie es ihr versprochen hatte; sie war nie mehr an die Gräber von May-ying und Chan Sam zurückgekehrt, um den Verstorbenen ihre Achtung zu erweisen.

Am Morgen verkündete Mutter ihren Entschluß: »Die Neugier hat gesiegt.« Wir würden also tatsächlich losziehen! Wir fuhren mit dem Schnellzug, der von Hongkong aus nur eine Stunde brauchte, nach Macao und übernachteten dort. Da wir noch immer nicht sicher waren, ob denn die Verwandten, die wir dort treffen sollten, echt waren, besorgten wir nur ein paar kleinere Gastgeschenke: ein paar Stangen Marlboros – wenn Mutters Verwandte nicht rauchten, konnten sie sie noch immer verkaufen –, kandierte Früchte und Kekse. Wir hatten beschlossen, erst unsere sogenannten Verwandten an der Grenze zu treffen, bevor wir uns endgültig entschließen wollten, ob wir dann auch noch nach Chang Gar Bin fahren würden. An diesem Abend vertrieben wir uns die Zeit an ein paar Spielautomaten und bei einem *fan-tan*-Spiel im Spielkasino des Lisboa Hotel. Ich hatte das Gefühl, daß diese mißliche Lage allein meine Schuld war: Das chinesische Festland zum Greifen nahe, saß Mutter nun fest an der Schwelle zur Vergangenheit ihrer Familie und hatte zuviel Angst, diese Schwelle zu überschreiten, aber ebensoviel Angst davor, wieder umzukehren.

Auf der anderen Seite der Grenze trafen wir nur auf Leute, die mit uns feilschen wollten – Taxifahrer, die kleine Autos oder dreirädrige Minilaster fuhren und uns als Fahrgäste haben wollten, Geldwechsler, die uns Schwarzmarktraten für unsere ausländische Währung anboten. Eine Stunde nach der verabredeten Zeit fuhr ein weißer

Kleinlaster bei dem Immigrations- und Zollgebäude vor. Die beiden jungen Frauen vom chinesischen Außenministerium waren allein gekommen. Sie entschuldigten sich weder für ihr Zuspätkommen, noch erwähnten sie die abwesenden Geschwister. Unser Reisegepäck wurde auf den Laster verladen. Die Fahrt nach Chang Gar Bin würde drei Stunden dauern, wurde uns erklärt, und der Fahrer würde sich auskennen. Die Frauen selbst stammten aus Kanton und waren nie in Chang Gar Bin gewesen.

Die asphaltierte Straße führte am Ufer des Perlflusses entlang. Wir durchquerten ein scheinbar zeitloses China. Frauen mit aufgerollten Hosenbeinen und Babys auf dem Rücken schufteten knietief in den Reisfeldern; ihre Männer arbeiteten an Pflügen, die von Wasserbüffeln gezogen wurden. Plötzlich wurde dieser bäuerliche Anblick von der chaotischen Konstruktion des neuen China gestört. Niedrige Ziegelfabriken, eilig erstellt, um das Wirtschaftswachstum in Südchina anzukurbeln, machten sich auf den Reisfeldern breit. Gelegentlich gab es auch protzigere Gebäude, deren Fronten mit künstlichem Marmor verkleidet waren und die Rückkehr von Auslandskapital bezeugten. Mutter starrte schweigend aus dem Fenster. Ich kommentierte nervös die Landschaft, an der wir vorbeifuhren. Die Beamtinnen gaben mir die vorgeschriebenen Antworten: »Ja, die Fabriken nehmen den Reisbauern Land weg, aber sie bringen auch neuen Wohlstand.« – »Den Bauern geht es jetzt viel besser als früher.« Beide blickten immer wieder auf ihre Armbanduhren, was ich Mutter gegenüber als Zeichen interpretierte, daß sie sich Sorgen um ihre Mittagspause machten.

Etwa um zwölf deutete eine der beiden aufgeregt auf das, was sie gesucht hatten – mir erschien es wie eine Autowerkstatt neben der Straße. In dem Gebäude standen ein paar schmutzige Tische. Es handelte sich um ein Fischrestaurant, und wir waren vom Außenministerium eingeladen. Nach geschlagenen zwei Stunden saßen wir endlich wieder im Auto, und Mutter und ich, die wir beide anfangs nur hilflos und schließlich ziemlich außer uns waren, begannen, uns Sorgen zu machen, was uns wohl in Chang Gar Bin erwartete.

Nach einer weiteren Stunde bog der Fahrer, der weiße Handschuhe trug, von der Asphaltstraße auf einen Feldweg ein. Ärgerlich hupend verscheuchte er die Bauern, die zu Fuß oder mit dem Fahrrad unterwegs waren und ihm murrend Platz machten. Wir kamen an die hinteren Seiten dicht zusammenstehender Lehmhäuser. Der Weg mündete auf einem kleinen Platz, der von einem riesigen Banyanbaum beschattet war. Der Fahrer bog in einen der drei Wege ein, die vom Platz wegführten, und fuhr durch die Tore eines Anwesens, das von einer hohen Mauer umgeben war. Ein Schild an der Mauer besagte: »Büro für Überseechinesen / Chang Gar Bin«.

Wir wurden in ein Gebäude geführt, das nur einen Raum enthielt. Ein paar Stühle und ein alter, zerkratzter Schreibtisch standen darin, an der Wand hingen Vasen mit Plastikblumen – die einzige Dekoration. Jemand machte sich auf die Suche nach dem lokalen Oberfunktionär. Allen wurde Tee serviert, der Funktionär plauschte ein wenig mit den zwei Kadern aus Kanton, während Mutters Geschwister von unserer Ankunft benachrichtigt wurden.

Wir hörten ihn, bevor wir ihn sahen. Das langsame, schleppende, rhythmische Geräusch wurde verursacht von den Schritten eines dünnen Mannes, bekleidet mit einem ausgebeulten, dunkelblauen Baumwollanzug. Als er in das Zimmer humpelte, sahen wir, daß seine beiden Füße verdreht zu sein schienen, wie die einer Puppe, der man die Beine umgedreht und dann verkehrt herum befestigt hatte.

»Ältere Schwester«, begrüßte er meine Mutter. Seine Mißbildung war schlimmer, als wir uns vorgestellt hatten. Wie war so etwas nur möglich?

»*Ah* Yuen«, sagte Mutter, stand auf und umarmte ihren Bruder; seine verkrüppelten Füße weckten ihr Mitleid, aber sie beseitigten auch jeglichen Zweifel, daß er ein Betrüger sein könnte, und darüber war sie sehr froh. »Wie wußtest du, wer ich bin?« fragte sie. »Ich erkannte dein Gesicht«, sagte er. Yuens Gesicht ähnelte in seiner stillen Stärke und Einfachheit dem meines Großvaters. »*Baba* hat viele Fotos geschickt.«

Yuen beantwortete auch unsere Fragen nach Nan. Sie war tatsächlich vor vielen Jahren gestorben, die Regierungsleute hatten sich einfach geirrt.

Nachdem wir uns draußen auf dem Hof von den Beamten verabschiedet hatten und uns zu Yuens Haus aufmachen wollten, tauchte eine Frau in weiten Hosen und mehreren übereinander angezogenen Baumwollblusen auf. Die Schnelligkeit ihrer Bewegungen, ihre stolzen Gesichtszüge und ihr mädchenhaftes Lächeln waren die reine Reinkarnation meiner Großmutter. Mutter umarmte zum erstenmal ihre Schwester Ping. Unter Tränen kramten beide Schwestern ein paar Fotos heraus. Mutter hatte das Foto dabei, das ihre beiden Schwestern zeigte, und ein weiteres, auf dem sie mit Leonard und ihrer Mutter abgebildet war. Ping wickelte das Foto, das sie für diesen Augenblick mitgebracht hatte, aus vergilbter Plastikfolie aus. Sie zeigte auf das Baby in den Armen einer jungen Mutter: »Das bin ich!« Dann drehte sie das Foto um und deutete auf den Aufdruck an der unteren Kante: »Made in Canada«. – »Du und ich haben die gleiche Muttermilch getrunken«, sagte sie zu Mutter.

»Ich kann Mama in dir erkennen«, erwiderte Mutter. »Du hast sogar die gleiche Stimme wie sie.«

Fremde aus der Menge, die sich um uns versammelt hatte – es stellte sich heraus, daß es vorwiegend Verwandte waren, Cousins und Cousinen ersten und zweiten Grades –, verluden unser Gepäck auf ihre Fahrräder. »Es ist gut, daß wir den gleichen Dialekt sprechen«, sagte Ping zu Mutter. »Sonst wäre es so gewesen, als spiele man einer Kuh Klavier vor.« Ihr Lachen wetteiferte mit ihrem Witz, wie es auch bei meiner Großmutter gewesen war.

Die beiden Schwestern gingen Arm in Arm, wie Schulmädchen, während der jüngere Bruder mit seinem Fahrrad voranfuhr. Wir kamen an einer Fahrradreparaturwerkstatt vorbei, in der Yuen als Buchhalter arbeitete, vorbei an schwarzen Schweinen, die auf dem Markt nach Abfall suchten, vorbei an den Buden, in denen Pings zweiter Sohn und seine Frau frisches Schweinefleisch verkauften, und vorbei an Yuens zwei Söhnen, die aus Körben, die an ihren Fahrrädern befestigt waren, frischen Fisch verkauften. Wir kamen nur sehr langsam voran, denn Ping hielt immer wieder an, um ihre jüngere Schwester vorzuzeigen. »Das ist meine *Mui-mui*!« Gebeugte alte Frauen, die schwarze Schirme aufgespannt hatten, um sich und die auf ihren Rücken festgebundenen Babys vor der Sonne zu schützen, schüttelten den Kopf und sagten, daß sie sich noch gut daran erinnern konnten, wie die schwangere Konkubine sich auf den Weg zum

Schiff gemacht hatte. Nur wenige hatten geglaubt, daß die Mutter und das Kind diese Reise überstehen würden.

Wir kamen an einem niedrigen Turm vorbei, dessen Tür versiegelt war und an dessen Wänden noch schwach Mao Tse-tungs Gesicht und Parolen wie »Lang lebe der Vorsitzende Mao« zu erkennen waren. Dann bogen wir vom Hauptweg ab in einen kleineren Fußweg, vorbei an eng zusammenstehenden Häusern, ein paar von ihnen erbaut mit grauen Ziegelsteinen und wohl noch nicht so alt, die meisten aus zeitlosem gelbem Lehm. Die Wege, auf die wir nun kamen, wurden immer schmaler. Schließlich gelangten wir an ein Tor. Mutter und ich schritten hindurch und hielten dann beide unwillkürlich an. Es war, als sähen wir zum ersten Mal ein riesiges Gemälde; um es voll aufzunehmen, mußten wir einen Schritt zurücktreten.

Am anderen Ende des Hofes stand ein eindrucksvolles, zweigeschossiges Haus, um dessen ganzen oberen Stock ein Balkon herumführte. Die Vorderseite des Hauses war hellblau gekalkt, die Seitenteile waren aus blaugrauen Ziegelsteinen gemauert. Eine rohe Steinmauer teilte den Hof und das Haus in zwei Hälften. An der anderen Seite der Mauer, zu der man von hier aus keinen Zugang hatte, befand sich ein Hauseingang, auf dieser Seite gab es zwei Eingänge. Der größere der beiden, etwa dreimal so hoch wie ein normaler Mensch, war der Haupteingang; seine beiden Tore waren aus Massivholz geschnitzt. Bei jedem Schritt sahen wir neue Details. Über dem kleineren Eingang befand sich ein Steinrelief, das Blumen zeigte. In dem Halbmond über einem Fenster war eine Vase mit Blumen eingraviert, über einem anderen Fenster ein Huhn mit Körnern. Alles war verblichen und reparaturbedürftig, aber man konnte noch immer die Handwerkskunst bewundern.

Wir mußten uns um ein schwangeres Schwein herumlavieren, das so dick war, daß es sich kaum mehr bewegen konnte; es lag im Schatten einer Waschhütte, die neben einem Brunnen errichtet worden war, der trocken zu sein schien. Dem Geruch nach zu urteilen lag das Außenklo in der Nähe des Brunnens. Dann standen wir vor dem Haupteingang des Hauses, wurden durch zwei Schwungtüren hindurchgeschubst und traten ein. »Himmel und Erde haben Augen«, sagte Yuen, und seine zwei Schwestern lachten und weinten gleichzeitig vor Freude darüber, daß sie nun beide unter dem Dach standen, das ihr Vater, mein Großvater, mit viel Stolz für seine Familie errichtet hatte.

Als ich mich im Zimmer umsah, entdeckte ich an einer Wand ein paar alte Fotos meiner Mutter; auf einem trug sie ein Kleid, dessen Ausschnitt mit Spiegeln besetzt war; May-ying hatte ihr dieses Kleid zu ihrer Abschlußfeier an der Strathcona-High-School gekauft; ein anderes Foto zeigte sie in ihrer Krankenschwesterntracht. Es gab auch ein Foto von ihr und Vater an ihrem Hochzeitstag. Schließlich kam mein Blick hoch über uns zur Ruhe, an einer Seitenwand über einer Mahagoniwanduhr. Dort gab es zwei sehr naturgetreue, wenn auch vergrößert gefertigte Porträts eines Mannes und einer Frau. Das Gesicht der Frau wirkte einfach, doch freundlich. Das Gesicht des Mannes war das Ebenbild des Fotos meines Großvaters, das aus der unteren Schublade der Zedernkommode in Prince George verschwunden war.

Als Huangbo im Herbst 1957 aus Kanada die Nachricht vom Tod Chan Sams erhielt, legte sie den kleinen Stapel Briefe ihres Mannes, die ihr noch geblieben waren, an einen sicheren Ort und hoffte, daß diese Briefe eines Tages Yuen an seinen Vater, der ihn lange unterstützt hatte, erinnern würden. Aber der Sohn und die Tochter in China setzten nun alle Hoffnungen auf ein besseres Leben in eine andere Vaterfigur, in Mao Tse-tung.

Anfangs schien der Kult um Mao die Lücke bestens zu füllen. Im Frühjahr 1958 wurden Huangbo, Yuen und Ping zu den von ihrer Kommune organisierten Versammlungen gerufen, um dort von kommunistischen Kadern Erklärungen über Maos neuesten Plan der Verwandlung Chinas in einen modernen Industriestaat zu hören, bei dem die gesamte Bevölkerung des Landes miteinbezogen wurde. Maos Ziel war es, die Stahlproduktion um ein Vielfaches zu erhöhen und schließlich in den nächsten fünfzehn Jahren die Vereinigten Staaten und Großbritannien zu überholen. Viele Bauern wurden von den Feldern in die Stahl-, Kohle- und Elektrizitätswerke in den Städten geschickt, andere sollten neue Dämme, Wasserreservoirs und

Straßen bauen. Ab sofort hatte die Kommune nur noch ein einziges wirtschaftliches Ziel: genug Stahl zu produzieren, um das monatliche Plansoll zu erfüllen. Begleitet von aufmunternder Musik, verkündete die Lautsprecherstimme lauthals die gleiche Botschaft, die auch auf den Fahnen und den großen Wandpostern zu lesen war: »Ein Land ohne Stahl ist wie ein Mann ohne Knochen.« Worauf die Leute zur Antwort brüllten: »Lang lebe der große Sprung nach vorn!« und sich vornahmen, zu beweisen, daß sie die Durchhaltekraft und Entschlossenheit hatten, um Maos Traum zu verwirklichen.

Wie alle anderen schufteten Huangbo, Ping und Yuen Tag und Nacht bis zum Umfallen, um Stahl zu produzieren, ob sie nun in den Feldern arbeiteten oder in den neuen Arbeitsbrigaden. Obwohl die Felder vernachlässigt wurden, sprachen die Leiter ihrer Kommune von einer hervorragenden Stahlproduktion und gleichzeitig von reichen Ernten, wie es auch alle anderen Kommunen in China taten. Die offizielle Landeszeitung erörterte das »Problem der Nahrungsmittelüberproduktion«. In dieser aufgeheizten, wahnwitzigen Stimmung startete Mao Ende 1958 das Programm der »Brennöfen im Hinterhof«. In Chang Gar Bin bauten so viele Bauern kleine Ziegelöfen zur Herstellung von Stahl, daß der Himmel rot leuchtete. Um die Öfen rund um die Uhr in Betrieb zu halten, verbrannten die Bauern sämtliche Brennmaterialien, die sie finden konnten; auf den Hügeln hinter dem Dorf wurden sämtliche Büsche ausgerissen. Kommunistische Kader, die auf der Suche nach Dingen aus Eisen waren, die man einschmelzen konnte, gingen von Haus zu Haus und konfiszierten Küchenutensilien bis hin zu den Kochtöpfen, die nun für nicht mehr notwendig erklärt wurden, da das Volk ja in den Volksküchen verköstigt wurde. In Huangbos Haus fanden die Funktionäre reichlich Eisen, die schmiedeeisernen Tore, die Gitter vor den Fenstern, die Riegel an den Türen.

Trotz der offiziellen Propaganda wurde es allmählich klar, daß die Nahrungsmittel knapp wurden, denn die Kommune war zu beschäftigt gewesen, Eisen zu gewinnen, um die Ernte einzubringen. Die Öfen in den Hinterhöfen hatten bis auf Hitze kaum etwas produziert. In ganz China herrschte das gleiche Chaos, die gleiche Not. Im Sommer 1959 gab Mao schließlich seinen großen Sprung nach vorn auf. Aber nun konnte der Schaden, der aus der Vernachlässigung der Landwirtschaft und aus schlecht geleiteten Projekten wie dem Erstellen von Dämmen entstanden war, nicht mehr rückgängig gemacht werden. Dieses Jahr war das erste von drei aufeinanderfolgenden Jahren mit schlechtem Wetter. China geriet in die Fänge der schlimmsten Hungersnot in seiner ganzen Geschichte, die mehr Todesopfer forderte als jeder Krieg. Von 1959 bis 1962 sollte eine nie genau festgestellte Zahl von Menschen – etwa zwanzig bis dreißig Millionen – an Hunger und Mangelernährung, Tuberkulose, Hepatitis, Ödemen und verschiedenen durch Parasiten im Blut und im Verdauungstrakt ausgelösten Krankheiten zugrunde gehen.

Selbst in Guangdong (dem ehemaligen Kwangtung), einer der reichsten Provinzen, wurde Reis in äußerst knappen Rationen verteilt. Zuerst waren die Städte davon betroffen, dann auch das Umland. Für Dinge, die man gewöhnlich nicht aß, etwa die Blätter von Wurzelgemüsen, gab es plötzlich einen Schwarzmarkt, der sich schließlich auf alle Lebensmittel und sonstige Güter ausdehnte. Jeder, der irgend etwas zu verkaufen hatte, um damit Lebensmittel kaufen zu können, beteiligte sich daran. Um ihre Kinder zu füttern, trennte sich Ping nach langem Zögern von dem Big-Ben-Wecker, den ihr Vater ihr in ihrer Kindheit geschenkt hatte. Es kostete sie nicht so viel Überwindung, die Babykleidung zu verkaufen, die ihre Übersee-Mutter für ihre Kinder gestrickt und in ein Paket ihres Vaters für ihr Erstgeborenes gesteckt hatte. Die Stricksachen waren so lange wie möglich weitergereicht worden. Yuen und Huangbo konnten sich nur sehr schwer von den wenigen Dingen trennen, die noch von Chan Sam stammten, aber schließlich verkauften sie auch das Glas in den Fenstern des Hauses.

Als Yuen Güter aus Hongkong, etwa Feuersteine für Feuerzeuge, auf dem Schwarzmarkt auftauchen sah, beschloß er, seine Überseeverbindungen auszuloten. Sein Vater hatte ihm einmal erklärt, daß seine Schwester in Kanada es sich nicht leisten konnte, ihm Geld zu schicken, aber Yuen sagte sich, sie könne ja immer noch ein Carepaket mit Waren schicken, die er günstig auf dem Schwarzmarkt verkaufen könnte. Er schrieb an die Adresse, die sein Vater ihm damals mitgeteilt hatte, erhielt jedoch keine Antwort. Da nahm er an, daß

Hing in die Vereinigten Staaten umgezogen sei – er erinnerte sich an die Beschreibungen seines Vaters von dem vielen Geld, das es dort gab, so viel, daß man Straßen in der Breite von acht Autos baute. Wenn er von Freunden oder von deren Freunden hörte, daß sie nach Kanada oder in die Vereinigten Staaten reisen würden, bat er sie, nach seiner Schwester und ihrem Mann zu suchen. Er wußte nur, daß sie Krankenschwester war und er eine Reinigung betrieb. Doch er hörte nie etwas von ihnen.

Als die Hungersnot immer schlimmer wurde, floh Pings Mann zu seiner Geliebten nach Hongkong und ließ Ping mit vier Kindern, von denen das jüngste noch ein Baby war, allein. Obwohl Ping auf ihre tägliche Reisration verzichtete, um damit ihre Kinder zu füttern, konnte sie sie nicht satt bekommen. Wie die anderen Dorfbewohner aßen Ping, Huangbo und Yuen Bananenstauden gegen den schlimmsten Hunger, und als es keine Bananenstauden mehr gab, aßen sie Wildpflanzen, Käfer und Würmer – die Regierung selbst legte den Leuten nahe, mit neuen Proteinquellen zu experimentieren. Als Ping bei der Arbeit auf den Feldern vor lauter Hunger immer schwächer wurde, klagte sie laut, daß alles ja auch ganz anders hätte kommen können. »Wenn nur meine Mutter und mein Vater mich wieder nach Kanada gebracht hätten!« Die anderen Dorfbewohner zeigten wenig Mitleid mit ihr: »Du hast es wohl verdient, zurückgelassen zu werden. Du verdienst es, dich abzuschuften und zu schwitzen. Du verdienst es, zu leiden und hier zu sterben!« – »Das ist ungerecht, das habe ich nicht verdient!« protestierte Ping. »Ich bin schließlich nicht hier geboren worden. Auch andere Leute, die im Ausland geboren wurden, sind inzwischen wieder fort. Warum nicht ich? Ich kann es einfach nicht hinnehmen, niemals! Mein Herz wird immer verbittert sein!«

Dies hieß jedoch nicht, daß sie sich nicht mehr um die Mutter kümmerte, die sie aufgezogen hatte. Sie machte sich Sorgen, daß Huangbos schlechter Gesundheitszustand sie schließlich bettlägrig machen würde und sie dann eine Frau brauchte, die sie versorgte. Deshalb beschloß Ping, daß es an der Zeit wäre, daß Yuen, der inzwischen fünfundzwanzig Jahre alt war, sich eine Frau suchte. Es gab zwei unverheiratete Frauen, mit denen er in den Läden der Kommune zusammenarbeitete. Zu zaghaft, selbst eine Entscheidung zu fällen, bat er Ping, sich die Frauen anzuschauen. »Nimm die größere«, riet sie ihm. »Sie sieht stärker aus!« Zur Hochzeit versammelte sich eine Handvoll Dorfbewohner im Haus. Jeder hatte als symbolisches Hochzeitsgeschenk ein paar Reiskörner mitgebracht, die kaum eine ordentliche Mahlzeit ergaben, als sie zusammen auf einen Haufen gelegt wurden, aber es war alles, was sich die Leute in der anhaltenden Hungersnot absparen konnten.

Drei Jahre, nachdem die schlimmste Not vorüber war, zeigte ein frustrierter Mao abermals seine Ungeduld darüber, daß seine Vorstellungen vom Kommunismus noch nicht verwirklicht waren. 1966 rief er die Kulturrevolution aus mit dem Ziel, eine neue Jugendgeneration zu formen. Er drängte die Roten Garden dazu, »Unruhe zu verbreiten«, und instruierte die Arbeitsgruppen, »alte Ideen, alte Kultur, alte Bräuche und Gewohnheiten« auszurotten. Mit Hilfe seiner Ehefrau, Chiang Ching, einer Schauspielerin, die ihre Stellung als Leiterin der Produktion moderner chinesischer Opern dazu benutzte, mehr Macht und Einfluß zu gewinnen, wurde Maos Kampagne zu einem weiteren politischen Drama, gezeichnet von fanatischer Gewalt, Denunzierungen und Hinrichtungen, das ganz China in Mitleidenschaft zog.

In Chang Gar Bin zerstörten die Roten Garden den nahegelegenen Tempel, schlossen die Schulen und griffen die Lehrer an. Arbeitsgruppen machten sich daran, verdächtige Dinge aufzustöbern und zu zerstören. Bücher, Kunstwerke, als Luxus betrachtete Gegenstände wie Schreibmaschinen und Radios, moderne Kleidung, selbst bestimmte Haarschnitte wurden als »bourgeois« gebrandmarkt und verboten. Mao benannte »sieben Arten von schwarzen Schafen«: Landbesitzer, reiche Bauern, Konterrevolutionäre, schlechte Elemente, Rechtsgerichte, Verrückte und Kapitalisten. Hastig griff Yuen zu schwarzer Ölfarbe und übermalte die Kalligraphie und die Gemälde von westlichen Szenen auf den Porzellanfliesen im Haus. Er selbst war sich nicht ganz sicher, was sie eigentlich darstellten, fürchtete jedoch, daß es etwas Gefährliches sein könnte. Die Arbeitsgruppe war in Eile, als sie das Haus durchsuchte, und sah nicht genauer hin.

Ein Jahr nach Beginn der Kulturrevolution griff Mao ein, um die

Ordnung wiederherzustellen. Yuen entfernte die schwarze Farbe wieder. Er gab auch seinen Eltern einen Ehrenplatz im Haus zurück, indem er einen Künstler beauftragte, ein Doppelporträt von ihnen anzufertigen als Ersatz für das, das im Jahr seiner Geburt gemalt worden war und früher einmal an der Wand im Hauptaufenthaltsraum gehangen hatte; es war während der Landreform beschmiert und schließlich völlig zerstört worden. Er gab dem Künstler ein Foto seines Vaters, das Chan Sam ihm einmal geschickt hatte. Er hatte es aufnehmen lassen, als er seine Einbürgerungspapiere erhalten hatte. Huangbo war gerade mit ihren Porträtsitzungen fertig geworden, da verschlechterte sich ihr Gesundheitszustand rapide. Yuens Frau konnte sie nicht versorgen, denn sie hatte drei kleine Kinder, das jüngste noch ein Baby. Ping brachte Huangbo ins Krankenhaus nach Shekki. Da die Familie sich keine Krankenschwester leisten konnte, saß Ping Tag und Nacht am Krankenbett. Im Frühling 1968 starb Huangbo in Pings Armen; sie wurde auf dem Hügel über Chang Gar Bin beerdigt. Nichts war noch da, um die Familiengrabstätte zu kennzeichnen; die geschnitzten Ahnensäulen und Tafeln, die Chan Sam vor etwa dreißig Jahren aufgestellt hatte, waren von den Roten Garden zerstört worden.

Im Lauf der Jahre heirateten alle vier Kinder von Ping; die beiden Söhne brachten ihre Ehefrauen zu sich nach Hause und wurden selbst Väter. Yuens Wunsch, daß seine Kinder bis zu einem Schulabschluß in der Schule bleiben sollten, erfüllte nur seine Tochter, die älteste der drei. Obwohl Ping und Yuen so lebten, als hätten sie genau die gleichen Hoffnungen wie die anderen Dorfbewohner – gutes Wetter und gute Ernte, weniger politische Wirren –, hörten sie nie auf, von der dritten Schwester zu sprechen, von der sie nur wußten, daß sie irgendwo in Kanada lebte. Manchmal war es Ping, der sie im Traum erschien, manchmal Yuen oder seine Frau, die im Lauf der Zeit die Geschichten ihres Mannes zu ihren eigenen gemacht hatte. Die drei waren nach wie vor überzeugt, daß die verlorene Schwester am Leben war und es ihr gutging, daß ihr Leben im Ausland besser war als das ihre hier.

Wieder vergingen zehn Jahre, und dann weitere zehn. Im Frühling 1987 – vor wenigen Tagen hatte sich die Schwester wieder einmal Yuens Frau in einem Traum gezeigt – bekamen Yuen und Ping Besuch von einem Funktionär aus dem Büro für Übersee-Chinesen. Dieses Büro war auf der Suche nach Verwandten einer kanadischen Frau und befragte deshalb im Dorf jede Familie mit dem Familiennamen »Chan«. Yuen zeigte Beweise, daß er der Halbbruder war und ein Teil seiner Familie im Ausland lebte: eine Flasche mit Chinintabletten von Buckshons Apotheke in Vancouver, eine amerikanische Zehndollarnote, die im Jahr seiner Geburt geprägt worden war, eine Big-Ben-Uhr, die früher einmal Nan gehört hatte und dann an ihn weitergewandert war, und Fotos, die sein Vater ihm geschickt hatte. Ping kramte das Foto heraus, das sie in den Armen der Konkubine zeigte, und wies auf den Aufdruck auf der Rückseite dieses Fotos hin. Zwei Wochen später kam der Funktionär ein weiteres Mal bei Yuen vorbei: »Am besten machst du dein Haus gründlich sauber! In ein paar Tagen werden deine Schwester und deine Nichte hier sein!« sagte er.

Die Wiedervereinigung war das Tagesgespräch in Chang Gar Bin und den benachbarten Dörfern. »So wird also deine Schwester zurückkommen! Nach so langer Zeit, die ihr euch nicht gesehen habt, ist es ihr noch wichtig zurückzukommen! Fünfzig Jahre! Noch nie hat man hier eine Familie gesehen, die sich nach so langer Trennung wieder vereint hat!« Solche Kommentare trugen dazu bei, daß Ping, Yuen und seine Frau schließlich überzeugt waren, daß die Schwester diesmal tatsächlich erscheinen würde. Dies war das erste Mal, daß der Familie so viel Aufmerksamkeit gezollt wurde, seit der »Befreiung«, als eine Arbeitsgruppe zu Huangbos Haus gekommen war, um sie abzuholen und die Exzesse in Chan Sams Haus zu bereinigen.

Mutter und ich bekamen das Ehrenzimmer in Yuens Haus. Er und seine Frau gaben das hintere Schlafzimmer auf, das mein Großvater früher mit Huangbo geteilt hatte, und zogen mit ihren drei Kindern nach oben. Trotzdem hatten wir nicht viel Ruhe. Wir mußten uns damit abfinden, daß das grunzende und sabbernde Schwein in der danebenliegenden Küche und im Gang herumlief. Stechmücken ließen sich kaum von dem beißenden blauen Rauch der Räucherkerzen abschrecken, welche über einer Kerosinlampe abgebrannt wurden, die auf dem Zementfußboden stand; sie schafften es sogar unter das um das Bett herum drapierte Moskitonetz hindurch. Im frühen Morgengrauen fingen die Nachbarhunde zu heulen und zu bellen an, wenn der Nachbar den Tagesbedarf für sein Restaurant schlachtete. Wir warteten auf ein Zeichen, daß die anderen Haushaltsmitglieder aufwachten – das Knarzen des Bretts, das von den schweren Türflügeln des Haupteingangs weggezogen wurde, gefolgt von einem Quietschen, wenn die Türen geöffnet wurden, um den Tag hereinzulassen.

Unser Besuch dauerte vier Tage. Yuen und seine Frau gingen in dieser Zeit nicht zur Arbeit. »Es ist egal, ob ich einen oder zwanzig Tage im Monat arbeite«, sagte Yuen. »Ich bekomme immer den gleichen Lohn.« Er kümmerte sich in einem staatlichen Laden um die Buchhaltung, seit ihm vor zwanzig Jahren von der Kommune dieser Posten zugewiesen worden war. Ping, inzwischen einundsechzig, arbeitete nicht mehr für Lohn; ihr oblag nur die Pflicht, sich um die beiden kleinen Kinder ihres zweiten Sohns zu kümmern und für sich und die Familie zu kochen. Nur die Familie dieses Sohns lebte noch mit ihr in ihrem Haus; der ältere Sohn, der in der Finanzverwaltung des Distrikts arbeitete, war fortgezogen, als seine Arbeitseinheit neue Wohnhäuser gebaut hatte. Aber eine andere Person wurde in Kürze erwartet: Nach fünfundzwanzig Jahren Schweigen hatte Pings Ehemann ihr geschrieben, daß seine Geliebte gestorben und er selbst krank sei und nun heimkommen würde, um sich von seiner Frau pflegen zu lassen.

Jeden Tag kam Ping zu Yuens Haus und setzte sich zu uns in den Hauptaufenthaltsraum. Manchmal waren wir dann nur zu viert, manchmal setzten sich auch Yuens Frau und ihre Kinder zu uns, manchmal tauchte eine ältere Cousine von Mutter auf – die Tochter des Bruders meines Großvaters, der in den zwanziger Jahren nach Havanna ausgewandert war und nie mehr etwas von sich hatte hören lassen. Von Anfang an war klar, daß die chinesische Seite der Familie Mutter als diejenige betrachtete, die ihre Lücken in der Familiengeschichte auffüllen mußte, und nicht umgekehrt, so daß die anderen es waren, die redeten, nicht wir.

Am Nachmittag unserer Ankunft reichte Mutter die Fotos herum, die sie mitgebracht hatte. »Und wer ist das?« fragte Ping, auf ein Foto ihrer eigenen Mutter zeigend. Wir erklärten, daß May-ying bei einem Autounfall gestorben war. Als sie wenig Interesse an diesen Geschichten zeigten, erkannten wir, daß wir unhöflich gewesen waren. Aus Höflichkeit fragten wir, wann denn Yuens Mutter gestorben sei.

Yuen wollte Mutter klarmachen, daß er in all den Jahren immer wieder vergeblich versucht hatte, sie zu kontaktieren. Mutter begann, sich zu entschuldigen: »Ich kannte meinen Vater nicht besonders gut, deshalb erfuhr ich daheim kaum etwas von der Familie in China. Du weißt ja, daß mein Vater und meine Mutter sich trennten, als ich noch ein Kind war. Meine Mutter konnte sich nicht um mich kümmern und gab mich deshalb zu fremden Leuten. Sie spielte gern um Geld, Mah-Jongg etwa –«

»– und sie trank gern Alkohol«, fiel Yuens Tochter ihr ins Wort, indem sie die Geschichten wiederholte, die an sie weitergegeben worden waren. Die chinesische Seite beendete Mutters Satz an ihrer Stelle. Es kam uns vor, als hätten sie für diesen Augenblick ein Stück eingelernt. So sagte etwa Ping: »Ich weiß, wie Mama war. *Baba* sagte, kein Mann könne ihr Trinken und ihre Spielsucht ertragen. *Dai-ma* hätte es nie ausgehalten, mit ihr unter einem Dach zu leben, weil sie immer so mürrisch war.« Yuens Frau fuhr fort: »Dein Vater hielt es nicht mehr aus, sich mit ihr zu streiten, und deshalb trennten sie sich.« Dann kam Yuen an die Reihe: »*Baba* sagte immer, zwischen ihm und eurer Mutter gab es kein Gefühl, keine Liebe, keine Gefühle, wie Mann und Frau sie zueinander haben sollten. Aber für meine Mutter fühlte er eine ganze Menge.«

In ihrer geachteten Stellung als älteste Schwester gab Ping eine Zusammenfassung ab: »Ich weiß, daß wir eigentlich drei Mütter hatten; meine und Nans Mutter war Nummer drei, Yuens Mutter Nummer zwei, und Mutter Nummer eins starb schon früh; deswegen nahm Vater sich ja eine zweite Frau, unsere *Dai-ma.* Und dann hat er sich auch noch eine dritte genommen. Sie hatten drei Töchter. Zwei – Nan und ich – wurden vom Goldenen Berg zurück nach China gebracht. Sonst weiß ich nichts von meiner Mutter. Sie war eine ›fremde Dame‹ für mich. Aber mein Vater kümmerte sich um uns, das weiß ich.«

Sie gingen davon aus, daß mein Großvater der chinesischen Seite der Familie alles Wichtige über die kanadische Seite erzählt hatte. »*Baba* schrieb sehr regelmäßig«, sagte Yuen, »und immer sehr ausführlich.« Unsere chinesischen Verwandten wollten nicht hören, was Mutter vielleicht noch über die weiteren Vorkommnisse in Kanada zu sagen hatte. Es kam uns vor, als wäre für sie alles, was zur Familiengeschichte gesagt werden konnte, in den Worten meines Großvaters aus Kanada enthalten gewesen, neben dem, was der chinesischen Familie zu Hause geschehen war. Für uns war das Wissen, daß sie die kanadische Familiengeschichte nur sehr unvollständig kannten, nicht beunruhigender als die Betrachtung der surrealen westlichen Bilder, die mein Großvater auf die Porzellanfliesen an den Wänden um uns herum hatte malen lassen. Der Anblick des reichen Hollywood, der Golden-Gate-Brücke und des schillernden Panoramas von Wasser und Bergen aus Vancouver ließ nicht im geringsten an die schmuddeligen Pensionszimmer aus der Zeit meines Großvaters denken oder an Prince George damals, als wir dorthin zogen und es nur ein schäbiger Ort an der Grenze war, in dem vor allem Holzfäller und Papierfabrikarbeiter lebten. Aber es war auch egal – es lag nicht an uns, über das Haus meines Großvaters zu richten.

Und so saßen Mutter und ich also in Yuens Hauptaufenthaltsraum unter dem Doppelporträt meines Großvaters und seiner Frau in China, begleitet von dem Ticken der Wanduhr, das uns sagte, wie die Zeit verging, und lauschten der chinesischen Seite der Familie und ihren vielen Geschichten. Wenn ein Verwandter etwas erzählte, deutete ein anderer zur Bekräftigung auf den Hof, wo einst die vielen Kisten aus Übersee aufeinandergestapelt waren, während am Haus noch die letzten Arbeiten getan wurden; oder man deutete auf die Stellen, wo früher einmal die Frisierkommoden gestanden oder die dekorativen Spiegel gehangen hatten; man deutete auf das hintere Schlafzimmer, in dem Yuen geboren worden und Nan gestorben war, wo Huangbo ihre alten Tage verbracht hatte. Die Zukunft der Familie war eng verknüpft mit dem Bestreben, das Haus für die Familie zurückzugewinnen. Nach den neuesten kommunistischen

Richtlinien durfte man wieder ein Haus besitzen. Yuen konnte es zurückfordern, wenn er genügend Geld zusammenbekam, um den Bewohnern auf der anderen Seite der Mauer ein eigenes Haus zu bauen. »Nun kratze ich also alles zusammen und lebe sehr sparsam, damit mein Vater stolz auf mich sein kann«, sagte er.

Unsere chinesischen Verwandten erwähnten den Namen meines Großvaters stets voller Ehrerbietung und Bewunderung. Die Tragödie seines schweren Lebens in Kanada machte ihn für sie zu einem wahren Helden. Sie weinten, weil meine Großmutter ihm so viele Nöte bereitet hatte und weil er die Trennung von seiner Frau und seiner Familie in China hatte ertragen müssen. Yuens Worte zollten ihm hohen Tribut: »Er war ein vorbildlicher Vater und Ehemann. Ich bin ihm sehr ähnlich. Ich arbeite hart und halte mich von all dem unnützen Unsinn wie Alkohol und Glücksspiel fern. Und meine Söhne sind genauso!«

Angesichts eines solch inbrünstigen Gedenkens an ihren Vater hielt Mutter mit der Wahrheit hinter dem Berg, die ihr erst allmählich selbst dämmerte. Sie sagte Ping und Yuen nichts von dem, was sie erst jetzt erkannte, als die zwei Hälften der Familiengeschichte sich zu einem Ganzen vereinigten: Das Haus, das sie als Gedenkstätte an ihren Vater verehrten, war auf dem Rücken ihrer Mutter errichtet worden, mit Hilfe ihres Lohns und ihrer Gewitztheit als Teehausbedienung und dem damit einhergehenden Leben. Sie sagte ihnen nicht, daß das Haus für all das stand, worin die anderen, aber auch sie selbst, ihre Mutter so gründlich mißverstanden hatten. Sie sagte nicht, was sie fühlte, daß nämlich die Liebe ihres Vaters und das Geld ihrer Mutter von ihr weggenommen worden und zur Familie nach China geflossen waren, daß das Geld, das Huangbo abgeluchst worden war, als sie versucht hatte, Yuens Füße richten zu lassen, Geld war, das Chan Sam May-ying in Nanaimo abgenommen hatte. Hätte Mutter so etwas gesagt, dann hätte sie damit alles zerstört, was die chinesische Familie in all den schweren Zeiten aufrechterhalten hatte, was ihnen Grund gegeben hatte weiterzumachen. Der Lauf der Dinge hatte das Spiel an einen Gleichstand gebracht. Sie fand, daß es besser für die anderen sei, weiter daran zu glauben, daß ihre Mutter ihrem Vater nur Unglück gebracht habe und daß die andere

Mutter, die sie aufgezogen hatte, die weitaus bessere Ehefrau gewesen sei.

Am Morgen vor unserer Abreise kam die weibliche Verwandtschaft mit einer Handvoll Kekse vom Markt zurück und verkündete, daß wir bei »Nans Schwiegerleuten« einen Besuch machen würden, da es im Haus ein neues Baby gab, dessen erster Lebensmonat gefeiert werden sollte. Mutter und ich tauschten verwirrte Blicke aus. Wir hatten einmal gefragt, unter welchen Umständen Nan denn gestorben sei. »Jemand hat sie in den Feldern erschreckt« – mehr hatten wir aus Yuen und Ping nicht herausbekommen. Der Schmerz und das Leid auf ihren Gesichtern hielt uns davon ab, weitere Fragen zu stellen. Aber niemand hatte uns erzählt, daß Nan verheiratet gewesen war! Yuens Frau erklärte uns die Sache. Die Familie hatte sich immer Sorgen gemacht, was sie bloß mit Nans umherirrendem Geist machen sollten, und gefürchtet, daß sie zu einem Gespenst werden würde. Als Anfang der achtziger Jahre die Kommunisten langsam ihr striktes Verbot der Ausübung von Religion und traditionellen Gebräuchen lockerten, beschlossen Ping und Yuens Ehefrau, etwas zu unternehmen. Sie kannten eine Familie, die zwei Söhne verloren hatte. Nan hatte zwar keinen der beiden gekannt, aber Ping hatte sie gekannt und befand sie nun im nachhinein beide als passende Ehemänner. Beide Familien kamen überein, die Toten zu verheiraten.

Eigentlich hätten die zwei Brüder gefragt werden sollen, welcher von ihnen Nan wollte. Aber die andere Familie hatte mit Ping vereinbart, daß Nan die Wahl haben solle, weil sie ja so klug sei. Dann wurde eine *sun-po* ausgewählt (eine Frau, die zum spirituellen Medium wird, nachdem sie selbst mehrere Krisen überlebt hat, für gewöhnlich den Tod des Ehemanns und der Kinder). Die Frau versetzte sich in einen Trancezustand und schickte ihre Seele in die Unterwelt, in der sie Nan und die beiden Brüder traf.

»Wie können wir sicher sein, daß es auch wirklich Nan ist?« wollte Ping wissen.

»Sie sagt, dein jüngerer Bruder verdient seinen Lebensunterhalt mit einem Abakus«, sagte die *sun-po*. Das war etwas, das die Frau eigentlich nicht wissen konnte, weil sie aus einem anderen Dorf stammte.

Nan sprach durch die *sun-po* zu ihren Verwandten über ihren Tod: »Yuens Mutter mochte mich, aber meine eigene Mutter mochte mich nicht, deshalb habe ich nicht lange gelebt.« Dann ruderte Nan mit dem Ehemann ihrer Wahl auf dem breiten Fluß der Unterwelt zurück ins Reich der Toten. Nach der Séance verließ sie die Familie offiziell; die beiden Familien gingen an ihr Grab in den Hügeln, gruben aus, was noch von ihr übrig war, und beerdigten die Überreste neben ihrem toten Ehemann.

Im Haus der Schwiegerleute gaben wir unsere Keksgeschenke ab und schlürften eine scharfe Ingwersuppe, um das neue Baby zu feiern. Yuens Kinder kamen mit ihren Fahrrädern vorbei, um uns zu dem erst kürzlich renovierten Drachenmuttertempel zu fahren, der in der Nähe des Dorfes lag und zu dem die Frauen als nächstes gehen wollten. Wir baten, einen kleinen Umweg zu machen, um die Stelle zu sehen, wo das alte Haus meines Großvaters gestanden hatte. Umgeben von Häusern sahen wir ein winziges Grundstück, durch dessen rissigen Zementboden Unkraut spitzte. Das alte Haus war vor langer Zeit abgerissen worden, und niemand hatte auf einem so kleinen Fleck ein neues bauen wollen. Hier also hatte meine Großmutter in der kurzen Zeit, in der sie in Chang Gar Bin gewesen war, gelebt.

Die Frauen besuchten den Tempel einmal pro Woche; sie sagten uns, heute wollten sie sich dort für unseren Besuch bedanken. Eine nach der anderen trat vor den Altar, zündete eine Räucherkerze an und verbeugte sich dreimal ehrfurchtsvoll. Die alte Cousine gab Mutter zu verstehen, daß sie nun an der Reihe sei. Sie tat das, was sie ihre eigene Mutter oft in dem provisorischen Tempel in Vancouvers Chinatown und in dem uterusartigen Tempel im dritten Stock eines Hauses in Victorias Chinatown hatte tun sehen. Ich stand daneben und sah ihr zu, wobei ich darüber nachdachte, was Mutter und die hier residierende Göttin sich wohl zu sagen hatten.

An unserem letzten Nachmittag in Chang Gar Bin überraschte Ping Mutter damit, daß sie ihr sagte, sie und Yuen hätten noch etwas, das sie ihr zurückgeben wollten.

In ihrer Kindheit und Jugend hatte Mutter nie gedacht, daß sie etwas besäße, was es wert sei, aufgehoben zu werden. Wann immer sie und ihre Mutter ihre Sachen zusammenpackten, um wieder einmal umzuziehen, paßten ihre ganzen Habseligkeiten in den Metallkoffer ihrer Mutter. Alles übrige von Wert befand sich gewöhnlich im Leihhaus. Als Mutter aus dem Pensionszimmer ihrer Mutter in das Schwesternheim im Essondale Hospital umzog, paßten ihre Sachen alle in ihren kleinen, weißen Koffer.

Im Obergeschoß gab es nur wenige Relikte vom Goldenen Berg in dem Zimmer, das mein Großvater als Gästezimmer vorgesehen hatte. Der verrostete Rahmen des Kinderbetts, das Grammophon, die zerbrochenen Tonwaren – nichts sah aus, als sei es wert, aufgehoben zu werden. Yuen suchte und fand etwas anderes, das tief in einem der Strohkörbe vergraben gewesen war.

Im Sonnenlicht auf dem Balkon sah das verschlissene, verblichene Stoffbündel erst auch aus, als lägen die Zeiten seiner Nützlichkeit weit zurück. Aber dann brachte das Gesicht meiner Mutter wieder Leben in den braunen Bouclémantel, als sie ihren Hals an den Samt schmiegte, und überbrückte mehr als vier Jahrzehnte widriger Umstände, in denen die chinesische Familie nie die Hoffnung auf eine Vereinigung aufgegeben hatte.

An unserem letzten Abend in Chang Gar Bin wurde für uns ein Abschiedsbankett gegeben. Einundzwanzig Verwandte trafen sich in Pings Haus, das tadellos sauber war; selbst der Zementfußboden des Schweinestalls, der gleich neben dem Küchenherd lag, war sauberer als irgendein Fleck in Yuens Haus. Ping zeigte Mutter und mir, wo sie schlief. Sie hatte nur eine kleine Ecke für sich, unter dem Dach im ersten Stock, in der neben einem Tisch nur noch das von einem Moskitonetz verhüllte Bett Platz hatte. Auf dem Tisch stand eine Blechdose, in der sie ihre Wertsachen aufbewahrte; auch das Foto, das sie als Baby in den Armen ihrer Mutter in Kanada zeigte, befand sich darin. Auf dem Bett lagen zwei Kissen und eine Decke. Die Kissen waren ihr einziger Luxus; sie waren mit Daunen gefüllt, die sie noch von der Daunendecke gerettet hatte, die mit ihr aus Kanada hierhergekommen war.

Nun, da sie nicht mehr in Yuens Haus und Yuen nicht mehr an ihrer Seite war, schlug Ping einen vertraulicheren, schwesterlicheren Tonfall Mutter gegenüber an. Mit flüsternder Stimme erklärte sie ihr, wie sehr es sie ärgerte, daß die chinesische Tradition Töchter immer benachteiligte, daß alle Überweisungen aus dem Ausland, das Haus der Familie und sämtliche darin befindlichen Gegenstände an Yuen weitergewandert waren. »Weil ich eine Frau bin, habe ich nichts zu sagen und kann nie meine Meinung äußern«, sagte sie. Mutter wollte ihrer Schwester gern etwas schenken; sie nahm ihre Armbanduhr vom Handgelenk und legte sie Ping an. Dann zog sie auch noch ihre mit Straß verzierten Schuhe aus, um zu sehen, ob sie Ping paßten, aber sie konnte sie nicht anziehen.

Unten und im Hof herrschte große Ausgelassenheit. Yuens Söhne waren an diesem Morgen nach Shekki geradelt, um Fisch zu besorgen, den sie auf dem Markt verkaufen wollten, und hatten den größten Fisch für diesen Abend aufgehoben. Pings zweiter Sohn hatte ein paar lebende Hühner mitgebracht, die mit zusammengebundenen Beinen an der Lenkstange seines Mopeds baumelten. Der älteste Sohn hatte ein paar Flaschen Coca-Cola und Bier Marke »Hundertfache Fröhlichkeit« besorgt. Yuens Frau erklärte Mutter, daß sie Hund kochen wolle. Mutter bat sie, es lieber nicht zu tun. »Wäre dir Katze lieber?« wollte Yuens Frau wissen. Mutter schüttelte nur den Kopf.

Alle Gerichte waren wie immer köstlich, aber wir hatten einfach keinen rechten Hunger mehr; unseren ganzen Besuch lang hatte es gleichermaßen viel zu erzählen wie zu essen gegeben. Zwischen den Mahlzeiten waren uns schier bodenlos erscheinende Tassen mit Tee gereicht und niemals enden wollende Haufen von Kakifrüchten, Mandarinen, Birnen, Papayas und hartgekochten Eiern vorgesetzt worden. In einer Anwandlung von Sehnsucht nach unseren westlichen Bräuchen tauschten Mutter und ich einen mißbilligenden Blick aus, als wir sahen, wie eine Fliege versuchte, sich vom Auge eines Fisches zu befreien, und wie unsere Verwandten Knochen und sonstige Abfälle einfach auf den Boden spuckten.

Aber alle waren fröhlich, und es wurde auf die Gesundheit aller Anwesenden und auf unsere Weiterreise getrunken. Als kleine

Gegenleistung zu ihrer Gastfreundschaft bot ich an, daß sie sich in einem Laden in Chang Gar Bin irgend etwas aussuchen sollten, und gestand ihnen meine Beschämung, daß ich nur kleinere Geschenke mitgebracht hatte. »Es reicht doch, daß man euch einmal zu Gesicht bekommen hat«, sagten Ping und Yuen. Mutter erwähnte, daß ich darüber spekuliert hatte, warum die Behörden wohl mit einem Kleinlaster zur Grenze kommen wollten. »Vielleicht dachten sie, wir bringen euch einen Kühlschrank mit.« – »Bei eurem nächsten Besuch könnt ihr ja dann zwei mitbringen!« rief Pings Sohn.

Später führten die drei Geschwister in Yuens Hauptaufenthaltsraum noch ein Abschiedsgespräch. Ping bat Mutter, ihr doch einmal ihre Geburtsurkunde herauszusuchen, damit sie beweisen könne, daß ihr Erinnerungsfoto und dessen Aufdruck die Wahrheit sagten. Zwar hatte sie nicht den Wunsch, so spät in ihrem Leben Chang Gar Bin zu verlassen, aber Mutter brachte es einfach nicht übers Herz, ihr zu sagen, daß ihr Vater das Dokument schon vor vielen Jahren verkauft hatte und nun eine andere Frau unter ihrem Namen in Kanada lebte. Wir fragten Ping, ob sie denn einmal zu Besuch nach Kanada kommen wolle. »Ich würde gerne einmal vor meinem Tod sehen, wo ich geboren wurde«, sagte Ping. Und mit einem schelmischen Blick, der mich wieder sehr an meine Großmutter erinnerte, fügte sie hinzu: »Yuen kann ja auch mitkommen. Den schicken wir dann vor; mit seinen krummen Füßen kann er das Gold zusammenrechen, und du und ich brauchen es dann nur noch aufzulesen.«

Yuen hatte auch noch eine Bitte. Er wollte seine Kinder aus China herausbekommen und dachte, daß seine Tochter, die zur Schule gegangen war und inzwischen in einer Fabrik im Dorf Pappkartons beschriftete, die besten Chancen hätte, als erste zu gehen. Sie war vierundzwanzig und noch ledig. Würde Mutter sich überlegen, ob sie nicht einen ihrer drei Söhne mit ihr verheiraten wolle, damit sie auf diese Weise nach Kanada käme? Wir redeten ihm diesen Plan behutsam aus, erklärten ihm, daß seine Tochter nicht aufgrund ihres Jobs nach Kanada emigrieren könne, denn sie verfüge über keine derzeit gefragten Fertigkeiten; außerdem würde eine legale Eheschließung vieler Vorkehrungen bedürfen. Da gestand uns Yuen, daß er gerade mit einem Vermittler im Gespräch sei, um seine Tochter an einen zukünftigen Ehemann in Panama zu verkaufen. »Was ist das denn für ein Mann, und wie alt ist er?« wollte ich wissen. Yuen sagte, er kenne den Beruf des Mannes nicht und das Alter sei völlig gleichgültig; Hauptsache, seine Tochter käme aus China heraus. Von Panama aus, so hoffte er, würde sie dann schon ihren Weg nach Kanada oder in die Vereinigten Staaten finden, und wenn sie erst einmal dort wäre, könne sie ihren beiden Brüdern aus China heraushelfen.

Am nächsten Morgen standen die meisten unserer Verwandten früh auf, um uns zu verabschieden. Während wir auf den Bus warteten, mit dem wir nach Kanton fahren wollten, zwickte Ping sich immer wieder in den Arm, wie sie es öfter während unseres Aufenthalts getan hatte, um sich davon zu überzeugen, daß unser Besuch nicht nur ein Traum gewesen war. Überall flossen Tränen. Mutter weinte nicht nur vor Trennungsschmerz, sondern auch, weil sie erkannte, daß sie das bessere Los gezogen hatte. Das, was sie hier gesehen und gehört hatte, ließ ihre eigene Vergangenheit in einem viel rosigeren Licht erscheinen. Die Last der Scham, unter der sie so lange gelitten hatte, war von ihr abgefallen. Ihr Vater war nach Kanada gekommen, um die Armut seiner Heimat hinter sich zu lassen, aber sein Hang zur Angeberei hatte seiner Familie in China letztlich Verfolgung eingebracht und sie zum Opfer eines rachsüchtigen Regimes gemacht. Für Mutter, die ihre Kindheit im Schatten der Opfer für die chinesische Seite der Familie zugebracht hatte, waren die Immigration ihrer Eltern in die neue Welt und die Entschlossenheit ihrer Mutter, während der Schwangerschaft die Risiken einer Seereise auf sich zu nehmen, ihre Befreiung gewesen, das größte Geschenk, das man ihr hatte machen können.

Als meine Verwandten sich im gelben Staub, den der Bus aufwirbelte, allmählich verloren, erinnerte ich mich wieder an den Hoffnungsschimmer in den Gesichtern von Ping und Yuen am Abend zuvor. Ich dachte daran, daß Mutter am Ende ihrer Reise nach Prince George und zu einem Leben, das sie sich selbst ausgesucht hatte, zurückkehren würde. Die Pensionszimmer hatte sie längst hinter sich gelassen; ihre fünf Kinder hatten alle die Universität besucht und lebten ein eigenes Leben. Ping und Yuen würden wohl in Chang Gar Bin sterben, dem Geburts- und Sterbeort vieler Generationen der Familie. Sie hatten nur die sehr schwache Hoffnung, daß ihre Kinder oder vielleicht auch erst deren Kinder dem harten Los eines Kleinbauern entgehen konnten.

Mein Onkel Yuen, der sich vor unserer Ankunft Sorgen gemacht hatte, daß wir vielleicht nicht seinen Dialekt sprachen, hatte einen Brief verfaßt für den Fall, daß sein Inhalt alles war, was er und seine Schwester austauschen konnten. Als er und Mutter sich an unserem letzten Abend in seinem Haus eine gute Nacht wünschten, hatte er ihr diesen Brief in die Hand gedrückt. In einer sehr poetischen Sprache wurden die Todesfälle und die Geburten in der Familie erläutert, und zum Schluß erinnerte Yuen sich noch einmal an meinen Großvater und blickte kurz auf sein eigenes Leben zurück, bevor er noch einen Blick auf das zukünftige Leben seiner Kinder warf:

> … Ich, der ich mit zwei verkrüppelten Füßen geboren wurde, war umso entschlossener, noch härter an den Zielen des Lebens zu arbeiten und Leid in Stärke zu verwandeln. Wenn man in dieser Welt lebt, sollte man die Bedeutung des menschlichen Lebens kennen. Leid wechselt sich mit Freude ab. Man sollte sich auf sich selbst verlassen, hart arbeiten und sparsam leben …
>
> Alle Eltern sind besorgt um die Zukunft ihrer Kinder. Ich hoffe, meine Kinder aus China herauszubekommen, damit sie in Kanada Wurzeln schlagen können. Diese Wurzeln werden tief in den Boden hineinwachsen und dem Baum ein reiches Laubwerk bescheren. Wir werden uns glücklich schätzen können, die Kinder werden glücklich sein, und unsere Enkel werden ebenfalls glücklich sein. Die Familie wird ruhmreich sein, und künftige Generationen werden einen guten Grundstock haben.
>
> Ich hoffe zutiefst, daß Ihr uns Eure Hilfe und Unterstützung zuteil werden laßt. Wenn die Chance besteht, meine Kinder aus China herauszubekommen, werde ich Euch mit Sicherheit alles Geld zurückzahlen, das es Euch kostet. Wenn diese

Chance realisiert wird, schulde ich Euch tausendfachen Dank, zehntausendfachen Dank, werde ich es Euch nie vergessen …

Mutter ließ den braunen Strickmantel mit dem Samtkragen in Chang Gar Bin zurück, denn sie fand, er gehöre nach China, wo die Fäden der Hoffnungen meines Großvaters noch in den Träumen seiner Kinder weitergesponnen wurden.

Kapitel 14

Die Market Alley war nicht durch ein Straßenschild gekennzeichnet. Mutter und ich suchten nach der Hausnummer 79, nach der Pension, in die Chan Sam die schwangere May-ying nach ihrer Rückkehr aus China gebracht hatte. Schließlich standen wir vor einem mit Brettern vernagelten Gebäude, über dessen Eingang die Hausnummer und der Straßennamen in einer Halbmondform auf roten und grünen Kacheln, den Farben von Glück und Reichtum, eingraviert war. Hier also hatte Mutter das Licht der Welt erblickt. Als wir diesmal gemeinsam die Vergangenheit durchforsteten, um die Geschichte ihrer Familie zu vervollständigen, konnte sie ihre Erzählungen nicht mehr mit dem Satz von früher: »Ich hatte niemanden« beenden.

Um die Lücken in den Geschichten der anderen Kinder der Konkubine zu füllen, reisten wir 1989, zweieinhalb Jahre nach unserem ersten Besuch, ein zweites Mal nach China. Diesmal wurden Mutter und ich noch von meinem Bruder Wayne begleitet. Obwohl das Massaker auf dem Tiananmenplatz noch nicht lang zurücklag, hatte Yuen es vorläufig aufgegeben, seine Kinder aus China herauszubekommen. Er hatte seine Tochter an einen Mann aus einem Nachbardorf verheiratet. Das Ehrenzimmer im Haus meines Großvaters, das hintere Schlafzimmer im Erdgeschoß, wurde inzwischen von seinem ältesten Sohn, dessen Frau und ihrem Baby bewohnt. Yuen war damit beschäftigt, den »Silberbaum abzuernten«. Er hatte nur eine einzige Meinung zu den letzten politischen Unruhen: Er bedauerte es, daß das harte Zupacken der Regierung und die darauf erfolgenden internationalen Sanktionen das Wirtschaftswachstum in Südchina dämpften. Deng Xiaopings Wirtschaftspolitik hatte die Bauern so reich gemacht wie noch nie; fast jeder verdiente sich nebenher noch etwas. Yuen und seine zwei Söhne waren Geschäftspartner und so erfolgreich, daß sie sich zur Aufbewahrung ihres Bargelds einen schweren Safe angeschafft hatten.

Wir konnten Ping den Beweis bringen, daß sie in Kanada geboren war. Ohne große Formalität hatten wir einfach schriftlich bei den Behörden eine Kopie ihrer Geburtsurkunde beantragt, die nötigen Gebühren gleich mit unserer Anfrage mitgeschickt und kurz darauf das gewünschte Dokument erhalten. Pings zweiter Sohn war etwas enttäuscht vom Leben im Dorf – er war zweimal mit einer ziemlich hohen Geldstrafe belegt worden, weil er beim Glücksspiel erwischt worden war – und sah die Geburtsurkunde seiner Mutter als Fahrschein, um sich und seine Familie aus China herauszubekommen. Mit dem Beweis ihres ausländischen Geburtsorts sollte Ping es als erste versuchen, aus dem Land zu kommen, und er wollte ihr dann nachreisen.

Wir machten einen Abstecher mit unseren Verwandten zum Duty-free-Shop in Kanton, um dort wiedergutzumachen, was wir bei unserem ersten Besuch versäumt hatten. Mit dem Geld, das wir aus dem Ausland hereinbringen durften, kauften wir ihnen einen in Japan hergestellten Fernseher und ein Motorrad sowie eine Waschmaschine chinesischen Fabrikats, da es in Yuens Haus inzwischen auch einen Wasseranschluß gab. Danach suchten wir das Außenministerium auf, wo Ping in Begleitung ihres zweiten Sohns argumentierte, daß man ihr aufgrund ihrer Geburtsurkunde ein Ausreisevisum geben sollte. Der Ministerialbeauftragte warf ihr das Dokument in den Schoß zurück, ohne es sich genauer angesehen zu haben; nach den Vorfällen auf dem Tiananmenplatz wurde er von einer Unmenge von Leuten belagert, die das Land verlassen wollten. Ping legte die Urkunde in die Blechdose zu ihren anderen Wertgegenständen; sie war damit zufrieden, zu wissen, daß sie mit einem chinesischen und einem englischen Namen geboren war. »Mary Chan« hieß es auf der Geburtsurkunde.

Im Bericht des Leichenbeschauers zum Tod meiner Großmutter war eine »Mary Ho« als nächste Angehörige aufgeführt, die den Leichnam identifiziert hatte. Mutter dachte, daß es sich wohl um »Mary

Chan« gehandelt hatte, die Frau, die die Geburtsurkunde ihrer ältesten Schwester Ping gekauft hatte. »Ho« war wohl der Name ihres Ehemannes. Wir gingen zu der im Bericht angeführten Adresse, obwohl wir kaum daran glaubten, daß die Frau zwanzig Jahre später noch immer dort lebte. Mutter und die große, mondgesichtige Frau, die die Tür öffnete, erkannten sich sofort. Sie hatten sich vor vielen Jahren kennengelernt, als wir Großmutter von Prince George aus wieder einmal einen unserer Besuche abstatteten. Ich erinnerte mich daran, daß *Po-po* uns Kinder angewiesen hatte, jene Frau mit »Tantchen« anzusprechen, während Mutter sie »Ping« nennen sollte.

Am Morgen nach dem Tod meiner Großmutter hatte der Hausverwalter ihrer Pension den Polizisten zum Haus ihrer »Tochter« weiterverwiesen. Im Leichenschauhaus hatte Mary Ho dann erklärt, daß sie nur eine Stieftochter sei und daß die Verstorbene einen Sohn namens Leonard habe, dessen Telefonnummer in May-yings Handtasche gefunden wurde. Mary hatte dem Polizisten gesagt, daß der Familienname meiner Großmutter »Chan« lautete, was die Berichtigung erklärte, die später in *The Vancouver Sun* erschienen war. Aber trotzdem starb meine Großmutter unter dem falschen Namen und dem Alter, die auf der Geburtsurkunde angegeben waren, mit der sie nach Kanada gekommen war.

Als Mary von meiner Großmutter sprach, mußte sie sich immer wieder die Augen wischen. Die beiden hatten sich im letzten Jahr von May-yings Leben angefreundet – unsere Familie hatte sich schon darüber den Kopf zerbrochen, womit May-ying wohl so beschäftigt war. In dieser Zeit mußte Mary mehrmals wegen Magenproblemen ins Krankenhaus, und May-ying hatte sie oft dort besucht und auch bei ihr zu Hause gewohnt, um nach ihren Kindern zu sehen. Mary kam sich wie eine richtige Tochter vor, wie die Tochter eben, die May-ying in China zurückgelassen hatte.

Ich fragte Mary, ob sie Erinnerungsgegenstände von May-ying habe, die sie mir zeigen könne, vielleicht ein paar Fotos? Da fiel ihr Nans Namen ein: Sie und ihre »gekaufte Papier-Schwester« hatten die gleichen zwei Fotos gehabt. Ich wunderte mich, daß die beiden falschen Schwestern noch in Verbindung standen. Mary erklärte mir, daß sie – zum Teil aus Angst vor einer Verfolgung, da sie ja illegal ins

Land gekommen war – nicht viele Freunde habe. Erst 1985 machte sie von der Amnestie Gebrauch und wurde rechtmäßige kanadische Staatsbürgerin. Jetzt sahen sie und Nan sich nur noch einmal im Jahr, zum Ching-Ming-Feiertag, an dem die Gräber besucht und gepflegt wurden. An diesem Tag gingen sie immer gemeinsam zu den Gräbern von Chan Sam und May-ying.

Mary trat hinter einen Perlenvorhang in ein anderes Zimmer und kam mit zwei Schwarzweißfotos zurück. Sie sagte, sie habe sie in Hongkong erhalten, als sie sich auf ihre Verkleidung als älteste Tochter von Chan Sam und May-ying vorbereitete. »Mit diesen Fotos kann ich meine Eltern identifizieren«, hatte sie dem sie befragenden Beamten erklärt und ihm das Foto eines Mannes und das einer Frau gezeigt. »Sie wurden aufgenommen, bevor die Eltern mich und meine Schwester Nan in China zurückließen und nach Kanada gingen, damit auch unsere jüngste Schwester dort geboren werden konnte.«

Meine Reise in die Vergangenheit kam an ihr symbolisches Ende, als ich diese beiden Fotos in meinen Besitz bekam. Das Foto meines Großvaters zeigt ihn in voller Größe. Er sieht jung und attraktiv aus. Sein schwarzes Haar ist seitlich nach hinten gekämmt, seine Schuhe sind frisch geputzt, sein westlicher Anzug sitzt tadellos. Die Neigung seines Kopfes, die stolze Pose seines langen, schlanken Körpers auf dem Stuhl neben einem Tisch, auf dem all die Dinge stehen, die in das Herrenzimmer eines Gentleman gehören – eine Uhr, ein aufgeschlagenes Buch, eine Porzellanvase mit blühenden Pfirsichzweigen –, zeigen nichts von der Melancholie des Porträts, das viele Jahre später aufgenommen wurde. Das Foto meiner Großmutter zeigt ihr Gesicht in Großaufnahme. Ihr langes Haar ist kokett mit einer Satinschleife zurückgebunden, Locken spitzen hinter ihren Ohrgehängen hervor. Sie wirkt mädchenhaft frisch, gleichzeitig jedoch reif und voller Selbstvertrauen – einfach wunderschön.

Ich klebte diese zwei Fotos in das Familienalbum ein und schickte meiner Tante Ping gerahmte Abzüge davon nach China. Meinem Gefühl nach hatte ich einen höheren Sinn im harten Leben von Chan Sam und May-ying gefunden. Durch Pech und durch das

Schicksal war ihre Familie zweigeteilt worden. Wenn die überlebenden Schwestern, meine Mutter und meine Tante Ping, jemals wieder vereint werden sollten, konnte dies nur aufgrund eines äußerst starken Familiengefühls geschehen, um die dazwischenliegende Zeit und Entfernung zu überbrücken. Die chinesische Seite hatte vergeblich versucht, mit uns in Verbindung zu treten. Mutters Familiengefühl war in einer moderneren Welt geprägt worden, in der man freier war, in der romantische Liebe eine große Rolle spielte. Mit Hilfe meines Vaters hatte sie sich freigekämpft von den Verpflichtungen und den Opfern, die sie an die chinesische Seite der Familie gebunden hatten. Doch trotz all dieser befreienden Unterschiede hatte uns etwas dazu gebracht, eine Reise in die Vergangenheit zu unternehmen. Ich glaube, es war Mutters unbewußter Wunsch. Die Geschichten, die eine Mutter ihrer Tochter erzählt, hatten in mir letztlich ein Gefühl geweckt, daß ein Leben seine Anfänge schon vor der eigentlichen Geburt nimmt und sich über den Tod hinaus weitererstreckt. Ich schuldete es Mutter, aber auch Chan Sam und May-ying, unter dem Schlechten das Gute zu finden, unter der Schande auch den Stolz. Die verlorene Geschichte, die Mutter und ich wiederentdeckten, verleiht der Vergangenheit eine neue, vielleicht sogar eine so große Bedeutung, daß sie der nächsten Generation als Kompaß dienen kann.

Es regnet unablässig – typisch für Vancouver im späten Frühling. Mutter und Wayne waren schon vor mir auf dem Mountain-View-Friedhof gewesen, um die Gräber von Mutters Eltern zu besuchen. Mutter hatte versucht, sich an die Stellen zu erinnern, wo die Särge von Chan Sam und May-ying im Abstand von zehn Jahren in ihre Gräber gesenkt worden waren. Es regnete auch damals in Strömen, und schließlich mußten Mutter und Wayne völlig durchnäßt und durchfroren aufgeben. Heute war das Büro des Friedhofswärters geöffnet, und er sah in seinen Akten nach und gab dann Wayne und mir eine Karte und die Koordinaten für die Gräber.

Beide Gräber liegen im alten chinesischen Teil des Friedhofs; die Grabsteine dort weisen alle zu den Bergen an der Nordküste. Chan Sam und Leong May-Ying sind viele Reihen voneinander getrennt begraben, umgeben von Fremden. Ich habe nichts mitgebracht für die Gräber, aber ich bin auch nicht gekommen, um etwas zu hinterlegen. Wenn sie es von ihren Gräbern aus hören könnten, würde ich meinem Großvater und meiner Großmutter sagen, daß ich für sie die Früchte ihrer Mühen gesehen habe. Ich würde ihnen sagen, daß sie nun in Frieden ruhen können.